Dana Graham

Verliebt in einen Ritter

Roman

Bisher von der Autorin veröffentlichte Romane:
Greystone Saga: Mit Schwert und Feder (2012)
Greystone Saga: Das rote Band (2012)
Greystone Saga: Der Schatten im Spiegel (2014)
Sophias Krieger (2013)
Rabenfeuer. Die Flammen der Göttin (2013)
Der Kuss des Zentauren (2015)
Verliebt in einen Ritter (2015)

Verliebt in einen Ritter
von Dana Graham

1. Auflage 2015
www.danagraham.de/nachricht@danagraham.de
Kontaktadresse: Anja Diegel,
Am Wiesengrund 32, 63322 Rödermark
Autorenfoto: © Silke Busch/www.bildschöpfung.de
Lektorat: Ivonne Keller
www.ivonne-keller.de
Korrektorat: Nadine d'Arachart und Sarah Wedler
www.write-fever.de
Illustration im Buch: Anja Sädler
Umschlaggestaltung: Alexander Kopainski
http://kopainski-artwork.weebly.com
Unter Verwendung von Bildern von Shutterstock:
Ritter © Nicolay 53; *Frau* © Mihai Blanaru; *Ranken* © Minii Ho

ISBN-13: 978-1519155559

Dana Graham

Verliebt in einen Ritter

Roman

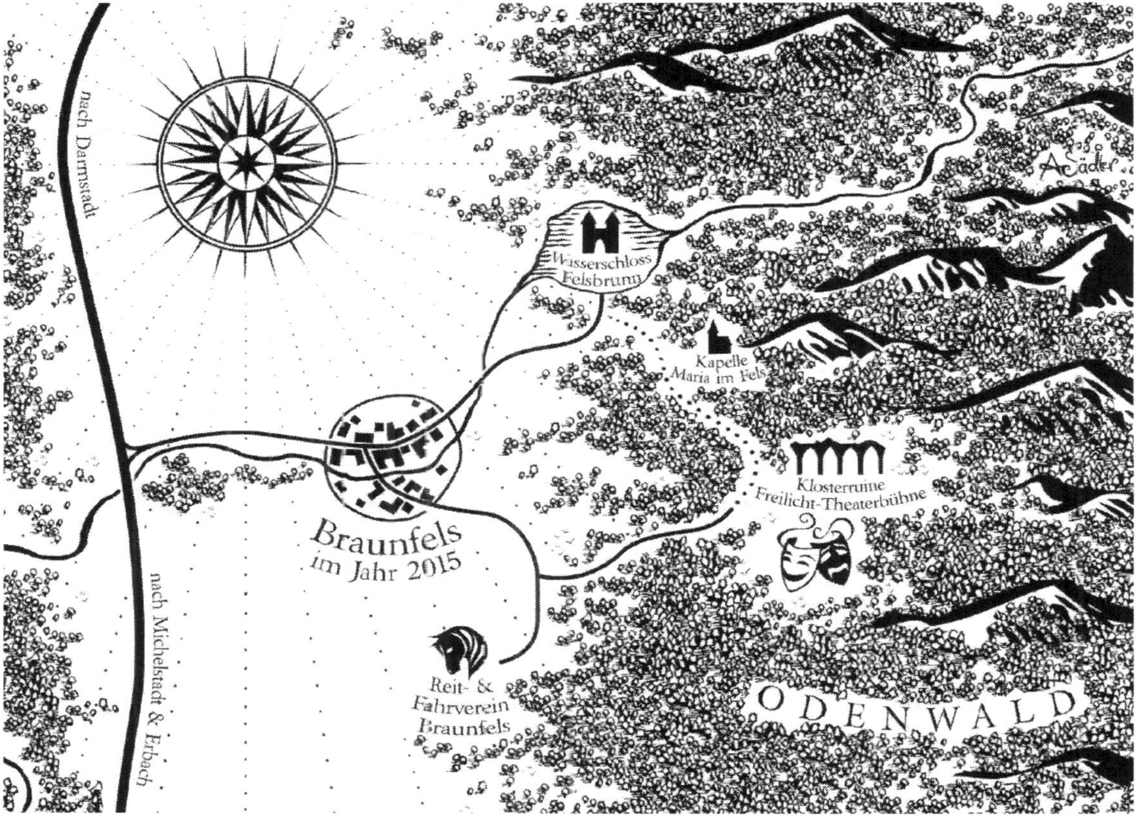

Braunfels
im Jahr 2015
Wasserschloss
Felsbrunn
Kapelle
Maria im Fels
Klosterruine
Freilicht-Theaterbühne
Reit- &
Fahrverein
Braunfels
ODENWALD
nach Darmstadt
nach Michelstadt & Erbach

Samstag, 29. August 2015

»So gebt ein großartiges Handgeklapper, edle Ritter, für meine Schwester Julia, die uns mit Liebe und Sorgfalt eine solch schmackhafte Speise zubereitet hat.«

Julia verdrehte die Augen. Manchmal übertrieb es Patrick wirklich mit seiner Mittelalter-Begeisterung. Doch ihr älterer Bruder war mit seiner Ansprache noch nicht am Ende.

»Und zollt ihr weit größeren Respekt, meine Herren, da sie bereit ist, den Abwasch zu übernehmen, während wir uns im Kampf mit dem Schwert ertüchtigen wollen!«

Applaus und Dankesrufe schallten über die Waldlichtung mit der Klosterruine. Julia verteilte Kusshände in die Runde der jungen, mittelalterlich gekleideten Männer, dann blickte sie zu der Plastikkiste vor ihren Füßen, in der sich das schmutzige Geschirr des Mittagessens stapelte. Sie hatte es ja nicht anders gewollt. Im Gegenteil, sie war froh, beim ersten Braunfelser Ritterlager dabei zu sein. Alles war besser, als in ihrem Zimmer zu sitzen und über André nachzudenken – selbst ein Zeltwochenende mit vierzehn Hobbyrittern, zu denen auch ihre zwei Brüder zählten.

Julia packte die Geschirrkiste mit beiden Händen und machte sich auf den Weg zum Küchenhäuschen, das ebenso wie die Toiletten abseits der Klosterruine lag.

Hinter ihr erklangen bereits das Klirren aufeinandertreffender Metallschwerter und das dumpfe Plong der Holzwaffen. Keiner der Jungs hatte wirklich Ahnung vom Schwertkampf, einige hatten Lehrbücher gelesen, andere Videos im Internet geschaut, doch die meisten bezogen ihr Wissen aus Hollywoodfilmen. Es war Patricks Idee gewesen, mit diesem

Wochenende die Schwertkampf-Kenntnisse von sich und seinen Freunden zu verbessern. Und nach der Sache mit André hatte Julia bereitwillig zugesagt, ihren Bruder zu unterstützen.

André hatte nie verstanden, was ihr an dieser Mittelaltersache so gefiel.

»Peinliches, vorpubertäres Getue«, hatte ihr Freund – oder musste sie schon Ex-Freund sagen? – mit seinem Missfallen nicht hinterm Berg gehalten. »Haben diese Kerle nichts Besseres zu tun, als mit Holzschwertern und Ritterrüstungen im Wald herumzurennen?«

Julia verzog das Gesicht. Selbst hier draußen ging ihr André nicht aus dem Kopf. Dabei hatte dieser Idiot es überhaupt nicht verdient, dass sie auch nur einen einzigen Gedanken an ihn verschwendete!

Leider war ihr Herz anderer Meinung. Mit einem Scheppern stellte Julia die Kiste auf der Erde ab, holte ihr Smartphone aus der Schürze ihres Kleides hervor und schaltete es an. Das Hintergrundbild leuchtete auf: sie und André eng umschlungen in einer Gondel in Venedig. Julias Stimmung sank ins Bodenlose. Warum hatte sie das Foto noch nicht gelöscht?

Weil ein Teil von dir weiterhin an eine Zukunft mit André glaubt, gab sie sich selbst die Antwort. Und genau dieser Teil verlangte, dass sie ihre Nachrichten bei WhatsApp checkte. Zum gefühlt tausendsten Male in den letzten Stunden. Vielleicht hatte André ihr inzwischen doch eine Mitteilung geschickt, in der er alles als dummen Irrtum erklärte.

»Natürlich«, murmelte Julia ironisch. »Dafür, dass er nackt auf der ebenso nackten Tonya gelegen hat, gibt es bestimmt vollkommen harmlose Gründe.« Dennoch tippte sie mit dem Zeigefinger auf das WhatsApp-Symbol.

Es konnte keine Verbindung hergestellt werden.

Blödes Netz! Den Blick starr auf die Balken in der linken oberen Ecke des Displays gerichtet, lief Julia einige Schritte weiter. Wieso war der Empfang in diesem Wald auch so schlecht? Was, wenn André ihr tatsächlich eine Entschuldigung geschickt hatte und sie nun nicht antworten konnte?

Dann ist er selbst schuld, mahnte eine Stimme in ihrem Kopf. *Das Ganze ist fast drei Tage her, er hatte Zeit genug, sich zu melden.*

»Vielleicht wollte er mir Zeit geben, mich zu beruhigen?«

Vielleicht hat er einfach kein Interesse mehr an dir?

»Quatsch! Wir waren total glücklich.«

Ach ja?

»Ja!« Julia kickte mit dem Fuß einen kleinen Ast fort. Wenn sie anfing, sich mit sich selbst zu streiten, konnte sie sich gleich in die Psychiatrie einweisen lassen.

Ihr Blick glitt zurück zum Display. Kein einziger Balken. Suchend schaute sie sich um. In Richtung Braunfels würde der Empfang bestimmt besser sein. Entschlossen lief sie in den Wald hinein, um die Strecke zum Spazierweg nach Braunfels abzukürzen.

Da, ein Balken! Oh nein, schon wieder weg. Hastig eilte Julia weiter durch das Gestrupp, was keine leichte Angelegenheit war. Sie hatte sich dem Anlass entsprechend angezogen und trug ein graues Leinenkleid mit gekräuselten Ärmeln, darüber eine dunkelgrüne Schürze und ein schwarzes, geschnürtes Mieder. Ein Paar dünne, knöchelhohe Lederstiefel vervollständigten ihr mittelalterliches Erscheinungsbild. Hübsch anzusehen, aber nicht das ideale Outfit, um durchs Unterholz zu streifen. Immer wieder verfing sich der lange Rock in auf dem Boden liegenden Ästen und sie musste anhalten, um den Stoff vorsichtig loszumachen.

Erneut flackerte der Balken auf. Sofort tippte sie wieder auf das WhatsApp-Zeichen, nur um die inzwischen vertraute

Fehlermeldung zu erhalten. Wütend starrte Julia auf das Handy, als könne die Macht ihrer Gedanken bewirken, die Verbindung in Gang zu setzen.

Doch statt des Signaltons beim Eingang einer Nachricht erklangen ein Rascheln und ein Stöhnen.

Julia riss den Kopf hoch. Vor ihr stand ein junger Mann, der ebenso verbissen in seine Hand starrte, wie sie es selbst gerade getan hatte. Und ebenso wie sie trug er ein mittelalterliches Kostüm samt Waffengürtel und Schwertgehänge. Ein sehr authentisches Kostüm, wie sie zugeben musste, auch wenn sein langärmliger, wattierter Gambeson viel zu warm war für diesen heißen Spätsommertag.

Julia lächelte. Offensichtlich war sie nicht die Einzige, die für einen Moment die Welt des Mittelalters verlassen hatte, um ihre Nachrichten zu checken.

Samstag, 29. August 1515

Severians Finger strichen über die Rüstung und blieben für einen Moment auf der Halsberge liegen. Eine Staubschicht hatte sich dort auf dem Metall gebildet. Wie lange hatte er den Plattenpanzer nicht mehr getragen? Eine Ewigkeit, wie es ihm schien, und doch waren seitdem nur wenige Monate vergangen.

Mit den Fingerkuppen fuhr er an den geschwärzten Platten entlang und berührte beinahe zärtlich den Rüsthaken, auf dem die Lanze aufgestützt wurde. Die Erinnerungen drängten in sein Bewusstsein, ohne dass er es verhindern konnte. Das Schließen des Visiers, ehe man dem Pferd die Sporen gab und in die Schranken galoppierte, den gegnerischen Reiter fest im Blick. Das Rauschen des Blutes in den Ohren, die Begeisterungsrufe der Zuschauer, der Triumph des Sieges. Die Abende zusammen mit den Kampfgenossen – Lachen, Erzählungen, Wein und Lieder. Am nächsten Morgen wieder die Waffe in der Hand, neue Kämpfe, ob im Turnier, im täglichen Training oder im Kampf gegen plündernde Landsknechthaufen. Jeder Tag eine Herausforderung und doch eine Freude in der Runde gleichgesinnter Ritter, einer eingeschworenen Gemeinschaft treuer Freunde.

Seine Hand presste sich gegen die gewölbte Brustplatte des Harnischs. Ein Ritter war er immer noch, zumindest nach Stand und Titel. Doch von seinem ritterlichen Leben war ihm nichts geblieben als eine Rüstung auf einem Holzgestell. Die letzte Handlung seines sterbenden Vaters war es gewesen, die Familie gegen eine hohe Summe aus der Abhängigkeit des Grafen von Weilshausen zu lösen. Ein Segen für Severian und seine Angehörigen, denn dies stellte auf Dauer eine finanzielle

Entlastung dar, dennoch empfand er alles andere als Freude. Mochte er sich weiterhin Ritter nennen dürfen, für den Rest seines Lebens würde er nicht mehr sein als ein Grundherr.

Vom Harnisch glitten seine Finger hinab zu dem Kettenhemd, das zum Schutz des Unterleibes unter der Rüstung getragen wurde. Die kleinen Eisenringe klirrten in seiner Hand – mahnend und vorwurfsvoll, wie es ihm schien. Wenn man das Kettengeflecht nicht regelmäßig trug, setzte es Rost an. Er spürte, wie sich seine Gesichtszüge verhärteten. Vielleicht sollte er einen Edelknaben in die Burg holen, den er zum Knappen ausbilden konnte. Andere zu trainieren hatte ihm stets gefallen und es wäre ein Weg, ein Stück des Lebens zurückzubekommen, das er so schmerzlich vermisste.

»Severian.«

Er nahm seine Hand von der Rüstung, drehte sich um und neigte den Kopf vor seiner Mutter, die in die Rüstkammer eingetreten war. Adelgundis war trotz ihres fortgeschrittenen Alters von Mitte vierzig noch immer eine schöne Frau. Ein Geschenk Gottes zum Ausgleich dafür, dass sie nach der Geburt ihres zweiten Sohnes kein Kind mehr empfangen hatte.

Severian hob den Kopf und bemühte sich trotz seiner bedrückenden Gedanken um ein Lächeln. »Was führt Euch zu mir, Mutter?«

»Ich war erstaunt zu erfahren, dass du dein Pferd satteln lässt.«

»Heute soll im Kloster damit begonnen werden, einen neuen Viehstall zu errichten. Dort wollte ich hinreiten, um den Abt zu fragen, ob er noch Helfer benötigt, und ihm bei Bedarf einige unserer Knechte schicken.«

»Und das muss während der Mittagszeit geschehen?«

Der Vorwurf in ihrer Frage entging ihm nicht, zumal sie recht hatte. Seinem Vorhaben wohnte keine Eile inne – es war nur ein Vorwand, um nicht an der Mittagstafel sitzen zu müssen.

»Elisabetha wird über deine Abwesenheit enttäuscht sein.«

»Das bezweifle ich«, erwiderte er härter als beabsichtigt.

Seine Mutter trat einen Schritt auf ihn zu und legte ihre Hand auf seine Wange. »Elisabetha ist ein gottesfürchtiges, zurückhaltendes Mädchen. Doch bin ich mir sicher, sie wird sich dir öffnen. Allerdings musst du ihr dafür Gelegenheiten bieten.«

Severians Lippen wurden schmal. »Ich kenne Elisabetha seit dem Tag ihrer Geburt. Graf Wolfram zeigte uns Pagen damals voller Stolz seine jüngste Tochter. Über Jahre hinweg lebten sie und ich zusammen in der gleichen Burg, ich bin ihr also keineswegs fremd.«

Adelgundis schüttelte den Kopf. »Damals war Elisabetha noch ein Kind. Liebe braucht Zeit, sich zu entwickeln.«

»Betonst du nicht stets, dass dein Herz sofort für Vater zu schlagen begann, als du ihn zum ersten Mal gesehen hast?«, erwiderte er sarkastisch.

Ungeachtet seines Tonfalls erschien ein Lächeln auf dem Gesicht seiner Mutter. »Dein Vater und ich haben die seltene Gnade erfahren, ab dem ersten Augenblick Gefühle füreinander zu empfinden.«

»Seltene Gnade? Auch Maria von Burgund und der Kaiser waren sofort in Liebe entbrannt, wie es heißt.«

Adelgundis seufzte. »Jeder muss seinen eigenen Weg gehen. Weder bist du dein Vater noch Seine Hoheit Kaiser Maximilian.« Sie tätschelte seine Wange, so wie sie es früher oft getan hatte. »Gestehe nicht nur Elisabetha Geduld zu, sondern auch dir, mein Sohn.«

Er verschränkte die Arme vor der Brust. Gab seine Mutter ihm die Schuld an Elisabethas Zurückhaltung? Das war völlig haltlos! Seit er denken konnte, war es ihm leicht gefallen, Freundschaften einzugehen. Sowohl bei Jüngeren als auch bei Älteren war er beliebt gewesen. Auch sein Äußeres war, wenn er dem Spiegelbild und den Worten seiner Freunde glauben konnte, für Frauen wohlgefällig. Und keine der Huren, bei denen er gelegen hatte, hatte sich je über sein Benehmen oder gar seine Manneskraft beschwert.

Sein Blick richtete sich an seiner Mutter vorbei auf den Ausgang der Rüstkammer. Es war immer sein oberstes Ziel gewesen, den ritterlichen Wertvorstellungen gerecht zu werden; der Bildung hatte er sich ebenso wenig verschlossen wie dem Schutz der Armen und Schwachen. Genauso selbstverständlich war es für ihn, das Ideal der vielbesungenen Minne zu erreichen und die Liebe seiner zukünftigen Gemahlin zu erringen. Doch Elisabethas furchtsamer Blick war ein ständiges Mahnmal seines Scheiterns. Dass es neben dem Kaiser sogar seinem Vater gelungen war, das Herz der ihm zugesprochenen Frau zum Glühen zu bringen, machte die Angelegenheit nicht besser.

Severian atmete tief durch. Trotz allem lag Wahrheit in den Worten seiner Mutter. Sich vor Elisabetha zu verstecken wie die Maus vor der Katze war seiner nicht würdig und würde nicht den gewünschten Erfolg bringen. Wie oft hatte er vermeintliche Niederlagen in Siege verwandeln können! Bei seiner zukünftigen Gemahlin würde ihm dies ebenfalls gelingen – schließlich erwartete man das von ihm.

Graf Wolfram von Weilshausen hatte auf eine Verlobung seiner Tochter Elisabetha mit Severian bestanden, um die Verbundenheit der Familien von Weilshausen und von Felsbrunn nach Auflösung aller rechtlichen Verpflichtungen aufrechtzuerhalten. Weder würde Severian den Wunsch des Grafen noch den seines Vaters missachten, der dieser Verlobung erfreut zugestimmt hatte.

Er nahm die Hand seiner Mutter von seiner Wange und hauchte einen Kuss auf ihre Finger. »Ihr habt recht, Mutter. Ich werde mich mehr bemühen, Elisabethas Gefühle für mich zu steigern.«

Im Gesicht seiner Mutter erschien nicht der zufriedene Ausdruck, den er erhofft hatte.

Severian seufzte innerlich. Vermutlich wollte Adelgundis nicht nur schöne Worte hören, sondern Taten sehen. Er ignorierte den Widerstand, der sich jedes Mal in ihm regte, wenn es um seine Verlobte ging, und erklärte: »Am Nachmittag werde ich zurück sein. Lasst bis dahin Elisabethas Stute und das Maultier ihrer Zofe satteln, ich werde mit ihr einen Ausritt in die Umgebung unternehmen.«

Adelgundis nickte, dennoch wurde Severian das Gefühl nicht los, nicht das getan zu haben, was seine Mutter von ihm erwartet hatte. Er neigte den Kopf und wollte zum Ausgang der Rüstkammer gehen, doch die sanfte Berührung seiner Mutter hielt ihn zurück.

»Du weißt, dass zur Liebe immer zwei gehören, mein Sohn?«

Er musste sich beherrschen, in höflichem Tonfall zu antworten. »Das ist mir bekannt. Ich gedenke Elisabetha in keiner Weise zu enttäuschen.« Eine ebenso glückliche Ehe zu führen wie seine Eltern oder der Kaiser, sollte keine Schwierigkeit sein. Sobald Elisabetha ihre Scheu ihm gegenüber abgelegt hatte, würden sich auch bei ihm die notwendigen Gefühle einstellen. Das hoffte er zumindest.

Severian ignorierte das unangenehme Gefühl in seiner Magengegend, neigte erneut den Kopf vor seiner Mutter und trat hinaus in den Schlosshof.

Dort empfingen ihn eine für Ende August ungewöhnliche Kälte, die mit Nieselregen einherging, sowie ein griesgrämig dreinblickender Pferdeknecht, der den gesattelten Rappen am

Zügel hielt. Severian wollte auf beide zueilen, da sah er aus den Augenwinkeln Conradin aus der Schlosskapelle treten. Raschen Schrittes ging er auf seinen zwei Jahre jüngeren Bruder zu.

»Ich werde über Mittag fort sein«, kam er ohne Umschweife zur Sache. »Kannst du während des Essens dafür sorgen, dass meine Verlobte sich nicht langweilt? Mutter hat mir diesbezüglich Vorwürfe gemacht.«

Conradins Augen flackerten kurz, dann nickte er. »Ich kümmere mich um Elisabetha.« Trocken fügte er hinzu: »Das habe ich in deiner Abwesenheit immer getan.«

Dankbar, wenn auch verärgert, dass sein Bruder ihn ebenfalls auf seine Versäumnisse hinwies, nickte Severian und wandte sich ab. Im Umgang mit Conradin verhielt sich Elisabetha merkwürdigerweise nicht so reserviert wie mit ihm. Vielleicht wäre es eine gute Idee, seinen Bruder auf den Ausritt mitzunehmen. Conradins Gegenwart würde Elisabetha entspannen und peinliche Gesprächspausen verhindern.

Er schüttelte den Kopf. Nein. Wenn er wünschte, dass seine zukünftige Gemahlin sich in ihn verliebte, musste er sich wohl oder übel selbst darum kümmern.

Mit langen Schritten ging Severian auf seinen Rappen zu und warf einen Blick in den wolkenverhangenen Himmel. Möglicherweise nahm der Regen noch zu und würde einen Ausritt für eine edle Dame unzumutbar gestalten. Severian stieß ein Schnauben aus. Seine Mutter und sein Bruder hatten allen Grund, sein Benehmen Elisabetha gegenüber zu tadeln! Er nahm dem Stallknecht die Zügel aus der Hand und schwang sich in den Sattel. Er würde tun, was jeder von ihm erwartete und eine vorbildliche Ehe führen, erfüllt von tiefer Zuneigung, wie die Sänger sie in ihren Liedern priesen! Elisabetha wahrhaft zu lieben war kein Gnadenakt, wie seine Mutter ihm weismachen wollte, sondern einzig eine Frage des Willens.

Severian drückte dem Rappen die Fersen in die Flanken und galoppierte durch das Tor. Die Hufe des Pferdes hallten auf der steinernen Brücke wider, welche das kleine Wasserschloss mit dem Land verband. Vorbei am Weiherhaus, den Stallungen und den Feldern, jagte er auf den Wald zu, der in einiger Entfernung begann.

Bald tauchte er in den dunklen Forst ein. Wie ein schützendes Dach breitete sich das dichte Blätterwerk der Bäume über ihm aus und hielt den Regen ab. Nach einer Weile zügelte Severian sein Ross und der Rappe verfiel in den Schritt. Auf halbem Weg zwischen Schloss und Kloster stand eine Marienkapelle. Wie stets, wenn er an dem kleinen Gotteshaus vorüberkam, bekreuzigte er sich und murmelte ein kurzes Gebet.

Nachdenklich ließ er das Pferd antraben. Sobald er sich vom Stand der Bauarbeiten im Kloster überzeugt hatte, würde er dort in der Kirche Gottes Beistand für Elisabetha und sich erflehen. Der allmächtige Vater würde ihm wie so oft den rechten Weg weisen.

In klarer, schmuckloser Schönheit erhob sich das Kloster auf einer Lichtung inmitten des Waldes. Getreu den Statuten des Ordens war beim Bau auf jeden Prunk verzichtet worden. Die Zisterzienserabtei zu Braunfels besaß weder Türme noch Buntglasfenster, keine Figuren zierten die unverputzte Steinfassade. Nichts sollte die Andacht und das Gebet stören, kein Pomp die Mönche und Brüder ablenken. Auch das kleine Gästehaus neben dem Kloster war von schlichter Bauart.

Severian parierte seinen Rappen zum Schritt und hielt auf die Klosterpforte zu. Sie stand offen, doch niemand war zu sehen, was allerdings nicht verwunderlich war. Die Glanzzeiten des Klosters waren längst vorüber. Kaum mehr fanden sich Männer, die in den Orden eintreten wollten. Alle strebten in die Städte, den neuen Bettelorden der Franziskaner und Dominikaner zu, auch das Gästehaus stand leer. Einst war das Kloster Braunfels reich und unabhängig gewesen; die Gemeinschaft stolz, nicht von abhängigen Bauern, sondern von ihrer eigenen Hände Arbeit zu leben. Unzählige Laienbrüder hatten auf den Grangien, den zum Kloster gehörenden Wirtschaftshöfen, gearbeitet, während die meist aus dem Adel stammenden Chormönche die Stundengebete verrichtet und den Dienst im Skriptorium versehen hatten.

Doch diese Zeiten gehörten der Vergangenheit an. Das Kloster hatte die Grangien an Bauern vergeben und lebte nun von deren Abgaben. Die meisten dieser Wirtschaftshöfe lagen weit entfernt, sodass es schwierig war, die Bauern für die Hand- und Spanndienste heranzuholen. So hatte Severians Familie die Unterstützung des Klosters im Ausgleich für Gebete für ihr Seelenheil übernommen.

Hinter dem Kloster erklangen Hammerschläge und das Geräusch einer Säge, die Laienbrüder schienen bereits mit der Arbeit am Viehstall begonnen zu haben. Severian sprang aus dem Sattel und umrundete das Kloster entlang der Südseite, damit er auf seinem Weg einen Blick ins Skriptorium werfen konnte. Neugierig sah er durch die Spitzbogenfenster ins Innere des Schreibsaales, in dem Pulte mit Bänken und Bücherregale standen. Bücher, oder besser gesagt das Wissen, das sie enthielten, hatten ihn schon immer fasziniert.

Die früheren Äbte des Klosters waren aufgeschlossene Männer gewesen, sie hatten neben den heiligen Schriften Abhandlungen über Heilkunde sowie Werke der Antike gesammelt. Aurelian, der jetzige Abt, kannte Severians Interesse und legte ihm regelmäßig einen Folianten ins Paradies, die Vorhalle der Klosterkirche, damit er ihn dort lesen konnte. Das Betreten des Klosters war Severian – wie jedem anderen, der nicht zum Orden gehörte – verboten. Ein Umstand, den er bedauerte. Zu gerne hätte er sich im Skriptorium umgesehen, mit den Fingern über die dunklen Ledereinbände der Bücher gestrichen und in den Seiten geblättert. Stattdessen starrte er sehnsüchtig von außen in den Büchersaal hinein – und runzelte prompt die Stirn.

Jemand stand an den Regalen, einen aufgeschlagenen Folianten in den Händen, und studierte die Seiten. Die Falten in Severians Stirn vertieften sich. Die Klosterkirche besaß keinen Glockenturm, der mit lautem Geläut die Gebetszeiten verkündete, sondern nur einen hölzernen Dachreiter mit einer einzelnen Gebetsglocke. Dennoch hatte er über das Schlagen des Hammers hinweg deren Schall vernommen. Alle Chormönche waren nun zur Sext in der Kirche versammelt, die Laienbrüder mit dem Bau des Stalles beschäftigt oder bei der Arbeit in Garten und Küche.

Niemand hatte um diese Zeit etwas im Skriptorium zu suchen.

Severian trat näher an ein Spitzbogenfenster heran. Der Mann im Skriptorium war kein Chormönch, weder trug er den schwarzweißen Habit noch die Tonsur des Heiligen Petrus, die bloß einen runden Haarkranz erlaubte. Stattdessen war er in ein graues Obergewand gekleidet und sein Haupthaar nur in der Größe einer Münze geschoren. Einer der Laienbrüder also!

Severian kniff die Augen zusammen, musterte den Mann im Skriptorium genauer und sein Mund verzog sich zu einem Strich. Es war Bruder Ignatius, der erst vor wenigen Wochen in das Kloster gekommen war. Abt Aurelian, froh um jeden, der den Weg in seine Gemeinschaft fand, hatte ihn herzlich willkommen geheißen. Severian hatte die Begeisterung des Klostervorstehers nicht geteilt. Irgendetwas an Bruder Ignatius weckte sein Misstrauen, wenngleich er es nicht benennen konnte.

Möglicherweise war es die Art, wie der Neue sprach – einen solchen Dialekt hatte er noch nirgendwo vernommen, obwohl er vielen Menschen aus den unterschiedlichsten Landstrichen begegnet war. Vielleicht war es aber auch Ignatius' verstohlener Blick. Nichts schien den wässrig blauen Augen des neuen Laienbruders zu entgehen, als wollte er sich alles einprägen, was er sah. Nun trieb er sich unerlaubt im Skriptorium herum. Was hatte er dort zu schaffen? Fast sah es aus, als läse er in dem Folianten. Doch dem Abt gegenüber hatte Ignatius versichert, des Lesens und Schreibens nicht mächtig zu sein. Er wäre ein Knecht in einem Kaufmannshaus gewesen und hätte sich, zum Dank für die Gesundung nach schwerer Krankheit, für den Dienst am Herrn entschieden.

Rasch, damit Ignatius ihn nicht bemerkte, wandte sich Severian ab. Er würde Aurelian nach der Sext von seiner Beobachtung berichten. Zwar gab es für die Anwesenheit des Laienbruders im Skriptorium bestimmt eine Erklärung, dennoch wollte er die Sache nicht auf sich beruhen lassen. In den zurückliegenden Jahren hatte er gelernt, seinen Instinkten zu vertrauen.

Sein Pferd neben sich führend, ging Severian weiter und bog um die Ecke zur Ostseite des Klosters. Zehn Laienbrüder errichteten dort im Nieselregen ein Steinfundament und bearbeiteten Bretter.

Seine Ankunft wurde schnell bemerkt. Einer der Brüder trat auf ihn zu und neigte den Kopf. »Guten Tag, Euer Hochwohlgeboren. Der Herr sei mit Euch.«

»Guten Tag, Bruder Johannes«, erwiderte Severian den Gruß des älteren Mannes. »Wie schreitet der Bau voran? Soll ich euch Hilfe schicken?«

»Ein paar zusätzliche Hände könnten nicht schaden, Herr. Wir sind nicht mehr die Jüngsten.« Bruder Johannes, dessen

Tonsur einer Glatze gewichen war, lächelte. »Der Abt hat auf dieses Angebot von Euch gehofft.«

Severian blickte sich um. Die anderen Laienbrüder waren ebenfalls im fortgeschrittenen Alter. Ihre Haare, wenn noch vorhanden, waren schlohweiß oder ergraut. Verständlich, dass der Abt sich über den deutlich jüngeren Ignatius gefreut hatte. Prompt fiel Severian seine Beobachtung im Skriptorium ein. »Warum hilft der neue Bruder nicht mit?«

»Ignatius? Er fühlte sich unwohl und hat darum gebeten, sich zurückziehen zu dürfen.« Ein Grinsen huschte über Johannes' Gesicht. »Wie es scheint, hat sich das Gedärm des Bruders immer noch nicht mit unserer Klosterküche angefreundet.«

Severian fiel es schwer, einen unbeteiligten Gesichtsausdruck beizubehalten. Also war sein Verdacht begründet! »Ich werde in die Kirche gehen und nach dem Stundengebet mit dem Abt über die Zahl der Bauern sprechen, die ich euch schicken kann.« Er nickte Johannes zum Abschied zu und ging den Weg zurück, den er gekommen war. Abt Aurelian musste dringend von seiner Entdeckung und den Lügen Bruder Ignatius' erfahren!

Auf der Höhe des Skriptoriums verlangsamte Severian seine Schritte und spähte ins Innere des Saales. Von Ignatius war nichts mehr zu sehen. Severian trat um die Ecke auf den Vorplatz und zog im gleichen Moment sein Pferd am Zügel wieder zurück. Aus der Klosterpforte trat, verstohlene Blicke nach beiden Seiten werfend, Bruder Ignatius. Die Arme um einen Gegenstand geschlungen, eilte der Laienbruder auf den Wald zu.

Die weiten Ärmel der Kutte verwehrten Severian die Sicht auf das, was Ignatius an seinen Körper gepresst trug, dennoch vermutete er zu wissen, um was es sich handelte. Einen Moment blieb er noch hinter der Ecke verborgen, dann führte er den

Rappen zum Gästehaus hinüber, band ihn an einem der Pflöcke vor dem Eingang fest und folgte Ignatius zu Fuß in den Wald.

Sein Gebet wegen Elisabetha, das Gespräch mit dem Abt und der Ausritt mit seiner Verlobten mussten warten. Zuerst musste er herausfinden, warum der Laienbruder ein Buch aus dem Skriptorium gestohlen hatte – und wohin er es brachte!

Im Schutz von Hecken und Baumstämmen verfolgte Severian Ignatius. Der Laienbruder hatte den Weg in Richtung des Schlosses eingeschlagen. Anfangs blieb Ignatius immer wieder stehen und blickte sich um. Als er jedoch überzeugt schien, dass niemand sein Fortgehen bemerkt hatte, sah er sich nicht mehr um, sondern schritt zielstrebig voran. Was bei allen Heiligen hatte der Bruder mit dem Buch vor?

Nach einer Weile beschrieb der Weg eine Biegung und vor ihnen tauchte die Marienkapelle auf. Severian bekreuzigte sich erneut, verzichtete dieses Mal jedoch auf ein Gebet. Ignatius war stehen geblieben und sah sich nach allen Seiten um. Dann betrat er das kleine Gotteshaus und zog die Tür hinter sich zu. Severian runzelte die Stirn. War Ignatius hergekommen, um in der Abgeschiedenheit der Kapelle ungestört in dem Buch blättern zu können? Oder traf er sich hier mit jemandem, dem er das Buch verkaufen wollte?

Angestrengt lauschte Severian auf Stimmen, doch es schien niemand bei Ignatius in der Kapelle zu sein. Die Fensterluken waren klein und hoch angebracht, sodass es ihm nicht möglich war, hineinzusehen. Er würde einen Moment warten, ob jemand kam. Wenn er Ignatius eines Vergehens überführen wollte, war es besser, ihn auf frischer Tat zu ertappen.

Er lehnte sich an einen Baum, von dem aus er ungesehen und im Trockenen den Eingang der Kapelle beobachten konnte. Seine Hand glitt in die Tasche seines Gambesons und zog ein daumengroßes Stück Lindenholz heraus. Gedankenverloren drehte Severian das Holz zwischen den Fingern. Schon als Junge hatte er es geliebt, Figuren zu schnitzen und über die Jahre waren diese immer filigraner geworden. In seiner Vorstellung hatte er seiner Gemahlin die schönsten seiner Werke zur Hochzeit überreicht. Doch je näher der Tag seiner Vermählung rückte, desto mehr zweifelte er an dieser Idee.

Missmutig fuhr er mit den Fingerkuppen über die Furchen der Rinde. Elisabetha waren seine Schnitzfiguren, die überall im Schloss verteilt standen, aufgefallen. In der Hoffnung, sie in ein Gespräch verwickeln zu können, hatte er ihr von der Entstehung einzelner Figuren erzählt: dem geflügelten Drachen, den er in der Nacht vor seinem ersten Turnier angefertigt hatte, weil er vor Nervosität nicht hatte schlafen können; die Katzenfamilie, die entstanden war, als er wegen eines verstauchten Knöchels mehrere Tage nicht hatte gehen dürfen, und die Ritterfiguren, die er einst seinem Sohn zu schenken gedachte. Doch Elisabetha hatte ihn nur stumm angeblickt und er hatte die Erleichterung in ihren Augen gesehen, als er sich von ihr zurückgezogen hatte.

Seufzend umschloss er das Holzstück mit der Hand. Welche Figur würde Elisabetha Freude bereiten? Ehrlicherweise wusste er es nicht – so wie er auch sonst nichts über die Vorlieben und Abneigungen seiner zukünftigen Ehefrau wusste.

Er stopfte das Lindenholz zurück in die Tasche und verließ mit leisen Schritten seinen Beobachtungsposten in Richtung der Kapelle. Noch war niemand erschienen und er wollte nicht länger warten. Seine Hand legte sich um den Griff seines Schwertes, während er sich durch den Regen dem Gotteshaus näherte.

Dort angekommen, öffnete er die Tür einen Spalt, spähte hinein – und blinzelte verwundert. Die Kapelle schien leer. Das Schwert kampfbereit in beiden Händen, trat Severian ein und sah sich um. Weder verbarg sich der Laienbruder hinter der Tür noch zwischen den wenigen Bänken. Einen zweiten Ausgang gab es ebenso wenig, wie sich ein Mann durch die schmalen Fensterluken hätte zwängen können. Auch der Foliant, den Ignatius aus dem Skriptorium mitgenommen hatte, war nirgends zu entdecken.

Severian lief zum Altartisch, doch auch dort war Ignatius nicht. Er presste die Lippen zusammen. Der Laienbruder hatte die Kapelle nicht verlassen, dessen war er sicher. Wo war er?

Ratlos blickte er zu dem Hochaltar, der hinter dem Altartisch in Felsen eingebaut worden war. Die Felsen bildeten die Rückwand der Kapelle, in Holz gerahmte Gemälde unterschiedlicher Größe waren vom Boden bis zur Decke exakt in den Stein eingepasst. Die Holzkassetten zeigten Szenen aus dem Leben von Jesus und Maria, grob gemalt von einem unbekannten Meister.

Severian riss seine Aufmerksamkeit von den Bildnissen los. Für Ignatius' Verschwinden musste es eine Erklärung geben: Wenn der Bruder die Kapelle nicht verlassen hatte, befand er sich noch darin. Argwöhnisch betrachtete Severian den Altartisch und die Sandsteinplatten am Boden, dann ging er in die Knie und strich mit den Fingern über beides. Doch weder der Fußboden noch der Tisch des Herrn wiesen geheime Falltüren auf. Probeweise versuchte er, den Altartisch zu verrücken, doch wie erwartet bewegte sich dieser nicht einen Fingerbreit.

Verärgert erhob sich Severian. Wo bei allen Heiligen befand sich Ignatius? Es gab keine Versteckmöglichkeit in der Kapelle, aber der Laienbruder konnte sich nicht in Luft aufgelöst haben! Finsteren Blickes starrte er auf die Holzkassetten des Hochaltars. Der Legende nach war die Marienkapelle errichtet worden, da an dieser Stelle einst einer Gruppe Mönche die Heilige Jungfrau erschienen war. Die Gottesmutter wäre aus den Felsen getreten und hätte zu den Brüdern gesprochen, um kurz darauf wieder in den Steinen zu verschwinden.

Severian seufzte. Gegen eine Erscheinung Mariens, die ihm verriet, wohin Ignatius verschwunden war, hätte er jetzt nichts einzuwenden gehabt. Angestrengt blickte er auf die große Holzkassette, die die besagte Erscheinung Marias vor dem Felsen zeigte. Das Bildnis der Jungfrau war in Lebensgröße gemalt, die Kassette reichte vom Boden aus bis auf die Höhe seiner Schultern. Doch bedauerlicherweise schwieg die Gottesmutter.

Er wollte sich abwenden, um weitere Sandsteinplatten abzutasten, da blieb sein Blick am Rahmen der Holzkassette hängen. Severian sog scharf die Luft ein. Zwischen dem Holzrahmen und der Felswand klaffte ein Spalt! Eilig trat er an das Bild heran und bemerkte nun auch den Mörtel, der auf dem Boden lag. Mit beiden Händen griff er nach dem Rahmen, zog daran – und die Bildkassette glitt aus dem Felsen und gab einen schmalen Durchgang frei.

Sein Herzschlag beschleunigte sich, doch er zögerte keinen Moment. Severian lehnte das Bildnis der Gottesmutter an den Felsen und betrat mit gezogenem Schwert den engen Durchlass. Wohin mochte ihn dieser Gang führen? Und woher wusste Ignatius von diesem Weg? Severians Hand schloss sich fester um den Griff seines Schwertes, angestrengt lauschte er auf Geräusche. Doch außer seinem eigenen Atem hörte er nichts.

Zehn Schritte später fand er sich in einer Höhle wieder. Im schwachen Schein des Lichtes, das durch den Durchgang fiel, sah er sich um. Er war allein. Severian unterdrückte einen Fluch. Dafür gab es nur eine Erklärung: Die Höhle besaß einen zweiten Ausgang.

Er drehte sich um und begann die Felswand, die sich links an den Durchlass anschloss, mit der Hand abzutasten. Stück für Stück arbeitete er sich an den Steinen entlang. Irgendwo musste es einen Tunnel geben, der ins Freie führte. Inzwischen war er sicher, dass Ignatius das Buch aus dem Skriptorium nicht lesen, sondern verkaufen wollte. Er musste ihn finden, bevor es dazu kam!

Eilig glitten seine Finger über die rauen Felsen, bis er schließlich ins Leere griff. Der Ausgang! Mit einem kalten Lächeln trat Severian in die Schwärze des Tunnels ein. Ignatius würde überrascht sein, bei seinem schändlichen Tun ertappt zu werden.

Behutsam setzte Severian in der Dunkelheit einen Fuß vor den anderen, bemüht, kein Geräusch zu verursachen. Der Tunnel war eine Armspanne breit und inzwischen drang kein Licht mehr vor. Er bewegte sich in Finsternis und die Kälte nahm mit jedem Schritt zu – und mit ihr ein seltsames Summen. Wie in einem Bienenstock erklang das tausendfache Surren von Flügeln um ihn herum. Severians Hand krallte sich in den Felsen und er zwang sich, rasch weiterzugehen. Ignatius hatte den Weg beschritten, also würde er es auch schaffen. Das Surren wurde lauter, fast war es, als wäre das Geräusch nicht um ihn herum, sondern direkt in seinem Kopf. Severian vergaß jegliche Vorsicht und eilte in der Dunkelheit voran, so schnell er konnte. Endlich entdeckte er einen hellen Fleck vor sich. Das Flügelschlagen ließ nach und er stolperte das letzte Stück aus dem Tunnel hinaus.

Kampfbereit hielt er sein Schwert vor sich und fand sich zu seiner Verwunderung allein in einer weiteren Höhle wieder. Seufzend senkte er seine Waffe. Ignatius aufzuspüren glich der Jagd nach einem Kaninchen in seinem Bau. Suchend sah er sich in der schwach erhellten Felsengrotte um und entdeckte schräg vor sich in der Wand einen schmalen Durchlass.

Er durchmaß die Höhle, zwängte sich durch den Gang und traute seinen Augen nicht. Er befand sich wieder in der Kapelle.

Vor Wut stieß er sein Schwert auf den Boden. Er war in dem Tunnel im Kreis gelaufen und Ignatius war längst über alle Berge!

Severian hastete zum Ausgang der Kapelle. Der Laienbruder hatte ihn an der Nase herumgeführt! Ignatius hatte gemerkt, dass er ihm gefolgt war, und hatte sich die Posse mit dem Tunnel ausgedacht, um ihn in die Irre zu führen. Und der Plan des gerissenen Laienbruders war aufgegangen. Severian gab ein Knurren von sich. Wie ein dummer Bauer hatte er sich übertölpeln lassen. Er sollte Gott nicht nur um Liebe zu Elisabetha anflehen, sondern auch um mehr Verstand!

Wütend auf sich selbst stieß Severian die Tür der Kapelle auf, nur um im gleichen Moment geblendet die Augen zu schließen. Der Wald um ihn herum strahlte im Sonnenlicht. Immerhin war das Wetter umgeschlagen, wenn auch plötzlich. Noch immer zornig stapfte Severian in Richtung des Klosters los. Bereits nach kurzer Zeit lief ihm der Schweiß den Rücken herunter, für dieses Sommerwetter war sein Gambeson viel zu warm. Er löste die oberen Schnürbänder und genoss die Luft an seiner Brust. Wenigstens konnte er sein Vorhaben mit dem Ausritt noch in die Tat umsetzen, tröstete er sich. Nach dem Gebet in der Klosterkirche würde er dem Abt seine Beobachtungen schildern und dann …

Stimmen, Lachen und das Geräusch von Händeklatschen ließen Severian innehalten. Mit einem Sprung hastete er vom Weg in den Wald hinein, wo er regungslos verharrte. Der Lärm kam vom Kloster! Und nun vernahm er nicht nur Gelächter und Beifall, sondern eindeutig den Klang von Schwertern. Seine Hand fasste den Griff seiner eigenen Waffe fester, während er sich einen Weg durch das Unterholz bahnte. Braunfels lag in einem abgeschiedenen Tal des Odenwaldes, von Krieg und Verwüstung war es stets verschont geblieben. Dennoch war es möglich, dass eine marodierende Bande Landsknechte hierher gefunden hatte, um das Kloster seiner Schätze und Essensvorräte zu berauben.

Angespannt lief Severian weiter. Allein würde er gegen die Fremden nichts ausrichten können, doch er musste sich einen Überblick über die Lage verschaffen. Endlich erreichte er den Rand der Lichtung, auf der das Kloster stand.

Was er sah, nahm ihm den Atem. Sein freier Arm umschlang den Stamm einer Eiche, um ihm Halt zu geben, während er fassungslos vor sich auf die Waldschneise blickte.

Es war nicht der Anblick der mehr als ein Dutzend Ritter, der ihm einen eisigen Schauer über den Körper jagte. Es war auch nicht die ungewohnte Form und Farbgebung ihrer Zelte. Es war das Kloster. Das Kloster war fort! Stattdessen … Ruinen. Überreste einzelner Mauern sowie Bögen von ehemaligen Säulengängen. Dort, wo eben noch Kirche, Skriptorium und Gästehaus gewesen waren – war nichts.

Severians Hand löste sich von dem Baumstamm. Mit offenem Mund schritt er auf den Ort zu, wo vorhin die Zisterzienserabtei gestanden hatte. Er musste träumen. War er beim Beobachten des Kapelleneingangs und den Gedanken an seine Schnitzereien eingeschlafen? Vielleicht beim Ritt zum Kloster vom Pferd gestürzt und bewusstlos geworden? Das musste es sein.

Kurzentschlossen steckte er sein Schwert in die Scheide und zog sein Messer aus dem Waffengürtel. Mit einer schnellen Bewegung fuhr er mit der Klinge über seine linke Handfläche. Wie benommen starrte er auf das Blut, das leuchtend rot aus dem Schnitt in seiner hohlen Hand quoll. Er träumte nicht.

Seine Kehle wurde eng. Er hatte keine Erklärung für das, was hier geschehen war oder dafür, wer die Ritter waren, die … Das Knacken von Zweigen ließ seinen Kopf hochschnellen.

Eine junge Frau, deren Näherkommen er in seiner Verwirrung nicht bemerkt hatte, stand vor ihm. Sie trug das Gewand einer Magd und in ihren rotbraunen Locken brach sich das Sonnenlicht, das durch das Laubwerk fiel. Mit gerunzelter Stirn starrte sie auf etwas, das sich in ihrer Hand befand. Ein in weißes Leder gefasster, rechteckiger Spiegel, wie es aussah.

Sie hob den Blick von dem Spiegel und sah ihn überrascht an. Dann lächelte sie und ein wissender Ausdruck erschien auf ihrem Gesicht. »Auch auf der Suche nach Empfang?« Die Frau sprach mit einem fremden Akzent, der ihm dennoch bekannt vorkam. »Das ist vollkommen aussichtslos«, fuhr sie fort. »Mehr als einen Balken gibt es hier nicht.«

Sie schien auf eine Erwiderung zu warten, doch Severian konnte nichts sagen. Ihr Lächeln und die funkelnden tiefbraunen Augen verhinderten es ebenso wie die Tatsache, dass er kein Wort von dem begriff, was diese Magd zu ihm sprach.

Samstag, 29. August 2015

Der Mann vor ihr im Wald sagte nichts. Aus eisblauen Augen starrte er sie an, sein Blick eine Mischung aus Verwirrung, Bestürzen und Arroganz.

Erst jetzt, da sie ihn näher betrachtete, merkte Julia, dass sie ihn nicht kannte. Er gehörte nicht zur *Braunfelser Rittergilde*, auch auf einem Mittelaltermarkt hatte sie ihn noch nie gesehen. Denn an dieses Gesicht hätte sie sich erinnert: Eine gerade geschnittene, aristokratisch wirkende Nase und natürlich diese fantastisch blauen Augen, die sie unter schwarzen Brauen finster musterten. Dazu dunkle, im Nacken zu einem Zopf gebundene Haare. Von dem durchtrainierten Körper des Fremden ganz zu schweigen.

Doch da der Unbekannte mittelalterlich angezogen war, wollte er bestimmt zu ihnen ins Ritterlager. Sie öffnete den Mund, um ihm den Weg dorthin zu erklären, da fiel ihr Blick auf seine linke Hand. Quer über die Handfläche verlief ein Schnitt, aus dem Blut quoll. In seiner Rechten hielt er ein Messer.

Julia wurde es eiskalt. Der Fremde hatte nicht auf sein Handy gestarrt, sondern auf eine Verletzung, die er sich offensichtlich selbst zugefügt hatte! Vor ihr stand kein verirrter Teilnehmer des Schwertkampfwochenendes, sondern ein Psychopath mit einem Faible für historische Klamotten! Hastig warf sie einen Blick über ihre Schulter zum Lager. Würden Patrick und die anderen sie hören, wenn sie schrie?

»Wer sind Sie?«, stieß sie hervor, während sie einen Schritt rückwärts machte. Vielleicht konnte sie den Mann in ein Gespräch verwickeln und dabei mit ihm zum Lager gehen.

»Wer sie sind, solltest du am besten wissen.« Er wies mit dem Messer in die Richtung, aus der das Aufeinanderschlagen der Schwerter erklang. »Du begleitest diese Männer.«

Der Fremde sprach mit einem merkwürdigen, altmodisch klingenden Dialekt, den Julia auf die Schnelle nicht einordnen konnte. Aber das war unwichtig. Ihr Gegenüber war eindeutig nicht ganz richtig im Kopf, er hatte ihre Frage vollkommen falsch verstanden. Doch statt sich erneut nach seinem Namen zu erkundigen, würde sie auf sein Spiel eingehen, keinesfalls durfte sie ihn aufregen, schließlich hielt er immer noch das Messer in der Hand.

»Diese Männer sind die Rittergruppe des Braunfelser Heimat- und Geschichtsvereins. Ich gehöre tatsächlich zu ihnen.«

Obwohl sie ruhig gesprochen hatte, schien ihm ihre Panik nicht zu entgehen. Ein spöttischer Ausdruck trat in seine Augen. »Sei unbesorgt, Frau. Es ist unter meiner Würde, mich an einer Trosshure zu vergreifen.«

Trosshure? Dieser Kerl hatte eindeutig nicht mehr alle Tassen im Schrank. Am besten rannte sie schreiend zum Lager zurück. Vielleicht wollte er sie nicht gleich vergewaltigen, aber auf eine Bekanntschaft mit seinem Messer legte sie ebenfalls keinen Wert.

Bevor sie ihren Entschluss in die Tat umsetzen konnte, sprach der Fremde weiter. »Was ist dort geschehen?« Er deutete auf die Überreste des Kreuzgangs. Der Spott in seinen Augen war verschwunden, stattdessen lag Beunruhigung darin.

Es dauerte einen Moment, bis Julia begriff. »Vor Jahrhunderten stand dort ein Kloster. Es ist niedergebrannt. Wir nutzen die Ruine als Kulisse für Freilichttheater und …«

»Vor Jahrhunderten niedergebrannt?« Seine Stimme überschlug sich fast.

Julia zuckte mit den Schultern. »Irgendwann im Mittelalter, wenn ich mich richtig erinnere.«

Der Fremde erwiderte nichts. Sein sonnengebräuntes Gesicht war aschfahl geworden, sein Brustkorb hob und senkte sich schwer.

Hin- und hergerissen zwischen ihrem Wunsch nach Flucht und ihrer Pflicht zu helfen, sah Julia ihn an. »Im Lager haben wir einen Verbandskasten. Einer der Männer ist Arzt, er kann sich die Verletzung an Ihrer Hand ansehen.«

Erst durch ihre Worte schien sich der Fremde an den Schnitt zu erinnern. Ungläubig betrachtete er seine blutverschmierte Handfläche. »Es ist kein Traum«, hörte sie ihn mit brüchiger Stimme murmeln. »Doch es muss einer sein …«

Julia räusperte sich. »Es wäre wirklich besser, wenn wir jetzt gemeinsam zum Lager gehen.« Vielleicht hatte jemand dort besseren Empfang und sie konnten telefonieren: mit der Polizei, dem Notarzt oder gleich mit den Männern mit der Zwangsjacke.

Der Fremde hörte ihr nicht zu. Stumm schüttelte er den Kopf und sah mit glasigem Blick an ihr vorbei zur Klosterruine. Ohne eine Erklärung fuhr er auf dem Absatz herum und rannte fort.

Erleichtert sah Julia ihm nach. Diesen Irren war sie los. Am besten ging sie gleich zu den anderen zurück. Tom arbeitete bei der Polizei, er konnte den Vorfall seinen Kollegen melden, vielleicht war der Mann aus einer Anstalt entlaufen. Dass der Fremde am Ritterwochenende hatte teilnehmen wollen, schloss sie inzwischen aus. Patrick hatte keinen weiteren Teilnehmer angekündigt und …

Mit einem Stöhnen schlug sich Julia gegen die Stirn. Vor lauter Gedanken an André hatte sie es völlig vergessen: Patrick hatte doch jemanden angekündigt! Bei einem Live-Rollenspiel am vergangenen Wochenende hatte ihr Bruder einen Tschechen kennengelernt, der ein Meister auf dem Gebiet des mittelalterlichen Schwertkampfs war. Nach mehreren ausgegebenen Bieren war der Mann bereit gewesen, im Laufe des Tages zu ihnen zu kommen und sie zu unterrichten.

»Julia, du bist ein Kamel«, schimpfte sie mit sich selbst.

Klar, dass der Mann ihre Anfangsfrage falsch verstanden hatte, sein Deutsch war nicht so gut. Das erklärte auch die seltsame Aussprache. Und er hatte angenommen, sie hätten das Schwertkampflager ebenfalls als Live-Rollenspiel aufgezogen und wollte *in-time* bleiben. Die Verletzung an der Hand war natürlich nicht echt, sondern sein Versuch, in ihr Spiel einzusteigen, sonst hätte er ja *Sani!* oder *Stopp!* gerufen, wie es die Regeln verlangten.

Aber sie hatte es nicht kapiert. Deshalb hatte er sie so von oben herab angesehen, er hatte darauf gewartet, dass bei ihr der Groschen fiel. Vermutlich hatte dieser Supertrainer jetzt keine Lust mehr, Patrick und die anderen zu unterrichten, da sie sich so begriffsstutzig gezeigt hatte.

Julia stöhnte. Ihr älterer Bruder würde sie tagelang nicht ansehen, wenn sie diesen Kerl nicht zurückbrachte. Sie stopfte ihr Handy in die Tasche ihrer Schürze und begann ebenfalls zu rennen.

Schnaufend trat Julia aus dem Unterholz auf den Waldweg hinaus und sah den Schwertkampflehrer gerade noch hinter einer Biegung verschwinden. Verwundert setzte sie ihre Verfolgung fort. Warum hatte er diese Richtung eingeschlagen? Um nach Braunfels zurückzugelangen, hätte er nach links gehen müssen. Kopfschüttelnd eilte sie weiter. Der Bursche legte ein hohes Tempo vor und ihre dünnen Sohlen und der Rock machten es ihr nicht leicht, ihm zu folgen.

»Hallo, warten Sie doch bitte!«, rief sie ihm keuchend hinterher. Aber der Mann lief unbeirrt weiter. Sturer Kerl, dachte

Julia. Vermutlich wollte er sie ärgern, indem er sie länger rennen ließ als nötig. Gut, dass sie regelmäßig joggte, sonst hätte sie diesen Dauerlauf keine fünf Minuten durchgehalten.

Sie hatten sich ein ganzes Stück von der Klosterruine entfernt, in der Ferne sah sie bereits die weißen Mauern der Wallfahrtskapelle Maria im Fels durch die Bäume schimmern. Im Laufen wischte sich Julia den Schweiß von der Stirn. Wenn dieser Typ nicht spätestens am Kapellchen anhielt, würde sie die Verfolgungsjagd abbrechen. Sie war bereit, sich für ihren Fehler zu entschuldigen, zum Idioten würde sie sich jedoch nicht machen.

Als hätte er ihre Gedanken gehört, verlangsamte der Schwertkampftrainer seine Schritte. Na endlich! Julia ging vom Rennen ins Gehen über. Ihre Erleichterung wich Verärgerung, als sie sah, dass er nicht vor dem Gotteshaus auf sie wartete, sondern in die Kapelle hineinging.

»Wunderbar«, murmelte sie ironisch. Sollte sie dort drinnen Abbitte leisten? Fünf *Vater unser* und ein *Gegrüßet seist du, Maria* für ihre Dummheit? Oder hatte er sich beim Anblick des kleinen Gotteshauses spontan einen neuen Einstieg in das vermeintliche Rollenspiel ausgedacht?

Mürrisch ging sie auf die Kapelle zu und trat ein. Angenehme Kühle sowie ein leichter Geruch nach Weihrauch empfingen sie. Julia blickte über die wenigen Bankreihen hinweg und runzelte die Stirn. Von dem Mann war nichts zu sehen.

»Das ist nicht witzig«, erklärte sie laut. »Ich weiß jetzt, dass Sie ein Schwertkampftrainer aus Tschechien sind, den mein Bruder Patrick eingeladen hat. Wir veranstalten dieses Schwertkampfwochenende nicht als Live-Rollenspiel, wir können also normal miteinander reden.«

Nichts geschah.

»Time-out!«, rief sie. Den Begriff für eine Spielunterbrechung sollte er doch kennen.

Der Trainer zeigte sich nicht.

Julia verdrehte die Augen. Das durfte nicht wahr sein! Entnervt lief sie zum Altar und sah dabei in jede Bankreihe. Vom Schwertkampftrainer keine Spur. Wo steckte dieser Kerl? Rasch ging sie einen Schritt zur Seite und blickte hinter den Altartisch. Aber auch dort war er nicht.

Verwirrt legte sie eine Hand auf die Platte des Tisches. Der Stein war glatt und angenehm kalt. Mehrere Augenblicke horchte sie in die Stille, doch außer ihren eigenen Atemzügen war in dem alten Gemäuer nichts zu hören.

Was sollte sie jetzt tun? Hatte sie Halluzinationen und sich den Mann nur eingebildet? Oder gab es einen zweiten Ausgang, von dem sie nichts wusste? Suchend sah Julia sich um. Eine weitere Tür existierte nicht, die Fensterluken waren zu klein zur Flucht und die Rückwand der Kapelle bestand aus naturgewachsenem Fels.

Einen Moment betrachtete sie die bemalten Kassetten, die in die Felswand eingelassen waren. Vor drei Monaten hatten hier archäologische Forschungen stattgefunden, um den Entstehungszeitraum der Gemälde genauer datieren zu können. Der Archäologe, der die Untersuchung durchgeführt hatte, hatte zum Abschluss einen Vortrag über seine Arbeitsmethoden gehalten, den Julia mit Spannung verfolgt hatte. Bisher hatte man angenommen, die Kassetten stammten aus dem 16. Jahrhundert. Roland Bergsträßer, der Archäologe, war jedoch überzeugt, dass sie weitaus älter waren, was er durch Laboruntersuchungen an Holzsplittern der Rahmen beweisen wollte.

Julias Blick wanderte von den oberen Kassetten, die Szenen aus dem Leben von Jesus Christus zeigten, hinab zu dem größten der Holzrahmen. Ein Bildnis der Jungfrau Maria, die aus den düsteren Felsen heraustrat – die Marienerscheinung, die Anlass zum Bau der Kapelle gewesen war. Die Darstellung Marias hatte den Archäologen besonders interessiert, wich sie doch von üblichen zeitgenössischen Abbildungen der Gottesmutter ab. Maria trug weder eine Krone noch einen blauen Mantel, die sie als Himmelskönigin auszeichneten; ihre Augen wirkten nicht gütig und verklärt, sondern waren weit aufgerissen, als sei sie erschrocken. Auch Kleidung und Haartracht entsprachen nicht mittelalterlicher Mode, sondern erinnerte an die Biedermeierzeit … Julia hielt in ihren Gedanken inne. Was war das für ein Spalt am Rand der Kassette?

Neugierig beugte sie sich hinunter. Es schien, als hätte jemand den Holzrahmen des Marienbildes aus dem Felsen gelöst. Das war unmöglich, selbst der Archäologe hatte die Kassetten zur Untersuchung nicht herausnehmen wollen, da die Gefahr bestanden hatte, dass sie beschädigt wurden.

Aber da klaffte eindeutig eine Lücke! Julia fasste an den Rahmen und hielt mit einem Mal die Kassette in der Hand. Sie fluchte. Das war eindeutig nicht ihr Tag! Allerdings ahnte sie nun, wohin der Schwertkampftrainer verschwunden war, denn hinter dem Bild befand sich ein schmaler Durchgang.

Beherzt hob Julia die erstaunlich leichte Kassette hoch und lehnte sie gegen den Altartisch. Staunend betrachtete sie die Öffnung im Fels, aus der ihr muffige Luft entgegenschlug. Einen Moment rang sie mit sich, ob sie zurückgehen und die Jungs holen sollte, dann siegte ihre Neugier. Sie zog ihr Handy hervor, schaltete die Taschenlampenfunktion ein und trat in den Spalt.

Nach wenigen Schritten weitete sich der Gang und sie fand sich in einer kleinen Höhle wieder. Hastig leuchtete Julia den Felsenraum mit dem Handy nach dem Schwertkampflehrer aus. Doch sie war allein in dem finsteren Gewölbe und blickte geradewegs auf einen weiteren Tunnel. Vermutlich führte dieser

Durchgang nach draußen und der Trainer erwartete sie dort bereits mit einem Grinsen im Gesicht.

Ihr Ärger überwog gegenüber dem mulmigen Gefühl in ihrem Bauch, das die dunkle Tunnelöffnung in ihr hervorrief. Bestimmt war dieser Gang nicht länger als der erste, zudem hatte sie ihre Taschenlampe. Sie holte tief Luft, verdrängte den Gedanken an Spinnen und sonstiges Ungeziefer und setzte ihren Fuß in den Tunnel. Der Durchlass war breiter als der vorherige, dennoch wirkte er bedrückender und düsterer. Der Schein ihrer Taschenlampe wurde geradezu verschluckt. Unweigerlich fühlte sie sich an die Geschichte von Jim Knopf und Lukas dem Lokomotivführer erinnert, als diese die Region der schwarzen Felsen durchqueren mussten.

Solange ich nachher nicht in der Drachenstadt bei Frau Mahlzahn lande, versuchte sie sich aufzuheitern. Allerdings klang das Summen, das sie auf einmal hörte, mehr nach Bienen als nach einem kinderraubenden Schuldrachen. Julia schluckte. Gab es Höhlenbienen? Nein, vermutlich befand sie sich bereits in der Nähe des Ausgangs und dort gab es einen Bienenstock.

Rasch eilte sie weiter, das Summen verstärkte sich und unwillkürlich zog sie den Kopf ein.

»Nur noch ein paar Schritte, das schaffst du!«, murmelte sie. Doch die zunehmende Kälte ließ sie an ihren Worten zweifeln. Panisch prüfte sie den Stand des Akkus. Halbvoll. Sie beschleunigte ihre Schritte. Dieser idiotische Trainer! Ihre blöde Neugier! Das Surren dröhnte in ihren Ohren und sie fror, obwohl der Schweiß über ihren Rücken lief.

Da! Vor ihr verwandelte sich die Schwärze in Dunkelgrau, das Summen ließ nach und mit ihm die Kälte. Erleichtert taumelte Julia aus dem Tunnel hinaus und fand sich in einer kleinen Höhle wieder. Das durfte nicht wahr sein! Vom

Schwertkampflehrer keine Spur, dafür lag ein weiterer Durchgang vor ihr.

In ihrem Magen bildete sich ein Knoten. Weiterzugehen war gefährlich, sie könnte sich heillos in diesem Felsenlabyrinth verirren und irgendwann war der Akku leer. Doch die Aussicht, zurück durch den Tunnel mit dem Surren und der Kälte zu gehen, war ebenfalls nicht ermutigend.

Dieser eine Tunnel noch, beschloss sie. Wenn der Trainer dort nicht war, würde sie umkehren. Sie durchschritt die Höhle und trat in den schmalen Gang. Keine zehn Schritte später war ihr Weg versperrt. Und nun?

Prüfend tastete sie gegen die Wand vor sich und staunte, als sie statt Felsen Holz unter ihren Fingern spürte. War das eine Tür? Sie drückte probeweise dagegen und mit einem Schlag fiel die Holzwand nach vorne um.

Fassungslos starrte Julia auf den Altartisch und den Innenraum der Kapelle. Sie war im Kreis gelaufen! Erleichtert, nicht erneut durch die Felsengänge gehen zu müssen, trat sie aus dem Durchlass heraus. Sie steckte ihr Handy weg, hob die Holzkassette auf und stellte sie neben den Durchgang.

Dieser Schwertkampftrainer war ein absoluter Vollpfosten: Warum hatte er den Eingang mit der Kassette verschlossen, wenn er wusste, dass sie hinter ihm herkam? Wo war er überhaupt?

Vermutlich längst auf dem Weg ins Ritterlager, um ihren Brüdern und den anderen zu erzählen, wie er sie an der Nase herumgeführt hatte. Wütend stapfte sie durch die Kapelle auf den Ausgang zu, öffnete die Tür und hielt abrupt inne. Es regnete. Dabei hatte vorhin, als sie das Gotteshaus betreten hatte, strahlender Sonnenschein geherrscht. Kopfschüttelnd blickte sie durch das Laubdach zum Himmel empor. Wie hatte sich das Wetter derart schnell ändern können?

Sie schlang die Arme um ihren Körper und machte sich auf den Rückweg zum Ritterlager. Ihre Stiefeletten verursachten schmatzende Geräusche auf dem aufgeweichten Waldboden und immer wieder blieb ihr Kleid an herabgefallenen Ästen hängen. Komisch, auf dem Weg zur Kapelle hatte sie gar nicht bemerkt, in welch schlechtem Zustand dieser Waldweg war.

Seufzend zog sie ihr Handy aus der Tasche und klappte es auf. Der Akkustand war auf ein Drittel herabgesunken, aber vielleicht hatte sie hier wenigstens Empfang.

Es konnte keine Verbindung hergestellt werden.

Es wäre ja auch zu schön gewesen. Julia beschleunigte ihre Schritte. Sobald sie im Lager war, würde sie als Erstes Wasser aufsetzen. Was sie jetzt brauchte, war eine Tasse Earl Grey mit einem großen Schuss Milch und einem noch größeren Stück Schokolade.

Diese Vorstellung weckte ihre Lebensgeister. Es konnte nicht mehr weit sein, bald mussten die bunten Zeltwände durch die Bäume schimmern und das Klingen der Schwerter musste ertönen. Ihr Bruder und die anderen ließen sich von etwas Regen bestimmt nicht vom Üben abbringen.

Doch statt neongrünen, blauen und roten Stoffplanen ragte kurz darauf ein großer Bau aus grauen Steinen vor ihr auf der Lichtung auf.

Julia fiel das Smartphone aus der Hand. Das war ein Traum und zwar ein ganz schlechter! Sie ging in die Knie und hob ihr Handy auf, ohne den Blick von dem Gebäude abzuwenden, das anstelle der Klosterruinen vor ihr stand.

Was sollte sie jetzt tun? Stehenbleiben und darauf warten, dass sie erwachte? Obwohl: Da sie ja schlief, konnte ihr nichts geschehen, also konnte sie sich genauso gut umsehen. Sie steckte das Handy in die Schürzentasche zurück und marschierte auf das Steingebäude zu, neben dem noch ein separates Haus errichtet war. Julia runzelte die Stirn. Angenommen, das war ein Traum, und dieses Gebäude sollte das Kloster sein, so, wie es früher ausgesehen hatte … Wenn sie sich richtig erinnerte, handelte es sich dann um einen Zisterzienserkonvent und der kleine Bau daneben war das Gästehaus. Doch mehr, als dass die Mönche einen schwarz-weißen Habit trugen, wusste sie über diese Gemeinschaft nicht zu sagen.

»Wenn ich einen Mönch treffe, kann ich ihn ja fragen«, murmelte sie trocken. Zwar hatte sie trotz der geöffneten Klosterpforte bisher niemanden gesehen, aber das Schlagen eines Hammers bewies eindeutig, dass Menschen hier sein mussten. Julia lachte. Abgefahrener Traum. Wenn sie den Patrick erzählte! Hoffentlich wachte sie nicht so schnell auf, es war gerade total spannend.

Sie hatte die Pforte noch nicht erreicht, da bog ein Mann um die Ecke. Aha! Ein Bauer, wie es schien. Der bärtige Mann trug keinen Habit, sondern eine graue Kutte. Aber dann entdeckte sie seine münzengroße Tonsur. Ein Laienbruder, ploppte ihr Wissen aus dem Geschichtsunterricht auf. Männer, meist aus niedrigem Stand, die im Kloster arbeiteten, während die aus dem Adel stammenden Chormönche das Beten übernahmen. Julia legte den Kopf schief. Irgendwie sah dieser Laienbruder jemandem ähnlich, doch ihr fiel nicht ein, wem.

Mittlerweile hatte der Mann sie entdeckt. Ruckartig blieb er stehen und musterte sie aus wässrig blauen Augen. Einen Sekundenbruchteil später erschienen Furchen auf seiner Stirn und ein verschlagener Ausdruck in seinem Gesicht.

Einzig ihre Überzeugung, in einem Traum zu stecken, ließ Julia ruhig stehen bleiben. Ansonsten hätte sie der mörderische Blick in den Augen des Mannes ebenso den Rückzug antreten lassen wie sein Rufen.

»Helft mir!«, schrie der Laienbruder, während er auf sie zueilte. »Kommt schnell!«

Julia hörte Schritte und gleich darauf bogen fünf Laienbrüder um die Ecke des Klosters. Trotz ihrer Traumüberzeugung begann Julia zu schwitzen. Du bist wie eine mittelalterliche Magd gekleidet, beruhigte sie sich. Sag einfach, dass du dich verlaufen hast.

Doch dazu, Erklärungen abzugeben, kam sie nicht. Der bärtige Bruder hatte sie erreicht und drehte ihren rechten Arm in bester Polizeigriffmanier auf den Rücken. Eine Körperhaltung, die selbst im Traum schmerzhaft war.

»Au, Sie tun mir weh!«, schrie Julia auf.

»Halt dein Maul, Hexe!« Der Laienbruder stieß ihr seinen Ellenbogen ins Kreuz.

Nicht nur Julia verschlug es bei seinen Worten die Sprache. Die anderen Laienbrüder, die inzwischen bei ihnen angekommen waren, starrten den Bärtigen ebenfalls erschrocken an und bekreuzigten sich.

»Wie kommst du darauf, Bruder Ignatius, dass diese Magd eine Hexe ist?«, fragte ein glatzköpfiger Bruder in derselben altertümlich klingenden Aussprache wie der Schwertkampflehrer.

»Ich kenne sie, Bruder Johannes«, stieß ihr Peiniger hervor. »In meiner Heimatstadt sollte sie als Hexe verbrannt werden, doch sie flog mit ihrem Besen davon, ehe man sie auf den Scheiterhaufen bringen konnte.«

Was für ein Unsinn! Julias Arm schmerzte und inzwischen hatte sie keine Lust mehr auf diese Art von Träumerei, in der ihr Unterbewusstsein alles bunt durcheinander mischte. Konnte sie nicht endlich aufwachen?

»Wir müssen sofort den Abt von ihrem Kommen unterrichten«, erklärte Bruder Johannes. »Er muss die Männer der heiligen Inquisition rufen. Die Dominikaner werden wissen, was mit ihr zu tun ist.«

Ein grauhaariger, gebückt stehender Bruder trat hervor. »Was machen wir bis dahin mit ihr? Sie kann uns alle verzaubern oder gar den Leibhaftigen herbeirufen!« Auch er sprach mit dem seltsamen Dialekt und bekreuzigte sich bei dem Wort ‚Leibhaftigen‘.

Jetzt war es endgültig genug! »Ich bin keine Hexe«, rief Julia. »Lasst mich frei und ihr seht mich nie wieder.«

»Das könnte dir so passen, Teufelsbuhle.« Bruder Ignatius ließ Julias Arm los, nur um im nächsten Augenblick ihr Haar zu packen und ihren Kopf brutal nach hinten zu reißen. »Komm mit.«

Julia schossen die Tränen in die Augen. Für einen Traum fühlte sich das alles schrecklich real an. Hilflos stolperte sie hinter dem Mann her.

»Wohin willst du sie bringen, Bruder Ignatius?«, hörte sie Bruder Johannes fragen.

»Wir sperren sie in den Andachtsraum des Gästehauses«, erwiderte der Laienbruder, ohne im Laufen innezuhalten. »Der geweihte Ort nimmt ihr die Hexenkraft.«

Zustimmendes Murmeln der Brüder erklang. Einer der Männer lief voran und öffnete die Eingangstür des Gästehauses.

Obwohl sie alles für einen Traum hielt, stieg Widerwillen in Julia auf. Sie stemmte ihre Füße in die Erde und ignorierte das Reißen an ihren Haaren. »Dort hinein gehe ich nicht.«

Bruder Ignatius fuhr herum, Wut und Berechnung blitzten in seinen Augen. »Schweig, Satansbraut!« Er holte mit der Faust aus und rammte sie ihr in den Magen.

Julia krümmte sich vor Schmerz. Der nächste Schlag des Bruders traf sie an der Schläfe und vor ihren Augen wurde es schwarz.

Stöhnend kam Julia zu sich. Ihr Kopf dröhnte und sie fühlte sich völlig kaputt. Was war geschehen und vor allem: Wo war sie? Trotz der Dunkelheit um sie herum war ihr klar, dass sie sich weder in ihrem Bett noch auf der altersschwachen Luftmatratze in ihrem Zelt im Ritterlager befand.

Vorsichtig strich Julia über den Boden und fühlte ausgetretene Steinplatten unter sich. Langsam setzte die Erinnerung ein. Der ausländische Schwertkampftrainer, die Marienkapelle, der geheimnisvolle Tunnel und der unglaublich reale Traum, im Mittelalter gelandet zu sein. Letzteres war natürlich Schwachsinn. Vermutlich hatte sie sich beim Durchschreiten des Tunnels den Kopf gestoßen und lag nun auf dem Boden der Kapelle.

Merkwürdigerweise tat ihr jedoch nicht nur der Kopf weh, sondern auch der Bauch. Sie musste sich beim Fallen gestoßen haben. Obwohl sie sich nicht danach fühlte, richtete sie sich zum Sitzen auf. Sofort verstärkte sich der Schwindel. Mit der Hand tastete sie ihre Kopfhaut nach einer Platzwunde ab. Als sie die Finger zurückzog, spürte sie jedoch kein Blut daran kleben, sondern Büschel ihres Haares. Julia keuchte auf. Der Traum, dass ein Laienbruder sie an den Haaren ins Gästehaus des Klosters gezogen hatte, um sie dort als Hexe einzusperren …

Nein! Sie war bewusstlos gewesen und ihr Unterbewusstsein hatte die Erlebnisse des Tages auf absurde Art miteinander verwoben. Die Haare mussten beim Fallen ausgerissen sein. Das war die einzig vernünftige Erklärung.

Behutsam, um jede Erschütterung zu vermeiden, zog sie ihr Handy aus der Schürze, schaltete es an – und verzog das Gesicht. Akku leer. Egal, vermutlich hätte sie ebenso wenig Empfang gehabt wie die Stunden zuvor. Das Wichtigste war, so schnell wie möglich zum Ritterlager zurückzukommen. Wenn sie Glück hatte, waren die anderen bereits auf der Suche nach ihr.

Das Drehen eines Schlüssels im Schloss ließ sie zusammenfahren. Seit wann war die Kapelle abends verschlossen? Die Tür öffnete sich und Fackelschein erhellte den Raum. Geblendet senkte Julia die Lider und stieß gleichzeitig einen erleichterten Seufzer aus. Man hatte ihr Verschwinden bemerkt und sie gefunden.

»Gott sei Dank seid ihr da!«, rief sie. »Ich habe mir den Kopf gestoßen und bin …«

»Schweig, Hexe!«

Julia verstummte. Nicht wegen des Befehls, sondern weil ihr die Worte im Hals stecken blieben. Ihre Augen hatten sich an die Helligkeit gewöhnt und mit Schrecken erkannte sie, dass dieser Raum nicht die Kapelle war. Vor ihr standen auch nicht ihre Brüder und ihre Freunde, sondern dort stand der bärtige Laienbruder Ignatius in Begleitung dreier Männer in schwarz-weißem Habit. Sie schnappte nach Luft.

Das. War. Unmöglich.

Und doch standen Bruder Ignatius sowie die Mönche in der Tracht der Zisterzienser direkt vor ihr. Ein fünfter Mann hielt sich außerhalb des Fackelscheins im Hintergrund, sodass sie nicht erkennen konnte, ob er ein Mönch oder ein Laienbruder war.

Sie konnte doch nicht wirklich im Mittelalter sein?! Einem Klischee folgend zwickte sie sich in den Arm. Statt zu erwachen, fühlte sie nur Schmerz. Vielleicht reichte Zwicken nicht aus. Sie brauchte einen Kreisel wie Leonardo DiCaprio in *Inception*, um herauszufinden, auf welcher Bewusstseinsebene sie sich aktuell befand. Allerdings würden ihr die finster dreinblickenden Geistlichen kaum einen aushändigen. Aber – vorausgesetzt, sie war tatsächlich im Mittelalter – wie kam sie hierher? Sie konnte unmöglich durch die Zeit gereist sein. Oder etwa doch? Übelkeit stieg in ihr auf. Die Vorstellung, dass alles real sein könnte, war furchtbar.

»Wie lautet dein Name, Frau?«, richtete einer der Mönche das Wort an sie. Auch er sprach in dem altmodischen Dialekt.

»Ich heiße Julia Salzmann. Ich lebe in Braunfels und habe mich im Wald verlaufen.«

»Bruder Ignatius behauptet, dich aus Würzburg zu kennen. Du wärst dort der Hexerei beschuldigt worden und mit Hilfe des Satans entkommen.«

»Das ist eine Lüge! Ich bin keine Hexe.«

Der Mönch, der seine Hände in den Ärmeln seiner Kutte verborgen hielt, zog die Augenbrauen hoch. »Aber du kommst aus Würzburg? Denn du sprichst auf die gleiche Weise wie unser geschätzter Bruder.«

Julia öffnete den Mund und schloss ihn wieder. Es stimmte, Bruder Ignatius' Aussprache war die gleiche wie ihre.

»Wie Ihr seht, ehrwürdiger Abt«, ergriff Bruder Ignatius das Wort, »schweigt die Hexe und bestätigt damit ihre Schuld.«

»Ich bestätige gar nichts.« Julia fixierte den bärtigen Laienbruder mit den wässrigen blauen Augen. »Ich schwöre bei Gott, dass ich Bruder Ignatius nie zuvor …« Ihre Stimme versagte. Plötzlich wusste sie, an wen der Laienbruder sie erinnerte. Der vollbesetzte Vortragssaal im Dorfgemeinschaftshaus von Braunfels. Der Mittelalterarchäologe, der Fotos der Marienkapelle auf der Leinwand präsentierte und über seine Untersuchungen berichtete. Die Augen des Forschers, die fanatisch aufleuchteten, als er über die anscheinende Fehldatierung der Holzkassetten berichtete. Augen in wässrigem Blau.

Julias Verstand begann sich zu drehen, und diesmal nicht wegen der Kopfschmerzen. *Wenn man alle logischen Lösungen eines Problems eliminiert, ist die unlogische – obwohl unmöglich – unweigerlich richtig,* behauptete Sherlock Holmes. Demnach musste der Tunnel in der Kapelle ein Portal sein, das ins Mittelalter führte. Und Bruder Ignatius war niemand anderes als der Archäologe, der bei seinen Untersuchungen den Zeittunnel entdeckt hatte.

»Sie sind Roland Bergsträßer«, stieß Julia hervor. Sich einen Bart wachsen zu lassen, war schließlich kein Kunststück.

Ein kaltes Lächeln erschien auf dem Gesicht des Laienbruders. »Also ist dir wieder eingefallen, dass du mich kennst. Roland Bergsträßer war mein Name, ehe ich in den Orden eintrat.« Er wandte sich an den Abt. »Mit Eurer Erlaubnis, Hochwürden, zeige ich Euch ihr Hexenmal.«

Der Abt nickte und Bergsträßer kam zu ihr. Ehe Julia protestieren konnte, schob er ihr Kleid von den Schultern und riss ihr Hemd auf. Wütend entzog sie sich ihm, doch ein Tritt in ihr Kreuz verhinderte weiteren Widerstand. Julia schrie auf und stützte sich mit den Händen auf dem Boden ab, damit sie nicht umfiel. Bergsträßer drückte ihren Kopf nach unten, sodass alle Anwesenden ihre bloßen Schulterblätter sehen konnten.

Und die beiden Tribal-Tattoos, die sich dort befanden.

»Wahrhaft, eine Dienerin des Teufels«, entfuhr es dem Abt. »Wir müssen die Dominikaner rufen. Erneut darf sie der heiligen Inquisition nicht entkommen.«

Julia starrte auf ihre Hände, die auf den Steinplatten unnatürlich weiß wirkten. Das ist ein Alptraum, sagte sie sich und wusste gleichzeitig, dass dem nicht so war. Damals bei dem Vortrag war es heiß gewesen. Sie hatte ein Spaghettiträger-Top getragen, das die Tattoos nicht verdeckt hatte. Roland Bergsträßer hatte die keltischen Muster gesehen und verwendete sie nun gegen sie. Aber warum?

»Sie wissen genau, dass ich keine Hexe bin, Herr Bergsträßer!« Julia drehte sich auf die Seite, damit sie ihn ansehen konnte. »Genauso wenig, wie Sie ein Ordensbruder sind. Also sagen Sie diesen Männern die Wahrheit über uns beide und die Kapelle – und lassen Sie mich zurückgehen.«

Ein weiterer Tritt in den Rücken war die Antwort auf ihre Worte. Julia stöhnte auf, Tränen traten in ihre Augen.

»Ich war einer der Zeugen, die diese Hexe des Nachts bei der Unzucht mit dem Satan entdeckten«, wandte Roland Bergsträßer sich an den Abt. »Sie ist gekommen, um sich an mir zu rächen – anstatt dankbar zu sein, dass ich sie aus Luzifers Fängen befreien wollte.«

»Wir glauben dir, Bruder Ignatius«, versicherte der Abt. »Ihr Hexenmal ist Beweis genug für ihre Teufelsdienerschaft. Sie muss aus unserem Kloster fort, bis die Inquisition eintrifft.«

»Ihr wollt sie nicht im Gästehaus gefangen halten?«, fragte Bergsträßer überrascht.

Der Abt schüttelte den Kopf. »Die Hexe verunreinigt diesen heiligen Ort. Sie wird im Spitzen Turm in Braunfels eingesperrt.«

»Aber ihre Hexenkünste!« Bergsträßers Tonfall war deutlich zu entnehmen, dass ihm die Anordnung des Klostervorstehers nicht gefiel. »Der Andachtsraum verhindert ihre Zaubersprüche, damit sie nicht noch einmal entkommt.« Er wies auf ein großes Holzkreuz, das sich dunkel an der weißen Wand abzeichnete.

Statt einer Erwiderung nickte der Abt den beiden Mönchen zu, die daraufhin je einen Tonkrug aus dem Kuttenärmel zogen. Die Männer traten zu Julia, Furcht und Widerwillen standen ihnen gleichzeitig ins Gesicht geschrieben. Auf ein zweites Kopfnicken drehten sie die Tonkrüge um.

Kaltes Wasser ergoss sich über Julia. Prustend sprang sie auf und wischte sich die Tropfen aus den Augen. Nasse Haarsträhnen hingen in ihrem Gesicht, Hemd und Kleid klebten an ihrem Körper.

»Weihwasser«, erklärte der Abt. »Der Scharfrichter wird sie dreimal täglich übergießen und damit ihre Zauberkraft bannen.«

Vom schnellen Aufstehen dröhnte Julias Kopf und ihr Körper schmerzte von Bergsträßers Tritten und Schlägen.

Dennoch entging ihr nicht, wie der Archäologe mit sichtlich bemühter Freundlichkeit fragte: »Wer überführt die Hexe nach Braunfels? Soll ich es tun?«

»Nein, Bruder. Ihr begebt euch mit uns zur Vesper in die Klosterkirche. Seine Hochwohlgeboren wird sie nach Braunfels bringen.«

Bergsträßers Kopf schnellte zu dem Mann herum, der nun aus dem Schatten in den Schein der Fackeln trat. Eine Furche erschien auf der Stirn des Archäologen. Und nicht nur auf seiner. Julia schnappte nach Luft, als sie erkannte, wer sich hinter der Anrede verbarg: Es war der tschechische Schwertkampftrainer – der anscheinend ein echter Ritter war!

Damit schloss sich eine weitere Lücke in diesem Puzzle. Der seltsame Akzent des Mannes, sein Erstaunen, als er die Ruinen gesehen hatte. Nur, dass er nicht mit einem Kneifen, sondern mit einem Schnitt versucht hatte, sich aus dem vermeintlichen Traum zu wecken – und natürlich sein Verschwinden in der Kapelle!

Obwohl der Ritter mit finsterer Miene auf sie zukam, schöpfte Julia neuen Mut. Der Mann war genauso in eine andere Zeit gestolpert wie sie. Er wusste, dass sie keine Hexe war, und würde ihr sicher erlauben, durch den Tunnel in ihre Zeit zurückzukehren.

»Streck deine Hände vor«, befahl er schroff.

Eilig schob sie die Träger ihres Kleides über die Schultern und richtete ihr zerrissenes Hemd, so gut es ging, ehe sie seiner Anweisung folgte. Grob packte der Ritter ihre Handgelenke und fesselte sie. Kaum war er fertig, schlang er ein Seil um ihren Hals. Panik stieg in Julia auf. Sie war diesem Mann hilflos ausgeliefert! Ein Ruck am Seil hätte ausgereicht, sie zu erdrosseln. Mit aufgerissenen Augen starrte sie den Ritter an, doch er tat, als bemerke er ihre Furcht nicht. Stattdessen neigte er den Kopf vor dem Abt und führte sie aus dem Andachtsraum wie ein Stück Vieh.

Im Laufen wandte Julia den Blick zurück. Der Abt und die Mönche wirkten sichtlich erleichtert, Roland Bergsträßer hingegen schien höchst unzufrieden. Wie ein Mann, dessen Pläne durchkreuzt worden waren.

Der Ritter saß in aufrechter Haltung auf seinem Rappen. In der einen Hand hielt er die Zügel, in der anderen das Ende des Seils, das um Julias Hals geschlungen war. Es war nicht Nacht, wie sie die geschlossenen Fensterläden des Andachtsraumes hatten glauben lassen, die Abenddämmerung hatte gerade erst begonnen. Bergsträßer und die Mönche hatten sich ins Kloster zurückgezogen und sie mit dem Adligen auf dem Vorplatz zurückgelassen. Der Ritter drückte seinem Rappen die Fersen in die Flanken und das Tier trabte an. Julia blieb nichts anderes übrig, als neben dem Pferd her zu joggen, damit sich die Schlinge um ihren Hals nicht zuzog. Bei jedem Auftreten verstärkte sich ihr Kopfschmerz und innerlich verfluchte sie den Ritter, der auf ihren Zustand keinerlei Rücksicht nahm. Die Befindlichkeiten einer ‚Hexe' interessieren hier niemanden, dachte sie bitter.

Mittlerweile hatten sie den Waldweg erreicht und Julia beschloss, mit dem Ritter zu sprechen. »Halt dein Pferd an!«, keuchte sie. »Ich muss mit dir reden. Du hast den Zeittunnel in der Kapelle auch benutzt und weißt, dass ich …«

Die Spitze seines Schwertes an ihrer Kehle beendete ihren Satz vorzeitig. Der Ritter brachte sein Pferd zum Stehen und blickte sie aus zusammengezogenen Brauen an. »Kein Wort mehr, Teufelsbuhle, wenn du nicht deine Zunge verlieren willst.«

Julias Schultern sackten herab. Der Ritter schien nicht begriffen zu haben, dass er durch die Zeit gereist war. Nur mit

Mühe gelang es ihr, mit dem Pferd Schritt zu halten, das der Ritter erneut hatte antraben lassen. Mit halb geschlossenen Lidern stolperte sie den Waldweg entlang, Haare und Kleider feucht von Weihwasser und Schweiß. Stechmücken umschwirrten sie, schienen um ihre gefesselten Hände zu wissen, und ließen sich blutdürstig auf ihren Armen und ihrem Gesicht nieder.

Verzweifelt versuchte Julia, alles zu ignorieren und Pläne für ein Entkommen zu schmieden. Doch sie scheiterte an den Kopfschmerzen, dem Brennen in ihren Muskeln und der Angst, die sie lähmte.

»Öffne deine Augen, Hexe, und achte darauf, wohin du trittst.«

Julias Blick schnellte zu dem Ritter hinauf. Der Adlige trieb sein Pferd vom Weg herunter in das Dickicht des Waldes hinein. Dort schlug er zu ihrer Verwunderung die Richtung ein, aus der sie gekommen waren. Wollte er zurück zum Kloster? Wenn ja, warum konnten sie nicht auf dem Weg bleiben?

»Was hast du vor?«

»Was habt Ihr vor, Euer Hochwohlgeboren«, verbesserte er sie barsch, ehe er sich zu einer Antwort herabließ. »Die Sonne geht bald unter und die Tore von Braunfels werden geschlossen sein, bevor wir den Ort erreichen.« Lässig lenkte er den Rappen um einen umgestürzten Baumstamm herum. »Du wirst die Nacht in meinem Schloss verbringen, ehe ich dich morgen dorthin ausliefere.«

Nanu? Fürchtete er sich nicht vor ihren angeblichen Hexenkünsten? »Warum benutzen wir nicht den Weg?«, fragte sie und riss ihren Rock aus einer Brombeerranke. »Ich weiß genau, dass er zum Schloss führt.«

Er musterte sie kühl. »Man sollte meinen, ein langsameres Tempo käme dir gelegen, Satansbraut.«

»Das tut es. Es wundert mich bloß, denn bisher hast du … habt Ihr keine Rücksicht auf mich genommen.« Sie warf einen Blick auf das Schwert an seinem Waffengürtel, das er ihr kurz zuvor an die Kehle gesetzt hatte.

»In Sichtweite zum Kloster mit dir zu sprechen, wäre unklug gewesen.« Er zögerte. »Keiner von den Mönchen und Brüdern soll mitbekommen, dass ich dich mit zum Schloss nehme, deshalb setzen wir unseren Weg eine Zeitlang im Verborgenen fort.«

Mit einem Mal begriff sie. »Weil niemand wissen darf, dass Ihr freiwillig eine Hexe beherbergt?«, spottete sie. »Dass die Tore von Braunfels geschlossen sein werden, war Euch doch klar, ehe wir aufgebrochen sind. Warum habt Ihr den Abt nicht darauf hingewiesen?«

Seine Augen verfinsterten sich. »Du bist nicht dumm. Ich nehme dich mit mir, weil ich dir ein paar Fragen stellen will – ohne Zuhörer.«

»Fragt mich jetzt. Soweit ich es beurteilen kann, sind wir völlig ungestört.«

»Aber nur in den geweihten Mauern der Schlosskapelle kann ich sicher sein, dass du nicht lügst.«

Julia konnte nicht verhindern, dass ihr ein genervtes Stöhnen entfuhr. »Ihr glaubt diesen Hexenunsinn nicht ernsthaft?« Ein Ruck an dem Seil um ihren Hals verwandelte ihr Stöhnen in ein ersticktes Keuchen.

»Was ich glauben soll oder nicht, werde ich heute Nacht herausfinden.« Nun war es sein Blick, der auf das Schwert an seinem Waffengürtel fiel.

Eine Weile später lenkte der Ritter das Pferd aus dem Wald zurück auf den Weg. Zu Julias Erleichterung ließ er den Rappen nicht antraben, sondern im Schritt weitergehen. Nach ein paar

Metern sah sie in einiger Entfernung die weißen Wände der Marienkapelle vor ihnen im Dämmerlicht schimmern. Entschlossen blickte sie zu dem Ritter auf. »Das ist auch ein geweihtes Gotteshaus. Befragt mich dort.«

»Damit du durch den Tunnel entkommst und ich niemals erfahre, was ich gesehen habe?«

Sie atmete tief durch. »Ich würde erst Eure Fragen beantworten und dann um meine Freilassung bitten.« Mit Demut und Wahrheit war bei diesem mittelalterlichen Kerl vermutlich mehr zu erreichen als mit Widerspruchsgeist.

Tatsächlich blickte der Ritter sie einen Moment erstaunt an. Dann räusperte er sich und seine Antwort zerstörte jegliche Hoffnung. »Du bist eine Hexe und wirst für deine Sünden auf dem Scheiterhaufen brennen. Das Urteil der Inquisition anzuzweifeln, hieße, sich gegen Gott zu versündigen.«

»Es hat keinen Prozess gegen mich gegeben! Bruder Ignatius hat gelogen.« Flehentlich sah sie ihn an. »Dieses vermeintliche Hexenmal ist in dem Land, aus dem ich komme, ein Körperschmuck, der absolut nichts mit Zauberei zu tun hat.«

Die Augen des Ritters flackerten. »Warum sollte der Bruder dich zu Unrecht beschuldigen?«

»Das weiß ich nicht. Ich weiß nur, dass er aus demselben Land kommt wie ich. Das Land, das Ihr gesehen habt, nachdem Ihr durch den Tunnel im Fels gegangen seid.«

Er schien einen Moment nachzudenken, dann schüttelte er den Kopf. »Wie können die Worte einer Hexe wahr sein und die eines heiligen Mannes falsch? Das ist wider jede Ordnung, ein Versuch des Satans, meinen Glauben zu prüfen.« Verächtlich wandte er den Kopf von ihr ab und ließ den Rappen antraben.

Fluchend verfiel Julia in einen Laufschritt. Warum hatte sie ausgerechnet im Mittelalter landen müssen und nicht im 19. Jahrhundert? Die Marienkapelle war keine hundert Meter mehr entfernt, wie konnte sie diesen Ritter von ihrer Unschuld und der Notwendigkeit ihrer Rückreise überzeugen?

Ihre Überlegungen wurden gestoppt, als der Ritter sein Pferd unvermittelt anhielt. Schnaufend kam Julia neben ihm zum Stehen. Noch ehe sie fragen konnte, ob er seine Meinung geändert hatte, sah sie die Gestalt auf dem Waldweg. Selbst im Zwielicht erkannte sie sofort, wer es war, und die Härchen in ihrem Nacken stellten sich auf.

»Hat Euer Auftrag nicht gelautet, die Hexe unverzüglich nach Braunfels in den Turm zu bringen, Euer Hochwohlgeboren?«, klang die Stimme von Roland Bergsträßer zu ihnen herüber.

Der Ritter richtete sich im Sattel auf. »Die Stadttore von Braunfels sind bereits geschlossen, Bruder Ignatius.«

»Dann verlangt Einlass, Herr Ritter.« Der Hohn in Bergsträßers Tonfall war unüberhörbar. »Seid nicht Ihr es, der über diese Gegend gebietet?«

»Ein Laienbruder hat mir nicht zu sagen, wie ich zu handeln habe.«

»Es war Abt Aurelian, der Euch die Weisung gab. Er wird enttäuscht sein, wenn er erfährt, dass Ihr seinem Befehl zuwidergehandelt habt.« Bergsträßer kam auf sie zu. »Die Hexe ist gefährlich, sie gehört eingesperrt.«

»Das ist mir wohl bewusst. Jetzt gib den Weg frei!«

»Das ist nicht notwendig. Ihr werdet auf der Stelle umkehren und die Frau nach Braunfels bringen, Euer Hochwohlgeboren.«

Statt eine Antwort zu geben nahm der Ritter die Zügel auf und ließ den Rappen im Schritt auf den Laienbruder zugehen.

Bergsträßer bewegte sich nicht vom Fleck, sondern zog mit gelassener Miene einen Gegenstand unter seiner Kutte hervor.

Als Julia das metallische Glänzen des Pistolenlaufs sah, wurde ihr Mund trocken. »Ignatius hat eine Waffe!«

»Die habe ich auch.« Mit einer geschmeidigen Bewegung zog der Ritter sein Schwert aus der Scheide.

Die Panik ließ Julias Stimme zittern. »Aber damit kommt Ihr gegen ihn nicht an!«

»Gut erkannt, Frau Salzmann.« Bergsträßer stieß ein heiseres Lachen aus. »Und dieser armselige Ritter wird es auch gleich merken.« Er hob die Waffe, zielte und schoss.

Um Fingerbreite zischte die Kugel an Julias Kopf vorbei.

Mit einem Satz sprang der Ritter aus dem Sattel und zog Julia neben sich hinter das tänzelnde Pferd in Deckung. »Du scheinst dieses seltsame Faustrohr zu kennen«, keuchte er und schob sein Schwert zurück in die Scheide. »Wie lange braucht Bruder Ignatius, die Waffe neu zu laden?«

»Er muss sie nicht nachladen.« Wie zur Bestätigung ihrer Worte knallte ein neuer Schuss, dem das panische Wiehern des Rappen folgte.

Mit aller Kraft hielt der Ritter das aufgeregte Tier am Zügel. »Wir müssen in den Wald hinein!«

Julia starrte ihn an. Bis zum Wald waren es nur wenige Schritte, dennoch weit genug, dass Bergsträßer sie treffen würde. Ein weiterer Schuss beendete Julias Zögern. Sie rannte los. Der Ritter hielt sie am Oberarm gepackt und verhinderte, dass sie stürzte. Mit der anderen Hand hielt er die Zügel des Pferdes, damit das Tier ihnen weiterhin Deckung bot. Erneut gellte ein Schuss durch die Dämmerung und Schritte folgten ihnen. Unweigerlich zog Julia den Kopf ein. Endlich war die erste Baumreihe zum Greifen nah.

»Versteck dich im Wald, Hexe.« Der Ritter zog ihr die Schlinge vom Hals. »Ich versuche Ignatius zu überwältigen.« Er löste seine Hand von ihrem Arm, ließ im gleichen Moment das Pferd frei und verschwand im Dickicht.

Julia stolperte ins Unterholz hinein. Wo sollte sie hin? Hektisch sah sie sich um. Der Eingang der Kapelle lag in unmittelbarer Nähe. Das war ihre Chance, nicht nur dem schießwütigen Archäologen zu entkommen, sondern diesem ganzen verfluchten Zeitalter!

Aber konnte sie den Weg zur Kapelle wagen? Weder von Bergsträßer noch von dem Adligen war in der beginnenden Dunkelheit etwas zu erkennen. »Bei drei läufst du los«, befahl sie sich. »Der Ritter wird Bergsträßer schon beschäftigen. Eins, zwei …«

Ein Schrei und ein Schuss beendeten ihren Countdown. Julia spurtete los, die Eingangstür der Kapelle fest im Blick. Nur nicht stolpern, nur nicht langsamer werden! Hinter ihr knackte etwas. Hatte Bergsträßer sie entdeckt?

Ihr Herz raste, Todesangst durchflutete sie. Da, die Tür! Mit ihren gefesselten Händen stieß sie gegen das Holz, stolperte in das Gotteshaus hinein und vor zum Altar. Die Holzkassette mit dem Marienbild stand noch neben dem Durchgang, wie Julia sie vor wenigen Stunden zurückgelassen hatte. Hastig zwängte sie sich durch den Spalt und fand sich nach ein paar Schritten in der Höhle wieder. Ohne ihr Handy konnte sie in der Felsengrotte nichts sehen, Stück für Stück tastete sie sich mit ihren gebundenen Händen an der steinernen Wand entlang, um den Eingang zum Zeittunnel zu finden. Als sie die Öffnung erreichte, stiegen Tränen der Erleichterung in ihre Augen. Doch noch war sie nicht gerettet. Sie betrat den Tunnel, tastete sich wie zuvor an einer Seite entlang und dankte demjenigen, der den Boden von Geröll befreit hatte.

Nicht lange und das Summen ertönte, begleitet von der Kälte. Gott sei Dank! Das Zeitportal schien noch zu funktionieren. Julia zwang sich, ruhig zu atmen und in einem gleichmäßigen Tempo weiterzulaufen. Das Summen war zu einem Dröhnen angeschwollen, offenbar passierte sie die Mitte des Tunnels. Sie biss sich auf die Lippe. Hoffentlich spielte ihr der Zeittunnel keinen Streich und sie kam im Jahr 2364 heraus. Oder schlimmer, in der Antike: mitten in einer Kohorte Römer, die gegen die Germanen in die Schlacht zogen und sie für eine feindliche Druidin hielten. Der Limes verlief schließlich nicht weit von hier.

Das Summen verebbte und kurz darauf spürte Julia unter ihren Fingern eine Kante – sie hatte den Ausgang des Tunnels erreicht und trat hinaus in die Höhle. Gleich würde sich zeigen, in welchem Jahr sie gelandet war. Hastig tastete sie sich an der Wand entlang. Endlich fand sie den Spalt im Fels, der in den Kapellenraum führen musste, und zwängte sich mit wackeligen Beinen hindurch. Nach wenigen Schritten fand sie sich, wenn sie die letzten Strahlen der untergehenden Sonne nicht täuschten, tatsächlich in dem Gotteshaus wieder.

»Immerhin keine Steinzeit und keine Römer«, murmelte sie. Sie ging zwischen den Bänken hindurch, ihre Augen suchend auf alles gerichtet, was ihr im fahlen Licht einen Hinweis geben könnte, in welchem Jahr sie sich befand. Doch beim Erreichen der Pforte war sie nicht schlauer als zuvor. Klopfenden Herzens öffnete sie die Tür – und im nächsten Moment flammte ein grelles Licht auf und richtete sich direkt auf sie.

Julia schrie auf.

Das Licht erlosch und Schritte näherten sich. »Julia, da bist du ja! Wir haben dich überall gesucht!«

Die Stimme ihres jüngeren Bruders Yannick ließ den letzten Rest an Beherrschung in Julia zusammenbrechen. Tränen rannen über ihre Wangen, ein Zittern erfasste sie und Halt suchend lehnte sie sich an Yannicks schlaksigen Oberkörper.

»Julia, was ist los?« Yannick strich über ihren Rücken und hielt abrupt inne. »Du bist ja nass – und warum ist dein Hemd zerrissen?«

Ehe sie ihm antworten konnte, flammte erneut Licht auf, diesmal jedoch ohne sie zu blenden.

»Wie geht es dir, Julia?« Nico, ihr WG-Mitbewohner, lief mit besorgtem Blick zu ihr. »Wir dachten, es wäre dir was passiert und … Mein Gott, wieso bist du gefesselt?« Nico klemmte seine Taschenlampe zwischen die Zähne und löste die Stricke an ihren Händen.

»Mir geht es so weit gut«, beruhigte Julia die beiden und rieb sich über die taub gewordenen Handgelenke. Sie mussten den Durchlass verbarrikadieren, falls Bergsträßer ihr gefolgt war. »Hinter dem Altar beginnt ein Zeittunnel, der ins Mittelalter führt«, erklärte sie hastig. »Dort war ich die letzten Stunden als Hexe gefangen und sollte auf den Scheiterhaufen. Der Archäologe, der die Kapelle untersucht hat, war auch dort und hat auf mich geschossen. Wir müssen sofort den Durchgang blockieren, am besten mit den Bänken.«

Die Besorgnis in Nicos Blick wuchs. »Julia, hast du Drogen genommen?«

»Ich bin nicht bekifft! Du weißt genau, was ich davon halte.«

»Vielleicht wurden dir die Drogen gegen deinen Willen eingeflößt.« Nico zeigte auf den Strick am Boden, mit dem sie gefesselt gewesen war.

»Das war der Ritter, der mich in den Turm nach Braunfels bringen sollte.« Julia strich sich die Haare aus dem Gesicht. Der Blick, den Nico und ihr Bruder wechselten, entging ihr dennoch nicht. »Ich stehe weder unter Drogeneinfluss noch bin ich betrunken, und ich leide auch nicht unter Halluzinationen!«, empörte sie sich. »Folgt mir in die Höhle und ich zeige euch den Zeittunnel.«

Nico und Yannick mussten ihr glauben, sonst würde sie die nächsten Tage in der geschlossenen Psychiatrie verbringen. Daher wartete Julia eine Antwort der beiden gar nicht erst ab, sondern ging geradewegs auf den Altar zu. Mit unüberhörbaren Seufzern folgten Yannick und Nico ihr.

»Es wäre wirklich besser, wenn wir dich für einen Check-up ins Krankenhaus bringen würden.« Nico war Internist und seine Stimme hatte einen professionell-beruhigenden Tonfall angenommen, den er vermutlich bei widerwilligen Patienten benutzte. »In der Notaufnahme könnte man herausfinden, ob du …« Der Rest seines Satzes ging in einem erstickten Laut unter.

Der Lichtkegel von Yannicks Taschenlampe war auf die am Altartisch lehnende Holzkassette und den Spalt im Fels gefallen.

Yannick keuchte ebenfalls. »Das gibt's doch nicht!« Mit großen Augen sah er Julia an. »Kann man da durch?«

Sie nickte. »Nach wenigen Schritten kommt man in eine Höhle. Dort befindet sich der Zeittunnel.«

Neben ihr holte Nico geräuschvoll Luft. »Wie hast du das entdeckt?«

»Ich bin dem vermeintlichen Schwertkampftrainer gefolgt, von dem Patrick erzählt hatte. Er war allerdings kein Trainer, sondern ein Ritter, der durch Zufall in der Vergangenheit in diesen Tunnel geraten sein muss.«

»Wo ist dieser Ritter jetzt?«

»In der Vergangenheit. Er wollte Bergsträßer überwältigen, der wie ein Irrer mit einer Pistole auf uns schoss.«

Die Faszination, die kurzzeitig auf Nicos Zügen gelegen hatte, wich Zweifeln. »Ganz im Ernst, Julia. Könnte es sein, dass die Holzkassette aus dem Felsen gebrochen ist, dir auf den Kopf fiel und du den Rest geträumt hast?«

»Ganz im Ernst, Nico – nein. Denn wer hätte mich dann bitteschön fesseln sollen?« Ehe er oder Yannick sie festhalten konnten, zwängte sie sich durch den Schlitz im Felsen.

Als Yannick bei ihr in der Höhle ankam, verriet seine Miene Begeisterung, Nicos hingegen wirkte säuerlich. »Und wo ist nun dein magischer Zeittunnel?«, knurrte er.

»Leuchtet mit den Taschenlampen die Wände ab.«

Gehorsam ließen die beiden die Lichtkegel über die Felswände gleiten und erinnerten Julia damit unweigerlich an ihre letzte Führung in einer Tropfsteinhöhle. Doch weder erfasste das Licht der Taschenlampen einen Stalaktiten noch den Eingang zum Tunnel.

»Das kann nicht sein.« Julia blinzelte. »Der Tunnel war hier.« Sie schritt zur gegenüberliegenden Wand und fuhr mit den Händen über die Steine.

Hinter ihr erklang ein *Hab ich es nicht gleich gesagt, du hast alles nur geträumt* Stöhnen von Nico. Trotzig strich Julia weiter über die Felswände. Es war kein Traum gewesen, der Eingang musste sich irgendwo befinden!

»Lass es gut sein, Schwesterchen.« Yannick trat zu ihr und legte seine Hand auf ihre Schulter. »So cool ein Zeittunnel gewesen wäre, aber dein Unterbewusstsein hat dir wohl einen Streich gespielt – oder irgendwelche Typen mit Vorliebe für Fesselspiele. Wir sollten dich wirklich besser in ein Krankenhaus …«

»Still!« Julia fuhr herum. »Hört ihr denn nichts?«

Verwirrt sahen Yannick und Nico sie an. Leise, wie aus großer Ferne, waren Schreie und Schüsse zu hören. Dann erklangen das Geräusch sich nähernder Schritte und ein wütender Fluch.

Julias Körper spannte sich an, auch Nico und Yannick wirkten nun nervös.

Mit einem Mal sah Julia ihren Bruder erbleichen. »Da!« Keuchend wies Yannick auf eine Stelle hinter ihr an der Höhlenwand, die vom Licht gerade noch erfasst war. »Da kommt ein Arm aus dem Felsen.«

Julia wandte sich um. Eine blutverschmierte Hand streckte sich ihr aus dem Stein entgegen, der an dieser Stelle nicht fest erschien, sondern seltsam waberte. »Der Zeittunnel, er schließt sich«, flüsterte sie, starr vor Entsetzen.

Ein schmerzhaftes Stöhnen drang zu ihnen, als ob sich jemand unter größten Qualen wand. Jegliche Erstarrung fiel von Julia ab. Selbst Bergsträßer hatte einen solchen Tod nicht verdient. Sie griff nach der Hand und zog daran. »Helft mir!«, schrie sie Nico und Yannick zu. »Er wird sonst zerquetscht.«

Es war, als lösten sie etwas aus fest werdendem Zement. Doch schließlich gab der Fels Kopf, Rumpf und die Beine des Mannes frei. Er torkelte ein paar Schritte in die Höhle hinein und rang nach Luft. Dann traf sein Blick Julias. Er setzte zum Sprechen an, doch bevor er etwas sagen konnte, verdrehten sich seine Augen und er sackte in sich zusammen.

Geistesgegenwärtig fingen Yannick und Nico den ohnmächtig gewordenen Mann auf und legten ihn auf dem Höhlenboden ab. Fassungslos sah Julia den Bewusstlosen an.

»Er hat eine Verletzung am linken Oberarm«, erklärte Nico mit Blick auf den blutgetränkten Ärmel des Mannes. »Wir müssen ihn ins Krankenhaus bringen.«

»Das ist keine gute Idee«, stammelte Julia.

»Warum nicht? Er braucht dringend Hilfe.«

»Aber nicht in einer Notaufnahme.« Verzweifelt blickte sie Nico und ihren Bruder an. »Das ist der Ritter.«

Yannick und Nico starrten sie an. Nico fand schließlich als Erster die Sprache wieder. »Dann versorgen wir ihn eben hier. Ich habe eine Erste-Hilfe-Tasche und Notfallmedikamente in meinem Rucksack.« Er kniete sich neben dem Ritter auf den Höhlenboden, setzte seinen Rucksack ab und holte Binden, Desinfektionsspray und Kompressen daraus hervor.

Julia ging ebenfalls in die Knie, nahm Nicos Taschenlampe und leuchtete ihm. Inzwischen regte sich der Ritter wieder. Sein Kopf bewegte sich von links nach rechts, seine Lider flatterten und er stöhnte leise. Schweißperlen glänzten auf seiner Stirn.

»Er hat Schmerzen.« Yannick, der sich neben Nico niedergelassen hatte, um ihm zu assistieren, betrachtete den Ritter besorgt.

»Ich könnte ihm ein Beruhigungsmittel spritzen«, schlug Nico vor. »Es würde ihm den Schmerz nehmen und ihn einschlafen lassen. Das macht seine Behandlung vermutlich auch einfacher.« Fragend sah er Julia an.

Auf ihr Nicken hin schob Nico den Ärmel des Ritters nach oben, bereitete alles vor und verabreichte dem Adligen mit geübtem Griff eine Spritze in die Ellenbeuge. Kurz darauf entspannte sich der Körper des Ritters. Mit Yannicks Hilfe öffnete Nico dessen Gambeson und zog ihn vorsichtig von dem verwundeten Arm.

»Es ist nur ein Streifschuss«, erklärte Nico, nachdem er die Verletzung untersucht, versorgt und einen Druckverband angelegt hatte. »Ein Aufenthalt im Krankenhaus ist nicht notwendig, obwohl eine Tetanusimpfung nicht schaden würde – auch wegen des Schnitts an seiner Handfläche.«

»Über seine medizinische Versorgung mache ich mir am wenigsten Sorgen«, gestand Julia. »Was stellen wir jetzt mit ihm an?«

»Du bist doch die Zeitreiseexpertin.« Nico grinste, wurde aber sofort wieder ernst. »Ihn zurückzuschicken ist wohl nicht möglich, da sich der Tunnel geschlossen hat.«

»Wenn ich es richtig kapiert habe«, warf Yannick ein, »läuft in der Vergangenheit zudem der Archäologe Bergsträßer mit einer Knarre rum.«

»Außer, der Ritter hat ihn mit seinem Schwert getötet.« Julia sah hinüber zu der Stelle, wo sie den Ritter aus dem Felsen gezogen hatten. Die einstige Öffnung war nicht mehr zu erkennen. Yannick hatte mittlerweile mehrmals dagegen geschlagen, doch nichts hatte mehr darauf hingewiesen, dass sich dort der Zeittunnel befunden hatte.

»Wir bringen den Ritter in unsere WG, Julia«, bestimmte Nico. »Aus ärztlicher Sicht sollte er nicht allein sein, wenn er erwacht. Und aus Zeitreise-Sicht ebenfalls. Über alles andere denken wir morgen nach.«

Julia nickte, wenn auch wenig enthusiastisch. Ihre Reise ins Mittelalter wollte sie am liebsten so schnell wie möglich vergessen, doch der Anblick des Ritters hielt den Schrecken in ihr lebendig. Aber Nico hatte recht: Dass sie sich um den Mann kümmern mussten, stand außer Frage.

Nico packte seine Erste-Hilfe-Ausrüstung zurück in den Rucksack und reichte ihn Julia. Dann ergriff er den schlafenden Ritter unter den Achseln. Yannick nahm ihn an den Fußknöcheln und stöhnte im gleichen Moment auf. »Dieser Kerl ist viel schwerer, als er aussieht.«

Nico lachte und setzte sich rückwärtsgehend in Richtung des Durchlasses in Bewegung. »Alles pure Muskelmasse, wenn ich mir den Umfang seines Oberarms so ansehe.«

Julia folgte ihnen mit den Taschenlampen. Den Ritter unversehrt durch den schmalen Durchlass zu bringen glich einem Kunststück, doch schließlich erreichten sie den Kapellenraum und legten ihn neben dem Altartisch auf dem Steinfußboden ab.

»Ich rufe Patrick an.« Nico zog sein Handy aus der Hosentasche. »Er soll sein Auto vom Waldparkplatz holen und hierher kommen.«

Julia biss sich auf die Lippe. Sie konnten Patricks Hilfe gut gebrauchen, andererseits war ihr älterer Bruder geschwätzig – vor allem, wenn er getrunken hatte. »Warte, Nico!«, rief sie. »Ist es klug, Patrick einzuweihen? Ich meine, ihr habt mir auch erst nicht geglaubt. Und je mehr Leute Bescheid wissen …«

»Du hast recht. Ich laufe zurück und hole mein Auto. Allerdings muss Patrick erfahren, dass wir dich gefunden haben.« Nico lächelte. »Trotz der drei Bier, die dein älterer Bruder schon intus hatte, als wir dein Verschwinden bemerkten, war er sehr in Sorge um dich.«

Julia verzog das Gesicht. »Noch ein Grund mehr, dass Patrick sich nicht hinters Steuer setzt.« Sie sah zu, wie Nico das Telefonbuch öffnete, zu Patricks Profil scrollte und das Handy ans Ohr hielt. »Warum hast du hier Empfang und ich nicht?«, murrte sie.

Nico lachte. »Ich habe dir schon immer gesagt, dass dein Anbieter nichts taugt. Wärst du bei meinem, hättest du auch aus dem Mittelalter um Hilfe anrufen können.«

»Sehr witzig.« Sie schnitt eine Grimasse. »Außerdem war mein Akku leer.«

»Dann empfehle ich dir, bei deiner nächsten Zeitreise eine Powerbank mitzunehmen.«

Da in diesem Moment Patrick den Anruf entgegennahm, beschränkte sich Julia auf einen giftigen Blick.

Nachdem Nico Patrick erklärt hatte, eine von Liebeskummer wegen André zerstörte Julia gefunden zu haben, die nicht mehr zurück ins Ritterlager, sondern nur noch nach Hause wollte, joggte er im Schein des Vollmondes in Richtung Waldparkplatz los.

»Mann, Mann, Mann, was für eine Geschichte.« Grinsend ließ Yannick sich auf eine der Bänke fallen und fuhr sich durchs kurz geschnittene Haar, das daraufhin nach allen Seiten abstand. Vor allem wenn er lachte, erinnerte er Julia an eine jüngere – und größere – Ausgabe von Philipp Lahm, die dichten Augenbrauen eingeschlossen.

Sie setzte sich ebenfalls auf eine Bank. Im nächsten Moment stand sie jedoch wieder auf. »Gib mir bitte deinen Pulli.«

Gehorsam zog ihr Bruder sich den dunkelblauen Kapuzensweater mit dem Aufdruck *ABItorTUR 2015* über den Kopf und reichte ihn ihr. Julia ging zu dem Ritter, hob seinen Kopf an und schob den Pullover darunter.

»Wie heißt er?«, wollte Yannick wissen.

»Keine Ahnung. Ich weiß nichts von ihm.«

»Er ist nicht sehr alt. Höchstens fünfundzwanzig, schätz ich.«

Nachdenklich betrachtete Julia den Ritter. Im kalten Licht der LED-Lampe wirkte sein Gesicht gespenstisch bleich, Schatten lagen unter seinen Augen. Zögernd hob sie die Hand und strich ihm eine Strähne seines dunklen Haares aus der Stirn. Seine Haut fühlte sich heiß und verschwitzt an. Vielleicht sollten sie ihn doch ins Krankenhaus bringen. Sofort verwarf sie den Gedanken. Sein Erscheinen dort würde nur unnötige Fragen aufwerfen.

»Wenn Nico zurückkommt, müssen wir die Holzkassette in den Fels zurücksetzen, damit niemand den Durchlass entdeckt«, erklärte sie. »Sonntags besuchen oft Spaziergänger die Kapelle.«

»Stimmt, sonst haben wir spätestens morgen Abend sämtliche Privatfernsehsender hier.« Yannick schüttelte den Kopf. »Irgendwie ist das alles total krass.«

»Und lebensgefährlich. Sie hätten mich dort ohne zu zögern als Hexe verbrannt.« Beschwörend sah Julia ihren Bruder an.

»Sobald dieser Ritter wieder auf den Beinen ist, schicken wir ihn zurück und mauern den Durchlass hinter der Holzkassette zu. Niemand darf davon erfahren.«

Yannick sah sie an, als hätte sie ihm gerade ein neues Spielzeug weggenommen. »Bist du dir sicher? Ein echtes Mittelaltervideo würde bestimmt viele Klicks im Internet bekommen.«

»Kein Klick ist es wert, dafür auf dem Scheiterhaufen zu landen.« Sie verschränkte die Arme vor der Brust. »Und komm mir bloß nicht mit Forschung und Wissenschaft. Dass Wissenschaftler nicht nur ehrbare Ziele verfolgen, hat Bergsträßer deutlich bewiesen. Den Verlockungen zu widerstehen, die ein Besuch in der Vergangenheit bietet, schafft bestimmt keiner. Das würde nur Unheil im Mittelalter und unabsehbare Folgen für uns heute bringen.«

Ihr Bruder erwiderte nichts, sondern stand auf und trat an die Tür der Kapelle. Nach einer Weile drehte er sich wieder zu ihr um. »Weißt du, wie der Zeittunnel zu öffnen ist?«

»Nein.« Julia blickte hinab zu dem schlafenden Ritter. »Aber er wird es wissen.«

Sonntag, 30. August 2015

Er lag in einer Bettstatt. Ansonsten hatte Severian keine Ahnung, wo er sich befand. Soweit er es beurteilen konnte, war er nicht gefesselt – was allerdings nichts zu bedeuten hatte. Ohne die Augen zu öffnen, lauschte er auf die Geräusche um sich herum. In einiger Entfernung brummte etwas. Nicht laut wie in dem Tunnel, eher leise wie das Schnurren einer Katze. Dann war da noch ein Laut, ein Klacken, das sich in gleichmäßigen Abständen wiederholte. Gedämpft vernahm er gelegentlich ein Brausen, das zunahm und wieder verebbte. Menschen schienen nicht in der Nähe zu sein, zumindest hörte er außer seinen eigenen keine weiteren Atemgeräusche.

Langsam wagte er die Augen zu öffnen. Sonnenlicht fiel durch die Ritzen von Fensterläden und hastig blickte er sich um. Er lag in einem Raum, von dessen Ausstattung er aufgrund des Halbdunkels nicht viel erkennen konnte. Eine Bauernkate? Er sog Luft durch die Nase. Weder roch er Vieh noch den beißenden Geruch schlecht abziehenden Rauches oder die Ausdünstungen der Bewohner, die oft zu zehnt und mehr in einer Hütte lebten. Stattdessen roch es um ihn herum nach Blüten. Ein frischer, angenehmer Duft, der seiner Nase schmeichelte.

Da seine Überzeugung wuchs, allein zu sein, drehte er sich auf die Seite – und fuhr schmerzhaft zusammen. Die Wunde an seinem linken Oberarm! Bis eben hatte er sie nicht gespürt. Er fuhr mit der Hand zu der Verletzung und stutzte. Jemand hatte die Wunde verbunden.

Nachdem Bruder Ignatius ihn mit dem Faustrohr getroffen hatte, war er zur Kapelle geflohen, um sich dort zu verstecken.

Doch Ignatius war ihm dicht auf den Fersen geblieben und so hatte er sich erst in die Höhle und schließlich in den Felsentunnel gewagt. Das Letzte, an das er sich erinnerte, war, dass die Steine sich auf ihn zu bewegt und ihn zu zermahlen gedroht hatten …

Jemand musste ihn gerettet und seine Wunde versorgt haben. Die Hexe? Wohl kaum, schließlich hatte er ihr keinen Grund gegeben, ihm zu helfen. Vermutlich war sie längst weit fort und erschreckte andere unschuldige Männer mit ihren albtraumhaften Zauberkünsten – so wie ihn mit dem Bild der Klosterruinen und den absurden Ritterzelten.

Dass Ignatius ihm geholfen hatte, bezweifelte er ebenfalls. Der Laienbruder hätte ihn getötet, wenn er seiner habhaft geworden wäre. Aber wer war es dann gewesen? Entweder er blieb hier, um es herauszufinden, oder er floh. Sein Instinkt riet ihm zu Letzterem. Severian schlug die Decke zurück und setzte sich in seiner Bettstatt auf. Er trug nur noch seine Hose, entdeckte zu seiner Erleichterung aber seine Stiefel, den Gambeson und den Gürtel mit dem leeren Schwertgehänge vor seinem Lager.

Geräuschlos schob er seine Beine über die Bettkante, schlupfte in Stiefel und Gambeson und erhob sich. Einen Moment musste er gegen den Schwindel ankämpfen, dann bückte er sich nach Gürtel und Schwertgehänge. Während er beides umlegte, dachte er mit Wehmut an sein Schwert zurück, das ihm aus der Hand gefallen war, als Ignatius' Schuss ihn getroffen hatte. Er zuckte mit den Schultern. Unterwegs würde er etwas anderes finden, mit dem er sich im Notfall verteidigen konnte.

Sein Blick schweifte durch das halbdunkle Zimmer – ein seltsames Zimmer, wie er zugeben musste. Die Wände bestanden weder aus Stein noch waren sie gekalkt, sondern schienen mit einer Art Stoff bezogen. Der Fußboden besaß einen ihm unbekannten Belag. Er erinnerte an Holzbohlen, doch es war eine einzige glatte Fläche ohne jede Fuge. In der Mitte der Raumdecke hing an einem kurzen Seil eine umgedrehte Schüssel herab, deren Nutzen er sich ebenso wenig erklären konnte wie die Bedeutung der großen und kleinen schwarzen Kästen in einem Regal an der Wand gegenüber.

Severian schüttelte den Kopf. Das Aussehen des Raumes war belanglos, entscheidend war die Tür – sie stand offen. Leise verließ er das Zimmer und fand sich in einem länglichen Flur wieder, von dem mehrere Türen abgingen.

Welche davon führte in die Freiheit? Er würde es herausfinden.

Severian schlich auf eine helle Holztür zu, die dem Raum, aus dem er getreten war, gegenüberlag. Sachte drückte er die Klinke herunter. Zu seinem Erstaunen ließ sich die Tür ohne Schwierigkeiten öffnen und gab ihm den Blick auf einen Treppenabgang frei, der durch Fensterluken erhellt war. Sein Retter schien keine bösen Absichten zu hegen, sonst hätte er ihm eine Flucht kaum so leicht gemacht. Vorsichtig zog Severian die Holztür hinter sich ins Schloss und stieg die Treppe hinab. Einige der hölzernen Stufen knarrten, dennoch erschien niemand, um ihn aufzuhalten. Sein Entkommen war geradezu lächerlich einfach!

Am Ende der Treppe fand er drei Türen vor: Die vor ihm liegende sah genauso aus wie die, die er gerade durchschritten hatte, und führte bestimmt in einen weiteren Wohnbereich. Die Tür zu seiner Rechten war aus einfachem, dunklem Holz gefertigt. Vermutlich gelangte man durch sie in den Keller des Gebäudes. Blieb die Tür zu seiner Linken. Sie war von grüner Farbe und ihre robuste Bauweise sagte ihm, dass er durch sie ins Freie gelangen würde.

Severian drückte die Klinke herunter und fand die Tür versperrt. Ehe er sich einen anderen Fluchtweg überlegen konnte, sah er den Schlüssel am Haken neben der Tür. Ein silberner Schlüssel, dessen langer Bart viele Zacken aufwies, wie er es noch nie zuvor gesehen hatte. Doch der ungewöhnliche Schlüssel passte perfekt in das schmale Loch des ebenso ungewöhnlichen Schlosses. Mit einem Gefühl der Genugtuung drehte Severian ihn herum, drückte erneut die Klinke, und die grüne Tür bewegte sich lautlos in den Angeln. Ohne zu zögern, verließ er das Haus und rannte los – über einen schmalen Weg, der mit flachen Steinplatten gedeckt war, auf einen breiten Weg zu, der wie ein schwarzer Fluss entlang der Häuser verlief.

Ein metallenes Quietschen, gefolgt von Lärm, ohrenbetäubend wie die Trompeten von Jericho, stoppte Severian jäh in seinem Lauf. Zu seiner Rechten war knapp vor ihm eine silberne Kutsche zum Stehen gekommen.

»Kannst du nicht aufpassen, du Vollidiot!?«, rief eine Männerstimme aus dem Inneren des silbernen Wagens, der laut brummte und zu Severians Entsetzen nun an ihm vorbeifuhr, ohne dass ein Gespann ihn zog. Hastig bekreuzigte er sich und machte einen Schritt rückwärts.

Sofort erklang das ohrenbetäubende Geräusch wieder, diesmal von der anderen Seite.

»Sind Sie lebensmüde? Runter von der Straße!«, ließ ihn eine weibliche, zornig klingende Stimme wissen.

Severians Kopf flog herum. Eine schwarze Kutsche ohne Dach stand eine Armlänge vor ihm.

»Studentenpack!«, wetterte ein alter Mann aus einer weiteren, besonders großen Kutsche heraus. »Schlafen bis mittags, laufen rum wie die Hippies, rauchen dieses Marihuana und behindern den Verkehr! Das hätte es zu meiner Zeit nicht gegeben!«

Panisch sah Severian sich um. Er war umgeben von diesen gespannlosen, lärmenden Kutschen und es wurden immer mehr, die vorfuhren – heulend, quietschend und trötend. Seine Atmung beschleunigte sich und er begann zu husten. Die Luft hatte sich verändert. Sie stank auf eine nie gerochene Weise und benebelte seinen Verstand. Wohin sollte er gehen? Die Höllenwagen waren überall.

»Seid Ihr verrückt, Ritter? Kommt mit, bevor Ihr noch überfahren werdet!« Eine Hand packte ihn am Arm und zog ihn aus der Mitte der teuflischen Gefährte fort.

Willenlos ließ Severian sich zurückführen auf den Weg mit den flachen Steinplatten. Dann wurde ihm bewusst, wem er folgte. »Nimm deine Finger von mir, Hexe!« Er entwand sich dem Griff der jungen Frau, die noch ihr zerrissenes Hemd und das Kleid trug. »Ich gehe nirgendwo mit dir hin!«

Die Hexe starrte ihn an, ihr Gesichtsausdruck eine Mischung aus Ärger und Besorgnis. »Keine Angst, ich tue Euch nichts.« Sie wies auf die offenstehende Tür des zweistöckigen Fachwerkhauses, aus dem er gekommen war. »Begleitet mich bitte hinein. Ihr findet Euch hier draußen allein nicht zurecht und schafft es niemals zur Kapelle.«

»Das ist eine Falle«, zischte er. »Du hast erneut ein Blendbild geschaffen, um mich zu verwirren.«

»Blendbild?« Dann schien sie zu begreifen. »Die Ruinen des Klosters sind echt. Ihr seid durch den Tunnel in die Zukunft gelangt.«

»Weder verstehe ich ein Wort von dem, was du sagst, Hexe, noch will ich es.« Er blickte sich um. Den mit Steinplatten gedeckten Weg, auf dem sie standen, mussten die Höllenwagen anscheinend meiden. Liefe er auf diesem Weg, würde es vermutlich zu keinem Zusammenstoß mit den Gefährten kommen.

»Wie gut, du hast den Ritter gefunden!« Ein Mann mit kurzen blonden Haaren kam aus dem Haus zu ihnen gelaufen. Er trug einen kurzärmeligen Gambeson, Stiefel und eine Hose aus Leder. »Ist ihm was passiert?«

»Nein«, erwiderte die Hexe, »ich habe ihn rechtzeitig von der Hauptstraße runter geholt.« Spöttisch setzte sie hinzu: »Allerdings weigert er sich, mit zurück ins Haus zu gehen, weil er sich vor meinen Zauberkünsten fürchtet.«

»Jeder Christ fürchtet die Macht des Satans«, rief Severian, den ihr Tonfall ärgerte. »Vor allem, wenn man sie bereits am eigenen Leib erfahren hat!«

Der blonde Mann, den Severian auf Ende zwanzig schätzte, sah die Hexe stirnrunzelnd an. »Weiß der Ritter, wo er sich befindet?«

Sie schüttelte den Kopf. »Er hält alles für ein Täuschungsbild, das ich erschaffen habe.«

Der Blonde seufzte und wandte sich an Severian. »Wir sind hier in Braunfels. Mein Name ist Nico Hofthal, ich bin ein Medikus und habe die Wunde an deinem Arm versorgt.« Er vollführte eine unbeholfene Verbeugung. »Die Frau neben mir nennt man Julia Salzmann. Sie ist keine Hexe, darauf schwöre ich einen Eid auf die Bibel.«

»Sie trägt ein Hexenmal auf ihrer Schulter.«

Die Hexe verdrehte die Augen. »Er meint mein Tribal-Tattoo, Nico«, erklärte sie verdrossen. »Ich habe dir und Yannick doch gestern Abend noch erzählt, dass Bergsträßer mein Hemd zerrissen und es ihnen gezeigt hat.«

Der angebliche Medikus nickte und sah zu Severian. »Ich bitte dich eindringlich, mit uns zu kommen. Dir wird kein Leid geschehen, auf der Straße erregt unser Gespräch zu viel Aufmerksamkeit.«

Severian sah sich um. Die Männer, Frauen und Kinder, die an ihnen vorüberliefen, starrten sie mit unverhohlener Neugierde an. Alle waren merkwürdig gekleidet und einige führten aus Metallstangen zusammengeschmiedete Dinge mit sich. Manche schoben die rollenden Metallgefährte, andere saßen sogar darauf. Die Metallgefährte verursachten keinen Lärm wie die Wagen ohne Pferde, dennoch waren sie ihm unheimlich. Er atmete tief durch. Dieser Ort konnte unmöglich das Städtchen Braunfels sein, das er kannte, sondern musste ein erneutes Zauberwerk sein. Wenn er sich weiter dem Willen der Hexe widersetzte, würde sie ihn mit immer stärkeren Trugbildern verwirren, bis er den Verstand verlor.

»Ich begleite euch«, erklärte Severian knapp. Sollten der Medikus und die Hexe ruhig glauben, dass er ihnen vertraute. Er war ihnen einmal entkommen, er würde es notfalls ein zweites Mal schaffen.

Erleichterung zeichnete sich auf den Gesichtern der beiden ab, ehe sie sich dem Haus zuwandten. Severian warf einen Blick auf die lärmenden Höllenwagen, dann folgte er der Hexe und dem Medikus in das Innere des Gebäudes.

»Wundervoll, ein starker Kaffee ist genau das, was ich jetzt brauche.« Julia nahm den dampfenden Becher von Nico entgegen und ließ sich auf einen Esstischstuhl sinken. Das Zuziehen der Wohnungstür hatte sie vorhin aus dem bleiernen Schlaf gerissen, in den sie gefallen war, kaum dass sie den Ritter auf dem Schlafsofa zugedeckt hatten. Sie war aufgesprungen und aus ihrem Zimmer ins Wohnzimmer gelaufen. Trotz ihrer Müdigkeit und des Halbdunkels erkannte sie sofort, dass ihr mittelalterlicher Gast geflohen war. Während sie nach Nico rief, zog sie ihre Stiefel an und hastete die Treppe hinunter. Ausgerechnet heute war in Braunfels verkaufsoffener Sonntag und entsprechend viel los auf den Straßen. Wie gut, dass sie es in ihrer Erschöpfung gestern nicht mehr geschafft hatte, ihr Kleid auszuziehen!

Julia nahm einen Schluck Kaffee, dann sah sie zu dem Ritter, der mitten in der Wohnküche stand und seine Umgebung mit zusammengekniffenen Augen inspizierte. Nico hatte die Fensterläden geöffnet und die Morgensonne erhellte den Raum bis in den letzten Winkel. Was der Ritter wohl von ihrer knallroten Küchenzeile hielt? Erkannte er sie überhaupt als solche? Wenigstens ersparte ihm das Sonnenlicht den Schock elektrischer Lampen. Die Autos, Fahrräder, Roller und Rollatoren draußen hatten ihn genug erschreckt. Sie verzog das Gesicht. Vermutlich war das der einzige Grund, warum er nachgegeben hatte: Mit ihr und Nico zu kommen war ihm als das kleinere Übel erschienen.

Julia zog den Stuhl neben sich zurück und klopfte auf die Sitzfläche. »Nehmt Platz, Ritter.«

»Neben einer Hexe am Tisch sitzen? Da stehe ich lieber bis zum Ende meiner Tage.«

Sie unterdrückte eine harsche Antwort. Nicht mehr lange, dann war er fort und konnte im Mittelalter seinem Aberglauben frönen. »Darf ich Euch wenigstens etwas zu trinken und zu essen anbieten?«

»Mahl halten mit einer Buhle des Teufels?« Er spie die Worte förmlich aus. »Jede Speise von dir ist verdorben und jeder Trank ist …«

Ein Räuspern erklang. »Wie steht es mit der Verletzung an deinem Arm?«, erkundigte sich Nico.

Die Frage ihres WG-Partners ließ den Ritter in seiner Schimpftirade innehalten. »Sie … sie scheint nicht tief zu sein, der Schmerz ist erträglich.«

Nico hob die Erste-Hilfe-Tasche hoch, die er in der Hand hielt. »Mit deiner Erlaubnis würde ich mir die Wunde gerne ansehen und den Verband wechseln.«

Die Brauen des Ritters zogen sich zusammen. »Ansehen und verbinden ja, aber nichts anderes.«

»Also gut.«

Der Ritter öffnete seinen Gambeson und entblößte seinen verletzten Oberarm. Routiniert löste Nico den Druckverband und begutachtete die Wunde. Nach einem zufriedenen Nicken begann er, einen frischen Verband anzulegen. »Wie heißt du?«, fragte er den Ritter beiläufig.

»Damit du, sobald du den Namen erfährst, nach Verwandten von mir suchen und ein Lösegeld erpressen kannst?«

Julia kam nicht umhin, mit den Augen zu rollen und bewunderte insgeheim, dass Nico weiterhin ruhig und freundlich blieb.

»Nein«, beantwortete er die Frage des Ritters. »Ich würde dich gerne mit Namen anreden.«

»Der braucht dich nicht zu interessieren, Medikus.«

Nun konnte Julia ein genervtes Stöhnen nicht mehr unterdrücken. »Unterliegen Ritter nicht einem Ehrenkodex und sollten immer höflich und hilfsbereit sein?«, fragte sie.

Der Ritter warf ihr einen finsteren Blick zu.

Einen anderen Gesichtsausdruck scheint dieser Mann nicht zu beherrschen, dachte Julia kopfschüttelnd.

»Und wie steht es mit deiner Ehre, Hexe?«, erwiderte der Ritter schließlich, ihren spöttischen Tonfall imitierend. »Du hast mir zugesagt, mich zur Kapelle im Wald zu bringen.«

»Das werde ich, verlasst Euch darauf.« Julia sprang vom Stuhl auf und stemmte die Fäuste in die Hüften. »Wenn es nach mir geht, können wir sofort aufbrechen.«

Nicos nachtblauer Golf parkte nahe dem Haus und die Sonne spiegelte sich in den getönten Scheiben. Das Entsetzen im Gesicht des Ritters hätte nicht größer sein können. »Ich soll in ein solches Höllengefährt steigen?«

»Es nennt sich Auto, hat absolut nichts mit dem Satan zu tun und selbst kleine Kinder fahren ohne Angst darin«, platzte es aus Julia heraus. »Oder reicht Euer Mut nur dafür, wehrlose Frauen der Hexerei zu bezichtigen und in einen Kerker zu schleppen?«

Das war der Situation nicht angemessen, aber was diesen Ritter betraf, war ihre Geduld aufgebraucht. Sie wollte ihn endlich los sein, den Zeittunnel zugemauert wissen und die Erinnerung an ihre Stunden im Mittelalter in der tiefsten Ecke ihres Gehirns vergraben. Ohne den Ritter hätte sie sich einreden können, dass alles ein Albtraum gewesen war, doch seine Gegenwart hielt die Angst in ihr wach. Die Angst, erneut in die Vergangenheit geschleudert zu werden, wo man sich nichts lieber als ihren Tod wünschte.

»Gut, ich steige ein, Hexe«, knurrte der Ritter. »Nach dir.«

Julia öffnete die Tür und ließ sich auf die Rückbank fallen. Nico ließ den Ritter auf dem Beifahrersitz Platz nehmen und schloss unter dessen argwöhnischem Blick erst den Sicherheitsgurt und dann die Autotür.

»Ich starte den Wagen jetzt«, informierte Nico den Ritter, nachdem er selbst eingestiegen war und sich angeschnallt hatte. Er drehte den Zündschlüssel und der Motor sprang an.

Die Hände des Ritters ballten sich zu Fäusten.

Nico setzte den Blinker und fädelte sich in den vorbeifließenden Verkehr ein.

Die Züge des Ritters versteinerten.

Als Nico beschleunigte, verlor das Gesicht des Ritters jegliche Farbe. »Halt den Wagen an, Medikus!«, würgte er und führte seine Hand vor den Mund. »Ich kann den Inhalt meines Magens nicht mehr bei mir behalten.«

»Oh nein, nicht auf meine neuen Sitzbezüge!« Hastig hielt Nico nach einem Parkplatz am Straßenrand Ausschau.

Wäre die Situation nicht so grotesk gewesen, hätte Julia laut gelacht. Der GTI war Nicos ganzer Stolz. Beinahe jedes Wochenende verbrachte er Stunden an der Waschanlage, um sein ‚Schätzchen' mit ausdauernder Leidenschaft zu pflegen. Erbrochenes in Nicos Golf käme einem Sakrileg gleich.

Glücklicherweise fand Nico eine Parklücke, sprang noch bei laufendem Motor heraus und riss die Beifahrertür auf. Geistesgegenwärtig löste Julia den Anschnallgurt des Ritters, der sofort aus dem Auto hechtete und seinen Magen in ein Rosenbeet entleerte.

Julia griff zum Zündschlüssel und stellte den Motor ab, dann stieg sie ebenfalls aus und trat zu Nico. »Mit dem Auto kommen wir offensichtlich nicht weiter.«

Der Ritter, dem es bereits besser zu gehen schien, hatte ihre Worte gehört. »Es waren die stickige Luft und die Hitze, die es mir übel werden ließen – nicht etwa Furcht«, erklärte er scharf.

Überrascht zog Julia die Augenbrauen hoch. »Schön, dass Ihr nicht meine angeblichen Hexenkünste für Eure Übelkeit verantwortlich macht.« Der Ritter wollte etwas erwidern, doch sie hob beschwichtigend die Hand. »Viele Menschen vertragen das Fahren in einem Auto nicht, Ihr müsst Euch nicht rechtfertigen.«

Der Ritter sah sie verblüfft an, schüttelte dann aber den Kopf und schwieg.

Nico, der zwischenzeitlich den Golf abgeschlossen hatte, kam mit dem Smartphone in der Hand zu ihnen. »Ich rufe Yannick an und sage ihm, dass wir später an der Kapelle eintreffen, weil wir zu Fuß gehen.«

Nach einer guten halben Stunde erreichten sie die Waldkapelle. Außer Yannick, der genau wie sie und Nico ein mittelalterliches Kostüm trug, befand sich glücklicherweise niemand in dem kleinen Gotteshaus. Auch die notdürftig in den Felsen zurückgesetzte Holzkassette fiel auf den ersten Blick nicht auf.

»Das ist mein jüngerer Bruder Yannick«, erklärte Julia dem Ritter, der den gesamten Weg über geschwiegen hatte. »Er hat gestern Abend mitgeholfen, Euch aus dem sich schließenden Tunnel zu ziehen.«

Der Ritter nickte, erwiderte aber nichts. Erst jetzt fiel Julia auf, dass er nicht gefragt hatte, wie sie ihn aus dem Zeittunnel gerettet oder warum sie ihn mit zu sich nach Hause genommen hatten. Vermutlich hielt er sie alle für Hexen und Scharlatane und wollte keine Erklärungen, sondern einfach nur zurück.

Yannick drückte Julia seine Taschenlampe in die Hand. Dann hob er die Holzkassette beiseite, ließ sie, Nico und den Ritter in den Durchlass treten und folgte zum Schluss selbst, wobei er versuchte, den Holzrahmen so nah wie möglich an den Spalt zu rücken.

»Jetzt müssen wir nur noch den Eingang zum Zeittunnel finden«, sagte Julia, als sie alle in der Höhle versammelt waren, und leuchtete die Wände ab.

Falls der Ritter sich über ihre Taschenlampen wunderte, ließ er es sich nicht anmerken. Der Adlige trat an die Felsen heran und fuhr sie systematisch mit den Händen ab.

Nach einer Weile senkte Nico seine Taschenlampe. »Ich sehe die Tunnelöffnung nicht. Ihr?«

Julia schüttelte ebenso den Kopf wie Yannick und der Ritter. »Dann ist er wohl noch geschlossen«, überlegte sie und wandte sich an den Ritter. »Wie lässt sich der Tunnel öffnen?«

»Woher soll ich das wissen?«, fuhr der Ritter sie an. »Du bist die Hexe.«

»Ich habe keine Ahnung! Ihr seid doch zuerst hier aufgetaucht!«

»Ich habe lediglich Bruder Ignatius verfolgt.«

Julia schlug sich an die Stirn. »Den Archäologen habe ich vollkommen vergessen! Ob er den Gang geschlossen hat?«

»Das ist mir gleichgültig.« Der Ritter verschränkte die Arme vor der Brust. »Benutze deine Hexenkraft und öffne den Tunnel – du hast es versprochen.«

»Glaubt mir, wenn ich eine Hexe wäre, wäre der Gang längst geöffnet. Leider kann ich nicht zaubern.«

Nico, der ihrem Gespräch mit dem Ritter amüsiert gelauscht hatte, grinste. »Probiere es doch mal, Julia. *Abrakadabra, der Zeittunnel ist wieder da!*«

»Du könntest es auch mit *Sesam öffne dich* versuchen«, erklärte Yannick feixend.

»Ha, ha, sehr witzig.« Julia schnaubte. »Ihr zwei seid echte Kindsköpfe!«

Mit verächtlicher Miene wies der Ritter auf den Durchlass, der in die Kapelle führte. »Da eure merkwürdigen Scherze uns nicht voranbringen, sollten wir bei der heiligen Jungfrau Maria um Beistand bitten, die einst vor diesen Felsen erschienen ist.«

»Die Gottesmutter hat mit allem hier am wenigsten zu tun«, schnappte Julia. »Inzwischen müsste doch jedem von uns klar geworden sein, was es mit dieser Marienerscheinung auf sich hat.« Da niemand etwas sagte, fuhr sie fort: »Eine junge Frau hat den Zeittunnel durchquert. Im Gegensatz zu mir hatte sie mehr Glück, denn sie wurde als Gottesmutter angesehen, nicht als Hexe. Und sie hatte auch mehr Verstand als ich«, fügte sie an, »denn sie ist sofort wieder durch den Tunnel in ihre eigene Zeit zurück.«

Die Brauen des Ritters zogen sich zusammen, während er einen Schritt auf sie zu machte. »Noch ein Beweis, dass du eine Hexe bist: Du leugnest vor Zeugen die Herrlichkeit Gottes.«

»Verdreht mir nicht die Worte im Mund, Ritter! Ich glaube an Gott, nur diese Marienerscheinung halte ich seit gestern für eine Fehlinterpretation.«

Nico trat mit ausgestreckten Armen zwischen sie. »Streiten bringt uns nicht weiter, lasst uns die Sache lieber logisch angehen. Einverstanden?«

Julia nickte und der Ritter trat von ihr zurück.

»Dankeschön.« Nico stieß hörbar den Atem aus. »Gestern war der Tunnel offen, jetzt nicht. Woran kann das liegen? Gibt es irgendwas, das den Tag gestern von dem heutigen unterscheidet?«

»Heute ist Sonntag«, rief Yannick.

»Und da hat der Tunnel Ruhetag, oder wie soll ich das verstehen?«, fragte Julia sarkastisch und zeichnete mit den Händen die Umrisse eines Rechtecks in die Luft. »Siehst du hier ein Schild: ‚Zeitreisen nur werktags. Sonntags nach Vereinbarung‘?«

Ihr Bruder streckte ihr die Zunge heraus. »Wenn es ein Zeittunnel ist, könnte seine Öffnung durchaus zeitlich beschränkt sein.«

Sie starrte ihn an. »Du meinst, es gibt nur einmal im Jahr Durchlass?« Das durfte nicht wahr sein!

Es war Nico, der antwortete. »Nein, es muss öfter sein. Schließlich war Bergsträßer bis vor drei Monaten noch in der Gegenwart. Er scheint den Rhythmus zu kennen.« Stirnrunzelnd sah Nico von Julia zum Ritter. »Um wie viel Uhr hast du den Tunnel durchschritten?«

»Um die Mittagsstunde. Die Glocke des Klosters hat kurz zuvor zur Sext geläutet.«

Julia nickte. »Nachdem ich den Tunnel verlassen hatte, habe ich in der Vergangenheit auf mein Handy geschaut. Es war 13.33 Uhr.«

»Das ist es!« Aufgeregt sah Nico in die Runde. »Der Tunnel öffnet sich zur Mittagszeit, wenn die Sonne im Zenit steht, und schließt sich bei Sonnenuntergang.«

»Du hast recht«, rief Julia. »Deshalb konnte ich im Gegensatz zu dem Ritter noch unbehelligt durch den Tunnel. Ich habe ihn zehn Minuten früher betreten und vor dem Sonnenuntergang verlassen.«

Der Ritter nickte ebenfalls. »Das erklärt, warum Bruder Ignatius mich nicht in den Tunnel hinein verfolgte. Er wusste, die Felsen würden sich schließen – und ich den Tod finden.«

Unwillkürlich rann Julia eine Gänsehaut über den Rücken. »Wenn wir Euch nicht herausgezogen hätten, wäre das passiert.«

»Auf jeden Fall wissen wir nun, was wir tun müssen, damit sich der Zeittunnel öffnet«, sagte Nico erleichtert und warf einen Blick auf seine Armbanduhr. »Noch zwei Stunden warten.«

»Wo wollen wir diese Zeit verbringen?«, erkundigte sich der Ritter.

»Am besten in der Kapelle«, erwiderte Julia.

Der Ritter nickte. »Es sei, wie du sagst, Frau.«

Julia stutzte, und das nicht nur, weil er ihr ohne Widerspruch zugestimmt hatte. »Ihr nennt mich nicht mehr Hexe?«

»Nein. Ich bin zu der Überzeugung gelangt, dass du trotz des seltsamen Males keine bist.« Für den Bruchteil einer Sekunde blitzte Humor in seinen Augen. »Oder wenn doch, dann eine so schlechte, dass von dir keine Gefahr für meinen Leib oder mein Seelenheil ausgeht.«

Julia ignorierte das Gelächter ihres Bruders ebenso wie Nicos Grinsen. So würdevoll wie möglich schritt sie an den Männern vorbei zum Ausgang der Höhle.

Nachdem sie alle im Kapellenraum angekommen waren, sah Julia die anderen an. »Ich würde gerne kurz zum Ritterlager gehen und etwas zu essen holen.« Entschuldigend legte sie die Hand auf ihren Bauch. »Ich habe seit gestern Mittag nichts mehr gegessen.«

»Ich komme mit«, sagte Nico. »Dann kann ich meinen Schlafsack und meine Sachen aus dem Zelt holen und muss nachher nicht mehr hin.«

»Ich begleite dich ebenfalls«, erklärte der Ritter. »Ich will mir noch einmal die Ruinen des Klosters anschauen.«

Julia schüttelte den Kopf. »Ich halte das für keine gute Idee.«

»Weshalb nicht?«

Es wäre ja zu schön gewesen, wenn der Ritter ab jetzt alles ungefragt akzeptiert hätte. »Weil außer Yannick, Nico und mir niemand wissen darf, dass es Euch gibt.«

»Aus welchem Grund?«

Julia seufzte. »Ihr habt noch immer nicht verstanden, was es mit diesem Tunnel auf sich hat, oder?« Da der Ritter nichts erwiderte, fuhr sie fort: »Dieser Tunnel führt nicht in eine Welt aus Trugbildern, wie Ihr bisher angenommen habt. Auch nicht in ein fremdes Land, sondern er führt in die Vergangenheit. Oder, aus Eurer Sicht, in die Zukunft.« Sie sah ihn an und wartete auf eine Reaktion, auf ein Zeichen des Verstehens.

»Wie weit in die Zukunft?«, fragte er mit rauer Stimme.

»Fünfhundert, sechshundert Jahre, vielleicht mehr. Da Ihr wenig über Eure Person verratet, kann ich es nicht genau sagen.«

Der Ritter starrte sie an, dann schüttelte er den Kopf. »Es ist unwichtig, wie viele Jahrhunderte dazwischen liegen. Bald werde ich zurück sein und den Tunnel nie wieder betreten – und dafür Sorge tragen, dass es auch kein anderer tut.«

Einen Moment spürte Julia nun doch Bedauern. Welche Chance für die Wissenschaft, die sie ungenutzt verstreichen ließen! Doch der Ritter hatte recht. »Niemand außer uns darf von dem Tunnel erfahren, um nicht in Gefahr zu geraten. Im Ritterlager könntet Ihr Euch leicht verraten und unnötige Fragen aufwerfen.«

»Verstehe.«

»Dann bleibt Ihr bei Yannick in der Kapelle?«, fragte sie hoffnungsvoll.

»Nein. Ich werde die Ruinen aus dem Verborgenen betrachten.«

Sturkopf! »Also gut, Ritter. Aber wehe, jemand sieht Euch!« Julia blickte zu Yannick. »Willst du auch mitkommen? Es gefällt mir nicht, dass du allein in der Kapelle zurückbleibst.«

Ihr Bruder winkte ab. »Mach dir keine Sorgen. Ich warte hier auf euch und halte mögliche Besucher ab, sich die Holzkassetten näher betrachten zu wollen.«

»Das ist ein guter Gedanke. Aber sei vorsichtig«, warnte sie ihn. »Wenn Bergsträßer kommen sollte, ruf sofort die Polizei und renn fort – oder besser umgekehrt. Er ist gefährlich und …«

»Kein Problem, Schwesterchen.« Yannick zog eine kleine schwarze Dose aus seiner Hosentasche. »Ich bin vorbereitet auf den Mönch mit der Peitsche – ich meine natürlich, mit der Pistole.«

»Pfefferspray?«

Yannick grinste. »Sollte in keiner Damenhandtasche fehlen.« Er warf ihr die Dose zu. »Nimm es mit, ich hab noch eins dabei.«

»Wir beeilen uns«, versprach sie.

»Lasst euch Zeit, ich muss sowieso noch ein paar Mails checken.«

Julia verzog das Gesicht. »Wieso haben alle außer mir Empfang in diesem Wald?«

»Weil dein Anbieter nichts taugt.«

»Aber André meint, dass diese Telefongesellschaft in Zukunft …«

»Wenn André Seiler was gut findet, ist das Grund genug, es nicht zu machen«, schnitt Yannick ihr mit ungewohnter Schärfe das Wort ab und zeigte zur Tür. »Jetzt geht, sonst verpasst ihr noch die Tunnelöffnung.«

Gehorsam wie Erstklässler, die von ihrer Lehrerin in die Pause geschickt wurden, trotteten sie aus der Kapelle hinaus und machten sich schweigend auf den Weg zum Ritterlager.

Als die Zelte in Sichtweite kamen, durchbrach Julia die Stille zwischen ihnen. »Zeit, Euch zu verstecken, Ritter.« Sie wies zwischen den Bäumen hindurch auf die Lichtung, auf der Patrick und die Jungs lautstark mit ihren Schwertern übten. »Werft in Gottes Namen einen Blick auf die Klosterruine, aber bleibt wie versprochen unsichtbar.«

Statt einer Antwort neigte der Ritter nur leicht den Kopf.

Verborgen im Unterholz beobachtete Severian, wie die junge Frau und der Medikus die Lichtung betraten und mit den Rittern redeten. Dann ging der Heilkundige in eines der Zelte, die Frau verschwand im Inneren einer kleinen, abseits gelegenen Holzhütte.

Nachdenklich blickte Severian ihr hinterher. Sie hatte behauptet, er wäre durch den Tunnel im Felsen in die Zukunft gereist. Eine schier unglaubliche Vorstellung, dennoch spürte er, dass sie der Wahrheit entsprach. Für einen Moment war er versucht gewesen, die Frau und den Medikus auszufragen: wie im nächsten Sommer die Ernte ausfallen würde, ob Kriege oder Seuchen drohten oder wie es seiner Familie über die Jahrzehnte ergehen würde. Doch er hatte seinen Wissensdrang bezwungen. Allein Gott dem Allmächtigen stand es zu, das Schicksal der Welt und der Menschen zu kennen. Schlimm genug zu wissen, dass das Kloster irgendwann einem Brand zum Opfer fallen würde.

Sein Blick schweifte zu den Ruinen hinüber. Von der heiligen Stätte war nichts geblieben als verwitterte, moosbewachsene Steine. Keine Glocke rief mehr zum Gebet, kein Choral klang mehr über die Lichtung. Severian presste die Lippen zusammen. Ob noch jemand an die Mönche und Brüder dachte, die hier gelebt, gearbeitet und gewirkt hatten? Wohl kaum. Aus dem Ort des Glaubens war ein Ort des Vergessens geworden.

Er wandte den Blick von den Klosterruinen ab und ging ein paar Schritte durch den Wald. So froh er war, bald in seine Zeit zurückkehren zu können, plagte ihn dennoch Neugierde. Warum hatten die Menschen im Braunfels der Zukunft solch ungewöhnliche Kleidung getragen? Und was hatte es mit diesen rechteckigen Spiegeln auf sich, die der Medikus und dieser Yannick ständig hervorholten? Er konnte sich erinnern, dass auch die Frau bei ihrer ersten Begegnung im Wald einen solchen Spiegel in der Hand gehalten und aufmerksam betrachtet hatte. Severian rupfte ein Blatt von einem Busch, zerknüllte es und drehte es zwischen den Fingern. Diese sogenannten Autos interessierten ihn ebenfalls. Wenn es keine Hexenkunst war, die diese gespannlosen, lärmenden Wagen zum Fahren brachte, was dann?

Entschieden schnippte er die Blattkugel davon. Es war sinnlos, sich darüber den Kopf zu zerbrechen, denn bald würde er wieder zu Hause sein. Er sah zum Eingang der Holzhütte. Wo blieb diese Frau? Sie hatte Essen holen wollen, doch so lange, wie sie schon in der Hütte war, schien sie für ein ganzes Heer zu kochen. Ein weiteres Blatt fiel seiner Angespanntheit zum Opfer. Inzwischen war er überzeugt, dass sie nicht mit dem Satan im Bunde stand. Eine Erkenntnis, die ihn sowohl erleichterte als ihm auch gefiel. Der Tod einer so hübschen Frau wäre bedauerlich gewesen. Verärgert zog er das nächste Blatt vom Busch. Er war verlobt, was kümmerten ihn da fremde Röcke?

Um sich abzulenken, beobachtete er die trainierenden Ritter auf der Lichtung. Im Gegensatz zu ihren seltsam geformten, grellfarbenen Zelten war ihre Kleidung unauffällig: Gambesons, Tuniken oder Westen, dazu Hosen aus Stoff oder Leder. Severian runzelte die Stirn. Gerne hätte er ihre Schwerter näher betrachtet. Ob sich in der Waffenschmiedekunst im Laufe der Jahrhunderte viel verändert hatte?

Er schlich sich an das Lager heran, um besser zu sehen. Was er entdeckte, war enttäuschend. Die Hälfte der Kämpfer nutzte Übungsschwerter aus Holz, die anderen Waffen, die aus einem seltsam glanzlosen schwarzen Metall bestanden, ansonsten aber den ihm bekannten ähnelten.

Severian trat einen weiteren Schritt vor. Wenn die Frau ihn warten ließ, konnte er die Zeit wenigstens nutzen, die Kampftechniken dieser Ritter zu studieren – vielleicht konnte er etwas von ihnen lernen. Doch die Fertigkeiten der Männer waren ebenfalls eine Enttäuschung, wie er schnell erkennen musste. Wie Bauern hieben sie aufeinander ein, fielen dabei fast über ihre eigenen Füße und boten dem Gegner eine Blöße nach der anderen. Severian verdrehte die Augen. Jeder sechsjährige Page kämpfte besser als diese Kerle! Das Schlimmste daran war, dass den Rittern ihre Unfähigkeit nicht bewusst zu sein schien: Sie lobten sich gegenseitig für Treffer, die ein Blinder hätte abwehren können.

Er kam aus dem Kopfschütteln nicht mehr heraus. Jetzt gab einer der Ritter, der ständig seine Deckung vernachlässigte, einem anderen Ratschläge zur richtigen Kampfhaltung! Severians Kiefer mahlte. Wären das seine Knappen gewesen, er hätte sie den gesamten Nachmittag nur einfachste Schlagkombinationen durchführen lassen, damit sie lernten, sich beim Angriff sofort aus der Zentrallinie herauszubewegen, um sich vor den gegnerischen Hieben zu schützen. Aber von einer Zentrallinie schien keiner dieser Ritter hier etwas zu wissen, sie standen stets frontal zu ihrem Gegner und boten ihm die größtmögliche Angriffsfläche. Bei einem echten Kampf wären sie alle längst zweigeteilt worden!

Fassungslos schlich er sich noch näher heran und konnte nun die Unterhaltung verstehen.

»Christoph, ist das die korrekte Haltung?«, fragte einer der Ritter seinen Kampfpartner, während er sein Holzschwert völlig verdreht über dem Kopf hielt.

Der Ritter namens Christoph zog einen der rechteckigen Spiegel hervor, wie ihn der Medikus, Yannick und die Frau besaßen, tippte darauf herum und schüttelte den Kopf. »Bei Aragorn sieht die Pose irgendwie anders aus.« Ritter Christoph runzelte die Stirn. »Vielleicht die Schwertspitze höher halten, Martin?«

Höher? Severian traute seinen Ohren nicht. Wenn Ritter Martin nicht vorhatte, gegen den Riesen Goliath zu kämpfen, würde ihm eine solche Haltung den Tod einbringen.

Dessen ungeachtet hob Ritter Martin gehorsam die Schwertspitze und Ritter Christoph nickte zufrieden. »Besser, so sieht es viel eleganter aus!«

Das war zu viel des Guten! Er hatte nicht über zwanzig Turniere gewonnen und jahrelang erfolgreich Pagen und Knappen ausgebildet, um sich so einen Unfug weiter anzuhören. »Nehmt sofort die Spitze Eures Schwertes nach unten, Ritter Martin«, rief Severian, drückte die Zweige beiseite und trat aus dem Gebüsch auf die sonnige Lichtung. »Sonst seid Ihr keine Bedrohung für Euren Gegner.«

Die beiden Männer sahen ihn verdutzt an. »Wer bist du?«

»Jemand, der Euer Schwertgefuchtel nicht mehr erträgt«, knurrte Severian. »Jetzt stellt Euch in die Hut vom Tag rechts und zeigt mir einen anständigen Scheitelhau.«

»Häh?« Ritter Martin sah ihn ratlos an, in Ritter Christophs Augen blitzte immerhin so etwas wie Erkenntnis.

»Diese Begriffe habe ich schon mal gehört, warte …« Er wischte mehrmals über den rechteckigen Spiegel und hielt ihn Severian entgegen.

Erstaunt erkannte Severian, dass die glänzende Oberfläche gar kein Spiegel war, sondern eine Art Rahmen für ein kleines Gemälde. Das Bild zeigte zwei Männer, die sich mit Schwertern kampfbereit gegenüberstanden. Ritter Christoph tippte auf ein weißes Dreieck, das sich in einem Kreis mitten im Bild befand, und auf einmal begannen die Männer zu kämpfen, während eine geisterhaft klingende Stimme Erklärungen zum Geschehen abgab.

Severian zuckte zurück. Das Bild lebte! Das konnte unmöglich mit rechten Dingen zugehen!

Ritter Christoph, dem sein Erschrecken nicht entgangen war, nahm den Kasten fort. »Ich weiß, die beiden in dem Video sind keine Profis«, erklarte er zu Severians Erstaunen in entschuldigendem Tonfall. »Aber es sieht gut aus, was sie machen.«

»Um gutes Aussehen geht es im Kampf nicht«, keuchte Severian und versuchte seines Schreckens über das bewegte Bild Herr zu werden, »sondern ausschließlich ums Überleben.«

Inzwischen hatten die anderen Ritter sein Erscheinen ebenfalls bemerkt, unterbrachen ihre Übungskämpfe und scharten sich um ihn.

»Ist das der tschechische Schwertkampftrainer, den du eingeladen hast, Patrick?«, erkundigte sich Ritter Martin bei einem Mann, bei dem es sich des Äußeren nach um einen Bruder der Frau handeln musste.

Ritter Patrick schüttelte den Kopf und wandte sich direkt an Severian. »Wer bist du?«

Die Verweigerung einer Antwort würde unweigerlich Misstrauen erwecken. Zudem würde er nicht mehr lange an diesem Ort verweilen und die Kenntnis seines Namens daher keinen Schaden anrichten. »Mein Name lautet Severian. Ich bin ein Ritter, erfahren in der Ausbildung von Pagen und Knappen im Kampf.«

»Wir kennen uns nicht«, stellte Ritter Patrick fest und alle anderen Ritter sahen ebenfalls ratlos aus. »Woher weißt du von diesem Treffen?«

»Eure Schwester hat mir von diesem Lager berichtet und mich hergeführt.« Was vollkommen der Wahrheit entsprach.

Ritter Patrick kratzte sich am Kopf. »Julia hat nichts davon erzählt, dass sie Kontakt zu einem Schwertkampftrainer aufgenommen hat. Allerdings ist sie seit der Sache mit André etwas durcheinander.« Er zuckte mit den Schultern, dann streckte er ihm die Hand entgegen. »Herzlich willkommen im Lager der *Braunfelser Rittergilde*, Severian. Es freut mich, dass du uns trainieren willst.«

Ehe Severian etwas entgegnen konnte, drängte sich ein kräftiger Ritter nach vorne, dessen weiße Tunika das Zeichen der Kreuzfahrer trug. »Hast du schon an Turnieren teilgenommen?«

»Selbstverständlich.« Was für eine dumme Frage an einen Ritter.

»Und wo?«, hakte der Pummelige nach.

»Mein letztes Turnier liegt länger zurück.« Kurz durchzuckte Severian Wehmut. »Es war im Mai in Frankfurt.«

»Von einer Turnierveranstaltung im Mai habe ich im Internet gar nichts gelesen«, mischte Ritter Patrick sich ein. »Aber egal, lass uns anfangen.« Erwartungsvoll sah er Severian an, auch die anderen schienen auf ein Wort von ihm zu warten.

Warum nicht? So konnte er sich die Langeweile vertreiben, bis die Frau wieder in Erscheinung zu treten gedachte. »Bildet drei Reihen, zwei Schwertlängen Abstand zueinander, Gesicht zu mir.« Er würde sie ein paar einfache Huten durchführen lassen.

Gehorsam folgten die Männer seinen Anweisungen und verteilten sich über die Lichtung.

Severian nickte. »Wir beginnen mit einem Zornhau. Auf drei führen alle ihr Schwert vom Tag über der Schulter rechts in den Pflug links. Eins, zwei, drei!«

Nichts geschah. Die Ritter standen reglos und sahen ihn irritiert an. Severian schwante Übles. Offenbar waren sie alle so unbedarft wie Ritter Martin!

»Ähm, Severian?« Ritter Patrick räusperte sich verlegen. »Könntest du uns zeigen, was du meinst?«

»Dann gebt mir ein Schwert.« Gut, dass es ausgeschlossen war, dass einer seiner Kampfgenossen ihn hierbei sah.

Ritter Christoph rannte zu einem Zelt und kam kurz darauf mit einem dieser matten schwarzen Schwerter zurück, die Severian vorhin aufgefallen waren. Neugierig drehte Severian die Waffe in seiner Hand. »Woraus ist dieses Schwert geschmiedet?«

»Polypropylen.«

Severian wollte gar nicht erst wissen, was sich hinter diesem nie gehörten Wort verbarg. Mit den Fingern fuhr er über die stumpfe Klinge, dann umfasste er den Griff, wirbelte das Schwert in der Hand herum und führte einen Schlag durch die Luft. Kopfschüttelnd gab er Ritter Christoph die Waffe zurück. »Hast du nichts Besseres?«

Empört sah der Mann ihn an. »Im Online-Shop hat dieses Schwert nur begeisterte Rezensionen bekommen.«

»Du glaubst auch alles, was du im Internet liest, Chris.« Ritter Patrick lachte und entband Severian von der unmöglichen Aufgabe, Ritter Christoph eine sinnvolle Erwiderung zu geben.

»Passt dieses Schwert besser?« Ein Ritter mit muskulösem Körperbau reichte Severian eine Waffe, die zu seiner Erleichterung aus echtem Metall bestand.

Severian führte einige Schläge aus und nickte. Ein weitaus vertrauteres Gefühl als zuvor. »Nehmt eure Schwerter über die rechte Schulter«, befahl er. »Schlagt im großen Bogen und endet im Pflug.« Zur Verdeutlichung seiner Worte führte er sein Schwert von der Schulter mit gestreckten Armen abwärts und zog den Schwertgriff zum Schluss an der gegenüberliegenden Hüfte an den Körper heran. »Beginnt nun!«

Die Ritter taten wie geheißen und trotzdem hätte Severian beinahe die Hände über dem Kopf zusammengeschlagen. Er wusste überhaupt nicht, wo er mit dem Korrigieren anfangen sollte: Handhaltung, Fußpositionen, Drehung des Schwertes – jeder der Ritter machte etwas anderes falsch und nicht wenige sogar alles.

»Haltet ein!«, rief er. »Überprüft die Haltung eurer Hände am Knauf. Rechts liegt oben, links unten. Die Fingerknöchel der rechten Hand zeigen zur langen Schneide des Schwertes.«

»Aber die beiden Seiten sind doch gleich lang«, wandte Ritter Martin verwundert ein. »Oder etwa nicht?«

Er war nicht in der Zukunft gelandet, sondern in der Hölle. Das war die Strafe Gottes für seinen selbstsüchtigen Wunsch, wieder als Ritter leben zu dürfen und sich nicht mehr um das Familiengut kümmern zu müssen. Severian holte tief Luft. »Ist deine Frage ernst gemeint, Ritter Martin?«, erkundigte er sich in der Hoffnung, der Ritter hätte nur zu scherzen beliebt.

Ritter Martin errötete bis zu den Haarwurzeln und erneut erklang das Räuspern Ritter Patricks. »Hat meine Schwester dir nichts über unser Trainingsniveau gesagt? Wir sind alle Anfänger.«

Eine Antwort, die alles erklärte, und dennoch Fragen aufwarf. »Wer hat euch zu Rittern geschlagen, wenn ihr den Kampf nicht beherrscht?«

Irritiert blickte Ritter Patrick ihn an und Severian ahnte, dass er mit seiner Frage einen Fehler begangen hatte. Aber welchen?

»Würdest du uns trotzdem trainieren?« Der muskulöse Ritter, welcher ihm das Metallschwert gegeben hatte, trat einen Schritt vor. »Kann natürlich sein, dass wir viel schlechter sind als die Leute, die du sonst trainierst, dafür sind wir umso motivierter!«

Schlecht war vollkommen untertrieben! Doch der hoffnungsvolle Blick in den Augen des Mannes rührte Severian – und weckte den Ehrgeiz des Lehrers in ihm. »Wir haben alle einmal angefangen.« Er lächelte den Männern zu. »Natürlich sind die zwei Schneiden des Schwertes gleich lang und werden auch beide im Kampf genutzt. Zum Unterrichten ist es nützlich, sie unterschiedlich zu nennen: Die mit den Fingerknöcheln der rechten Hand in einer Linie verlaufende Schneide wird lang genannt, die andere kurz.«

Erleichtertes Aufatmen ging durch die Runde, was wohl weniger mit seiner Erläuterung als mit der Tatsache zu tun hatte, dass er den Unterricht fortsetzte.

»Stellt euch wieder auf«, fuhr er fort. »Handhaltung wie beschrieben, Schwert über die rechte Schulter. Schlagt im Bogen und endet an der Hüfte. Ich gehe herum und verbessere euch.«

Schwerter sausten durch die Luft und Severian schritt durch die Reihen der Männer hindurch. Seine neuen Schüler waren tatsächlich äußerst lernwillig und es stellte sich heraus, dass einige mehr Ahnung vom Schwertkampf hatten, als anfangs gedacht.

Besonders der muskulöse Ritter, der sich ihm als Tom vorstellte, besaß großes Talent.

Nachdem die Männer den Zornhau von der Schulter sowohl auf der rechten als auch auf der linken Seite im Groben beherrschten, führte Severian den Alber und den Zwerchhau ein und ließ sie die Schläge ebenfalls üben.

»Nun verbinden wir Zornhau, Zwerchhau und Alber miteinander«, erklärte er nach einer Weile. »Das nennt man Flusslauf, weil die Bewegungen flüssig ineinander übergehen. Wir bewegen uns dabei vorwärts. Achtet bei jedem Schritt darauf, zum Schutz eures Körpers aus der Zentrallinie herauszutreten. Niemals geht ihr frontal auf den Gegner zu, es sei denn, ihr wollt ein Handgemenge.«

Mit konzentriertem Blick hoben die Männer ihre Schwerter. Auch Severian führte seine Waffe nach oben, während er vor die Gruppe trat, um die Bewegungsabfolge vorzuführen.

»Zornhau vom Tag über der Schulter rechts!«, kommandierte er und begann den Flusslauf. »Jetzt den Zornhau vom Tag über der Schulter links!« Seine Stimme schallte über die Lichtung, das Zischen von Luft und die gleichmäßigen Schritte verrieten ihm, dass seine Schüler eifrig folgten. »Nun den Zwerchhau rechts! Und nochmal von links! Alber rechts! Alber links! Alles von vorne!«

Nach drei Wiederholungen der Folge hatten sie das Ende der Lichtung erreicht und Severian ließ die Gruppe wenden. »Das Ganze nochmal«, bestimmte er, während er durch die Reihen nach vorne lief, um seine Schüler erneut anzuführen.

»Zornhau vom Tag über der Schulter rechts! Denkt an den weiten Bogen! Auf der linken Seite wiederholen! Auf die Zentrallinie achten, Männer, und die Füße …« Severians Stimme erstarb. Vor ihm auf der Lichtung stand die Frau, einen

Weidenkorb in den Händen, und starrte ihn an. Dann knallte sie den Korb auf den Boden und stemmte die Fäuste in die Hüften.

Sie hat Temperament, dachte er nicht ohne Wohlgefallen. Früher hatte er Sanftmut für die größte Tugend bei einer Dame gehalten, doch seit seine Verlobte nun schon wochenlang die Augen niederschlug, wenn er nur den Raum betrat, begann er etwas Lebhaftigkeit zu schätzen.

Mit großen Schritten stürmte die Frau jetzt auf ihn zu, ein wildes Funkeln in den Augen und die Wangen rot vor Zorn – einer Hexe ähnlicher als je zuvor.

Julia traute ihren Augen nicht. Mitten auf der Lichtung stand der Ritter bei Patrick und den Jungs und schwang ein Schwert über dem Kopf! Hatte er nicht verstanden, was sie vorhin zu ihm gesagt hatte? Oder hielt er es nicht für notwendig, den Anweisungen einer Frau zu folgen? Verärgert stellte sie den Korb mit dem Essen ab und eilte auf ihn zu. Doch bevor sie den Ritter zur Rede stellen konnte, fand sie sich in den Armen ihres Bruders wieder.

»Julia, ich muss mich bei dir bedanken und entschuldigen«, erklärte Patrick enthusiastisch. »Ich dachte, du sitzt zu Hause und heulst dir wegen dieses Lackaffen André die Augen aus dem Kopf, stattdessen hast du heimlich diesen Supertrainer für uns engagiert.«

»Supertrainer? Ist der Tscheche gekommen?«

»Quatsch, der hat mir eine Mail geschickt und abgesagt.« Patrick wies auf den Ritter. »Mit Supertrainer meine ich Severian. Du hast ihn doch für uns engagiert!«

Julia blieb die Luft weg. Ihr hatte der Kerl seinen Namen verschwiegen und ihrem Bruder hatte er ihn verraten? Könnten Blicke töten, hätte dieser Ritter die Rückreise ins Mittelalter nicht mehr antreten müssen.

Patrick beugte sich zu ihr. »Ist sein Stundenlohn hoch?«, flüsterte er. »Severian scheint ja sonst nur mit erfahrenen Schwertkampfgruppen zu arbeiten.«

Julia schnaubte. »Mach dir über seine Bezahlung keine Sorgen, Brüderchen.« Laut setzte sie hinzu: »Er schuldet mir sowieso noch was.«

Ein wissendes Grinsen erschien auf Patricks Gesicht. »Hattet ihr was miteinander? Er sieht nicht schlecht aus, auf jeden Fall besser als André.«

»Nein, hatten wir nicht«, fauchte sie. »Und jetzt entschuldige mich, ich muss mit eurem Supertrainer unter vier Augen reden.«

Sie ging auf den Ritter zu und bedeutete ihm mit einer Geste, ihr ein Stück in den Wald hinein zu folgen. »Was soll das?«, fuhr sie ihn an, als sie außer Hörweite waren. »Wir hatten eine Vereinbarung.«

»Ich habe den Anblick dieser unfähigen Männer nicht mehr ertragen.«

»Dann hättet Ihr eben die Augen zumachen sollen. Seid froh, dass ich keine Hexe bin, sonst würde ich Euch jetzt zur Strafe in einen Laubfrosch verwandeln.«

Der Ritter starrte sie an, dann zogen sich seine Brauen in gewohnter Weise zusammen. »Vor einer Frau muss ich mein Handeln nicht rechtfertigen. Außerdem bist du nicht zu mir zurückgekommen, ebenso wenig wie der Medikus.«

»Nico packt seine Sachen zusammen, weil er morgen Frühdienst hat. Und ich habe in der Küche verzweifelt nach etwas Essbarem gesucht, weil Patrick und die Jungs ein totales Chaos in der Hütte angerichtet haben.«

Statt einer Erwiderung wies der Ritter hinter sie. »Dein Bruder naht.«

Julia fuhr herum. Mit einem entschuldigenden Lächeln blieb Patrick vor ihnen stehen. »Ähm, Schwesterherz, habe ich da gerade das Wort ‚Essen' gehört?« Hoffnungsvoll sah er sie an. »Hättest du Lust, uns was Leckeres zu kochen? Wir waren in der Küche etwas überfordert. In der Zwischenzeit könnte Severian noch ein bisschen mit uns trainieren.«

»Überfordert in der Küche? Es sieht aus, als wäre eine Horde Wildschweine eingefallen. Und wenn hier jemand mit der Situation überfordert ist, dann einzig und allein ich!«

Patrick überging ihre Vorwürfe und legte seine Hand auf die Schulter des Ritters. »Julia ist die beste Köchin der Welt. Nur im Backen, da ist sie noch besser.« Ihr Bruder sah sie mit großen Augen an. »Bitte, Julilein.«

»Nein. Mit dem Durcheinander in der Küche müsst ihr selbst klarkommen und mit euren Schwertern auch. Severian muss jetzt gehen.« Sie sah zur Lichtung, wo Nico neben seinem Zelt kniete und seinen Schlafsack faltete, damit er in die vorgesehene Stoffhülle passte. »Schick Nico zu mir, Patrick«, setzte sie streng hinzu. »Und sag ihm, er soll den Weidenkorb mitbringen.«

Glücklicherweise verstand Patrick den Wink mit dem Zaunpfahl und entfernte sich mit hängenden Schultern.

»Sie sind gar keine Ritter.« Die Stimme des Ritters klang einen Hauch vorwurfsvoll. »Sind sie Stadtbürger?«

Julia nickte und ein wissender Ausdruck trat in die Augen des Adligen. »Demnach bist du keine Trosshure, sondern dienst deinem Bruder als Magd.«

Bleib ruhig, er weiß es nicht besser. »Ich helfe Patrick freiwillig«, erwiderte sie mit zusammengebissenen Zähnen. »Da kommt Nico endlich. Es wird Zeit, Euch in die Vergangenheit zurückzuschicken, Ritter.«

In der Kapelle empfing Yannick sie mit einem Lächeln. »Alles ruhig. Keine Besucher, kein Bergsträßer.«

Erleichtert nahm Julia seine Worte zur Kenntnis und drückte ihm das letzte Stück Marmorkuchen in die Hand. Den Rückweg zum Gotteshaus hatten sie zum Essen genutzt. Zu ihrem Erstaunen hatte der Ritter beherzt zugegriffen und ihr nicht wieder unterstellt, dass sie ihn vergiften wollte. Vielleicht war es seine Neugier auf die Speisen der Zukunft gewesen, vielleicht Patricks Lob ihrer Backkünste oder schlichtweg Hunger, was sein Misstrauen hatte verschwinden lassen.

Während Yannick begeistert den Kuchen verschlang, nahm Nico die Holzkassette aus dem Felsen heraus und sie zwängten sich nacheinander durch den Spalt. In der Höhle angekommen leuchteten sie mit den Taschenlampen über die Felswände, doch nirgendwo war die Tunnelöffnung zu sehen.

Enttäuscht ließ Nico seine Lampe sinken und blickte auf die Uhr. »Es ist halb drei. Selbst wenn wir die Sommerzeit berücksichtigen, ist es weit über Mittag.«

Julia ging näher an die gegenüberliegende Wand und leuchtete sie systematisch von oben nach unten ab. Der Tunnel musste da sein!

Der Ritter trat an ihre Seite und fuhr mit den Händen über den rauen Fels. Auf seiner Stirn hatte sich eine steile Falte gebildet.

»Die Öffnung ist hier irgendwo«, murmelte sie und wusste nicht, wen genau sie beruhigen wollte: den Ritter oder sich selbst. »Möglicherweise ändert der Eingang die Position, wir müssen jeden Quadratmeter genau unter die Lupe nehmen.«

Eine halbe Stunde später gaben sie auf.

»Wir haben alles doppelt und dreifach abgesucht«, erklärte Yannick. »Selbst die Decke habe ich mehrmals abgeleuchtet.«

Julia sah zu dem Ritter hinüber. Sein Mund hatte sich zu einem harten Strich verzogen. »Ihr könnt gehen«, erklärte er. »Ich bleibe und warte, bis der Tunnel sich öffnet.«

»Das ist doch Unsinn, hier allein in der Finsternis zu sitzen«, platzte es aus ihr heraus.

»Es wäre nicht mein erstes Mal in einem Verlies.«

»Ihr wart in Gefangenschaft?!«

»Mehrere Wochen. Eine Lösegelderpressung.« Der Ritter vollführte eine wegwerfende Handbewegung. »Da der Graf von Weilshausen mit meinen Diensten offenbar zufrieden war, hat er bezahlt und ich kam wieder frei.«

Julia erwiderte nichts. Niemals würde sie in diese Zeit zurückkehren wollen, in der man der Macht des Stärkeren hilflos ausgeliefert war. Eine Tatsache, die man vor lauter Mittelalterromantik leicht vergaß.

»Lasst uns nochmal nachdenken«, sagte Nico im sachlichen Tonfall des Naturwissenschaftlers. »Vielleicht haben wir außer dem Stand der Sonne ein weiteres Detail übersehen.«

Er hatte recht. Etwas musste ihnen entgangen sein. »Schade, dass wir nicht wissen, wann Bergsträßer zum ersten Mal in die Vergangenheit reiste. Das könnte uns auf die Spur bringen.«

»Er kam am 31. Juli«, erwiderte der Ritter prompt. »Die Brüder erzählten mir, er wäre nachts barfuß und nur in eine schäbige Decke gehüllt vor dem Klostertor erschienen. Dem Abt hätte er erklärt, er wäre aus Angst vor Strauchdieben im Schutze der Dunkelheit gewandert.« Das Gesicht des Ritters nahm einen abfälligen Ausdruck an. »Die erste Lüge von vielen, die Bruder Ignatius erzählte. Es war eine Vollmondnacht und beinahe taghell.«

Julia starrte ihn an und auch Yannick und Nico begriffen sofort. »Gestern war ebenfalls Vollmond!« Ihre Worte überschlugen sich fast. »Patrick hat das Lager extra auf diesen Termin gelegt, weil er das so stimmungsvoll fand.«

»Das Erscheinen des Tunnels hängt also nicht nur mit der Sonne zusammen, sondern auch mit dem Mond«, rief Nico triumphierend. »Das heißt«, er zog sein Handy aus der Hosentasche und rief den Kalender auf, »das Zeitportal öffnet sich beim nächsten Vollmond wieder. Das wäre am Montag, den 28. September.«

Trotz des grellen Taschenlampenlichts sah Julia, wie alle Farbe aus dem Gesicht des Ritters wich. »Das bedeutet, ich bin bis dahin in der Zukunft gefangen?«

»So sieht es aus, Ritter.« Trocken fügte sie hinzu: »Glaubt mir, Ihr seid nicht der Einzige, der darüber entsetzt ist.«

Er saß an dem Tisch in der Küche, auch wenn er diese als solche nicht erkannt hätte. Zu fremd waren die Form und die rote Farbe. Severian stützte den Kopf in die Hände und versuchte seine Gedanken zu klären, während die Frau und die beiden Männer ihn besorgt betrachteten.

Nach der Vermutung, dass der Vollmond mit dem Öffnen des Tunnels in Verbindung stand, hatten sie die Kapelle verlassen und waren in das Haus zurückgekehrt, in dem die Frau und der Medikus wohnten. Stumm hatte er sich ihnen angeschlossen und sie hatten ihn nicht davon abgehalten. Sobald die Wunde an seinem Arm verheilt war, würde er um einen Umhang bitten und den Rest der Zeit im Wald leben.

»Trink den Wein.« Der Medikus stellte ein langstieliges Glas vor ihm ab. »Er wird dir guttun, Severian.«

»Euch guttun, Euer Hochwohlgeboren, heißt es.« Severian hob den Kopf und sah den Medikus finster an. Jetzt, da er Wochen auf ihre Gastfreundschaft angewiesen war, wollte er wenigstens einen Teil seiner Würde wahren. Dann griff er nach dem filigranen Glas und trank es in einem Zug aus.

»Was belieben Euer Hochwohlgeboren jetzt zu tun?«, erkundigte sich die junge Frau mit spöttischer Stimme.

»Julia!«, erklang die mahnende Stimme des Medikus. »Er steht unter Schock.« In sanfterem Tonfall wandte er sich an Severian. »Ich würde mir gerne Eure Verletzung am Arm ansehen, danach könnt Ihr Euch hinlegen und etwas Ruhe gönnen.«

Severian presste die Lippen zusammen. Nicht nur die Frau hatte eine Ermahnung verdient, sondern auch er. Wo war sein ritterliches Benehmen geblieben, das sich nicht nur bei seinesgleichen, sondern auch bei Menschen unterhalb seines Standes zeigen sollte?

»Ich danke dir für meine Aufnahme in diesem Haus, Medikus«, erklärte er hoheitsvoll und setzte mit einem Seitenblick auf die Frau hinzu: »Mein Dank gilt ebenso deiner Dienstmagd und ihrem Bruder.«

»Julia ist nicht meine Magd«, erwiderte der Medikus hastig und warf einen beschwörenden Blick auf die Frau, der diese wohl daran hindern sollte, etwas zu sagen.

»Wer ist sie dann?«, erkundigte sich Severian. »Euer Eheweib?«

»Nein. Julia und ich wohnen nur gemeinsam hier.«

Severians Brauen zogen sich zusammen. »Du lebst in Sünde mit ihr?« Er sprang vom Stuhl auf. »In diesem Sodom und Gomorrha werde ich nicht bleiben!«

»Beruhigt Euch, Ritter.« Die Frau sah ihn böse an. »Das Ganze nennt man in der Zukunft WG, Wohngemeinschaft, und es ist völlig normal. Ich schlafe nicht mit Nico – und selbst wenn ich es täte, wäre das nicht schlimm.«

Ein weiterer strafender Blick des Medikus für die junge Frau war die Folge. Sie murmelte eine Entschuldigung und Severian setzte sich wieder. Er spürte den Wein in seinem Kopf, das Pochen der Wunde an seinem Oberarm und die Aufregung der letzten Stunden in seinem gesamten Körper.

»Es sei, wie du sagst«, ließ er den Medikus wissen. »Versorge meine Verletzung und danach begebe ich mich zu meinem Lager.« Schlaf würde ihm guttun und ihn aus dieser Zeit der Sittenlosigkeit erlösen – zumindest für eine Weile.

»Habt Ihr Hunger, Euer Hochwohlgeboren? Julia hat was zu essen gemacht.«

Die Stimme des Medikus weckte Severian aus seinem unruhigen Schlaf. Er stützte sich auf die Unterarme und blickte sich um. Die Abenddämmerung hatte begonnen und das Zimmer, in dem seine Schlafstätte stand, war von Kerzen erleuchtet.

Schwerfällig stand er auf und folgte dem Medikus in den Küchenraum, den ebenfalls Kerzenlicht erhellte. Auf dem Esstisch standen Platten mit Brot, Wurst und Käse, daneben eine Schale mit blutroten runden Früchten sowie andere Speisen, die er noch nie gesehen hatte. Doch das Aussehen der Frau, ihres Bruders und des Medikus lenkte Severian von dem unbekannten Essen ab. Alle drei trugen nun ähnliche Kleider wie die Menschen heute Morgen und wirkten seltsam fremd auf ihn. Besonders die Frau, die neben einem der Stühle stand. Sie hatte nichts als ein grünes Leibchen am Körper, das von dünnen Bändern gehalten wurde. Ihr Rock mit dem Blumenmuster reichte lediglich bis zu den Knien und gab ungeniert die Sicht auf ihre nackten Unterschenkel frei.

Severians Gesicht rötete sich vor Scham und Ärger. Die Frau trieb es vielleicht nicht mit dem Medikus, aber anscheinend mit jedem anderen Mann! »Wie kannst du deiner Schwester erlauben, so herumzulaufen?«, fuhr er den Bruder der Frau an, der bereits am Tisch saß. »Das ziemt sich selbst für eine Hure nicht.«

»Yannick, schalte mal das Deckenlicht ein«, erwiderte die Frau trocken. »Das wird den Ritter von meinem Outfit ablenken.«

»Jetzt mal langsam, und zwar alle zusammen.« Der Medikus trat mit erhobenen Händen zu ihnen. »Severian, Ihr könnt die Moralvorstellungen Eurer Zeit nicht an unsere anlegen, zu vieles hat sich über die Jahrhunderte geändert. Uns ist klar, dass Ihr das nicht wissen könnt, deshalb müsst Ihr mir glauben: Julias Kleidung entspricht den Ansprüchen unserer Zeit vollauf. Sie deswegen eine Hure zu nennen, ist eine Beleidigung.«

»Und wenn wir schon dabei sind«, fügte die Frau an. »Der Adelsstand wurde in Deutschland im Jahr 1919 aufgehoben. Es gibt nur noch Namenszusätze, aber keinen Führungsanspruch aufgrund von Geburt mehr, Euer Hochwohlgeboren.«

»Julia.« Der Tonfall des Medikus klang gereizt. »Wir waren uns einig, wie wir mit der Sache umgehen wollten.«

Die ‚Sache' meinte vermutlich ihn. Severian stand im Raum und wusste nichts zu sagen. Es war, als hätte man ihm den Boden unter den Füßen weggezogen. Jegliche Orientierung war verloren, keine Regel schien mehr zu gelten. »Ich werde euer Haus verlassen und euch nicht länger zur Last fallen«, erklärte er tonlos und wandte sich zur Tür.

»Das werdet Ihr nicht.« Der Bruder der Frau erhob sich vom Tisch und streckte ihm die Hand entgegen. »Ich bin Yannick und ich werde dafür sorgen, dass Ihr in der Zukunft zurechtkommt. Und Julia und Nico werden das auch.« Er lächelte Severian an. »Setzt Euch bitte. Während des Essens werde ich versuchen, Euch das Wesentliche unserer Welt zu erklären.«

»Na, da bin ich gespannt«, hörte Severian die junge Frau murmeln. Dann kam sie um den Tisch herum auf ihn zu und streckte ihm ebenfalls die Hand entgegen. »Ich fürchte, ich kann

Euch noch nicht verzeihen, dass Ihr mich gefesselt habt und als Hexe in den Gefängnisturm werfen wolltet.«

»Einige der Mönche wollten dich auf der Stelle verbrennen und nicht auf die Inquisition warten. Der Abt war dagegen. Ich auch.« Er sah, wie die Farbe aus den Wangen der Frau wich und sie ins Schwanken geriet. Er griff nicht nach ihrer dargereichten Hand, sondern packte ihren Unterarm, um ihr Halt zu geben. »Du solltest ebenfalls Platz nehmen, Frau«, erklärte er knapp.

Einen Moment, der ihm wie eine Ewigkeit schien, sah sie ihn an. Ein tiefer, unergründlicher Blick, den er nicht zu deuten vermochte. Dann folgte sie seinem Ratschlag und ließ sich am Tisch nieder.

Severian kam ihrem Beispiel nach. Kaum saß er, hielt Yannick ihm eine der runden roten Früchte entgegen.

»Das nennt man eine Tomate.« Strahlend sah Yannick ihn an. »Sie wurde aus der Neuen Welt, die der Spanier Christoph Kolumbus im Jahr 1492 entdeckt hat, nach Europa gebracht und ist inzwischen sehr beliebt. Tomaten kann man pur essen, sie werden aber auch zum Kochen und zur Herstellung von Ketchup benutzt.«

Severian zwang sich zu einem höflichen Nicken, nahm sein Weinglas und hielt es dem Medikus entgegen. »Hast du noch mehr Rotwein für mich?«

Der Medikus nahm eine Flasche aus dunkelgrünem Glas und füllte nach. »Wollt Ihr ein Glas Wasser dazu?«

»Wasser?«, fragte Severian misstrauisch.

»In der Zukunft kann man es bedenkenlos trinken, es macht nicht krank.« Der Medikus ging zu einem silbernen Becken, das in einen der roten Schränke eingelassen war. Severian hörte ein Rauschen und kurz darauf reichte der Medikus ihm ein gefülltes Glas.

Severian beäugte die Flüssigkeit. Das Wasser war klar und roch nicht modrig. Er setzte das Glas an die Lippen und nippte. Das Wasser schmeckte frisch und er nahm einen tiefen Schluck.

Der Medikus lächelte und wies mit einladender Geste auf das Essen. »Greift zu.«

Nie hätte Severian gedacht, dass die Besuche an hohen Adelshöfen ihm einst auf diese Weise nützlich sein würden: Auf den Reisen mit dem Grafen von Weilshausen war er oft genötigt gewesen, fremde oder ungewohnt zubereitete Speisen zu essen. Das kam ihm nun zugute. Nachdem er zuerst seinen Hunger an Brot mit Butter, Käse und Schinkenspeck gestillt hatte, wagte er sich an die Tomaten und ein unbekanntes Gericht namens Fleischsalat mit Mayonnaise. Der Fleischsalat schmeckte ihm auf Anhieb, bei den Tomaten benötigte er ein paar Bissen, um auf den Geschmack zu kommen. Beherzt lud er sich weitere der roten Früchte auf und strich Fleischsalat auf eine Scheibe Brot.

Nach seiner Erläuterung über die Herkunft der Tomaten hatte Yannick ihn mit weiterem Wissen verschont und unterhielt sich mit dem Medikus über ein Thema, bei dem mehrmals das Wort ‚Bundesliga' fiel. Damit konnte Severian ebenso wenig anfangen wie mit Elfmeter, Freistoß und Pressing.

Sein Blick schweifte zu der jungen Frau. Sie beteiligte sich nicht an der Unterhaltung der beiden Männer, sondern schien in das Essen auf ihrem Teller vertieft.

Er räusperte sich. »Du verstehst dich gut auf die Zubereitung von Speisen.«

»Danke, Euer Hochwohlgeboren.«

Diesmal lag kein Spott in ihrer Stimme und kaum hatte sie gesprochen, schlug sie wieder die Augen nieder. Ein Verhalten, das Severian unweigerlich an Elisabetha erinnerte und ihn zu seinem Erstaunen noch mehr reizte als bei seiner Verlobten.

Seine nächste Frage war daher nichts als reine Provokation, um sie zum Sprechen zu bringen. »Warum benutzt du weiterhin diese Ansprache? Du hast gesagt, der Adel sei abgeschafft worden.«

Tatsächlich zeigte sein Vorgehen Wirkung. Sie hob den Kopf. »Nicht abgeschafft, der Adel wurde nach einem großen Krieg vor knapp hundert Jahren entmachtet.«

»Indem man alle Adligen tötete?« Es fiel ihm nicht leicht, beiläufig zu klingen.

»Nein. Der Kaiser wurde ins Exil geschickt, alle anderen durften bleiben, verloren aber ihre ausschließlich durch Geburt und Stand begründeten Vorrechte. Seitdem sind alle Menschen gleichgestellt.«

Ein entmachteter Kaiser. Severian musste schlucken. »Wer herrscht nun über das Land?«

»Eine vom Volk gewählte Regierung. Auch Adlige zählen dazu, wenn es Euch beruhigt.«

Der Medikus, der ihrem Gespräch zugehört hatte, nickte. »Im Grunde hat sich in den zurückliegenden Jahrhunderten nicht viel geändert: Kriege, Neid und Machtstreben. Nur die Waffentechnik hat sich entwickelt. Sie hat die Auseinandersetzungen aber nicht wie erhofft schneller, sondern nur noch grausamer gemacht.« Er zuckte mit den Schultern. »Erst in den vergangenen siebzig Jahren, nach einem an Schrecken kaum zu überbietenden Krieg, begann man, nach friedlichen Lösungen für Konflikte zu suchen. Seitdem gab es in dem Gebiet, das wir heute Deutschland nennen, keine Kriege mehr.«

»Das alles klingt unglaublich und dennoch zutiefst menschlich.« Severian schob seinen Teller von sich. »Dass eine Zeit des Friedens kommen wird, ist ein Trost.«

Die Frau schien etwas sagen zu wollen, doch er sah, wie der Medikus den Kopf schüttelte. »Severian, wir drei sind übereingekommen, Euch nicht alles über die Vergangenheit zu erzählen, um Euer Seelenheil nicht zu gefährden.«

Eine Entscheidung, die er selbst bereits gestern getroffen hatte. »Damit bin ich einverstanden.«

»Dann sprechen wir jetzt über morgen.« Offensichtlich erleichtert, dass er keine Fragen zu vergangenen Ereignissen stellte, sah der Medikus Severian an. »Ich muss zum Dienst ins Krankenhaus und Julia muss morgen früh ebenfalls arbeiten. Daher wird Yannick vorbeikommen und sich um Euch kümmern, bis Julia am Mittag aus dem Café ihrer Eltern zurückkehrt.«

Severian hob die Brauen.

»Ein Café ist ein Gasthof«, sprang Yannick erklärend bei.

»Also ist sie doch nichts anderes als eine Dienstmagd.« Es dauerte einen Moment, bis Severian begriff, dass er laut gesprochen hatte. Und einen weiteren, sich darüber zu wundern, warum ihm dieser Gedanke missfiel.

»Mir reicht es. Ich gehe zu Bett.« Ruckartig stand die junge Frau vom Tisch auf, sodass ihr Stuhl beinahe nach hinten umgekippt wäre. »Eine gute Nacht allerseits.« Entgegen ihren Worten nickte sie nur ihrem Bruder und dem Medikus zu, ehe sie aus dem Raum ging und die Tür hinter sich zuwarf.

»Ich habe sie erneut beleidigt«, stellte Severian fest. »Soll ich ihr hinterher gehen und sie um Verzeihung bitten?« Es passte ihm nicht, von ihr ignoriert zu werden.

Yannick seufzte und Nico winkte ab. »Verschiebt Eure Entschuldigung besser auf morgen, wenn Julia ausgeschlafen ist. Die Angelegenheit ist komplizierter, als es aussieht, und das liegt nicht nur an Euch.«

Zu Severians Bedauern verriet der Medikus nicht, welcher Art die Verworrenheit war. Es hätte ihn mehr interessiert als die Aufzählung vergangener Kriege.

»Wollt Ihr Euch auch schlafen legen?«, erkundigte sich der Medikus. »Dann würde ich Euch das Badezimmer zeigen.«

Severian nickte. Der Medikus erhob sich und Severian folgte ihm aus dem Raum hinaus in den hinteren Teil des Flures, den er bis jetzt noch nicht betreten hatte. Am Ende davon befanden sich drei Türen.

»Das ist Julias Zimmer«, erklärte der Medikus und wies auf die Tür zu ihrer Linken. »Rechts ist mein Raum und vor uns liegt das Bad.« Schwungvoll öffnete er die Tür, die sich direkt vor ihnen befand.

Von einem Badezimmer hatte Severian gewisse Vorstellungen gehabt, doch sie trafen nur vage auf das zu, was ihn in diesem mit weißen, glänzenden Fliesen ausgelegten Raum erwartete. Eine steinerne, ebenfalls weiße Waschschüssel, die in der Wand verankert schien und über der ein merkwürdig geformtes Rohr und ein Spiegelkasten prangten, in der Ecke zwei halbdurchsichtige Wände, die ihn an einen Schrank erinnerten, sowie ein kniehohes Ding auf der Erde, dessen Gebrauch sich ihm überhaupt nicht erschloss, ebenso wie der große weiße Kasten mit der runden, gläsernen Öffnung an der Vorderseite.

»Habt Ihr ein dringendes Bedürfnis?«, erkundigte sich der Medikus.

Jetzt, da er danach gefragt wurde, spürte Severian erst, wie dringend es wirklich war. Das letzte Mal, das er sich erleichtert hatte, war am Nachmittag im Wald gewesen.

Der Medikus schien die Antwort auf seine Frage an seinem Gesicht ablesen zu können. Er ging zu dem kniehohen Ding, klappte zu Severians Erstaunen einen Deckel hoch und deutete auf das sich verjüngende Becken, das sich darunter verbarg.

»Hier hinein, dann dort drücken, um abzuspülen.« Er wies auf einen Vorsprung in der Wand. »Beim Pinkeln gut zielen, sonst wird Julia sauer. Sie mag es lieber, wenn Männer sitzen.« Der Medikus zwinkerte ihm zu und zog sich vor die Badezimmertür zurück.

Severian tat wie geheißen. Als er jedoch auf den Vorsprung drückte und Wasser in die Schüssel schoss, sprang er keuchend zurück.

Sofort kam der Medikus herein. »Keine Sorge, alles, wie es sein soll.«

»Das ist doch Zauberei!«, stieß Severian hervor und schloss hastig die Verschnürung seiner Hose.

»Nein.« Der Medikus schüttelte den Kopf. »Das ist eine Toilette. Wasserrohre, Kanalisation und Technik. Yannick erklärt es Euch morgen an einem Schaubild.« Er klopfte Severian beruhigend auf die Schulter und lächelte. »Ihr seht müde aus. Ich denke, das Zähneputzen und Duschen verschieben wir besser auf morgen früh.«

Severian nickte stumm. Das Einzige, was er im Moment wollte, war ein Bett.

Julia starrte in den Badezimmerspiegel, während sie ihre Locken mit der Bürste bearbeitete. Warum reagierte sie so heftig auf die Äußerungen dieses Ritters? Nico hatte mit seinem ermahnenden Blick vollkommen recht gehabt: Severian hatte keine Ahnung, was mit ihm geschehen war. Natürlich hätte sie selbst auch nie geglaubt, dass Zeitreisen möglich waren, trotzdem hatte sie eine Ahnung vom Prinzip. Es gab Hunderte von Filmen, Serien und Büchern, die sich mit dieser Thematik auseinandersetzten. Und mehr als einmal hatte sie sich den Kopf darüber zerbrochen, in welche Epoche sie gerne reisen würde.

Zu Severians Zeit hatte sich bestimmt niemand mit solchen Überlegungen beschäftigt, das Konstrukt einer Zeitreise war ihm fremd. Der Ritter verdiente Mitgefühl und nicht, dass sie ihn jedes Mal wütend anfuhr, wenn er eine in ihren Ohren unpassende Bemerkung machte.

Leider wirkte er auf sie nicht wie ein gestrandeter, hilfloser Zeitreisender. Er erinnerte sie an einen Hollywoodstar, vor allem, nachdem sie ihn heute Nachmittag auf der Lichtung das Schwert hatte schwingen sehen. An einen besonders eingebildeten Hollywoodstar, wenn man den überheblichen Blick aus seinen blauen Augen dazu nahm.

Julia legte die Bürste zurück in den Spiegelschrank und schnappte sich ihre Zahnbürste. Vielleicht reagierte sie so gereizt, weil schon wieder ein Mann auf sie herabsah. André hatte das abgestritten, dennoch hatte er es nicht lassen können, Scherze zu machen über die einfachen Verhältnisse, aus denen sie stammte.

»Ist doch nur Spaß, Juliakind«, hatte er jedes Mal lachend gesagt, wenn sie sich darüber beschwerte. »Du bist mir lieber als eine High-Society-Tussi mit ihren falschen Brüsten und dem einbetonierten Botox-Lächeln.«

Blöderweise war es genau so ein verwöhntes Jet-Set-Girlie gewesen, mit dem er sie betrogen hatte: Tonya von Mirstätten-Heibling, Erbin der millionenschweren Mirway-Hotelkette. Die Paris Hilton Europas. Dankeschön auch.

Julia spuckte den Zahnpastaschaum ins Waschbecken. Und jetzt musste sie sich noch von einem vor Jahrhunderten geborenen Ritter anhören, dass sie nichts Besseres war als eine Dienstmagd. Sie drehte den Wasserhahn auf und ließ sich kaltes Wasser über die Handgelenke laufen. Die Aussicht, vier Wochen das Kindermädchen für Seine Hochwohlgeboren spielen zu müssen, begeisterte sie nicht.

Nachdenklich drehte sie den Hahn zu und trocknete ihre Hände ab. Gab es vielleicht doch eine Möglichkeit, ihn früher in die Vergangenheit zu schicken? In *Zurück in die Zukunft* hatte Marty McFly Doc Brown als Experten gehabt. Zwar kannte sie keinen solch genialen Wissenschaftler, aber jemanden, der gut über die Geschichte von Braunfels Bescheid wusste.

Julia lächelte. Es war Zeit für einen Besuch bei Oma Rosel.

Montag, 31. August 2015

Die Stimme drang nur langsam in Severians Bewusstsein, vertrieb nur allmählich die düsteren, wirren Geschichten, in denen er in der Nacht gefangen gewesen war.

»Euer Hochwohlgeboren, seid Ihr wach?«

Severian stöhnte. »Ist die Sonne schon aufgegangen, Hans?« Es gab den Untergebenen ein schlechtes Bild, wenn man als Herr des Morgens zu lange im Bett weilte – auch wenn viele Adlige das anders sahen. »Albträume verfolgten mich im Schlaf«, fügte er erklärend hinzu, obwohl er seinem Kammerdiener keine Rechtfertigung schuldig war.

»Es waren keine Albträume. Ihr seid wirklich in der Zukunft gelandet.«

Mit einem Schlag war Severian hellwach und riss die Augen auf. Im gleißenden Licht der Morgensonne stand nicht Hans vor ihm, sondern Yannick, der jüngere Bruder der vermeintlichen Hexe! Severian wollte sich aufsetzen, doch ein Tosen in seinem Kopf ließ ihn jäh innehalten. Er verzog das Gesicht und rieb sich über die Stirn.

»Habt Ihr Kopfschmerzen?«, erkundigte sich Yannick. »Der Wein gestern Abend war vermutlich stärker als der, den Ihr gewohnt seid.«

Severian nickte vorsichtig. Das erklärte das Brummen in seinem Schädel.

Yannick verschwand im Flur und kehrte kurz darauf mit einem Glas Wasser und einer kleinen Schachtel zurück, aus der er eine flachgedrückte weiße Kugel hervorholte. »Das ist eine Kopfschmerztablette. Sie vertreibt das Dröhnen in Eurem Kopf und lindert den Schmerz des Streifschusses.« Er lächelte. »Ich nehme ebenfalls hin und wieder eine, wenn ich es mit dem Alkohol übertrieben habe. Es ist nicht gefährlich.«

Vermutlich wäre es ratsamer, abzulehnen. Doch er brauchte einen klaren Verstand, denn inzwischen war ihm eingefallen, warum Yannick hier war: Er wollte ihm die Geheimnisse der Zukunft offenbaren. Severian unterdrückte das mulmige Gefühl, nickte erneut, und Yannick erklärte ihm, wie er die Tablette, ohne sie zu zerkauen, zu schlucken hatte.

»Eine halbe Stunde, dann wirkt sie«, versprach Yannick. »Jetzt gehen wir ins Badezimmer. Eine Dusche hilft ebenfalls prima bei einem Kater.«

Es dauerte eine Weile, bis Severian zusammen mit Yannick das Badezimmer wieder verließ. Der Schwindel war in der Tat verschwunden, dennoch schwirrte es in seinem Kopf von all den neuen Dingen und unbekannten Begriffen: Rasierapparat, Zahnpasta, elektrischer Strom, wasserdichtes Pflaster, Dusche, Mischbatterie, Föhn – und von Yannicks stets wiederkehrenden Worten: »Das erkläre ich Euch später.«

Erschöpft ließ sich Severian auf einen Stuhl am Küchentisch sinken und betrachtete seine Beine, die in einem festen, verwaschenen blauen Stoff steckten. Yannick hatte ihm nicht nur eine Zahnbürste mitgebracht, sondern einen Satz Kleidung, wie die Menschen der Zukunft sie trugen.

»Damit fallt Ihr nicht mehr auf«, hatte Yannick behauptet und ihm grinsend einen Stapel Stoff und einen Kasten in die Hände gedrückt, in dem sich die seltsamsten Schuhe befunden hatten, die Severian je gesehen hatte.

»Chucks«, hatte Yannick sie genannt. »Ich würde sie selbst tragen, wenn meine Patentante sie bei ihrer USA-Rundreise in der richtigen Größe gekauft hätte. Euch müssten sie passen, ich habe gestern Abend Eure Stiefel mit meinen Schuhen verglichen.«

Nach einigem Hantieren in der Küche stellte Yannick einen Teller mit Brot vor Severian ab, auf das eine dunkelbraune Paste gestrichen war.

»Was ist das?«

»Nussnougatcreme«, erwiderte Yannick mit einem Strahlen. »Probiert es und Ihr werdet es lieben.«

Severian biss hinein und eine ungewohnte Süße verklebte seinen Gaumen. Schnell schluckte er das Brotstück hinunter und schüttelte den Kopf.

Entgeistert sah Yannick ihn an. »Das schmeckt Euch nicht?«

»Es ist zu süß und klebrig.«

Yannick zuckte mit den Schultern. »Vielleicht besser so, sonst passt Ihr nach den vier Wochen nicht mehr in Eure Rüstung.« Er hob den Becher, den er in seiner Hand hielt. »Kaffee biete ich Euch keinen an. Wäre echt blöd, wenn Ihr Euch daran gewöhnt und im Mittelalter in Entzug geratet.«

Kurz darauf stellte Yannick einen zweiten Teller vor Severian, auf dem sich nun zwei mit Butter bestrichene Brotscheiben befanden. Das angebissene Nussnougatcremebrot vom ersten Teller angelte sich der junge Mann und verzehrte es mit offensichtlichem Genuss selbst.

Während Severian sein Frühstück kaute, holte Yannick einen schwarzen flachen Kasten aus seiner Tasche hervor, stellte ihn auf den Tisch und klappte ihn auf. In der Innenseite des Deckels befand sich ein dunkler Spiegel, auf der unteren Seite waren schwarze eckige Knöpfe befestigt. Severian blinzelte überrascht. Die weißen Zeichen auf den Knöpfen sahen anders aus, als er sie kannte, trotzdem … »Das sind Buchstaben«, rief er. »Und Zahlen.«

»Ihr könnt lesen und rechnen?«

Eine Frage, die einer Beleidigung gleichkam, doch anscheinend wusste Yannick es nicht besser. »Als Ritter habe ich eine gute Ausbildung genossen«, erklärte Severian kühl. »Ich bin auch des Schreibens mächtig.« Der Graf von Weilshausen hatte Wert darauf gelegt, dass die ihm zur Ausbildung anvertrauten Pagen und Knappen lesen und schreiben lernten. »Ich will keine Dummköpfe um mich herum, die nur ihr Schwert zu schwingen verstehen«, hatte Wolfram von Weilshausen jedes Murren über die anstrengenden Schreib- und Lesestunden unterbunden. »Wenn die Bürger in den Städten das Kämpfen erlernen, ist es an uns, uns ihre Bildung zu eigen zu machen.« Auf diese Worte hin war meist ein längerer Vortrag über den Wandel der Zeit im Allgemeinen und das neue Standesbewusstsein reicher Bürgerfamilien im Besonderen gefolgt.

»Dass Ihr die Kulturtechniken beherrscht, macht die Sache bedeutend einfacher.« Yannick legte die Hände zusammen, offenbar ein Zeichen, dass er mit seinem Unterricht zu beginnen gedachte. »Merkt Euch eins: Alles, was ich Euch in den nächsten Stunden zeigen werde, hat nicht das Geringste mit Zauberei, Wundern oder Schwarzen Künsten zu tun. Alles erklärt sich durch Naturwissenschaft und Technik: Chemie, Physik oder Mechanik. Verstanden?«

Severian nickte gebannt und Yannick fuhr fort. »Wärt Ihr in unserer Zeit geboren, wäre all das hier selbstverständlich. Ihr würdet es tagtäglich benutzen und vieles davon sogar besitzen, zum Beispiel einen solchen Laptop.« Er wies auf den aufgeklappten Kasten. »Oder ein Auto, wie Nico es hat, und natürlich«, Yannick zog das kleine rechteckige Gerät aus der Tasche, das Severian inzwischen mehrmals gesehen hatte, »ein Handy.« Yannick hielt inne und sah ihn an. »Aus welchem Jahr seid Ihr genau gekommen? Wenn ich die Zeit kenne, kann ich besser einschätzen, was Euer Stand der Technik ist und meine Erklärungen daran anpassen.«

Sie führten nichts Böses im Schilde und es gab keinen Grund, weiterhin ein Geheimnis daraus zu machen. »Ich wurde am 10. März 1491 geboren. Vorgestern schrieb man den 29. August im Jahr des Herrn 1515.«

Yannick stieß einen Pfiff aus. »Dann seid Ihr exakt fünfhundert Jahre durch die Zeit gereist.« Er wies auf ein Bild, das an der Wand hing, und das Severian erst jetzt als Kalender erkannte. »Heute ist der 31. August 2015.«

Fünf Jahrhunderte. Eine Erkenntnis, die es Severian für einen Moment schwindeln ließ. Dabei hatte Yannick noch nicht einmal mit den Erklärungen für die Wunder dieser neuen Zeit begonnen.

»Das heißt«, fuhr Yannick unbeirrt fort, »Buchdruck ist nichts Unbekanntes für Euch.«

Severian nickte. »Bei einem Besuch in der bischöflichen Stadt Mainz habe ich eine Druckerpresse besichtigt und mir ihren Mechanismus erklären lassen.«

Yannick lächelte zufrieden wie ein Lehrer, dessen Schüler die richtige Antwort gegeben hatte. Er drückte auf einen runden, eingelassenen Knopf auf dem schwarzen Kasten und der Spiegel wurde hell. Yannicks Finger flogen über die rechteckigen Knöpfe und ein Bild flammte auf dem Spiegel auf.

»Eine Taschenuhr.« Severian staunte. »Sie sind sehr kostspielig.«

»Heutzutage nicht mehr.« Yannick hielt ihm sein linkes Handgelenk entgegen, an dem ein breites Band befestigt war, in dessen Mitte sich ebenfalls ein Uhr befand. »Das nennt man Armbanduhr. Dort drüben hängt eine Wanduhr.«

Severian wandte den Kopf zu der großen weißen Uhr an der Wand, auf die mit schwarzer Farbe römische Zahlzeichen aufgemalt worden waren. Ein Gedanke schoss ihm durch den Kopf, der ihn schon gestern Abend beschäftigt hatte. »Der Medikus und du seid reiche Männer, oder? Uhren mögen nicht mehr teuer sein, aber so viele zu besitzen zeugt von Luxus, ebenso die Trinkgläser und der hervorragende Rotwein, der bestimmt aus fernen Landen stammt. Nicht zu vergessen meine Kleidung, und Nicos Auto ist sicher genauso viel wert wie ein gutes Pferd.«

Yannick winkte ab. »Nico verdient als Arzt nicht schlecht, aber reich würde ich ihn nicht nennen. Ich habe einen guten Schülerjob. Viele Dinge sind einfach nicht mehr so teuer wie damals.«

»Verstehe«, murmelte er. Zumindest verstand er in Ansätzen.

»Was wollt Ihr wissen, Severian?« Auffordernd sah Yannick ihn an. »Etwas über die Funktionsweise der Toilette? Wie elektrischer Strom erzeugt wird? Oder etwas über den Aufbau eines Autos?«

All das interessierte ihn, aber eine Frage stellte sich ihm brennend. »Warum tragen alle ein solches … Handy mit sich herum?«

Yannick stieß einen theatralischen Seufzer aus. »Genau das fragt meine Mutter auch immer.« Er griff nach dem kleinen rechteckigen Kasten und legte ihn Severian in die Hand. »An dem Vorsprung an der Seite schaltet man es ein …«

In der einen Hand den voll beladenen Einkaufskorb, in der anderen ihren Wohnungsschlüssel, erklomm Julia die Treppe zu der Wohnung, die sie sich mit Nico teilte – und seit kurzem auch mit einem mittelalterlichen Ritter. Sie schnitt eine Grimasse. Glücklicherweise hatte Frau Schneider, ihre Vermieterin, noch nichts von ihrem neuen Mitbewohner bemerkt. Frau Schneider, die von Nico bösartig als die Else Kling der Turmstraße bezeichnet wurde, wohnte im Erdgeschoss und ihr entging gewöhnlich rein gar nichts, was sich vor, an und in ihrem schmucken Fachwerkhäuschen abspielte. Und meist auch nichts, was noch drei Straßen weiter geschah.

Am Treppenabsatz angekommen, steckte Julia den Schlüssel ins Schloss, drückte die Tür auf und trat in den Flur. Aus der Wohnküche drangen Stimmen. »Hallo, ich bin wieder da!«, rief sie und ging in die Küche. »Ich habe uns was zum Mittagessen …« Der Satz blieb unvollendet. Julia starrte zum Esstisch, wo wie vereinbart ihr Bruder saß, um auf den Ritter aufzupassen. Bei ihrem Eintreten hatte sich der Adlige erhoben und sie konnte nichts tun, als ihn mit offenem Mund anzusehen. Statt des Ritters mit dem Dreitagebart, der blutbesudelten mittelalterlichen Kleidung und dem Waffengürtel stand ein ordentlich rasierter Mann in Blue Jeans, weißen Converse und grauem T-Shirt vor ihr, die frisch gewaschenen Haare locker im Nacken gebunden. Das eng anliegende Shirt betonte geradezu unverschämt seinen durchtrainierten Körper und zu allem Überfluss hielt er Yannicks Smartphone lässig in den Händen, als würde er nichts anderes tun, als täglich hunderte von Nachrichten zu schreiben.

Julia schüttelte den Kopf. Niemand, aber auch wirklich niemand hätte geglaubt, dass dieser Kerl einem Zeitalter entstammte, in dem man ohne zu zögern Frauen als Hexen verbrannt hatte.

Kaum hatte sie sich mit seinem neuen Erscheinungsbild abgefunden, fiel Julia ihr eigenes Aussehen ein. Ihre Eltern bestanden bei den Angestellten in ihrem Café auf eine traditionelle Kleidung: knielanger schwarzer Rock, gestärkte weiße Bluse und eine hellblaue gestreifte Schürze, in Taille und Nacken mit einer akkuraten Schleife gebunden. Normalerweise zog sie sich im Café um, doch da sie heute hatte schnell sein wollen, hatte sie nur die Schürze abgelegt. Mit dem tristen Rock und der biederen Bluse sah sie allerdings immer noch aus wie eine Kellnerin. Oder Zofe. Oder Küchenmagd.

»Räum das Hackfleisch in den Kühlschrank, Yannick.« Sie drückte ihrem verdutzten Bruder den Einkaufskorb in die Hand, ehe sie aus der Wohnküche stürzte, in ihr Zimmer lief und die Tür hinter sich zuschlug.

Yannicks »Julia, ist alles in Ordnung bei dir?« hörte sie trotzdem, überging es jedoch. Bis jetzt hatte der Ritter kein Wort gesagt, aber ihr Blutdruck war schon wieder auf hundertachtzig! Dabei hatte sie sich vorgenommen, ab sofort ruhig, besonnen und höflich auf ihn zu reagieren. Genau wie diese tiefenentspannte Yogalehrerin, deren Kurs sie nach dem dritten Termin nicht mehr besucht hatte.

Wütend ließ Julia sich auf ihr Bett fallen. Vermutlich war die Trennung von André an ihrer desolaten Gemütslage schuld. Immer noch hatte er es nicht für nötig befunden, sich bei ihr zu melden – und das, obwohl sie auf allen Netzwerken wieder erreichbar war!

Mit einem Seufzen erhob sie sich und trat vor ihren Kleiderschrank. Was sollte sie anziehen? Am ehesten würde sie den Ritter mit dem schwarzen Neckholder-Kleid beeindrucken, das sie sich für den letzten Silvesterball in den Seiler'schen Höfen gekauft hatte. Doch das wäre arg übertrieben gewesen – und auch das Programm, das sie für den Nachmittag geplant hatte, ließ ein solches Outfit nicht zu.

Schließlich entschied sie sich für Jeans, ein rotes Shirt mit gerafftem Rundhalsausschnitt und Ballerinas. Um den Zofen-Look endgültig zunichte zu machen, löste sie den Haarknoten und ließ ihre Locken offen über die Schultern fallen, ehe sie zurück in die Wohnküche ging.

»Du trägst Hosen wie ein Mann?«, war das Erste, was sie von dem Ritter zu hören bekam, der sie wie immer mit finsterem Blick ansah.

»Äh, Julia, zum Thema Mode, Emanzipation und Gleichberechtigung sind wir heute Morgen noch nicht gekommen«, beeilte sich Yannick zu erklären. »Dafür ist Seine Hochwohlgeboren jetzt bei allen sozialen Netzwerken angemeldet, hat das Internet verstanden und kann googeln.«

»Und, welche Seiten hat er schon gefunden?«, fragte sie sarkastisch. »*Inquisition.org*, *Scheiterhaufen bauen für Anfänger* oder *Die lustigsten Hexenverbrennungen der vergangenen Jahrhunderte*?«

Der Ritter verschränkte die Arme vor der Brust. »Du trägst mir mein Verhalten immer noch nach, Frau.«

»Möglich«, brummte sie. »Aber vor allem ärgert es mich, dass Yannick Euch einen solchen Mist beibringt, anstatt Euch zu erklären, warum ein Auto fährt oder Lampen ohne Feuer brennen können.«

»Das hat er getan. Dein Bruder zeigte es mir im …« Der Ritter überlegte kurz. »Im Internet.«

»Da hörst du es, Schwesterherz.« Triumphierend sah Yannick sie an. »Außerdem ist Seine Hochwohlgeboren schnell von Begriff, sehr gebildet und für seine Zeit viel herumgekommen. Er ist kein Bauer, der nichts anderes kennt als seine Scholle und den Viehstall.«

Was sollte sie dazu sagen? »Ich mache jetzt Spaghetti Bolognese und einen grünen Salat für uns zum Mittagessen.« Na, wunderbar! Auf der einen Seite pflaumte sie den Ritter an, weil er sich wie ein Chauvi verhielt, und auf der anderen Seite benahm sie sich wie ein astreines Hausmütterchen. Ihm zu erklären, dass sie es freiwillig tat, weil sie gerne kochte und backte, würde er trotz seiner ach so hohen Intelligenz vermutlich nicht verstehen.

»Ich werde das Badezimmer aufsuchen«, erklärte der Ritter, »um die To … Torl …«

»Toilette«, half sie ihm. »Man kann es auch WC, Wasserklosett, Klo, Null Null, stilles Örtchen oder …«

»Scheißhaus nennen«, fiel Yannick ihr grinsend ins Wort.

Strafend sah Julia ihren Bruder an. »Deine unqualifizierten Kommentare kannst du dir sparen!« Sie wandte sich dem Ritter zu. »Der Ausdruck meines Bruders ist ziemlich vulgär.«

»Aber der Einzige, den ich verstanden habe.« Der Ritter räusperte sich und verließ die Wohnküche.

Yannick verschränkte die Arme hinter dem Kopf. »Bist du dir sicher, Julia, dass ich dich und den Ritter heute Nachmittag allein lassen kann, ohne dass ihr euch zerfleischt?«

Statt einer Antwort holte Julia ein Brettchen aus der Schublade und begann Zwiebeln zu hacken.

In Braunfels herrschte Mittagsruhe. Auf dem Weg zum Haus von Oma Rosel begegnete ihnen kaum jemand – weder zu Fuß noch im Auto. Julia war sich nicht sicher, ob der Ritter über Letzteres erleichtert war, oder aufgrund seiner neuen Kenntnisse über Fahrzeugtechnik enttäuscht.

»Erkennt Ihr etwas wieder?«, erkundigte sie sich, als sie aus der verwinkelten Kuhgasse auf den historischen Marktplatz einbogen. Braunfels war im Krieg verschont geblieben und bot eine postkartenmäßige Fachwerk-Idylle. Da es weit weniger bekannt war als das südlicher gelegene Michelstadt mit seinem weltberühmten Rathaus, waren hier keine Touristenmassen unterwegs, was das Ganze noch romantischer machte.

»Ja«, beantwortete der Ritter ihre Frage. »Ich kenne das Marktkreuz, die Kirche und einige der Fachwerkhäuser.« Er blieb stehen. »Es ist ein komisches Gefühl. Fremd und dennoch vertraut, als betrachte man etwas durch einen Spiegel.«

Julias Blick fiel auf den Spitzen Turm, der hinter den Häusergiebeln als Teil der Stadtmauer hervorragte, und ihr lief ein Schauer über den Rücken. »Ich verstehe, was Ihr meint.« Sie schüttelte sich, um das unangenehme Gefühl zu vertreiben. »Zu Oma Rosels Haus ist es nicht mehr weit, es liegt gleich dort drüben.«

»Werde ich dort willkommen sein?«

»Keine Sorge, Ritter, ich habe Oma heute Morgen angerufen und gefragt, ob wir vorbeikommen können. Sie freut sich auf unseren Besuch. Allerdings wäre es besser, wenn ich Euch mit Vornamen und Du ansprechen würde. Und Ihr Oma Rosel mit Sie.«

Er nickte und sie setzten ihren Weg zu dem pittoresken Fachwerkhäuschen fort, an dem Kletterrosen emporrankten.

Kurz, nachdem Julia geklingelt hatte, öffnete Oma Rosel in einer weißen Kittelschürze die Tür.

»Julia, mein Kind, schön, dich zu sehen!« Oma Rosel breitete die Arme aus und drückte Julia an sich. Dann fiel ihr Blick auf den Ritter. »Oh, welch strammen Begleiter du dabei hast.«

»Hallo Oma, schön, dass du Zeit für uns hast.«

»Eine alte Frau wie ich hat immer Zeit, vor allem für die Jugend.« Lächelnd trat Oma Rosel beiseite und winkte sie ins Haus. »Geht ins Wohnzimmer, nehmt Platz und stört euch nicht an der Unordnung auf dem Tisch.«

Kaum saßen Julia und der Ritter in dem engen Raum auf den geblümten Polstern des Biedermeiersofas, holte Oma Rosel zwei Gläser aus der Vitrine ihres Eiche-rustikal-Wohnzimmerschrankes. Umständlich stapelte sie die verschiedenen Papiere auf dem Couchtisch, um Platz für die Getränke und eine Wasserflasche zu schaffen.

»Was arbeitest du da?«, fragte Julia.

»Ach, nur etwas für die Presse. Ich bin doch die Schriftführerin des Heimat- und Geschichtsvereins, und das neuerdings sogar online«, erklärte Oma Rosel nicht ohne Stolz und klopfte zärtlich auf ein weißes Notebook. »Inzwischen kenne ich mich mit diesem Ding so gut aus, dass ich meine Texte per E-Mail an den *Braunfelser Boten* schicken kann.«

Innerlich rollte Julia mit den Augen. Nicht noch ein begeisterter Digital Immigrant heute!

»Bevor ich dich frage, was dich zu mir führt, Julia«, fuhr Oma Rosel fort, »muss ich deinen Begleiter noch mal nach seinem Namen fragen. Ich habe ihn nicht richtig gehört.« Entschuldigend tippte sie an ihre Ohren. »Man kann sich nicht auf diese Hörgeräte verlassen.«

»Ich habe dir seinen Namen noch gar nicht genannt«, sagte Julia. *Weil ich gehofft habe, dass du nicht danach fragst.* Ein Trugschluss, den sie hätte erkennen müssen. In puncto Neugierde stand Oma Rosel Julias Vermieterin nämlich in nichts nach. »Das ist Severian Müller«, erklärte Julia und ignorierte das Blitzen in den Augen des Ritters. »Der Sohn einer Freundin von Nicos Mutter. Er bleibt ein paar Tage.«

Damit war Oma Rosels Wissensdrang fürs Erste hoffentlich befriedigt. Julia hatte sich diese Erklärung zurechtgelegt, denn sie war in zwei Punkten wasserdicht. Zum einen war Erika, Nicos Mutter, eine Zugezogene, und deshalb wusste selbst Oma Rosel nicht alles über sie. Zum anderen befanden sich Nicos Eltern gerade auf einer Reise ans Nordkap und standen für Nachfragen nicht zur Verfügung.

Allerdings fragte Oma Rosel nicht genauer nach, sondern runzelte die Stirn. »Severian? Das ist ein ungewöhnlicher und sehr alter Name.« Sie blickte auf die Papierstapel auf dem Tisch. »Irgendwo ist mir dieser Name in den letzten Tagen untergekommen, aber ich weiß nicht mehr, in welchem

Zusammenhang. Mit knapp achtzig Jahren seht ihr mir das hoffentlich nach.«

»Natürlich, Oma«, beeilte sich Julia zuzustimmen und auch Severian nickte. »Darf ich dich jetzt was fragen?«

Oma Rosel ließ sich in einem Sessel nieder, über dessen Kopfteil ein spitzenbesetztes Schondeckchen hing, und sah sie auffordernd an.

»Ich habe Severian einige Sehenswürdigkeiten von Braunfels gezeigt«, begann Julia. »Die Maria-im-Fels-Kapelle hat ihm besonders gut gefallen. Weißt du Genaueres über sie?«

Verwundert sah Oma Rosel sie an. »Ich weiß ebenso viel wie du, Kindchen. Wir waren doch gemeinsam bei dem Vortrag des Archäologen, der die Kapelle untersucht hat.«

»Nein, das meine ich nicht. Gibt es Legenden, die sich um die Kapelle ranken? Sind dort vielleicht früher einmal Menschen verschwunden oder welche aufgetaucht?«

»Verschwunden? Nicht, dass ich wüsste. Und mit ‚aufgetaucht' meinst du wie bei dem Marienwunder?«

Julia nickte.

Oma Rosel überlegte kurz, dann schüttelte sie den Kopf. »Nein, da gibt es keine Sagen.«

»Auch nicht über Geister?«

»So wie die Sage vom Rodensteiner Ritter und seinem Geisterheer? Davon ist mir nichts bekannt.«

Es war einen Versuch wert gewesen. »Danke, Oma. Dann wollen wir dich nicht länger von deiner Arbeit abhalten.« Julia erhob sich und stieß mit dem Knie gegen einen der Papierstapel. Der obenauf liegende Computerausdruck segelte zu Boden. Sie bückte sich und wollte ihn zurücklegen, da fiel ihr Blick auf die Überschrift: *Mittelalterlicher Klosterbrand jährt sich zum 500. Mal.* Darunter war ein eingescanntes Foto der Klosterruine zu sehen.

»Was ist das?«, fragte Julia.

»Mein Pressebericht. Am 13. September 1515 brannte das Kloster Braunfels bis auf die Grundmauern nieder. Am Sonntag in zwei Wochen ist der fünfhundertste Jahrestag dieser Katastrophe und ich schreibe einen Artikel darüber.«

»Du sprichst … Sie sprechen von dem Zisterzienserkloster im Wald nahe der Marienkapelle?«, fragte Severian scharf. Es war das erste Mal, seit sie das Haus betreten hatten, dass der Ritter den Mund aufmachte.

Oma Rosel nickte und sein Blick verfinsterte sich.

»Was ist damals geschehen?«

Julia schnappte nach Luft, als sie den Grund für die Wissbegierde des Ritters begriff. Yannick hatte ihr verraten, dass der Ritter aus dem Jahr 1515 gekommen war – nach seiner Zeit fand der Klosterbrand also in knapp vierzehn Tagen statt!

Einen Moment war sie versucht, den Ritter am Arm zu packen und von ihrer Großmutter fortzuziehen, hatten sie, Nico und Yannick doch vereinbart, über Ereignisse, die der Ritter in seiner Zeit noch erleben würde, zu schweigen. Dann fiel ihr ein, dass er erst nach dem Klosterbrand in das Jahr 1515 zurückkehren würde. Demnach konnte er nicht mehr in den Lauf der Geschichte eingreifen.

Oma Rosel, offensichtlich geschmeichelt von dem Interesse des jungen Mannes, ließ sich nicht lange bitten. »Den Quellen zufolge muss es eine große Feuersbrunst gewesen sein, deren Entstehung allen unerklärlich war. Die Flammen brachen kurz nach dem Angelusläuten aus und wüteten bis in die Nacht hinein.«

»Könnte es ein Blitzeinschlag gewesen sein?«, überlegte Julia, die das Thema nun auch nicht mehr kalt ließ.

»Nein. In den Quellentexten steht deutlich, dass es ein sonniger Tag und eine klare Neumondnacht gewesen sind, ohne jede Wolke am Himmel. Anscheinend haben die Verfasser ebenfalls über die Ursache gegrübelt.«

Der Ritter stand vom Sofa auf und lief in dem kleinen Raum auf und ab. »Warum wurde das Kloster nicht neu aufgebaut?«

Oma Rosel seufzte. »Einige der Mönche und Laienbrüder konnten nicht mehr aus dem brennenden Gebäude fliehen, andere starben danach an ihren schweren Verbrennungen. Oder an Rauchgasvergiftung, wie ich vermute. Auch Helfer aus Schloss Felsbrunn ließen ihr Leben, wie berichtet wird. Die Klostergemeinschaft war so dezimiert, dass sie in das Zisterzienserkloster in Maulbronn umsiedelte.«

»Gibt es eine Liste der Todesopfer unter den Mönchen und Brüdern?«, fragte der Ritter mit mühsam beherrschter Stimme.

»Ja, sogar eine äußerst sorgfältig geführte. Aber ich habe die Namen nicht abgeschrieben und das Dokument liegt inzwischen wieder verschlossen im Landesarchiv in Darmstadt.«

»Können Sie sich an Namen aus dieser Liste erinnern?«

Unglücklich sah Oma Rosel den Ritter an. »Leider nein. Sobald mir einer einfällt, rufe ich Julia an.«

»Das ist nett«, erwiderte Julia. »Jetzt gehen wir aber wirklich.« Sie umarmte Oma Rosel zum Abschied und gab dem völlig in sich versunkenen Ritter ein Zeichen, ihr zu folgen.

Kaum waren sie ein paar Schritte von Oma Rosels Haus entfernt, war es mit der Schweigsamkeit des Ritters vorbei. »Du hast mir als Familiennamen den eines unehrlichen Berufes zugedacht, Frau?«, fuhr er sie an.

Überrumpelt von diesem unerwarteten Vorwurf blieb Julia stehen. »Müller ist einer der häufigsten Nachnamen in Deutschland. Also bestens geeignet, um deine Identität zu verschleiern.«

»Dennoch ist es ein unehrlicher Berufsstand und damit eine Beleidigung für mich!«

Julia setzte zu einer scharfen Erwiderung an, dann aber fiel ihr Blick auf die Augen des Ritters. Wie immer starrten diese sie finster an und die zusammengezogenen Brauen taten ein Übriges, um sein Missfallen deutlich zu machen. Doch hinter seinem Zorn lag etwas verborgen. Etwas, das ihr aufgrund ihrer eigenen Wut über seine Beschwerde beinahe entgangen wäre: Trauer. Ein tiefer Kummer, den der Ritter geschickt hinter einer Maske aus Angriffslust, Überheblichkeit und Distanz verbarg.

»Es tut mir leid«, sagte sie. »Nicht wegen des gewählten Familiennamens, sondern wegen der Mönche und Brüder. Du warst mit einigen von ihnen befreundet?«

Der Blick des Ritters flackerte, weder erwiderte er etwas noch korrigierte er ihre weiterhin formlose Anrede.

»Soll ich dich zum Kloster bringen?«, fragte sie einer Eingebung folgend. »Damit du dort ein Gebet sprechen kannst?«

Er starrte sie überrascht an, als ob er ihr einen solchen Vorschlag niemals zugetraut hätte. Schließlich nickte er. »Das würde mir viel bedeuten. Abt Aurelian war mein Beichtvater, solange ich zurückdenken kann. Ich will Gott bitten, dass er zu den Überlebenden gehören wird.«

Dafür ist es doch längst zu spät, wollte Julia erwidern, hielt sich im letzten Moment aber zurück. »Auf dem Weg kommen wir an einem Blumenladen vorbei. Dort können wir Grablichter kaufen, um sie auf die Mauerreste zu stellen.«

Der Ritter nickte erneut. Sein Gesichtsausdruck hatte sich entspannt und der Hauch eines Lächelns umspielte seinen Mund. Julias Herzschlag beschleunigte sich. Für einen Moment war von der Fremdheit zwischen ihnen nichts mehr zu spüren und sie blickte in die faszinierendsten blauen Augen, die sie jemals bei einem Mann gesehen hatte.

Julia saß am Esstisch in der Wohnküche und sah auf die Wanduhr. Was unternahm man mit einem Ritter abends um acht? Unschlüssig blickte sie zu dem Adligen hinüber, der in den Anblick seines Weinglases vertieft war. Nico hatte sich nach dem Abräumen des Abendbrottisches in sein Zimmer zurückgezogen, um einen Vortrag fertigzustellen, den er morgen in der Klinik halten musste. So blieb es an ihr hängen, für die Unterhaltung bis zum Schlafengehen zu sorgen. Am besten erkundigte sie sich direkt bei dem Ritter, bevor sie mit einem Vorschlag nur wieder seinen Unmut hervorrief. »Wie habt Ihr in Eurer Zeit die Abende verbracht, Euer Hochwohlgeboren?«

»Am Schreibtisch gesessen, Briefe geschrieben, Pachtverträge erneuert und Rechnungen geprüft«, kam seine Antwort prompt und mit säuerlicher Stimme.

»Im Ernst?« Erstaunt sah sie ihn an. »Ich dachte, Ritter würden am Lagerfeuer beisammensitzen, Schaukämpfe austragen, Würfelspiele machen und sich mit Dirnen vergnügen.«

Sein Gesicht verfinsterte sich mit atemberaubender Geschwindigkeit. Offensichtlich hatte sie mal wieder ein falsches Thema erwischt. »Nicht jeder Ritter hat das Vergnügen, seine Abende so verbringen zu dürfen«, zischte er. »Manche zwingt das Schicksal in die Enge einer Burg.«

Ganz offensichtlich das falsche Thema. »Gab es dort in den Abendstunden nicht auch etwas Abwechslung?«, fragte sie vorsichtig, da ihr einige Hollywoodschinken mit prasselndem Kaminfeuer, Barden und Tafelrunde einfielen.

»Die Frauen sticken und nähen.« Er blickte demonstrativ auf ihre Hände, in denen sich weder Nähnadeln noch ein Stickbild befanden.

Nicht provozieren lassen! »Und die Männer?«

»Würfeln oder spielen Schach.«

»Hättet Ihr Lust auf eine Partie Schach?«

Seine Brauen hoben sich. »Gegen dich?«

»Gegen wen sonst? Nico ist beschäftigt.«

»Frauen besitzen nicht genug Verstand zum Schachspielen.«

Statt einer scharfen Erwiderung sah sie ihn herausfordernd an. »Ich verstehe. Ihr habt Angst, gegen mich zu verlieren.«

»Eine Niederlage gegen eine Frau, noch dazu eine Dienstmagd? Niemals. So hole das Schachspiel.«

Julia stand auf, ging hinüber ins Wohnzimmer und nahm dort Brett und Figurenkasten aus dem Schrank. Zurück in der Küche stellte sie beides auf den Esstisch. Das Schachspiel war ein Werbegeschenk eines Pharmavertreters an Nico gewesen. Die Figuren waren aus hochwertigem Holz gefertigt, dafür war der Name eines Cholesterinsenkers in das Brett eingraviert.

»Eine schöne Arbeit.« Die Finger des Ritters glitten anerkennend über die Figuren, während er sie aufstellte.

»Ihr dürft anfangen«, erklärte Julia und ließ sich auf ihrem Stuhl nieder.

Der Ritter erwiderte nichts, sondern setzte einen seiner Bauern von E2 auf E4.

»Klassische Eröffnung«, kommentierte Julia und vollführte einen Zug mit ihrem Springer. Dann schwieg sie ebenfalls, denn sie musste sich konzentrieren. Normalerweise hatte sie kein Problem damit, zu verlieren, doch bei diesem Spiel ging es um die Ehre der Frauen!

Inzwischen schien der Ritter erkannt zu haben, dass sie nicht so leicht schachmatt zu setzen war. Auf seiner Stirn hatte sich eine steile Falte gebildet und seine Spielzüge wurden vorsichtiger – leider jedoch nicht schlechter. Julia wickelte eine ihrer Locken um ihren Finger. Sie musste verdammt gut aufpassen!

In der Küche waren nur noch das Ticken der Wanduhr und das Summen des Kühlschranks zu hören. Sie spielten nun schon eine Stunde und es war nicht abzusehen, wer die Partie gewinnen würde. Anfangs hatte sich das Spiel zu Gunsten des Ritters entwickelt, danach zu ihren. Jetzt allerdings war wieder der Adlige im Vorteil – was ihm nicht entging, wie das siegessichere Lächeln auf seinen Lippen bewies.

Kritisch beäugte Julia das Spielfeld. Wie konnte sie verhindern, dass er gewann? Zwar spielte sie gut, ein Schachchampion war sie jedoch nicht. Sie erstarrte. Sie war kein Champion, aber sie konnte sich einen an ihre Seite holen! Doch durfte sie es wagen? Mit einem Kopfschütteln verscheuchte sie alle Bedenken. Dieser schwertschwingende Macho hatte eine Abreibung verdient!

»Entschuldigt mich kurz«, sagte sie und erhob sich vom Tisch. Mit einem letzten Blick auf die verbliebenen Figuren auf dem Schachbrett lief sie in ihr Zimmer und zog ihr Tablet aus der Schreibtischschublade hervor. Rasch rief sie die Seite *Schachchampion.de* auf und schob die virtuellen Schachfiguren auf die passenden Felder.

Ein Dialogfenster öffnete sich und forderte die Wahl einer Schwierigkeitsstufe. Julia holte tief Luft. Wenn sie schon schummelte, dann richtig. Mit dem Zeigefinger tippte sie auf die höchste Kategorie: Großmeister. Sie grinste. Das sollte für den Sieg reichen! Sie merkte sich den Zug, den sie als Nächstes ausführen musste, und kehrte mit unschuldiger Miene und dem Tablet in der Hand zurück ins Wohnzimmer, wobei sie im Laufen darauf achtete, dass der Ritter das Display nicht sehen konnte.

»Ich erwarte eine wichtige E-Mail«, erklärte sie mit einem Fingerzeig auf das Tablet und ließ sich auf dem Stuhl nieder, ihren kleinen Helfer geschickt auf ihren Knien positioniert.

Der Ritter schenkte dem Gerät keine Beachtung. Er hatte genug damit zu tun, sich eine Taktik zu überlegen, nachdem sie ihren von *Schachchampion* vorgeschlagenen Zug ausgeführt hatte. Konzentration lag auf seinem Gesicht, den Kopf in eine Hand gestützt fixierte er das Schachbrett und murmelte mögliche Spielzüge vor sich hin.

Julia stellte sich vor, wie er mit einer Schreibfeder in der Hand in geschwungener Schrift Urkunden erstellte. Irgendwie gefiel ihr diese Vorstellung besser als diejenige, dass eine Hure auf seinem Schoß saß. Überhaupt gefiel es ihr, ihn zu beobachten: wie er die Stirn runzelte, ein Muskel in seiner Wange vor Anspannung zuckte oder die Grübchen, die erschienen, als er nach seinem Spielzug zufrieden lächelte.

Doch trotz des geglückten Zuges hatte der Ritter keine Chance. Eine weiße Figur nach der anderen flog vom Brett und bald war seine Niederlage unausweichlich. Mit einem triumphierenden Lächeln setzte Julia seinen König schachmatt.

Fassungslos starrte der Ritter sie an. »Für eine Frau spielst du unerwartet gut«, presste er zwischen zusammengebissenen Zähnen hervor. »Gratuliere.«

Julia lachte. Herrlich! Allein für diesen Blick hatte sich die Schummelei gelohnt. In Zukunft würde er sich mit seinen Urteilen über Frauen bestimmt zurückhalten.

»Nehmt Euch die Niederlage nicht zu Herzen«, munterte sie ihn auf. »Ich muss gestehen, dass ich gegen Ende Hilfe hatte.« Sie nahm das Tablet von ihren Knien und legte es auf den Tisch.

Der Ritter blickte auf das Display und erfasste die Bedeutung sofort. »Eine Maschine, die das Schachspiel beherrscht und dir deine Züge vorsagt?«

»Das ist ein Tablet, eine in ihren Leistungen eingeschränkte Form des Computers, den Yannick besitzt. Damit habe ich im Internet eine Seite aufgerufen, die darauf konzipiert ist, Anfängern das Schachspiel beizubringen.«

»Also hast du mich betrogen!«

»Ich wollte Euch von Eurem hohen Ross herunter holen, was Eure Meinung über die Intelligenz von Frauen betrifft«, fühlte Julia sich genötigt, ihr Schummeln zu rechtfertigen. »Außerdem dachte ich, eine spannende Partie macht Euch Spaß und lenkt Euch ab.« Leise setzte sie hinzu: »Alles ist besser, als in ein Weinglas zu starren und an Dinge zu denken, die man sowieso nicht ändern kann.« Das wusste sie seit Andrés Fremdgehen nur zu gut.

In Erwartung eines Wutausbruches sah sie den Ritter an. Doch sein Tobsuchtsanfall blieb aus.

»Ich mache dir wegen deiner Schummelei keinen Vorwurf«, erklärte er stattdessen ruhig.

»Weswegen dann?«, platzte es aus ihr heraus.

Er zuckte mit den Schultern. »Wenn ich das wüsste …«

Julia runzelte die Stirn. »Also habe ich es nicht geschafft, Euch mit dieser Partie Schach eine Zeitlang in bessere Stimmung zu versetzen?«

»Zu meinem Erstaunen muss ich zugeben, das Spiel mit dir genossen zu haben, zumal dein Betrug erst gegen Ende erfolgte.«

Verblüfft stellte sie fest, dass auch ihr das Spiel mit ihm gefallen hatte. »Sollen wir es auf eine zweite Partie ankommen lassen?«

»Nein. Du musst morgen früh arbeiten und ausgeschlafen sein.«

Schlagartig verflog Julias gute Laune. »Natürlich«, erwiderte sie ironisch. »Müdes Dienstpersonal ist bestimmt eine Qual.«

Seine Finger umschlossen ihr Handgelenk so unerwartet, dass sie aufkeuchte. Seine Haut war rau und sein Griff so fest, dass sie sich ihm nicht entziehen konnte. »Das wollte ich damit nicht zum Ausdruck bringen«, entgegnete er scharf.

»Oh, das ist ja was ganz Neues«, schnappte sie. »Warum glaube ich das nur nicht?« Sie funkelte ihn an und er starrte ebenso wütend zurück.

Dann lockerten sich seine Finger und er ließ sie los. Julia seufzte. Was war bloß wieder in sie gefahren? Seine Zeit war vor fünfhundert Jahren gewesen, er wusste es nicht besser – im Gegensatz zu ihr.

»Ich wollte Euch noch was geben.« Ihre Stimme ruhig klingen zu lassen war schwerer als gedacht. Sie ging erneut zum Schrank im Wohnzimmer, holte ein Buch und drückte es ihm bei ihrer Rückkehr in die Hand.

Mit zusammengekniffenen Augen studierte er den Titel, dann schlug er das Buch auf und ließ die Seiten durch seine Finger gleiten. »Die gesamte Bibel in deutscher Sprache?«, fragte er erstaunt.

»Ja«, bestätigte sie knapp. Kein Wort zu ihm über Martin Luther. Kein Wort darüber, dass in zwei Jahren ein Sturm über seine Welt fegen würde. Ein Sturm, der Glaubenskriege und eine bis heute währende Spaltung der Kirche mit sich brachte. »Ich wusste nicht, wie Ihr mit unseren Buchstaben zurechtkommt, deshalb habe ich Euch eine Tabelle ausgedruckt, in der die Formen der Buchstaben zu Eurer Zeit mit den heutigen verglichen werden.« Sie drückte ihm das Papier in die Hand, das sie neben der Bibel bereitgelegt hatte, und ging zur Tür. »Ich wünsche Euch eine gute Nacht.«

»Julia.«

Sie hielt inne und wandte sich zu ihm.

»Ich … ich danke dir für den Abend – und den Nachmittag. Mir ist bewusst, dass du keine Bedienstete bist.«

Warum lasst Ihr mich dann immer wieder spüren, dass Ihr auf mich herabseht?, wollte sie fragen, doch sie riss sich zusammen. Es machte keinen Sinn, sich mit dem Ritter zu streiten. Es reichte, wenn sie sich mit den Männern in ihrer Welt auseinandersetzen musste. Genau genommen mit dem Mann, der ihr vor fünf Tagen das Herz gebrochen hatte und es durch sein Verhalten immer noch bluten ließ.

Dienstag, 1. September 2015

Wie konnte es sein, dass diese Frau ihn bis aufs Blut reizte und er es gleichzeitig bedauerte, dass sie nicht zugegen war? Severians Hände ballten sich zu Fäusten. Zwar forderte das Verhalten seiner Verlobten ebenfalls seinen Zorn heraus, bei Elisabetha war er jedoch stets froh, wenn sie sich nicht in seiner Nähe aufhielt. In Julias Gegenwart hingegen fühlte er sich in nie gekannter Weise lebendig, auch wenn er oft nahe dran war, ihr den Hals umzudrehen. Selbst wenn sie wie gestern Nachmittag bei den Klosterruinen nur dasaß und ihm beim Beten zusah, spürte er ihre Nähe – herausfordernd und beruhigend zugleich. Severian schüttelte den Kopf. Die Reise durch die Zeit musste sein Denken und Fühlen in Mitleidenschaft gezogen haben. Am besten schenkte er diesen verwirrenden Gedanken keine Beachtung, sondern sammelte seine Aufmerksamkeit, da er an diesem Morgen wieder lernen sollte, sich in der Zukunft zurechtzufinden.

Allerdings war sein Lehrer noch nicht bereit. Yannick stand vor einem silbernen Kasten in der Küche und wartete darauf, dass sich ein Getränk namens Kaffee in eine Tasse ergoss. Offensichtlich war es den Menschen dieser Zeit genauso wenig möglich, ohne Handy wie ohne diese braune dampfende Flüssigkeit auszukommen. Auch der Medikus und Julia hatten in der Frühe als Erstes den Gang zu dieser Maschine angetreten, noch bevor sie das Badezimmer aufgesucht hatten.

Der silberne Kasten gab ein gurgelndes Geräusch von sich und Yannick schnappte sich eine Flasche, die mit einer Kuh bemalt war. Sie enthielt Milch, wie Severian inzwischen wusste. Da es einen Moment dauern würde, bis Yannick das Getränk fertig zubereitet hatte, wandte Severian sich dem bedruckten Papier zu, das Yannick vor ihm auf den Esstisch gelegt hatte.

»Das ist eine Tageszeitung«, hatte Yannick erklärt. »Sie erscheint jeden Tag und berichtet darüber, was Wichtiges auf der Welt geschieht.«

Severian zog Julias Buchstabentabelle hervor. *Dienstag, 1. September 2015* entzifferte er unter den großen Lettern, die den Namen der Zeitung darstellten, wie Yannick ihn ebenfalls hatte wissen lassen. *Bundeskanzlerin gibt in der Flüchtlingskrise …*

»Yannick, was bedeuten Flüchtlingskrise und Bundeskanzlerin?«

Yannick stellte den Becher heißen Kaffee auf den Tisch und ließ sich neben ihn auf einen Stuhl fallen. »Also dann«, erklärte Julias Bruder mit Blick auf die Zeitung, »stehen heute Politik, Wirtschaftswissenschaft und die Europäische Union auf Eurem Stundenplan.«

»Was wollt ihr beiden heute Nachmittag unternehmen?« Yannick angelte sich einen goldbraunen Eierpfannkuchen von der Platte, die Julia gerade auf den Tisch gestellt hatte.

»Das Wasserschlösschen besichtigen«, erwiderte sie und holte die Puderzuckermühle aus dem Schrank. »Ich wollte dem Ritter zeigen, dass nicht alle Gebäude aus seiner Zeit zerstört sind.« Sie sah zu dem Adligen hinüber, der das Glas mit dem Apfelmus in der Hand hielt und das Etikett studierte.

»Und da hast du ausgerechnet Felsbrunn ausgesucht?«, wunderte sich Yannick mit vollem Mund. »Dieses heruntergekommene Gemäuer?«

Ruckartig hob der Ritter den Kopf »Felsbrunn? Schloss Felsbrunn?«

»Ja, das kleine Wasserschloss. Dort standet Ihr als Ritter im Dienst des Schlossherrn, oder?«, antwortete Julia und hatte einmal mehr das zweifelhafte Vergnügen, den Ritter beinahe die Wände hochgehen zu sehen.

»Ich stehe nicht im Dienste von jemandem«, zischte er. »Ich bin der Schlossherr!«

Sie starrte ihn an. »Euch gehört das Wasserschloss?«

»Seit dem Tod meines Vaters vor wenigen Monaten besitze ich neben meinem Rittertitel auch das Schloss und alle zu ihm gehörenden Ländereien. Zudem bin ich der Schutzherr des Klosters Braunfels.«

Wenn sie das gewusst hätte! Aber immerhin erklärte es die arrogante Haltung des Ritters.

»Yannick«, wandte sich der Ritter in scharfem Tonfall an ihren Bruder. »Warum hast du mein Schloss heruntergekommen genannt?«

»Das erklärt Euch am besten Julia.« Hastig stopfte Yannick sich den Rest des Pfannkuchens in den Mund.

Julia warf ihrem Bruder einen vernichtenden Blick zu, ehe sie mit einem Seufzer erklärte: »Der jetzige Schlossherr, Heinrich von Felsbrunn, ist ein Eigenbrötler. Weder gibt er etwas von der Arbeit ab noch lässt er sich helfen, obwohl ihn die Instandhaltung der Anlage überfordert.«

»Was ist mit seinen Mägden und Knechten?«

»Er hat keine. Zu teuer.«

»Aber ihr sagt stets, dass alles billiger geworden ist.«

Yannick schüttelte den Kopf. »Das gilt nicht für die Personalkosten. Die sind hoch.«

»Bis vor ein paar Jahren war das alles kein Problem«, fuhr Julia fort. »Inzwischen geht Heinrich auf die siebzig zu und ist gesundheitlich angeschlagen. Früher hat er noch Geld durch Führungen eingenommen, doch das wird ihm alles zu viel.« Sie zuckte mit den Schultern. »Das Land Hessen würde Felsbrunn gerne kaufen, von Grund auf sanieren und für den Tourismus öffnen, aber Heinrich stellt sich stur. Er will sich nicht von seinem Familiensitz trennen. Dabei wird er nicht mehr lange allein dort zurechtkommen. Yannick hat leider recht: Das Schloss wird immer mehr zu einer Ruine.«

Bei ihren Worten zogen sich die Brauen des Ritters zusammen. »Dennoch willst du mich dorthin bringen?«

»Ich dachte, es muntert Euch auf. Aber wenn ich es mir recht überlege, ist es eine blöde Idee.« Sie lächelte. »Am besten besichtigen wir das Rathaus und die Stadtkirche von Braunfels.«

»Nein.« Der Blick des Ritters bohrte sich in ihren. »Ich will mein Schloss sehen. Jetzt.«

Die Idee, Felsbrunn zu besichtigen, war nicht nur blöd gewesen, sie war sogar saublöd gewesen. Hätte Julia geahnt, dass der Ritter zu seiner Zeit der Schlossherr gewesen war, sie hätte diesen Vorschlag niemals gemacht! Nun war es allerdings zu spät. Nach einem einstündigen Fußmarsch durch Feld und Wald, zu dem sie sich glücklicherweise Turnschuhe angezogen hatte, lag das Wasserschlösschen vor ihnen. Und mit jedem Schritt, den sie auf Felsbrunn zumachten, verfinsterte sich die Miene des Ritters.

Inzwischen war Julias einzige Hoffnung, dass Heinrich von Felsbrunn nicht zu Hause war und sie vor dem Schlosstor umkehren mussten. Doch schon von der Steinbrücke, die das Schloss mit dem Festland verband, sah Julia, dass das Portal offen stand. Kaum hatten sie die Brücke überquert, marschierte der Ritter schnurstracks in den Innenhof hinein.

Julia musste sich beeilen, mit ihm Schritt zu halten. »Denkt daran, Heinrich zu siezen«, wisperte sie ihm zu. »Und vergesst vor allem nicht, dass er der Schlossherr ist und nicht Ihr.« Genauso gut hätte sie mit der Wand reden können. Der Ritter stiefelte durch den Schlosshof wie der Kaiser persönlich, öffnete alle Türen, spähte in jede Ecke. Dabei hörte sie ihn unentwegt vor sich hin schimpfen.

Insgeheim gab sie ihm ja recht. Von allen Fensterläden blätterte die Farbe ab, Unkraut spross überall hervor und aufgeräumt und gefegt worden schien der Hof seit Ewigkeiten nicht mehr zu sein. Und das waren nur die Kleinigkeiten. Die Fassade benötigte dringend einen frischen Anstrich, das Dach des Turms bestand mehr oder weniger nur noch aus Plastikplanen und im Mauerwerk klafften Risse. Ein trauriger Anblick und sie verstand den Gesichtsausdruck des Ritters, der zwischen Fassungslosigkeit und Wut schwankte.

»Julia, was führt Sie hierher?«

Sie wirbelte herum. Aus einer großen, mit Schnitzereien verzierten Tür trat Heinrich von Felsbrunn auf den Hof. Der hochgewachsene, hagere Mann, der zu ihrem Staunen die gleiche gerade geschnittene Nase wie der Ritter besaß, kam lächelnd auf sie zu. Sein Lächeln verschwand jedoch augenblicklich, als er den Ritter entdeckte, der immer noch damit beschäftigt war, jeden Quadratzentimeter des Schlosshofs zu inspizieren.

»Ist dieser Kerl vom Denkmalschutz?«, fragte Heinrich mit unverhohlener Ablehnung in der Stimme.

Er ist ein Denkmal, war Julia versucht zu antworten. Stattdessen schüttelte sie den Kopf. »Nein, das ist Severian Müller. Ein Freund von mir, der sich für mittelalterliche Geschichte interessiert.« Sie wandte sich zu Severian. »Komm her, der Schlossherr ist da!«, rief sie, wobei sie das Wort ‚Schlossherr' betonte.

Unerwarteterweise folgte der Ritter ihrer Aufforderung prompt. Mit hochroten Wangen schritt er auf sie zu und Julia ahnte nichts Gutes. Doch bei ihnen angekommen, starrte der Ritter seinen Nachfahren bloß stumm an. Auch ihm schien die Ähnlichkeit aufzufallen.

Julia öffnete den Mund, um die beiden Männer einander vorzustellen, da sah sie das nur zu bekannte Funkeln in den Augen des Ritters aufkommen.

»Wie könnt Ihr es wagen«, fuhr er Heinrich an, »mein Schloss dermaßen verrotten zu lassen?«

Julia stieß ihm ihren Ellenbogen in die Rippen. »Es ist sein Schloss«, flüsterte sie. »Und siezt ihn gefälligst oder haltet am besten ganz den Mund.«

»Ich verbitte mir diesen Tonfall«, erklärte Heinrich von Felsbrunn an Severian gewandt. »Anscheinend kommen Sie doch von der Denkmalschutzbehörde. Aber ich lasse mir mein Schloss nicht abnehmen! Schon gar nicht von einem jungen Kerl, der nicht versteht, welchen Wert diese alten Mauern für mich haben.« Heinrich tippte mit dem Finger auf die Brust des Ritters. »Ich sehe genau, was alles im Argen liegt, Herr Müller. Aber niemals lasse ich zu, dass das Land Hessen mein Schloss bekommt, um es dann an einen seelenlosen Großkonzern zu verschachern. Ich billige nicht, dass Schloss Felsbrunn ein Schickimicki-Hotel wird, am besten mit Golfplatz; geführt von Leuten, denen Geschichte nicht wichtig ist, die kein Gespür haben für die vergangenen Jahrhunderte, sondern nur Interesse an der Vermehrung ihres Geldes.«

Heinrich atmete schwer und für einen Moment fürchtete Julia, er würde vor Aufregung einen Herzinfarkt erleiden. Beschwörend blickte sie den Ritter an. Er durfte Herrn von Felsbrunn nicht weiter aufregen!

»Ich will Ihnen das Schloss nicht wegnehmen«, erwiderte der Ritter zu ihrer Erleichterung in ruhigem Tonfall. »Mich erschreckt der Zustand nur, weil … weil mir das Schloss so gut gefällt.«

Prüfend betrachtete Heinrich ihn. »Sind wir uns schon mal begegnet, Herr Müller? Sie kommen mir schrecklich bekannt vor.«

Julia hielt die Luft an. Ahnte Herr von Felsbrunn etwas? Doch der Ritter hielt dem fragenden Blick des alten Mannes stand. »Wir sind uns noch nie zuvor begegnet.«

Herr von Felsbrunn runzelte die Stirn, doch dann nickte er. »Julia, kann ich noch etwas für Sie tun? Ich muss nämlich einen dringenden Anruf erledigen.«

»Wenn es nicht zu viele Umstände macht, würden Sie uns den Rittersaal aufschließen? Severian würde ihn gerne sehen, und da es keine öffentlichen Führungen mehr gibt …« Sie zwinkerte Heinrich zu. »Ich würde Ihnen als Dankeschön gerne Kuchen vorbeibringen.«

Der Schlossherr schmunzelte. »Na, dann kann ich wohl kaum nein sagen. Und da der junge Mann nicht vom Denkmalschutz kommt, spricht nichts dagegen.« Er zog einen Schlüsselbund aus der Tasche. »Ich schließe euch auf. Geht schon vor, ich komme nach und erzähle euch etwas zur Einrichtung, sobald ich den Anruf getätigt habe.«

Kurz darauf fand Julia sich zusammen mit dem Ritter in dem länglichen, holzgetäfelten Saal wieder. Es war ein paar Jahre her, dass sie zum letzten Mal hier gewesen war, und interessiert sah sie sich um, ob sich etwas verändert hatte.

Der Ritter blickte sich nicht um. Wie eine Kompassnadel nach Norden lief er zielstrebig auf eine Ritterrüstung zu. Julia folgte ihm und wollte amüsiert fragen, ob es seine wäre, da sah sie seinen Blick. Wehmut und Schmerz lagen darin, als seine Finger beinahe liebkosend über das schwarz angelaufene Metall strichen.

Es ist seine, dachte sie und ihre Kehle wurde eng. Was musste das für ein Gefühl sein, sein Eigentum nach fünfhundert Jahren wiederzusehen?

Die Hände des Ritters strichen an dem Plattenpanzer hinab bis zu den rostigen Ringen des Kettenhemdes, die auf Höhe der Hüfte darunter hervorlugten. Hatte er darin gekämpft? War er verletzt worden und nur diese Rüstung hatte ihn vor dem Tod bewahrt? Mit einem Mal wurde Julia bewusst, dass sie nichts von diesem Mann wusste, von seinem Leben, seinem Alltag und seinen Träumen. Er war der Schlossherr gewesen, hatte er eine Frau gehabt und Kinder? Würden sie, wenn sie in die Kapelle gingen, deren Grabplatten finden und vielleicht auch seine eigene?

Mehr als zuvor verwünschte sie ihre Idee, hierher gekommen zu sein. Sie hatte den Ritter von seinem Schmerz über das niedergebrannte Kloster ablenken wollen und ihm stattdessen größeren beschert. Sie wollte ihn auffordern zu gehen, da fiel sein Blick auf das Schwert, das neben der Rüstung auf einem grünen Samtkissen lag. Ehe sie es verhindern konnte, hatte er es genommen und wirbelte es geschickt in seiner Hand.

»Legt um Gottes willen die Waffe zurück!«

»Sie gehört mir«, erwiderte er, ohne sie anzusehen.

Julia biss sich auf die Lippen. »Ja … nein. Jetzt gehört sie Heinrich und er wird bestimmt böse, wenn er Euch damit sieht.«

Der Ritter lachte bitter auf. »Dieser Herr von Felsbrunn sieht nicht aus, als hätte er jemals im Leben eine Waffe geführt.« Er vollführte einige Schläge mit dem Schwert, die die Luft zum Sirren brachten.

Fasziniert beobachtete Julia ihn: das Spiel seiner Muskeln unter dem T-Shirt, die Kraft seiner Hiebe und die Eleganz seiner Bewegungen. Kein Hollywoodschauspieler, kein Schwertkampfsportler, sondern ein echter Ritter, der seine Waffe tödlich zu führen verstand. Eine Waffe, die eigens für seine Hand geschmiedet worden war.

Von draußen erklangen Schritte und rissen Julia aus ihrer Bewunderung. »Bitte«, flehte sie. »Herr von Felsbrunn kommt.«

Ein weiterer Hieb durch die Luft, dann lag das Schwert wieder auf dem Samtkissen. Julia stieß den angehaltenen Atem aus.

»Ja, das Schwert und die Rüstung sind Prachtstücke.« Herr von Felsbrunn betrat den Rittersaal und kam zu ihnen herüber. »Ein Plattenpanzer, ein meisterhaftes Stück Handwerkskunst aus dem beginnenden 16. Jahrhundert. Mehrere Museen haben mir hohe Summen dafür geboten, doch ich bin standhaft geblieben – wie meine tapferen Vorfahren, die in dieser Rüstung kämpfen mussten.« Er lächelte traurig. »Zumindest bis jetzt. Das Dach des Turmes kann nicht mehr lange so bleiben.«

»Das tut mir leid«, sagte Julia, auch um von dem Ritter abzulenken, dessen Blick immer noch an dem Plattenpanzer hing. Im Gewerbeverein, in dem ihr Vater Mitglied war, überlegte man oft, wie man Herrn von Felsbrunn – auch im Interesse der Tourismuserschließung des Ortes – helfen konnte. Aber bisher hatte man keine überzeugende Lösung gefunden.

»Kommt Zeit, kommt Rat.« Herr von Felsbrunn zuckte mit den Schultern. »Irgendwie wird es weitergehen mit mir und dem Schloss. Haben Sie oder Herr Müller eine Frage zu diesen Stücken? Oder soll ich Ihnen weitere Exponate zeigen?«

»Nein, nein«, antwortete Julia hastig. Das, was sie bisher gesehen hatten, genügte ihr vollauf. »Wir wollen Sie nicht länger belästigen und gehen jetzt.«

»Oh, für ein Stück der herrlichen Torten Ihrer Mutter bin ich gerne bereit, ein wenig Zeit zu opfern.«

Julia lächelte gezwungen. Zwar hatte der Ritter das Schwert nicht mehr angefasst, aber sein Starren auf die Rüstung gefiel ihr ebenfalls nicht. »Severian«, sagte sie laut, »wir müssen jetzt weiter.«

Erschrocken, als hätte sie ihn aus einem Traum gerissen, flog sein Kopf zu ihr herum. Er nickte stumm, warf einen letzten Blick auf die Rüstung und folgte ihr und Heinrich zum Ausgang des Rittersaales. Kurz vor der Tür blieb er jedoch wie angewurzelt stehen. Widerwillig hielt auch Julia an und folgte seinem Blick.

Neben der Tür hing ein historisches Gemälde, das Porträt eines Mannes und einer Frau. Ein Ehepaar, wie sie annahm, vermutlich einstige Besitzer des Schlosses. »Komm weiter«, raunte sie dem Ritter zu und zog ihn am Arm. Genauso gut hätte sie jedoch versuchen können, eine Mauer verrücken zu wollen. Er stierte auf das Bild und schien erneut alles um sich herum vergessen zu haben.

Unglücklicherweise sah Herr von Felsbrunn nun doch seine Gelegenheit gekommen, den Schlossführer zu spielen. »Das sind Conradin von Felsbrunn und seine Ehefrau Elisabetha, gemalt im Jahr ihrer Hochzeit.«

Da der Ritter nichts sagte, sondern weiterhin starrte, fühlte Julia sich genötigt, etwas zu erwidern. »Es ist ein schönes Bild. Sonst schauen die Menschen auf diesen Gemälden immer so verbissen, aber diese beiden wirken völlig gelöst.« Sie trat einen Schritt näher heran. »Wenn ich nicht wüsste, dass die Menschen damals auf Gemälden nicht gelächelt haben, würde ich sagen, sie tun es – und zwar beide.« Sie nickte zur Bekräftigung ihrer Worte. »Ja, die beiden sehen äußerst zufrieden aus, ich würde sogar sagen, glücklich.«

»Damit haben Sie vollkommen recht, Julia. In der Familienchronik steht, dass die Ehe zwischen beiden geprägt war von tiefer Liebe und Zuneigung, und gesegnet mit vielen Kindern.«

Neben ihr sog der Ritter scharf die Luft ein.

»Das freut mich für die beiden«, erklärte Julia, um von dem immer lauter schnaufenden Ritter abzulenken. »Man weiß ja, dass die Ehen im Mittelalter rein politischer Natur waren und auf die Gefühle der Beteiligten keine Rücksicht genommen wurde.« Sie betrachtete die Frau, die kaum älter als sechzehn Jahre sein konnte. »Ich stelle es mir schrecklich vor, einen Mann heiraten zu müssen, den man nicht liebt – ja, vielleicht sogar hasst.«

Herr von Felsbrunn zog wissend die Augenbrauen hoch. »Beinahe wäre es für die junge Elisabetha anders ausgegangen. Sie war zunächst Conradins älterem Bruder versprochen gewesen.«

»Wieso hat sie den älteren Bruder nicht geheiratet?«, erkundigte sich Julia.

»Er starb vor der Hochzeit.«

»Pech für ihn, Glück für Elisabetha.« Julia grinste. »Ich gönne es ihr, wer weiß, was für ein Stinkstiefel der ältere Bruder war.«

»Über seinen Charakter weiß man wenig. Außer, dass er mutig gewesen sein muss: Er hat mehrere Menschen bei einem Brand vor dem Flammentod bewahrt.«

»Was war das für ein Feuer?«, fragte der Ritter, wachsbleich im Gesicht.

»Der Brand des Klosters Braunfels.«

Julias Mund wurde trocken. Ehe sie es verhindern konnte, stellte der Ritter die unvermeidliche Frage.

»Wissen Sie, wie der ältere Bruder hieß?«

»Selbstverständlich, ich kenne doch die Geschichte meiner Familie«, erwiderte Heinrich. »Es ist der gleiche Vorname, den Sie tragen, Herr Müller. Der verstorbene Bruder war Severian von Felsbrunn, umgekommen in der Feuersbrunst des Klosters am 13. September 1515.«

Dienstag, 1. September 2015, Abend

»Sag, Schwesterchen, was ist so dringend, dass ich heute unbedingt noch vorbeikommen sollte?« Yannick, der direkt von seinem Basketballtraining kam, trat in die Wohnküche und sah Julia erwartungsvoll an. Auch Nicos Miene verriet Neugier. Er war erst vor wenigen Minuten aus der Klinik zurückgekommen und rührte am Esstisch in seinem Kaffee.

Julia warf einen raschen Blick auf den Ritter, der regungslos auf einem Stuhl saß. Seit der Offenbarung von Herrn von Felsbrunn hatte er trotz ihrer Bemühungen kein Wort mehr gesprochen. Inzwischen machte ihr nicht nur das Gehörte Sorgen, sondern auch sein Zustand.

»Wir waren in Schloss Felsbrunn«, erklärte sie. »Bei der Betrachtung eines Gemäldes kam heraus, dass Severian am 13. September bei dem Brand des Klosters Braunfels sterben wird.«

»Scheiße.« Yannick ließ seine Sporttasche fallen.

»Julia, wie konntest du so fahrlässig sein?«, rief Nico. »Wir hatten vereinbart, dass der Ritter nichts aus seiner näheren Zukunft erfahren darf. Du hättest Heinrich in seinen Erklärungen stoppen müssen.« Er knallte den Kaffeelöffel auf den Tisch. »Jetzt weiß ich, warum Seine Hochwohlgeboren so bleich ist. Ich hole ein Beruhigungsmittel. Niemand sollte den eigenen Todestag kennen.«

Nico wollte aufspringen, doch die Hand des Ritters hielt ihn zurück. »Julia trifft keine Schuld, Medikus«, wies er Nico zu ihrer Verblüffung zurecht. »Ich forderte durch mein Verharren vor dem Bild und meine Fragen die Auskünfte heraus. Zudem belastet mich das Wissen um meinen Tod nicht.«

»Wie bitte?« Nico starrte ihn ebenso verwundert an wie Julia und Yannick.

»Jedes Turnier, das ich bestritten habe, barg die Gefahr meines Ablebens, selbst ein Übungskampf kann durch einen kurzen Moment der Unachtsamkeit das Leben beenden. Das Wissen um meinen Tod ist ein Teil meiner Ritterschaft.« Er rieb sich über das Gesicht. »Was ich jedoch nicht begreife: Wie kann ich in zwei Wochen in der Vergangenheit sterben, wenn ich erst in vier Wochen dorthin zurückkehren kann?«

»Das ist eine gute Frage«, antworteten Julia und Nico wie aus einem Mund.

Yannick hingegen ließ sich mit einem Plumpsen auf einen Stuhl fallen. »Ich hab's befürchtet«, stöhnte er. »Wir haben ein Zeitparadoxon erschaffen und jetzt müssen wir uns mit Parallelwelten und der Frage nach einem selbstkonsistenten Universum herumschlagen.«

»Häh?« Julia verschränkte die Arme vor der Brust. »Kannst du bitte aufhören, Dr. Sheldon Cooper zu spielen und so sprechen, dass wir dich verstehen?«

»Kein Problem, Penny.« Yannick grinste über seine schlagfertige Antwort, wurde aber sofort wieder ernst. »Durch deine Reise ins Mittelalter hast du die Vergangenheit geändert, Julia – zwar unbeabsichtigt, aber du hast es getan. Entweder ist daraus eine Parallelwelt entstanden, das heißt eine Zukunft, die von der bisherigen abweicht, oder aber es passiert alles so, wie es vorhergesehen ist. Das nennt man selbstkonsistentes Universum.« Er warf ihr einen prüfenden Blick zu. »Verstanden?«

»Nicht so ganz«, gab sie zu. Auch der Gesichtsausdruck von Nico und dem Ritter verrieten, dass sie ihrem Bruder nicht hatten folgen können.

»Also«, fuhr Yannick in belehrendem Tonfall fort, der erneut an den hochbegabten Physiker aus *The Big Bang Theory* erinnerte. »Bei *Zurück in die Zukunft* hat Marty McFly durch seine Reise in die Vergangenheit die Gegenwart verändert. Die Theorie des selbstkonsistenten Universums besagt das Gegenteil: Alles, was der Zeitreisende in der Vergangenheit unternimmt, ändert nichts an der Zukunft, weil die Zeitreise schon immer Bestandteil der Geschichte ist.«

»Das heißt«, fasste Nico zusammen, »entweder ist alles neu und unberechenbar, oder alles ist seit jeher so bestimmt, wie es gerade geschieht.«

Julia runzelte die Stirn. »Jetzt habe ich das Ganze zwar begriffen, aber was bedeutet das für den Ritter und seinen vermeintlichen Tod?«

»Tja, das weiß ich leider auch nicht«, gestand Yannick. »Ich hab nämlich keine Ahnung, welche der beiden Theorien die richtige ist.«

»Dann müssen wir es herausfinden.« Herausfordernd sah der Ritter sie alle an. Die Apathie, die auf ihm gelegen hatte, schien verschwunden. Seine blauen Augen blitzten und er strahlte Entschlossenheit aus, wie damals, als er sie als vermeintliche Hexe durch den Wald gezerrt hatte.

»Wie sollen wir das machen?«, fragte Julia, unsicher, ob ihr seine plötzliche Wandlung gefiel.

»Wenn ich am 13. September in der Vergangenheit sterben soll, muss der Zeittunnel in der Kapelle sich vorher öffnen.«

Yannick nickte anerkennend. »Richtig!« Etwas weniger euphorisch setzte er hinzu: »Allerdings bedeutet das, dass wir ab jetzt rund um die Uhr beobachten müssen, ob der Zeittunnel erscheint.«

»Nein.« Der Ritter schüttelte den Kopf. »Wenn der Tunnel sich öffnet, dann nur am 13. September.«

»Weil an diesem Tag Neumond ist!« Julia schlug sich mit der Hand gegen die Stirn. »Oma Rosel hat gesagt, das Kloster brannte bis in die Neumondnacht hinein.« Sie sah zum Ritter. »Respekt, daran habe ich gar nicht mehr gedacht.«

Der Ritter neigte in einer höflichen Geste den Kopf. »Deine Großmutter hat auch gesagt, dass ihr mein Name bekannt vorkäme«, erinnerte er sie. »Meinst du, er stand auf der Liste der Toten des Klosters, von der sie erzählt hat?«

»Ihr werdet immer besser, Ritter.« Julia zog ihr Handy hervor. »Ich frage sie.«

Wenige Minuten später klappte sie die Lederhülle ihres Smartphones wieder zu. »Heinrich von Felsbrunn kennt seine Familiengeschichte anscheinend doch nicht so gut«, gab Julia das Telefonat mit ihrer Großmutter wieder. »Oma konnte sich nach Nennung des Namens und der Umstände wieder an alles erinnern: Severians Name stand auf der Liste. Er starb jedoch nicht bei dem Brand, sondern an seinen Verletzungen vier Wochen später auf Schloss Felsbrunn.«

Nico runzelte die Stirn. »Also erfahren wir in knapp zwei Wochen, ob die Theorie des selbstkonsistenten Universums stimmt.«

»Angenommen, der Tunnel öffnet sich tatsächlich«, überlegte Julia. »Was ist mit Bergsträßer? Er läuft mit einer Pistole im Jahr 1515 herum, weiß vermutlich ebenso wie wir, wann der Tunnel sich öffnet, und wird Seine Hochwohlgeboren bei seiner Rückkehr töten, damit dieser ihn nicht verraten kann.«

»Von Bergsträßer droht mir keine Gefahr«, erwiderte der Ritter gelassen.

Irritiert sah Julia ihn an. »Wie könnt Ihr da so sicher sein? Er hätte Euch beinahe erschossen.«

»Das selbstkonsistente Universum.« Der Ritter vollführte eine Handbewegung in Yannicks Richtung. »Ich werde an Brandwunden sterben, nicht an einer Schussverletzung.«

»Dennoch seid Ihr am Ende tot!«, platzte es aus ihr heraus.

»Eine gerechte Strafe für jemanden, der eine unschuldige Frau als Hexe auf den Scheiterhaufen bringen wollte. Oder nicht?«

Der Ritter sah sie an und Julia konnte seinen Gesichtsausdruck nicht deuten. Machte er sich über sie lustig oder glaubte er tatsächlich, sein Tod wäre eine Sühne für sein Fehlurteil ihr gegenüber?

Sie strich sich eine Strähne hinters Ohr. Irgendwie konnte sie den Ritter nicht mehr einschätzen. In seinen mittelalterlichen Kleidern und seiner Verwirrung über die moderne Technik war es leicht gewesen, ihn für einen einfältigen Haudegen zu halten. Doch in Jeans und T-Shirt, mit seinen scharfsinnigen Bemerkungen und dem immer größeren Wissen um sein Leben, wurde es zunehmend schwieriger, ihm gleichgültig gegenüberzustehen.

Nico räusperte sich. »Bergsträßer als Todesursache können wir wohl ausschließen«, erklärte er und entband Julia von einer Antwort. »Dennoch sollten wir den Archäologen nicht außer Acht lassen. Warum lebt er als Bruder verkleidet im Jahr 1515?« Fragend sah er den Ritter an. »Hat er Euch einen Hinweis gegeben?«

Der Ritter gab Yannick und Nico Bergsträßers Erklärungen für seinen Eintritt ins Kloster wieder. »Ich war Bruder Ignatius gegenüber von Anfang an misstrauisch, konnte es aber nicht begründen. Am Tag der Zeitreise habe ich beobachtet, wie er ein Buch aus dem Skriptorium gestohlen hat und damit in die Kapelle gegangen ist.«

»Eine mittelalterliche Handschrift ins Jahr 2015 zu tragen macht keinen Sinn«, überlegte Yannick. »Durch den Zeittunnel hindurch altert das Buch nicht, Bergsträßer kann es also nicht als grandiosen Fund deklarieren.«

»Ich vermute, Bergsträßer hat es mitgenommen, um es in Ruhe abzufotografieren«, sagte Nico. »Der Mann ist Archäologe. Vermutlich will er eine Zeit lang im Mittelalter leben, um ein perfekt recherchiertes Buch zu schreiben, das ihm Ruhm und Ehre in der Forschungswelt einbringt.«

»Deshalb war er so wütend, als er mich entdeckt hat«, rief Julia. »Es war nämlich Bergsträßer, der mit dieser Hexengeschichte angefangen hat, nicht die Brüder und Mönche. Er wollte, dass ich eingesperrt werde, damit ich nicht zurückkehre und die Existenz des Zeittunnels verrate.«

Yannick schnaubte. »Dann meint er es ziemlich ernst mit seinem Ruhm. Dich als Hexe zu denunzieren war ja im Grunde ein Todesurteil.«

Die Gedanken des Ritters schienen in die gleiche Richtung zu gehen. »Bruder Ignatius muss Einhalt geboten werden. Sollte ich zurückkehren können, werde ich dafür sorgen, dass er bestraft wird.« Nachdenklich sah er zu Yannick. »Weißt du, warum der Tunnel genau fünfhundert Jahre durch die Zeit führt?«

»Nein. Ich kann auch nicht sagen, warum Ihr in die Zukunft gekommen seid und nicht ebenfalls in die Vergangenheit, also ins Jahr 1015.«

Julia verzog das Gesicht. »Hoffen wir, dass der Tunnel nicht beliebig die Richtung wechselt und Seine Hochwohlgeboren am Ende im Jahr 2515 ankommt.«

Der Ritter schloss die Augen.

»Ist alles in Ordnung mit Euch?«, fragte Nico.

»Ich habe Kopfschmerzen, schon seit heute Mittag.«

»Leidet Ihr oft darunter?«

»Nein, erst in den letzten Monaten, seit mein Vater gestorben ist und ich gezwungen war …« Der Ritter brach ab. »Es ist nicht schlimm, das Stechen wird vergehen.«

Nico erhob sich. »Ich hole Euch eine Kopfschmerztablette. Und Ihr solltet früh zu Bett gehen.«

Nachdenklich sah Julia zu, wie Nico zum Medikamentenschrank im Flur ging und Yannick ebenfalls aufstand, um nach Hause zu gehen. Dass der Ritter nach den Aufregungen der vergangenen Tage unter Kopfschmerzen litt, wunderte sie nicht. Es war Alltagspsychologie, dass Stress sich körperlich äußern konnte. Doch nach seinen Worten plagten ihn die Kopfschmerzen schon länger. Julia kaute auf ihrer Unterlippe. Irgendwie war sie davon ausgegangen, dass in früheren Zeiten das Leben für die Menschen einfacher gewesen war. Natürlich hatten sie viel härter gearbeitet, waren Krankheiten und Naturgewalten hilflos ausgesetzt, aber der Alltag war nicht so komplex gewesen wie heute: ständige Verfügbarkeit, grenzenlose Mobilität, Multitasking, Zeitdruck und immer höhere Erwartungen. Anscheinend hatte sie falsch gelegen. Auch den Ritter belastete etwas, bereitete ihm im wahrsten Sinne des Wortes Kopfzerbrechen. Was es wohl war?

Sie erhob sich vom Stuhl und folgte Yannick stirnrunzelnd aus der Küche. Wieso interessierten sie eigentlich die Probleme des Ritters? Sie hatte genug eigene. Und in vier, vielleicht sogar in zwei Wochen schon, würde der Ritter in die Vergangenheit zurückkehren und … sterben. Julia schluckte. Aber warum? Der Mann war ein Fremder. Ohne diese Zeitreise hätte sie nicht mal gewusst, dass er je gelebt hatte.

Langsam ging sie zur Wohnungstür, um ihren Bruder zu verabschieden. Was jedoch, wenn die Theorie über das selbstkonsistente Universum stimmte? Wenn ihre Begegnung mit Severian von Felsbrunn kein Zufall, sondern Bestimmung war?

Mittwoch, 2. September 2015

Wie lange brauchte ein Ritter im Badezimmer? Oder besser gesagt, unter der Dusche? Julia saß am Frühstückstisch und trommelte mit dem Kaffeelöffel auf den Schraubverschluss der Nussnougatcreme. Severians Reinigungsorgie würde ihre Wasserrechnung in astronomische Höhen treiben! Wenn er nicht bald herauskam, würde sie ihn eigenhändig aus der Brause zerren, denn neben allen anderen Problemen war sie knapp bei Kasse.

Sie zählte bis hundert, und als das Rauschen des Wassers im Bad immer noch anhielt, sprang sie entnervt vom Stuhl auf. Heute war ihr freier Tag. Doch statt sich nach dem Fiasko mit André dringend notwendige Gedanken um ihre berufliche Zukunft zu machen und mit den Plänen für die Umgestaltung des elterlichen Cafés zu beginnen, würde sie dem Ritter die Bedeutung der Worte ‚Nebenkostenabrechnung' und ‚Kontoüberziehungsgebühren' erklären müssen.

Sie stürmte durch den Flur zum Badezimmer, riss die Hand hoch, um anzuklopfen – und hielt mitten in der Bewegung inne. Die Tür stand ein Stück offen und gab den Blick auf eine Wand aus weißem Nebel frei. Im gleichen Moment versiegte das Wassergeräusch und das Öffnen der Duschabtrennung war zu hören.

»Gesundheitsgefahr durch Schimmelpilzbildung kommt auch auf die Liste«, brummte Julia. Dann verschlug es ihr die Sprache. Der Dampf hatte sich verflüchtigt und sie sah den Ritter, der nur ein Handtuch um die Hüften geschlungen trug. An seinem nackten, durchtrainierten Körper perlten Wassertropfen ab, sein nasses Haar wirkte schwarz und wie breit sein Brustkorb war, fiel ihr erst jetzt richtig auf. Julias Mund wurde trocken und ihr Ärger über seine Duschorgie wich einem Lächeln.

»Julia?«, erklang die Stimme des Ritters aus dem Badezimmer. »Wartest du darauf, die Toilette benutzen zu können?«

Sie fuhr zusammen. Er hatte doch hoffentlich nicht gesehen, dass sie schon länger hier stand und ihn wie eine Spannerin beobachtete? »Ihr wart so lange im Bad«, stammelte sie und trat hastig einen Schritt von der Tür weg. »Ich wollte hören, ob alles in Ordnung bei Euch ist.«

»Das heiße Wasser aus dem Rohr ist ein Genuss. Die Dusche ist eine Erfindung, die ich vermissen werde.«

Und ich den Anblick eines Mannes in meinem Bad, der aussieht wie ein Covermodel der *Men's Health*, dachte Julia. Sie räusperte sich. »Ich hole Euch frische Unterwäsche und ein neues T-Shirt von Nico. Oder habt Ihr bereits was dabei?«

»Nein.«

»Ich lege die Kleider vor die Tür.« *Obwohl du von meiner Seite aus überhaupt keine Klamotten anziehen müsstest.* Julia blinzelte, überrascht von ihren eigenen Gedanken. Sie musste dringend an etwas anderes denken, bevor sie seinetwegen noch anfing zu sabbern!

Gedankenverloren holte sie die versprochene Kleidung aus Nicos Raum, legte sie vor das Badezimmer und ging ins Wohnzimmer. Wie konnte jemand, der vor fünfhundert Jahren geboren war, so gut aussehen? Und seit wann war sie empfänglich für äußere Reize? Bis jetzt war sie sicher gewesen, dass sie ausschließlich Intellekt, Humor und guter Charakter bei Männern ansprachen. Wie es aussah, musste sie ihre Kriterien um den Aspekt Adoniskörper ergänzen.

Julia nahm aus einer Ecke des Wohnzimmers den Nähkorb und den Gambeson des Ritters und ging in die Wohnküche. Sie hatte die wattierte Jacke mit Fleckenentferner behandelt und in die Waschmaschine gesteckt, nun strahlte das Kleidungsstück wie vermutlich niemals zuvor. Durch das Waschen waren die Blutflecken fast verschwunden, allerdings nicht das Loch im Ärmel durch Bergsträßers Schuss. Zwar hasste sie es, zu nähen, aber die Arbeit mit Nadel und Faden würde ihr nach Anblick des halbnackten Ritters in Wallung geratenes Blut beruhigen. Sie ließ sich am Esstisch nieder und machte sich konzentriert ans Werk.

»Was tust du da?«

Julias Kopf flog herum. Unbemerkt war der Ritter zu ihr in die Küche getreten, zu ihrem Bedauern bekleidet. »Ich nähe Euren Gambeson, damit Ihr nicht in Fetzen in Eure Zeit zurückkehren müsst.«

Eine steile Falte bildete sich auf seiner Stirn. »Aber nicht so, das wird unter Belastung nicht halten.« Er ließ sich ebenfalls nieder, nahm ihr Nadel und Kleidungsstück aus der Hand und begann das Loch in einer Webtechnik zu stopfen, die Julia von Oma Rosel kannte, aber nicht beherrschte.

»Warum könnt Ihr als Ritter und Schlossherr mit einer Nadel umgehen?«, wunderte sie sich. »Dafür habt Ihr doch Bedienstete.«

Er antwortete, ohne seine Arbeit zu unterbrechen. »Ehe ich den Ritterschlag erhielt, habe ich jahrelang Graf von Weilshausen als Page und Knappe gedient. Wenn wir auf Reisen waren, war ich für alles zuständig: Feuerholz suchen, Kochen, Abwasch, Instandhaltung von Kleidung und Rüstung, Versorgung der Pferde.«

»Das hätte ich Euch gar nicht zugetraut.«

»Den meisten dieser Tätigkeiten trauere ich nicht hinterher, dennoch bin ich froh, sie zu beherrschen.« Er biss den Faden ab und legte die Nadel beiseite. »So sollte es ausreichend geflickt sein.«

»Danke für Eure Hilfe. Im Nähen seid Ihr viel besser als ich.«

»Im Gegensatz zum Kochen. Es war wohl allein der Hunger, der den Grafen damals zum Essen meiner Gerichte gebracht hat.«

Er lachte, was ihm ein völlig anders Aussehen verlieh. Ein gefährlich anderes Aussehen, wenn Julia die Beschleunigung ihres Pulses bedachte. Strahlende Augen, Grübchen in den Wangen und eine Gelöstheit, die einen neuen Menschen aus ihm machte. Von dem griesgrämigen Adligen, dessen Brauen sich bei Verärgerung so stark zusammenzogen, dass sie einander fast berührten, war nichts mehr zu entdecken.

Ihre Handflächen begannen zu schwitzen. Erst Covermodel und jetzt noch sympathisch. Wo sollte das hinführen?

»Ich … ich räume den Nähkorb weg«, stotterte sie, um Abstand zwischen sich und den Ritter zu bringen. Seine Hand, die sich auf die ihre legte, verhinderte das.

»Warte.« Er machte eine Pause, als suchte er nach den richtigen Worten. »Ich habe dich, den Medikus und Yannick aufgefordert, mir Respekt durch die angemessene Anrede zu erweisen, wie es mir in meinem Stand gebührt.« Er rausperte sich. »Doch im Jahr 2015 bin ich nicht mehr der Herr von Felsbrunn und meine Ritterschaft hat in dieser Zeit jegliche Bedeutung verloren. Daher verzichte ich fortan auf diese Ehrbezeugung.« Er löste seine Hand von ihr und streckte sie ihr entgegen. »Ich bin Severian.«

Völlig perplex schlug sie ein. »Julia.«

»Es ist das erste Mal, dass ich eine Freundschaft mit einer Frau eingehe, Julia. Aber in der Zukunft scheint ein solches

Vorgehen üblich, ohne dass damit weitere Erwartungen verbunden sind.«

»Äh, ja. Auf jeden Fall.« Sollte sie den Schnaps aus dem Schrank holen und gleich mit ihm Brüderschaft trinken? Alkohol wäre nicht schlecht gewesen, um damit das Bedauern darüber hinunterzuspülen, dass er tatsächlich keine Erwartungen an sie zu haben schien. Prompt schnappte sie nach Luft. Was war los mit ihr? Hastig zog sie ihre Hand von seiner fort. Nicht nur mit dem Verhalten des Ritters kam sie immer weniger zurecht, sondern auch mit ihrem eigenen!

Die Türklingel riss sie aus ihren Gedanken. »Wer ist das? Ich erwarte weder ein Paket noch Besuch.« Sie stand vom Tisch auf, lief zur Wohnungstür und betätigte den Türöffner. Gleich darauf erklangen Schritte und Kinderlachen im Treppenhaus. Julia öffnete die Tür – ihre Freundin Charlotte und ihre fünfjährige Tochter Ida stiegen die Treppe hinauf.

»Julia, Liebes.« Bei ihr angekommen, umarmte Charlotte Julia und drückte ihr ein Küsschen auf jede Wange. »Du hattest doch gefragt, ob ich dir Einrichtungskataloge vorbeibringen kann, die ich als Raumausstatterin benutze.« Charlotte hielt mehrere dicke Kataloge hoch. »Ich komme mit Ida gerade vom Kinderarzt und dachte, ich bringe sie dir einfach vorbei. Ich habe etwas Zeit, bevor ich zur Arbeit muss. Wenn ich dir also noch ein bisschen Trost wegen André spenden soll, höre ich dir …« Charlottes Stimme erstarb und ihr Gesichtsausdruck wandelte sich von mitfühlend in höchst neugierig. »Oh«, sagte sie und grinste. »Wie ich sehe, hast du dir schon Trost gesucht.«

Julia drehte sich um und unterdrückte ein Stöhnen. Hinter ihr im Flur stand Severian. Sie hatte nicht mitbekommen, dass er ihr gefolgt war. »Es ist nicht so, wie du denkst«, raunte sie Charlotte zu.

In gespielter Unschuld hob ihre Freundin die Brauen. »Was denke ich denn?«

»Dass ich was mit Severian habe!«

»Severian heißt der Bursche also.« Charlotte schnalzte anerkennend mit der Zunge. »Ist er gut im Bett?«

»Ich hatte keinen Sex mit ihm!«

»Warum wirst du dann so rot?«

»Mama, was ist Sex?« Ida, die der Unterhaltung aufmerksam gefolgt war, zupfte am Ärmel ihrer Mutter.

»Das ist was für Erwachsene wie Tante Julia, Mausebärchen.« Charlotte lächelte triumphierend. »Willst du uns nicht hereinbitten, Julia, und uns deinem … Besucher vorstellen?«

»Oh ja«, jubelte Ida. »Sind die Spritzen und Arztsachen noch da?«

Bei ihrem letzten Besuch hatte Nico Ida Plastikspritzen, Verbandsmull und ein altes Stethoskop zum Spielen gegeben. Offensichtlich hatte die Kleine das nicht vergessen. »Die Arztkiste steht im Wohnzimmerschrank.« Resigniert trat Julia beiseite und Ida stürmte in die Wohnung.

Ihre Mutter schlenderte hingegen auffällig langsam an ihr vorbei in den Flur. »Ich werde den Typen genau unter die Lupe nehmen«, flüsterte Charlotte Julia zu. »Nach diesem Flop mit André hast du echt jemand Besseren verdient.«

»Zum letzten Mal: Er ist nicht mein Lover!«

»Wer ist er dann?«

Das war eine verdammt gute Frage.

»Ich bin Severian Müller«, erklang die Stimme des Ritters, der immer noch im Flur stand. »Meine Mutter verkehrt mit Nicos Mutter. Ich bin zu Besuch hier und teile nicht mit Julia das Bett.«

Charlottes Unterkiefer klappte nach unten, Julia wäre hingegen am liebsten im Erdboden versunken. Es war schön, dass der Ritter ihr beisprang, doch das war zu viel des Guten. »Severian, kannst du Ida bitte die gelbe Kiste aus dem Wohnzimmerschrank holen?« Hoffentlich begriff er, dass das seine Chance war, Charlottes Kreuzverhör zu entkommen.

Zu ihrer Erleichterung nickte er und ging gemeinsam mit Ida ins Wohnzimmer.

Charlotte lehnte sich an die Wohnzimmertür und sah Severian mit einer Mischung aus Bedauern und Bewunderung nach. »Wie lange bleibt er?«

»Zwei Wochen, vielleicht auch vier.«

Verschwörerisch sah Charlotte sie an. »Was nicht ist, kann ja noch werden, Julia. Du solltest dir diesen Kerl nicht entgehen lassen. Er ist ziemlich hot.« Charlotte seufzte. »Wenn du ihn aber partout nicht willst, nehme ich ihn. Ich hatte schon lange keine solche Sahneschnitte mehr.«

»Nein!«

»Aha!« Charlotte strahlte wie das berühmte Honigkuchenpferd. »Ich wusste es. Du willst ihn!«

Julia gab ein Knurren von sich. Wie konnte sie auf diesen blöden Trick hereingefallen sein? Dass sie Severian aufgrund seiner Herkunft beschützen musste, konnte sie Charlotte kaum sagen. Und dass ihr dieser Umstand gefiel, noch viel weniger.

Scheinbar gnädig gestimmt durch die Tatsache, recht behalten zu haben, wechselte Charlotte das Thema. »Gibt es Neues von André?«

»Nein. Seit dem besagten Abend hat er sich nicht gemeldet.«

»Du hoffentlich auch nicht.«

Julia schlug die Augen nieder. Sie sagte ihrer Freundin lieber nicht, wie nah sie dran gewesen war, ihm zu schreiben.

»Julia! Dieser Typ ist ein«, Charlotte senkte die Stimme, »Arschloch. Der hat eine solch liebenswerte Person wie dich nicht verdient.«

»Vielleicht war alles nur eine Verkettung unglücklicher Umstände. Ich habe die Situation missinterpretiert und jetzt hält er mich für eine hysterische Ziege, die aus einer Mücke einen Elefanten macht.«

»Natürlich«, erwiderte Charlotte sarkastisch. »Er ist über diese Tonya drübergestolpert und zufälligerweise mit seinem besten Stück in sie reingerutscht.«

Erschrocken legte sich Julia den Zeigefinger an die Lippen. »Nicht so laut, deine Tochter hört mit.«

Doch es war nicht Ida, die den Kopf zu ihnen gedreht hatte und interessiert lauschte.

Julia fluchte innerlich. Charlotte, die ebenfalls gemerkt hatte, dass ihre Unterhaltung einen Zuhörer gefunden hatte, wechselte erneut das Thema. »Warum besucht euch Severian? Ich habe Nico seinen Namen noch nie erwähnen hören.«

Super, vom Regen in die Traufe! »Severian … Severian will vielleicht in Darmstadt studieren, und da ist seiner Mutter Nico als Ansprechpartner eingefallen.«

»Welche Studienrichtung?«

»Geschichte.« Hoffentlich bot die Universität in Darmstadt diesen Studiengang an. Eine Lüge würde Charlotte noch misstrauischer machen.

Zu ihrer Erleichterung nickte ihre Freundin. »Dann ist er hier im Odenwald ja genau richtig: der Limes, Michelstadt, die Einhardbasilika …« Sie blickte zu Severian, der sich im Wohnzimmer auf das Schlafsofa gesetzt hatte. »Welche Epoche interessiert dich am meisten?«

»Das Jahr 1515.«

»Ah, die Reformation! Wenn du mehr über die Ausbreitung des Protestantismus in dieser Gegend erfahren willst, solltest du unbedingt …«

Oh weh! »Erstens ist Martin Luthers Thesenanschlag im Jahr 1517 erfolgt«, fiel Julia ihrer Freundin ins Wort, »und zweitens interessiert Religionsgeschichte Severian nicht. Er will sich auf Ritter, Burgen und historischen Schwertkampf spezialisieren.«

Interessiert blickte Charlotte Severian an. An ihren Augen konnte Julia ablesen, dass ihre Freundin die Vorstellung eines Severian mit Schwert in der Hand weitaus reizvoller fand als die mit einer Bibel.

»Wenn das so ist«, beendete Charlotte ihre Tagträume, »solltest du Severian die Schnellertsruine auf dem Rodenstein zeigen.«

»Oh ja«, kreischte Ida, die auf dem Boden sitzend mit den Spritzen spielte. »Da will ich mit. Ich will endlich den Geist des toten Ritters sehen.«

Toter Ritter. Julia lächelte der Kleinen gezwungen zu und vermied den Blick zu Severian. Mochte ihn sein Tod kalt lassen, ihr bereitete dieses Wissen weiterhin Bauchschmerzen. »Wir können dort nicht hin, Ida«, erklärte sie. »Severian verträgt das Autofahren nicht.«

Ida legte den Kopf schief. »Dann nehmt das Fahrrad.«

»Severian kann nicht Fahrrad fahren.«

Ungläubig, dass ein Erwachsener das Radfahren nicht beherrschte, starrte Ida Severian an.

Auch Charlotte war verblüfft, aber nicht lange. »Bring es ihm doch bei, Julia, damit ihr Ausflüge unternehmen könnt.«

»Ich weiß nicht.«

Charlotte machte eine wegwerfende Handbewegung. »Warum nicht? Er ist ein sportlicher Typ, das lernt er schnell. Zur Not könnt ihr euch das Tandem meiner Eltern leihen. Seit die ihre E-Bikes haben, steht das Ding sowieso nur rum.« Sie zog einen Stift und ein Blöckchen aus ihrer Handtasche. »Ich gebe dir ihre Telefonnummer, falls du es dir anders überlegst.«

Ida stand vom Boden auf und trat vor Severian. »Du darfst dir meinen Fahrradhelm ausleihen. Der ist rosa mit Glitzersternen und Einhörnern.«

»Stimmt, ein Helm ist wichtig«, lobte Charlotte ihre Tochter, während sie die Nummer ihrer Eltern notierte.

Julia sah zu Severian und Ida hinüber. Der Ritter war zu dem Korb gegangen, in den sie seine mittelalterliche Kleidung hineingelegt hatten, schien darin etwas zu suchen und kehrte zu Ida zurück. Er erklärte dem Mädchen etwas und reichte ihr einen kleinen Gegenstand.

Augenblicklich erschien ein Strahlen auf Idas Gesicht. »Der ist ja süß! Darf ich den behalten?«

Der Ritter nickte und Ida lief zu Julia und Charlotte. »Guckt mal, den hat Severian gemacht. Mit seinem Messer.«

Ein aus hellem Holz geschnitzter Igel lag auf Idas Hand. Dutzende von Stacheln, Nase, Krallen und die Knopfaugen waren perfekt herausgearbeitet. Julia lächelte Severian zu. »Das ist eine wunderschöne Handarbeit, da hast du mir dein größtes Talent verschwiegen. Du musst mir unbedingt zeigen, wie du das machst.«

Severian erwiderte nichts. Seine Augen flackerten und für einen Moment schien er in Gedanken weit weg zu sein.

Julia runzelte die Stirn. Hatte sie was Falsches gesagt? Fast schien es, als hätte sie eine unangenehme Erinnerung in ihm geweckt.

»Hast du dich bei Severian bedankt, Schätzchen?« Charlotte strich ihrer Tochter über die Wange. »Wir müssen jetzt gehen. Ich muss um zehn Uhr im Laden sein und dich vorher noch in den Kindergarten bringen.«

Julia begleitete die beiden bis zur Tür. »Schön, dass ihr da wart. Und vielen Dank für die Kataloge, Charlotte.«

»Keine Ursache. Halte mich auf dem Laufenden, sowohl was deine Pläne für das Café, den Idioten André als auch Mr. *Er-ist-nur-ein-guter-Freund* angeht.« Grinsend entschwand sie die Treppe hinunter.

Mit einem Seufzer schloss Julia die Wohnungstür und lehnte sich dagegen. Das wäre überstanden! Ihre Freude währte jedoch nur so lange, bis sie Severian sah, der aus dem Wohnzimmer in den Flur trat. Der nachdenkliche Blick war aus seinem Gesicht verschwunden, stattdessen blitzte Abenteuerlust in seinen Augen.

»Wirst du mir das Fahren mit dem Fahrrad beibringen, Julia?«

Mit den Händen an dem Griff, den man Lenker nannte, schob Severian kurze Zeit später Julias Fahrrad, auf dem er das Radfahren erlernen sollte, durch die Gassen von Braunfels. Am Nachmittag wollten sie das Tandem – ein Fahrrad für zwei, wie Julia ihm erklärt hatte – bei Charlottes Eltern abholen.

»Wir suchen uns zum Anfangen eine breite, asphaltierte Nebenstraße«, ließ Julia ihn wissen. »Kopfsteinpflaster ist für den ersten Versuch auf einem Fahrrad nicht empfehlenswert.«

Zwar wusste er nicht, was sich hinter dem Wort ‚asphaltiert' verbarg, doch so, wie das Fahrrad unter seinen Händen über die Pflastersteine hoppelte, begriff er zumindest, was Julia vermeiden wollte.

Zu seiner Freude hatte Julia zugestimmt, ihn die Kunst des Radfahrens lehren zu wollen. Da er in Yannicks Unterricht bereits einiges über Fahrräder gehört hatte, war er bei Charlottes Idee sofort hellhörig geworden. Dennoch war ihm beim Verlassen der Wohnung nicht Julias bedauernder Blick zu den sogenannten Katalogen entgangen, welche Charlotte ihr mitgebracht hatte. Zu gerne hätte er gewusst, wozu Julia diese dicken Bücher benötigte.

Gedankenverloren schob Severian das Fahrrad über die Straße. Es gab noch andere Teile der Unterhaltung zwischen Julia und ihrer Freundin, die ihn beschäftigten. Besonders dieser Mann namens André, dessen Namen er schon öfter gehört hatte. War das auch ein Freund von Julia? Und weshalb sprach Charlotte so abfällig von André? Die Bezeichnung, die sie für ihn verwendet hatte, war ihm als Schimpfwort aus seiner eigenen Zeit wohl bekannt. Doch er spürte, dass es nicht geschickt war, Julia danach zu fragen. Ebenso wenig wie nach der Bedeutung der Wörter Sex, Lover, hot und Sahneschnitte. Zumal er den Verdacht hegte, dass diese Wörter im Grunde alle dasselbe bedeuteten.

Gegen seinen Willen stieg Hitze in Severian auf. Charlotte hatte Julia unterstellt, das Bett mit ihm zu teilen. Natürlich hatte er diese Fehleinschätzung sofort richtiggestellt, trotzdem bedauerte ein Teil von ihm, dass dem nicht so war. Vermutlich derselbe Teil, der erfreut bemerkt hatte, wie bewundernd ihn Julia für seine Schnitzfigur angesehen hatte. Und wahrscheinlich auch der Teil, der immer wieder feststellte, wie viel einfacher es war, mit Julia zu reden als mit seiner Verlobten.

Severian presste die Lippen zusammen und verbot sich, über diesen Punkt nachzusinnen. Das Gemälde von Elisabetha und Conradin in Schloss Felsbrunn hatte ihn tief getroffen. Sollte er ins Jahr 1515 zurückkehren können und dort wider Erwarten überleben, würde er lernen müssen, mit dem Wissen umzugehen, dass Elisabethas Zuneigung seinem Bruder galt. Er hatte seinem sterbenden Vater und dem Grafen das Versprechen gegeben, Elisabetha zu heiraten, und er würde es nicht brechen. Gefühle spielten keine Rolle, auch wenn er es gerne anders gehabt hätte.

»Severian, wir sind da. Bist du bereit?«

Er blinzelte, um seine Erinnerungen zu vertreiben. »Ja.«

Julia kam einen Schritt näher. »Alles in Ordnung?«

Einen Moment war er versucht, ihr von Elisabetha zu erzählen. Von dem, was ihn belastete, seit er sie und seinen Bruder auf dem Bild gesehen hatte. Doch er schwieg, und nickte lediglich.

Obwohl Julias sorgenvoller Gesichtsausdruck bewies, dass sie ihm nicht glaubte, begann sie mit ihrer Unterweisung. »Setz dich auf den Sattel, stell den rechten Fuß auf den Fußhebel – man nennt ihn Pedal – und halte den linken Fuß zunächst am Boden.«

Er führte ihre Anweisung aus und Julia fuhr in ihren Erläuterungen fort. »Das Schwierigste ist, das Gleichgewicht zu halten. Und natürlich zu lenken, während man die Fußpedale tritt.« Sie legte ihm eine Hand auf den Rücken und die andere an seine Schulter. »Ich laufe nebenher und versuche dich auszubalancieren. Wenn du kippst, stell die Füße auf den Boden, damit du nicht stürzt. Das Rad ist etwas zu klein für dich, daher sollte das gut klappen.«

Severian lächelte. »Wir können nach Felsbrunn gehen und meine Rüstung holen. Sie schützt erfahrungsgemäß gut vor Verletzungen, auch wenn keine Glitzersterne und Einhörner darauf sind.«

Julia stutzte, dann lächelte sie ebenfalls. »Ein paar Einhornbilder und Sterne zum Aufkleben kann ich dir besorgen. Aber Heinrich kriegt einen Anfall, wenn er dich mit dem kostbaren Stück auf der Straße herumfahren sieht.«

»Die Unversehrtheit seines Urahnen sollte ihm schon etwas wert sein.« Severian zwinkerte ihr zu. »Auch wenn ich für den Familienstammbaum offensichtlich nicht mehr entscheidend bin, so habe ich meinen Bruder Conradin als Kind oft genug aus heiklen Lagen gerettet, und damit – wenn auch unwissentlich –

den Fortbestand derer von Felsbrunn bis ins Jahr 2015 gesichert.«

Sie sah ihn noch überraschter an als zuvor. Dann begann sie zu lachen. Kein gekünsteltes Lachen, wie es Damen am Hofe einsetzten, um die Aufmerksamkeit der Herren zu erheischen. Kein Gelächter, das Missbilligung oder gar Berechnung verriet, um jemanden bei Laune zu halten. Sondern ein warmes, herzliches und ehrliches Lachen. Ein Lachen wie ein helles Strahlen, das auch die letzten dunklen Schatten aus seinen Gedanken zu vertreiben vermochte. Fasziniert sah er Julia an – die Frau, die er als Hexe kennengelernt hatte und die er jetzt seinen Freund nannte.

»Humor und Selbstironie.« Sie wischte sich eine Träne aus dem Augenwinkel. »Das hätte ich Euch nie zugetraut, Euer Hochwohlgeboren.«

Er wollte sie an die veränderte Anrede erinnern, da begriff er, dass sie scherzte. Und so betrachtete er sie weiter – ihr prächtiges, lockiges Haar, ihre blitzenden Augen, die Sommersprossen auf Nase und Wangen und das ansteckende Lächeln, das ihren Mund umspielte.

Es dauerte einen Moment, bis ihm bewusst wurde, dass Julia auf eine Erwiderung seinerseits wartete – und dass sein Starren längst den Rahmen des Höflichen überschritten hatte. Er räusperte sich. »Ich bin bereit, eine erste Fahrt zu wagen.«

Sie verstärkte den Griff an seiner Schulter und an seinem Rücken. »Dann tritt in die Pedale, Ritter.«

Er tat wie geheißen. Die Räder setzten sich in Bewegung und das Fahrrad rollte los – schlingernd und behäbig, doch Julias Hände hielten es im Gleichgewicht. »Schneller treten, Severian!«

Er verstärkte den Druck auf die Fußhebel, das Tempo erhöhte sich. Begeistert beobachtete er den sich drehenden Vorderreifen.

»Beweg den Lenker nach links!«, rief Julia, die in den Laufschritt verfallen war. »Wir steuern genau auf die Straßenlaterne da vorne zu.«

Sie hatte recht. Hastig riss Severian den Lenker herum, um dem Mast auszuweichen. Das Vorderrad stellte sich quer, Julia fluchte und das Fahrrad kippte. Einem Reflex folgend sprang Severian vom Sattel herunter. Dass zu seiner Linken immer noch Julia stand, merkte er erst, als es zu spät war. Er stolperte über sie und riss sie mit sich zu Boden, während das Fahrrad auf seinen Rücken fiel und das eine Ende des Lenkers sich in seine Flanke bohrte.

Erschrocken blickte er auf Julia, die unter ihm lag. »Verzeih mir. Habe ich dir weh getan?«

»Nein.« Sie grinste. »Ich glaube, ich bin es, die deine Rüstung braucht.«

Erleichtert darüber, dass sie weder ernsthaft verletzt noch ihm böse war, wollte er sich aufrichten. Die Stellung, in der er sich mit Julia befand, war mehr als missverständlich. Sein Körper lag auf ihr. Seine Oberarme waren dicht neben ihrem Kopf aufgestützt und sein Gesicht war kaum eine Handbreit von ihrem entfernt. Er musste sich nur ein winziges Stück hinunterbeugen, dann würde sein Mund ihre Lippen berühren …

»Wagen wir einen zweiten Versuch oder gibst du schon auf, Ritter?«

Das Blut schoss ihm in den Kopf über seine unzüchtigen Gedanken. Dem Herrn sei gedankt, deutete Julia sein Erröten falsch.

»Der Sturz muss dir nicht peinlich sein. Dass jemand Fahrradfahren lernt, ohne zu fallen, gibt es nicht.«

»Das scheint wie beim Reiten lernen zu sein«, stammelte er, um etwas Sinnvolles von sich zu geben. Rasch schob er das Fahrrad von sich hinunter, erhob sich und reichte Julia die Hand.

Dankbar griff sie danach und er zog sie mit einem Ruck auf die Füße. Sie klopfte sich den Staub von der Kleidung und vollführte eine einladende Geste zum Fahrrad: »Auf ein Neues!«

Der zweite Anlauf verlief besser als der erste. Schnell nahm das Rad an Geschwindigkeit auf, er bewegte den Lenker nun vorsichtiger und bald musste Julia neben ihm herrennen. »Prima, Severian, du hast echt Talent!«

»Wenn man erst einmal Schwung hat, ist es leicht.«

»Ja«, keuchte Julia. »Anfahren und Anhalten sind das Schwierigste. Jetzt probiere mal die Rücktrittbremse – Pedale nach hinten bewegen, aber sanft!«

Ein Ruck ging durch das Fahrrad und die Reifen standen still. Severian spürte, wie es ihn aus dem Sattel hob. Schnell setzte er die Füße auf den Boden.

»Super, Severian.« Julia kam bei ihm an und pustete sich eine Haarsträhne aus dem erhitzten Gesicht. »Ich bin total stolz auf dich.«

Unter ihrem anerkennenden Blick schoss ihm erneut das Blut in die Wangen. Was bei allen Heiligen war heute mit ihm los? Er senkte den Kopf, damit Julia seine seltsame Reaktion nicht bemerkte, und tat, als betrachtete er den roten Metallrahmen des Fahrrades. Sogleich verengten sich seine Brauen. »In der Farbe sind Kratzer. Sind diese Schaden durch meinen Sturz entstanden?«

Sie winkte ab. »Nein, das Fahrrad ist uralt und das Beste war es nie. Ich bräuchte mal ein neues, vielleicht ein Mountainbike.«

»Warum kaufst du dir keines? Sind diese … Mountainbikes schwer erhältlich?«

Ein Schatten legte sich über ihr Gesicht. »In Braunfels gibt es einen Laden, der diese Art Fahrräder verkauft, aber sie sind sehr …« Sie brach ab. »Hat dir das Fahren gefallen?«

Er nickte. »Schade, dass das Fahrrad erst nach meiner Zeit erfunden werden wird.« Warum hatte Julia das Thema gewechselt? War das Kaufen eines Fahrrades eine intime Angelegenheit, die man nicht mit anderen besprach?

»Möchtest du weiter üben, Severian?«

Nur zu gerne bejahte er diese Frage. Und bis zum Mittag war er beschäftigt damit, Anfahren und Bremsen zu erlernen, Kurven, Kreise und Schleifen zu drehen und am Ende sogar eine Hand vom Lenker zu lösen. War Julia zu Beginn neben ihm hergelaufen, blieb sie bald an einer Stelle stehen und rief ihm Kommandos und Verbesserungsvorschläge zu. Erst das Knurren seines Bauches machte ihm deutlich, wie viel Zeit er schon auf dem Fahrrad verbracht haben musste. Er fuhr auf Julia zu, bremste scharf ab und sprang vom Sattel.

»Niemand würde glauben, dass du erst heute das Radfahren erlernt hast«, lobte sie ihn. Dann legte sie den Kopf schief. »Wollen wir Mittagessen und danach die Tour mit dem Tandem unternehmen?«

»Woher weißt du, dass ich Hunger habe?«

»Ich habe einen Vater und zwei Brüder. Glaub mir, ich kenne den Gesichtsausdruck hungriger Männer.« Sie lachte und klopfte ihm auf die Schulter. »Willst du nach Hause fahren oder schieben?«

»Ich schiebe, dann kannst du mir erzählen, wie man sich als Radfahrer gegenüber Autos verhält.« Zweimal während ihrer Übungszeit war ein Auto an ihm vorbeigefahren. Julia hatte ihn jedes Mal anhalten lassen mit der Bemerkung, ihm später etwas über das zu sagen, was sie Straßenverkehrsregeln nannte.

Erstaunt sah sie ihn an. »Oh, du willst es ja wirklich genau wissen.«

»Wenn ich eine Fertigkeit erlerne, dann von Grund auf bis zur Meisterschaft«, erwiderte er schärfer als beabsichtigt.

»Nicht nur humorvoll und selbstironisch, sondern auch ehrgeizig und perfektionistisch. Und nicht zu vergessen: hungrig.«

Julia lachte und er stimmte mit ein. Wie konnte diese Frau ihn nach kaum fünf Tagen so gut kennen? Der einzige Mensch, der sonst in seine Seele zu blicken verstand, war seine Mutter. Doch während Adelgundis' Worte oft Zorn in ihm hervorriefen, wünschte er, dass Julia weiter mit ihm sprach. Ihm ihre Aufmerksamkeit schenkte … und ihr Lächeln.

Severian presste die Lippen zusammen und schob das Fahrrad die Straße entlang. Hätte Julia ihm vorgeschlagen, heute Nachmittag eine Jauchegrube zu leeren, er hätte ebenfalls begeistert zugestimmt, nur um bei ihr zu sein. Warum das so war, wollte er sich lieber nicht eingestehen. Es war auch nicht notwendig, in wenigen Tagen kehrte er in seine Zeit zurück. Dann würde er entweder an den Folgen seiner Brandverletzungen sterben oder Elisabetha heiraten, die ihm ebenso wenig bedeutete wie er ihr.

Müde stand Julia am Abend vor dem Waschbecken und putzte sich die Zähne. So viel Bewegung wie heute hatte sie lange nicht mehr gehabt. Nach dem Mittagessen hatten sie das Tandem von Charlottes Eltern geholt und waren nach Michelstadt geradelt. Bei den vielen Steigungen bis dorthin war sie dankbar gewesen, dass der Ritter kräftig mit in die Pedale trat.

Sie spülte die benutzte Zahnbürste ab, wusch sich und ging hinüber in ihr Zimmer. In Michelstadt hatten sie zuerst das Rathaus angesehen. Im Jahr 1484 erbaut, erkannte Severian es wieder. Doch entgegen allen anderen Besuchern auf dem historischen Marktplatz galt sein Interesse nicht den alten Fachwerkgebäuden, sondern den Besonderheiten der Gegenwart. Intensiv begutachtete er die Auslagen der Geschäfte, studierte

Aufschriften auf Straßenschildern und Werbeplakaten und beobachtete eine japanische Touristengruppe, die sich, ihrer Führerin folgend, kreuz und quer über den Marktplatz bewegte.

Verwundert erkundigte sich Severian, warum alle ihre Handys in die Luft hielten, anstatt mit ihnen zu telefonieren oder im Internet zu lesen. Offensichtlich hatte Yannick mit Severian noch nicht über das Fotografieren gesprochen, und so holte sie ihr eigenes Handy aus dem Rucksack und erklärte ihm das Prinzip. Fasziniert begann der Ritter, Fotos zu schießen: Julia vor dem Rathaus, Julia auf dem Tandem, Julia, wie sie versuchte, ihm das Handy abzunehmen. Zum Ausgleich hatte sie noch ein paar Aufnahmen von Severian gemacht und zum Schluss hatte sie ihn in die Kunst des Selfiemachens samt Selfie-Stick eingeführt, indem sie zusammen auf dem Tandem posierten.

Mit einem Stöhnen fiel Julia in ihr Bett und schaltete die Nachttischlampe aus. Nach der Foto-Orgie hatte sie auf einen Frozen Yogurt bestanden. Der frische, leicht säuerliche Geschmack schien dem Ritter gefallen zu haben. Sie hatte schon bemerkt, dass Severian gar zu süße Sachen wie Schokolade ablehnte.

Da sie noch Zeit gehabt hatten, hatte Julia beschlossen, nach Erbach weiterzufahren und dort das Elfenbeinmuseum zu besichtigen. Da Severian gerne schnitzte, würden ihm die filigranen Exponate dort sicherlich gefallen. Tatsächlich stand er gebannt vor den Vitrinen und las jede Beschreibung. Besonders die kunstvoll gedrechselten chinesischen Contrefaitkugeln aus dem 19. Jahrhundert, die teilweise aus bis zu fünfundzwanzig ineinander liegenden Kugeln bestanden, hatten Severians Aufmerksamkeit gefesselt. Hätte das Museum nicht irgendwann geschlossen, hätten sie jetzt vermutlich immer noch dort gestanden. Julia gähnte und kuschelte sich in die Decke ein. Hoffentlich kam Severian bei seinem Ehrgeiz nicht auf die Idee, sich jetzt auch an einer solchen verschachtelten Kugel zu versuchen.

Bei ihrer Rückkehr in die Wohnung hatte sie Severian mit einer weiteren Errungenschaft der Neuzeit bekannt gemacht: der Tiefkühlpizza. Zu müde zum Kochen, hatte sie die gefrorenen Teigscheiben unter Severians kritischem Blick in den Ofen geschoben und keine zwanzig Minuten später serviert. Da Nico im Anschluss an seinen Dienst noch Bereitschaft in der Klinik hatte, waren sie zu zweit geblieben. Während des Essens stellte Severian ihr Fragen über die Zukunft und sie staunte über seinen Scharfsinn. Er begriff schnell, kombinierte das Gehörte und wollte Details wissen, die sie rasch an ihre Grenzen brachten. Oft war das Internet ihre einzige Rettung gewesen, um seinen Wissensdrang befriedigen zu können. Julia zupfte ihr Kopfkissen zurecht. Wirklich eine erstaunliche Leistung für einen Menschen, der bis vor kurzem geglaubt hatte, dass die Sonne sich um die Erde drehte. Nach einer Partie Schach, die diesmal Severian gewonnen hatte, waren sie beide zu Bett gegangen.

Nun lag sie hier hundemüde und konnte doch nicht einschlafen. Severian schlief bestimmt schon und träumte von aus Elfenbein geschnitzten Fahrrädern. Bei diesem Gedanken musste sie lächeln. Manchmal hatte sie heute vollkommen vergessen, dass er ein Mann aus einer anderen Zeit war: Als er nach dem Sturz vom Fahrrad auf ihr gelegen und sie so sonderbar angesehen hatte, als er beim Selfieschießen den Arm um ihre Schultern geschlungen und sie dicht an sich herangezogen hatte und als er sie beim Schachspielen immer wieder beobachtet hatte, wenn er glaubte, sie merkte es nicht. Ganz so, als würde er sich für sie interessieren.

Julia verzog das Gesicht und warf sich auf die andere Seite. Natürlich – ein Ritter, der an einer Kellnerin aus dem Jahr 2015 Gefallen findet.

Charlotte hatte sie mit ihrem Gerede von wegen Lover völlig verrückt gemacht.

Seufzend schaltete Julia die Nachttischlampe wieder an. Bevor sie sich noch stundenlang im Bett wälzte, konnte sie genauso gut lesen. Ihr Blick glitt über den Bücherstapel am Boden. Obenauf lag *50 Shades of Grey*. Eine Leihgabe von Charlotte, von wem sonst. Sie hatte es noch nicht angefangen, und nach Fesseln und Schlägen stand ihr nach ihrem Ausflug in die Vergangenheit noch weniger der Sinn als vorher.

Unter Christian und Anna lagen zwei historische Liebesromane. Sonst gerne gelesen, schreckten sie jetzt die Titel ab: *Die Hexe und der Highlander* und *Ritter meiner Sehnsucht*. Julia stöhnte. Gab es nichts Neutrales?

Auf ihrem Schreibtisch lagen die Einrichtungskataloge, die Charlotte ihr mitgebracht hatte. Julia stand auf, holte die Bücher, kuschelte sich zurück ins Bett und begann zu blättern.

Eine Stunde später wusste sie, dass Einrichtungskataloge keine gute Einschlafhilfe waren. Statt müder zu werden, war sie beim Betrachten der Seiten vor Begeisterung über die vielfältigen Ausstattungsmöglichkeiten immer wacher geworden. Verärgert klappte sie die Kataloge zu. Es half alles nichts, sie brauchte einen Schlummertrunk, wenn sie heute Nacht noch Schlaf finden wollte.

Sie stand auf, verließ ihr Zimmer und ging leise durch den Flur. Vor der Tür zum Wohnzimmer blieb sie stehen und lauschte. Aus dem Raum drangen seltsame schabende Geräusche. Nach einem kurzen Anklopfen drückte Julia die Türklinke nach unten und steckte den Kopf durch den Spalt. Im Schein mehrerer Kerzen saß Severian auf dem Schlafsofa und schnitzte.

»Wie es aussieht, bin ich nicht die Einzige, die nicht schlafen kann«, sagte sie und trat ins Zimmer.

Er hob den Blick. »Mir geht so vieles durch den Kopf, dass ich keine Ruhe finde.«

»Mir auch, deshalb wollte ich etwas holen, das beim Einschlafen hilft.« Sie lächelte. »Ich glaube, das könntest du auch gebrauchen.«

»Es gibt eine Erfindung, die zuverlässig Schlaf bringt?«

Sie nickte. »Schlaftabletten, aber zu so harten Mitteln wollte ich nicht greifen.« Mit der Hand wies sie zur Küche. »Ich mache uns eine heiße Milch mit Honig.«

Kurz darauf kehrte Julia ins Wohnzimmer zurück und drückte Severian eine dampfende Tasse Milch in die Hand. »Darf ich mich neben dich setzen?«

Er starrte sie an. »In diesem Aufzug zu mir ins Bett?«

Julia schoss das Blut in die Wangen. Sie trug ein dunkelblaues Spaghettiträger-Top und eine blau-weiß gepunktete, lange Schlafanzughose. Nicht besonders sexy, doch für mittelalterliche Verhältnisse offensichtlich aufreizend genug. »Ich … ich wollte mich mit dir unterhalten, bis die Milch ausgetrunken ist«, stammelte sie. »Aber ich kann auch zurück in mein Zimmer gehen.«

»Nein.« Er hob die Hand. »Ich habe vergessen, dass das Verhältnis zwischen Männern und Frauen hier ein anderes ist.« Mit der Hand strich er die Bettdecke glatt. »Bitte nimm Platz.«

Vorsichtig setzte Julia sich mit ihrer Tasse neben den Ritter auf das Schlafsofa, sorgfältig darauf bedacht, ihn nicht zu berühren. »Das Verhältnis zwischen Männern und Frauen hat sich nicht grundsätzlich geändert«, beeilte sie sich zu erklären. »Man kann heute nur viel freier miteinander umgehen, ohne dass daraus gleich der Zwang entsteht, einander heiraten zu müssen.«

Über seine Tasse hinweg betrachtete er sie prüfend. »Woher weiß ich, ob eine Frau nur meine Freundschaft möchte oder die Ehe?«

»Den Unterschied findest du mit der Zeit heraus. Außerdem musst du sie ja nicht gleich heiraten, um mit ihr zusammen sein zu können. Man kann unverbindlich testen, ob man zueinander passt.«

Die Milch in seiner Tasse begann bedenklich zu schwappen. »Du sprichst von Unzucht vor der Ehe?«

»So nennt man das heutzutage nicht mehr, aber ja.« Sie hob den Zeigefinger. »Behaupte jetzt nicht, dass es das im Jahr 1515 nicht gab.«

Sein Kiefer mahlte. »Ja, aber nur insgeheim. So, wie du es sagst, ist das gang und gäbe bei euch.«

»Es ist gesellschaftlich akzeptiert, dass Mann und Frau vor der Heirat zusammenleben und sich gegebenenfalls ohne Verpflichtungen voneinander trennen und neuen Partnern zuwenden können.«

Seine Brauen zogen sich bedenklich zusammen. »Was ist mit den Kindern, die aus einer solchen losen Verbindung stammen?«

»Dafür gibt es gesetzliche Regelungen. Viele Paare entscheiden sich, in dieser Anfangszeit keine Kinder zu bekommen.«

»Sag mir nicht, dass es auch dafür Tabletten gibt!«

»Tabletten und anderes«, erwiderte sie ausweichend. Himmel, wie war sie in dieses Thema geraten – Aufklärungsunterricht für einen erwachsenen Mann! Jetzt war sie noch wacher als bei den Einrichtungskatalogen. »Die Tablette, die eine Schwangerschaft verhindert, nennt man die Pille«, fuhr sie fort, da er auf genauere Erklärungen zu warten schien. »Viele Frauen nehmen sie ein. Ich übrigens auch.«

»Also steckt Magie dahinter.«

»Chemie, nicht Magie. Lass dir die Wirkung von Nico erläutern, der hat in seinen Büchern Schaubilder.«

Er schien etwas sagen zu wollen, schüttelte dann aber den Kopf. »Was gibt es noch?«

Statt einer Antwort stellte sie ihre Tasse ab, lief zu ihrem Zimmer und kehrte kurz darauf mit einem verpackten Kondom zurück. »Das sind Kondome. Im Mittelalter wurden die meines Wissens nach aus Schafsdarm hergestellt.« Sie riss die knisternde Folie auf und entrollte das Präservativ.

Nun schwappte die Milch in Severians Tasse doch über. Mit aufgerissenen Augen starrte er das rosafarbene Verhüterli an.

»Sie dienen zur Verhütung und schützen vor Geschlechtskrankheiten«, versuchte Julia die Situation mit Sachlichkeit zu retten.

Er stellte seine Milchtasse auf den Boden, griff nach dem Kondom und zog es langsam durch die Finger. »Ja, sie werden aus Schafsdarm gemacht«, erwiderte er mit rauer Stimme. »Andere aus Stoff, getränkt in Öl oder Asche, zum Schutz vor der Franzosenkrankheit.«

»Franzosenkrankheit? Ach, du meinst die Syphilis.« Neugierig sah sie ihn an. »Hast du deshalb welche benutzt?«

Sein Blick verhärtete sich. »Zum Kämpfen brauche ich einen gesunden Körper«, erwiderte er gepresst.

»Also hast du diese Stoffkondome angezogen, wenn du bei deinen Dienstmägden gelegen hast.«

»Wenn ich bei Huren lag.«

Severians Stimme war schneidend geworden. Auf einmal spürte Julia wieder deutlich die fünfhundert Jahre, die sie trennten.

»Besuchen Männer in dieser Zeit keine Dirnenhäuser?«, fragte er kühl.

»Doch, aber sie sprechen nicht darüber. Es hat etwas Anrüchiges.«

»Du verurteilst mich dafür?«

Konnte er Gedanken lesen? »Es … es wundert mich, dass du das nötig hast. Ich meine, du siehst gut aus und bist ein Ritter.«

»Anständige Damen warten die Ehe ab und ich bin niemand, der Mägde aus ihren Betten zieht, um seine Lust zu befriedigen.«

»So hätte ich dich auch nicht eingeschätzt.«

»Dennoch verachtest du mich, weil ich bei Huren liege.« Jetzt war es keine Frage mehr, sondern eine Feststellung.

Julia starrte auf ihre Hände. Was sollte sie sagen? Aus seiner Sicht heraus handelte Severian ehrenwert, doch die Vorstellung, dass er regelmäßig zu Prostituierten ging, musste sie erst noch verdauen. »Was ist mit deiner Verlobten?«, fragte sie. »Hat sie nichts gegen deine Hurenbesuche?«

Schlagartig wechselte seine Augenfarbe von Südseeblau zu Arktiseis. »Darüber spreche ich mit Elisabetha nicht. Genau genommen spreche ich mit ihr über gar nichts – und sie nicht mit mir.«

Julia hörte den verletzten Stolz in seinem Tonfall, aber auch die Enttäuschung. »Warum redet Elisabetha nicht mit dir?«

»Die Antwort darauf kenne ich erst, seit ich gestern im Schloss das Gemälde gesehen habe. Elisabethas Liebe gilt meinem Bruder Conradin, nicht mir.«

»Das tut mir leid.« Sie legte ihre Hand auf seine. Er bemerkte es nicht, so tief schien er in Gedanken zu sein. »Vielleicht irrst du dich«, überlegte sie. »Das Gemälde ist nach der Hochzeit entstanden. Elisabetha wird sich erst in Conradin verliebt haben, nachdem sie deinen Tod verwunden hatte.«

Er lachte freudlos auf. »Hast du nicht auf die Jahreszahl auf dem Gemälde geachtet? Die Heirat fand im November 1515 statt, kaum einen Monat nach meinem Begräbnis.« Seine freie Hand ballte sich zur Faust. »Weder liebt Elisabetha mich noch empfindet sie einen Hauch Zuneigung zu mir – und mein Bruder auch nicht. Sonst hätten sie das Trauerjahr eingehalten.«

»Nein, das glaube ich nicht. Die beiden hatten bestimmt einen guten Grund für die schnelle Heirat.«

»Du meinst, sie wollten verhindern, dass die Geburt zu kurz nach der Eheschließung erfolgt und jeder begreift, dass Elisabetha mich bereits zu meinen Lebzeiten mit Conradin hinterging?«, erwiderte er zynisch.

»Nein.« Sie strich über seine Hand. »Ich glaube, die beiden wollten der Trauer um dich etwas entgegensetzen. Ein Zeichen der Hoffnung, dass das Leben weitergehen muss, auch wenn sie dich verloren haben.«

Er starrte sie an. »Wie kommst du darauf?«

»Weil mich, die ich dich kaum kenne, die Vorstellung deines Todes entsetzt. Wie erst soll es dann deiner Verlobten und deinem Bruder gehen?« Sie seufzte. »Ich weiß nicht, warum deine Verlobte nicht mit dir spricht, Severian. Es liegt aber bestimmt nicht daran, dass sie dich nicht mag. Du bist gar kein Stinkstiefel, sondern ein sehr netter Mann.«

»Auch, wenn ich zu Huren gehe?«

Erleichtert, dass seine gedrückte Stimmung verflogen war, lächelte sie. »Im Grunde geht mich das nichts an, da ich nicht deine Verlobte bin.«

»Was zu bedauern ist.«

Ihr Kopf schnellte herum. »Wie bitte?«

Er winkte ab. »Nichts von Bedeutung. Ich habe nur laut gedacht, eine schlechte Angewohnheit.« Er sah auf ihre Hand, die noch auf der seinen lag, als bemerke er sie erst jetzt. Sachte hob er sie an, führte sie zu seinem Mund und hauchte einen Kuss darauf. »Dein Schlaftrunk hat seine Wirkung entfaltet, Julia. Ich bin müde und du vermutlich auch.«

Das war mehr als deutlich. Julia erhob sich von dem Sofa, wünschte ihm eine gute Nacht und ging in ihr Zimmer zurück, wo sie sich grübelnd auf ihr Bett fallen ließ. War dieser Rauswurf wirklich ein Resultat der Honigmilch oder war ihr letztes Thema daran schuld?

Es war aber auch absolut nicht nachvollziehbar, warum seine Verlobte sich so abweisend verhielt. Hinter seiner harten Fassade war Severian echt toll und sah selbst in Shorts und Schlafshirt zum Anbeißen aus. Julia seufzte. Diese Elisabetha schien nicht zu wissen, was gut war – und blind war sie obendrein! Wenn man sich nicht in einen Kerl wie Severian verliebte, in wen dann?

Donnerstag, 3. September 2015

Die Hände in den Hosentaschen vergraben, lief Severian neben Julia durch das morgendliche Braunfels. Im Geiste weilte er jedoch beim vergangenen Abend, als Julia zu seiner Schlafstatt gekommen war …

Et ne nos inducas in tentationem.

Und führe uns nicht in Versuchung.

Er hatte widerstanden und Julia mehr oder weniger des Zimmers verwiesen. Die Verwirrung war allerdings geblieben, auch eine zweite Tasse Milch, die er sich selbst zubereitet hatte, hatte nichts genützt.

»Da ich nicht deine Verlobte bin …«

Wenn sie es hätte sein können? Julia beschwor Gefühle in ihm herauf, die er niemals für möglich gehalten hatte.

Fiat voluntas tua.

Dein Wille geschehe.

Er war Elisabetha versprochen, gemäß dem Willen seines Vaters und des Grafen. Er hatte zugestimmt und nun band ihn ein heiliger Schwur.

»Die beiden wollten der tiefen Trauer um deinen Verlust etwas entgegensetzen …«

Hatte Julia recht und nur sein Tod hatte Elisabethas Liebe zu Conradin entfacht? Er wünschte, dass es sich so verhielt. Denn dann konnte er hoffen – sollte er seine Brandverletzungen überleben –, dass Elisabethas Herz sich für ihn öffnen würde. Und seines sich für sie. Irgendwann, wenn Julias Bild in ihm verblasst war.

»So schweigsam, Ritter? Seit wir das Haus verlassen haben, hast du nichts mehr gesagt.«

Julia sah ihn auffordernd an, während sie den Marktplatz überquerten. Sie musste heute Morgen arbeiten und hatte bereits einen Teil ihrer Dienstgewandung angelegt: einen seiner Meinung nach viel zu kurzen schwarzen Rock und eine hochgeschlossene weiße Bluse. Solange sie ihrer Tätigkeit als Schankmagd nachging, würde er wie in den vergangenen Tagen Zeit mit Yannick verbringen. Diesmal allerdings in Yannicks Heim, damit Nico nach seinem Nachtdienst in Ruhe schlafen konnte.

»Ich habe überlegt, ob dein Bruder mich weiter im Fahrradfahren unterrichten würde«, log er.

»Bestimmt. Yannick hat ein Mountainbike, damit macht dir das Fahren mit Sicherheit noch mehr Spaß.«

Severian fragte nicht mehr, warum sie diese besondere Art des Rades nicht erwarb. Der Grund war der gleiche, aus dem sie heute Morgen Leute bedienen musste. Julia war arm und sie war zu stolz, es zuzugeben. Gerne hätte er für seine Unterkunft und das Essen bezahlt, doch seine Taschen waren im wahrsten Sinne des Wortes leer. Und selbst wenn er Münzen dabei gehabt hätte: Im Jahr 2015 bezahlte man mit Euro und Cent, wie er gestern auf ihrem Ausflug gelernt hatte, nicht mehr mit Hellern und Silbergroschen.

Was blieb, war das Gefühl, auf Kosten von jemandem zu leben, der sich keinen weiteren hungrigen Mund leisten konnte. Beschämend für einen Ritter und noch beschämender für den Herrn von Felsbrunn.

»Wir sind da.« Julia wies auf ein stattliches Fachwerkhaus, dessen Balken und Fensterläden in Graublau gestrichen waren. »Unten befindet sich unser Café, im ersten Stock und unter dem Dach wohnen meine Eltern und Yannick.«

Vor den Fenstern des gepflegten Gebäudes hingen Kästen, die üppig mit Blumen bepflanzt waren und einen prächtigen Anblick boten. An den Tischen und Stühlen vor dem Haus saßen

Gäste in der Morgensonne und frühstückten. Eine ältere Frau ging mit einem Tablett von Tisch zu Tisch und sammelte benutztes Geschirr ein. Sie trug – von einer gestreiften Schürze abgesehen – die gleiche Kleidung wie Julia. Und als sie sich umdrehte, sah Severian, dass sie auch die gleichen Gesichtszüge besaß.

Ihr Tablett fest im Griff, kam die Frau sogleich zu ihnen. »Guten Morgen«, begrüßte Julias Mutter sie mit dem strahlenden Lächeln, das Severian an ihrer Tochter so gefiel. »Ich bin Renate Salzmann. Sie müssen Severian Müller sein, der Sohn der Freundin von Nicos Mutter.« Sie löste eine Hand vom Tablett und streckte sie ihm entgegen. »Wie gefällt es Ihnen in Braunfels? Haben Sie bereits entschieden, ob Sie das Studium in Darmstadt aufnehmen möchten?«

»Mama!«, empörte sich Julia. »Quetsch Severian nicht so aus, was soll er von dir denken?«

»Ich bin eben neugierig, nachdem Oma Rosel gesagt hat, du hättest am Montag so einen hübschen jungen Mann dabei gehabt.« Renate musterte ihn und nickte zufrieden. »Für ihr Alter hat Oma Rosel einen ausgezeichneten Geschmack. Das mit dem Geschichtsstudium weiß ich von Charlotte, die gestern mit Ida hier Eis essen war.« Renate rückte die Teller und Tassen auf dem Tablett gerade. »Wollen Sie Archäologe werden wie dieser Herr Bergsträßer? Ich war damals mit Julia und Oma Rosel bei seinem Vortrag über die Marienkapelle. Es war äußerst interessant, auch wenn Herr Bergsträßer als Mensch eher unsympathisch sein soll.«

»Wie meinst du das?«, fragte Julia überrascht.

»Ach, er hat doch im *Weißen Hirsch* gewohnt, während er die Kapelle erforschte. Monika, die dort kocht, hat mir einiges über ihn erzählt: Herr Bergsträßer hätte nie gegrüßt, ständig über den

Service gemeckert und kein Trinkgeld gegeben. Dafür hätte er heimlich die Brötchen vom Frühstücksbuffet eingepackt.«

»Na, das passt ja perfekt zu seinem Charakter«, hörte Severian Julia murmeln. Laut fragte sie: »Ist Yannick wach, Mama? Er wollte Severian ein bisschen die Gegend zeigen, während ich arbeite.«

»Wie ich deinen kleinen Bruder kenne, schläft der noch. Ruf ihn am besten an. Seinen Wecker stellt er immer aus, sein Handy nie.« Renate sah Severian an. »Möchten Sie Platz nehmen, einen Latte macchiato trinken und ein Stück Schwarzwälder Kirschtorte essen, bis Yannick kommt?«

»Severian mag das alles nicht«, antwortete Julia, noch ehe er den Mund öffnen konnte.

Irritiert sah Renate ihn an. »Sind Sie Veganer?«

»Nein, Ritter. Aber …« Ein Stoß von Julias Ellenbogen in seine Rippen verhinderte weitere Ausführungen.

»Severian ist kein Süßschnabel und Kaffee trinkt er nicht«, erklärte Julia hastig.

Ein mütterlicher Ausdruck erschien auf Renates Gesicht. »Ich finde etwas, das ihm schmeckt. Bis jetzt habe ich jeden satt bekommen.«

»Er ist satt, Mama!«

»Papperlapapp! Du weckst jetzt deinen Bruder, ziehst deine Schürze an und kassierst an Tisch zwölf. Ich kümmere mich um Severian, bis Yannick auftaucht.«

Severian wollte widersprechen, doch es fiel ihm nichts ein. Schicksalsergeben folgte er Renate ins Innere des Hauses. Aus den Augenwinkeln sah er, wie Julia ihr Handy ans Ohr hielt und wild gestikulierend hineinsprach. Vermutlich machte sie ihrem jüngeren Bruder die Hölle heiß, weil er verschlafen hatte. Severian grinste. Zu warten störte ihn nicht. Was immer sich hinter den Speisen Schwarzwälder Kirschtorte und Latte macchiato verbergen mochte – es klang interessant.

»Es wundert mich, dass du nach den Bergen an Torte, die du gegessen hast, noch Fahrrad fahren konntest.« Zurück in der Wohnung ließ Julia sich auf einen Stuhl am Esstisch fallen. »Vermutlich war es das Koffein in Kombination mit dem Kirschwasser, das hat dich aufgeputscht.«

Severian strich über seinen Bauch, der sich immer noch voll anfühlte, obwohl längst Stunden vergangen waren. »Es war auf jeden Fall sehr sättigend.«

»Und reich an Kalorien.« Sie sah ihn vorwurfsvoll an. »Da müssest du hundert Stunden Work-out mit deinem Schwert machen, bis du das abtrainiert hast. Ein bisschen Fahrradfahren reicht da nicht.«

Severian horchte auf. Bei dem Wort ‚Schwert' fiel ihm ein, was er Julia seit längerem fragen wollte. »Wieso üben dein Bruder Patrick und seine Freunde mit der Waffe, wenn das nicht mehr üblich ist?«

»Sie fasziniert das mittelalterliche Leben. Den Schwertkampf wollen sie erlernen, um sich darin sportlich zu messen, nicht, um einander zu töten.« Julia zuckte mit den Schultern. »Ritter zu sein ist eine Freizeitbeschäftigung für sie, eine Art Spiel.«

Sein Blick verhärtete sich. »Das Leben zu meiner Zeit ist ebenso wenig ein Spiel wie eures.«

»Das weiß ich inzwischen gut, doch über die Jahrhunderte hat sich die Sicht auf eure Zeit bei vielen Menschen verklärt.« Sie seufzte. »Heutzutage gibt es richtige Mittelalterfeste mit Turnieren, Musik und …«

Das Klingeln ihres Handys unterbrach Julia. Sie zog das Gerät aus ihrer Tasche, öffnete die Hülle und verdrehte nach einem Blick auf das Display die Augen. Mit den Worten »Wenn man vom Teufel spricht« nahm sie den Anruf entgegen und verließ die Wohnküche.

Kurz darauf kehrte sie ins Zimmer zurück. »Das war Patrick«, erklärte sie mit entnervtem Blick. »Er hat von meiner Mutter erfahren, dass du noch da bist, und fragt an, ob du Lust hast, nochmal Unterricht im Schwertkampf zu erteilen.«

Eine böse Ahnung stieg in Severian auf. »Mit denselben Männern, die ich auf der Waldlichtung beim Kloster unterwiesen habe?«

»Einem Teil davon. Viele wohnen nicht mehr hier und waren nur für das Wochenende angereist.« Sie klappte die Handyhülle auf. »Ich sehe, dass du nicht begeistert bist. Das ist kein Problem, ich schreibe Patrick eine Nachricht, dass du nicht möchtest.«

»Nein, warte.« Diese unerfahrenen Männer waren eine Herausforderung für jeden Lehrer, doch hatten sie guten Willen gezeigt. Zudem gab es ihm eine sinnvolle Aufgabe, bis er in seine Zeit zurückkehren konnte. Eine Aufgabe, bei der er Meister und nicht Schüler war, wie beim Fahrradfahren oder bei Yannicks Unterweisungen. »Sag deinem Bruder, ich wäre dazu bereit.«

»Das wird ihn freuen.« Julia tippte auf ihrem Handy und hielt es sich ans Ohr. »Hallo Patrick«, sagte sie, als ihr Bruder sich meldete. »Severian übernimmt das Training … Ja, ich richte es ihm aus.« Sie klappte die Handyhülle zu und sah Severian lächelnd an. »Es geht gleich heute um fünf Uhr los. Sieben Hobbyritter erwarten dich auf der Koppel des Reit- und Fahrvereins Braunfels.«

Von drei der sieben selbsternannten Ritter kannte Severian nur das Gesicht, die anderen waren ihm vertrauter: Julias Brüder Yannick und Patrick sowie Nico, der sich von seinem

Nachtdienst ausgeschlafen hatte, und Tom, der ihm als äußerst talentiert in Erinnerung geblieben war.

»Das ist kein Wunder«, erklärte Patrick Severian auf eine entsprechende Äußerung hin. »Tom ist Polizist. Mit Kampfsport kennt er sich aus.«

Severian nickte höflich, auch wenn er nicht wusste, was ein Polizist war. Ebenso wenig, wie er wusste, was Oliver, ein hagerer Mann Anfang vierzig, tat, der ihm als Finanzbeamter und Mitglied der freiwilligen Feuerwehr Braunfels vorgestellt wurde.

Bei den beiden verbleibenden, jüngeren Männern handelte es sich um Björn, dessen Eltern der Reitstall gehörte, und Mehmet. Letzteren erkannte Severian sofort als Muselmanen. Seine diesbezügliche Bemerkung wurde mit einem Räuspern dahingehend verbessert, dass Mehmet Moslem sei und aus Pakistan stamme. Die zwei Männer studierten an der Universität in Darmstadt: Björn Sportwissenschaften, Mehmet Bauingenieurswesen. Diese Fakultas sagten Severian genauso wenig wie ein Land namens Pakistan. Er würde Yannick bei Gelegenheit danach fragen, jetzt war Zeit für seinen Unterricht.

»Stellt euch im Kreis auf«, befahl er und nahm ein Schwert von Patrick entgegen. »Wir beginnen mit dem Zornhau. Achtet auf die Fuß- und Handhaltung, führt euer Schwert im größtmöglichen Bogen.«

Die Männer kamen seinen Anweisungen unverzüglich nach, während Julia sich auf den Koppelzaun setzte und zusah. Dem Zornhau folgte die Wiederholung des Albers und des Zwerchhaus, dann erklärte Severian die Schwerthaltung Ochs: das Schwert seitlich neben dem Kopf, die Spitze auf den Gegner gerichtet.

Wie erwartet fiel es seinen Schülern anfangs schwer, beim Ochs die richtige Handhaltung einzunehmen. Er schritt von einem zum anderen, verbesserte und lobte. Schließlich erklärte er den Scheitelhau, bei dem man das Schwert über dem Kopf hielt und auf den Schädel des Gegners niederfahren ließ.

»Stellt euch in drei Reihen auf«, forderte Severian seine Schüler auf. »Wir verbinden alle Schläge zu einem Flusslauf. Das Schwert geht vor, der Fuß folgt.« Zunächst führte er die Männer an, nach dem dritten Durchgang trat er an den Rand, um sie zu beobachten. Seinen Schülern lief der Schweiß von der Stirn, doch er war nicht zufrieden mit dem, was er sah.

»Tom, hinaus aus der Zentrallinie!«, rief er. »Björn, achte auf die Schneide! Du willst einen Gegner zweiteilen und kein Stück Wurst.«

Nach der fünften Wiederholung zeigte er Erbarmen und ließ sie zu sich kommen. »Wir kommen nun aus der Verteidigung in den Angriff. Statt die Bewegungen ineinanderfließen zu lassen, stoppen wir sie und stoßen das Schwert in Richtung des Gegners. Das nennt man Hutenlauf.« Zur Verdeutlichung seiner Worte führte Severian das Schwert von seiner Schulter nach unten, als würde er einen Hieb abwehren, endete im Pflug und stieß gleich nach vorne. »Aufstellung im Kreis, Schwert im Tag über der Schulter, und los«, kommandierte er. »Zornhau – und Stich. Alber – und Stich. Zwerchhau – und Stich …«

Das Keuchen der Männer klang über die Koppel und hinter sich hörte Severians Julias Kichern. »Morgen können sie sich vor Muskelkater alle nicht mehr bewegen«, sagte sie.

»Das ist gut.« Er lächelte. »Sie wollten doch das ritterliche Leben kennen lernen, und das besteht zum Großteil aus Schmerzen. Vom Training, von Stürzen und von Verletzungen.«

»So genau wollten sie es wahrscheinlich nicht wissen.«

»Dann hätten sie nicht den Herrn von Felsbrunn zu ihrem Lehrmeister ernennen sollen«, erwiderte er mit gesenkter Stimme. »Mein Ehrgeiz gilt nicht nur meiner Person, sondern erstreckt sich auch auf meine Schüler.« Er wandte sich von ihr ab und den Männern zu. »Jeder zeigt einzeln den Hutenlauf, alle Haue endend im Stich. Yannick, beginne!«

Mit einem Stöhnen hob Yannick sein Schwert und führte die Folge aus.

»Deine Beinarbeit und deine Deckung sind miserabel, deine Schwertführung ist kraftlos und die Haltung der Hände im Ochs falsch«, urteilte Severian, nachdem Julias Bruder zum Ende gekommen war.

Yannick schnitt eine Grimasse. »Es ist unmöglich, gleichzeitig an Füße, Hände und Schlagtechnik zu denken.«

Statt einer Erwiderung führte Severian ihm die Abfolge in raschen Hieben vor.

Yannick winkte resigniert ab. »So perfekt wie du schaffe ich das nie. In dieser Geschwindigkeit grenzt das an Hexerei.«

»Merk dir eins: Alles, was ich dir zeige, hat nicht das Geringste mit Zauberei, Wundern oder Schwarzen Künsten zu tun«, erwiderte Severian trocken. »Alles erklärt sich mit der richtigen Technik, jahrelanger Übung und Willenskraft. Verstanden?«

»Erwischt.« Yannick lachte. »Da hast du mir am Montagmorgen aber genau zugehört. Heute Abend wird das bei mir allerdings nichts mehr. Ich hab jetzt echt Hunger.«

Zustimmende Rufe erklangen von allen Seiten. Severian hob die Hände. »Jeder zeigt mir einen Hutenlauf, dann beenden wir das Training und …«

»… grillen!«, vollendete Björn seinen Satz triumphierend. »Wir haben Grillfleisch vom Hoffest übrig und unter der Laube stehen noch die Bierzeltgarnituren.«

»Ich fahre nach Braunfels und kaufe Brot und einen Kasten Bier«, bot Tom an, was allseits Einverständnis fand.

»Severian und Julia, ihr seid natürlich eingeladen«, beeilte sich Björn zu erklären und blickte Severian unsicher an. »Vorausgesetzt, du willst.«

Severian fiel ein, dass die Männer ihn für einen berühmten Lehrmeister hielten, unter dessen Würde es möglicherweise war, in einer Gruppe Schüler zu speisen. Doch er hatte nichts dagegen, zumal auch sein Magen knurrte. »Ich nehme gerne an eurem Mahl teil.«

»Super!« Begeistert hielt Björn ihm seine erhobene Handfläche entgegen.

Verwirrt sah Severian ihn an. Björn schien etwas von ihm zu erwarten, aber was?

Blitzschnell sprang Julia vom Zaun herunter, trat zu Björn und schlug mit ihrer Handfläche an die seine. »Perfekt«, rief sie übertrieben laut. »Ich bin dabei.«

Während sie zurücktrat, nickte sie Severian auffordernd zu.

Severian schlug ebenfalls auf Björns Hand, der ihn daraufhin anstrahlte.

Die Aussicht auf das Grillen schien seinen Schülern neue Kraft geschenkt zu haben. Bereitwillig stellten sich die Männer wieder auf und führten Severian den Hutenlauf vor.

Julia zog sich auf ihren Beobachtungsplatz auf dem Zaun zurück. Severian spürte, dass ihr Interesse nicht allein den Fortschritten seiner Schüler galt. Immer öfter hatte er das Gefühl, dass ihr Blick ausschließlich auf ihm ruhte.

Die größte Ehre eines Ritters war es, die Aufmerksamkeit einer Edeldame zu erringen.

Doch Julia war keine Dame. Zu seiner Zeit wäre sie eine Dienstmagd und seines Blickes nicht würdig gewesen – außer, er hätte ihr einen Befehl erteilt. Wieso straffte er dennoch die Schultern und führte seine Hiebe gewaltiger aus als notwendig?

Denk nicht darüber nach. Severian zwang seine Konzentration auf Tom, der als Letzter an der Reihe war. Der muskulöse Mann führte die Kombination annährend fehlerfrei aus und Severian nickte ihm anerkennend zu, ehe er erklärte: »Das Training ist beendet.«

Auf seine Worte folgte stürmisches Klatschen. Die Männer umringten ihn, bedankten sich überschwänglich und sahen ihn erwartungsvoll an. Erneut war es Patrick, der für alle sprach. »Würdest du morgen Nachmittag wieder mit uns trainieren?«

Severian nickte, ohne zu zögern. Im Jahr 2015 hatte er gefunden, was er in seiner Zeit am Ende so schmerzlich vermisst hatte: eine Handvoll Männer, die den Schwertkampf ebenso liebten wie er.

»Prost, Severian!« Oliver stieß den Boden seiner Bierflasche gegen seine. Das Glas klirrte und Severian setzte die Flasche an und trank das Bier in langen Zügen. Das duftende Fleisch und das Brot waren längst verspeist, die Dämmerung begann bereits, doch immer noch saßen sie zusammen auf den Bänken am Tisch.

Björn hatte aus dem Haus eine seltsam geformte Laute geholt, die er Gitarre nannte, und hatte darauf zu spielen begonnen. Mehmet hatte in einer Ecke Fackeln gefunden, sie angezündet und um sie herum in die Erde gesteckt; Tom holte aus seinem Wagen Tüten, in denen sich laut Aufschrift Gummibärchen und Chips befanden. Zwei Speisen, die sich beim Kauen nicht unterschiedlicher anfühlen konnten. So ungewohnt beides schmeckte, konnte Severian nicht aufhören, immer wieder seine Hand in die knisternden Verpackungen zu führen und sich die neuartigen Köstlichkeiten abwechselnd in den Mund zu stecken.

»Du wirst mit Übergewicht ins Mittelalter zurückkehren«, spottete Julia leise, die neben ihm saß.

»Dann müssen wir eine erneute Tandemtour unternehmen. Ich habe von hinten genau gesehen, dass du mich bergauf allein hast treten lassen.«

Empört sah sie ihn an. »Habe ich gar nicht! Und selbst wenn, das war alles für den guten Zweck.« Sie strich sich über die nackten Arme. »Aber du hast recht. Wir können gerne nochmal fahren.«

Der Anblick der Härchen, die sich auf Julias Unterarmen aufgerichtet hatten, brachte Severian vom Thema ab. »Du frierst«, stellte er fest.

»Ein bisschen. Ich dachte nicht, dass wir so lange bleiben, und habe keine Jacke mitgenommen.« Sie blickte zur untergehenden Sonne, deren Strahlen das Fell der Pferde auf der gegenüberliegenden Koppel in goldenes Licht tauchten.

Eine Jacke, die er Julia geben konnte, hatte er auch nicht. Daher wäre es schicklich gewesen, ihr anzubieten, sie sofort nach Hause zu geleiten, ehe die Nacht hereinbrach. Doch alles in ihm weigerte sich, aufzustehen und zu gehen. Zu vertraut war der Moment: die grasenden Pferde, die Männer, die scherzend und singend um ihn saßen, das Flackern der Fackeln und das Glitzern der am Koppelzaun lehnenden Schwerter im Sonnenuntergang. Als hätte jemand die Zeit um fünfhundert Jahre zurückgedreht – um fünfhundert Jahre und sechs Monate. Als wäre sein Vater noch am Leben und er ein Ritter, dessen einzige Pflicht es war, dem Grafen von Weilshausen in die Schlacht und auf Turniere zu folgen. Er konnte nicht aufstehen und gehen, er musste dieses Gefühl auskosten.

»Wenn dir kalt ist, wärme ich dich.« Severian legte seinen Arm um Julia. Eine Geste, die sich ebenso falsch wie richtig anfühlte.

Julia versteifte sich unter seiner Berührung und er erwartete, dass sie ihre Brüder aufrief, ihn für diese unverfrorene Nähe zu maßregeln. Dann entspannte sich ihr Körper und sie lehnte ihren Kopf gegen seine Schulter.

Und statt ihn zu einem Zweikampf um die Ehre seiner Schwester herauszufordern, weil er sie im Arm hielt wie eine Dirne, prostete Patrick ihm zu und zwinkerte vielsagend.

Severian atmete tief durch, genoss die Klänge von Björns Gitarre und den Duft von Julias Haar. Noch vor kurzem hätte er alles gegeben, den Zeittunnel öffnen zu können, und jetzt … Nachdenklich sah er in die Runde der Männer. Sie bemerkten seinen Blick und wie auf ein geheimes Zeichen hin hoben sie ihre Flaschen.

»Auf Severian, den besten Schwertkampflehrer der Welt!«, rief Tom.

»Auf Severian«, fielen alle ein.

Severian neigte den Kopf und erhob ebenfalls seine Bierflasche. »Auf die tapferen Recken von Braunfels, deren Willen und Durchhaltevermögen sich manch erfahrener Rittersmann zum Vorbild nehmen könnte.«

Begeisterungsrufe erklangen und er spürte Julias Lächeln mehr, als dass er es sah. Ein Schauer lief ihm über den Rücken, haltsuchend umklammerte seine Hand das kühle Glas der Flasche. Das, was er spürte, war unmöglich: Er fühlte sich nicht nur wohl, er fühlte sich zu Hause.

»Björn, jetzt spiel endlich *Die alten Rittersleut'*«, forderte Nico.

Sofort begann Björn mit der Gitarre ein Lied zu schmettern und Severian schüttelte lachend den Kopf, weil Julia an seiner Seite inbrünstig mitsang. Zu seiner Freude lag sein Arm immer noch um ihre Schultern. Wie oft hatte er mit Huren auf diese Weise geschäkert, hatte die Nähe der Frauen die Lust seiner Lenden geschürt? Aber Lust war es nicht, was er verspürte. Und das lag nicht daran, dass Patrick sie beide unverhohlen beobachtete. Es war eine Mischung aus Beschützerdrang, Stolz und Zuneigung. Severian zog Julia enger an sich. Er wollte dafür Sorge tragen, dass sie nicht fror, dass sie heute Abend sicher in ihre Wohnung zurückkehrte und niemals mehr vor etwas Furcht haben musste!

Erschrocken über die Heftigkeit seiner Gedanken keuchte er auf. Es musste das Bier sein, das ihm diese Wünsche eingab.

»Ist alles in Ordnung mit dir?« Besorgt sah Julia ihn an. Im nächsten Moment war jedoch sie es, die keuchte. Ihre Augen weiteten sich und ihr Gesicht verlor jegliche Farbe.

Ihnen gegenüber stöhnte Patrick verärgert auf. »Was macht dieser Idiot hier? Ich dachte, den wären wir los.«

Verwundert folgte Severian Julias und Patricks Blick. Neben der Pferdekoppel fuhr ein Auto vor, silbergrau und ohne Dach. Ein Cabrio, erinnerte er sich an Yannicks Erklärung. Obwohl er noch wenig von Autos wusste, konnte er eines erkennen: Diese Art von Wagen musste teuer sein.

Neben ihm schien Julia zur Salzsäule erstarrt wie Lots Weib, den Blick auf den Mann gerichtet, der dem glänzenden Wagen entstieg. Kaum älter als Severian selbst, war sein helles Haar kurz geschnitten und dunkle Augengläser verhüllten seinen Blick.

Vor ihrem Tisch blieb der Fremde stehen, nahm die Augengläser ab und blickte in die Runde, wobei sein Blick auf Severian einen Bruchteil länger verharrte als auf den anderen. Severian nahm den Geruch eines Duftwassers an dem Mann wahr, wie es sonst hohe Damen verwendeten.

»Jungs.« Der Unbekannte neigte knapp den Kopf, dann sah er zu Julia und ein Lächeln zauberte sich auf sein Gesicht. »Julia.«

»André«, erwiderte sie tonlos und streifte Severians Arm ab.

Wie eine Puppe an Fäden erhob Julia sich und Severian widerstand dem Verlangen, sie zurückzuhalten. Nun wusste er, wer sich hinter dem Namen André verbarg, und es gefiel ihm überhaupt nicht.

Patrick und Yannick teilten offensichtlich seine Abneigung gegenüber dem Mann. »Kannst du ihm nicht den Kopf abschlagen, Severian?«, raunte Julias jüngerer Bruder ihm zu und Patrick nickte bekräftigend.

Ehe Severian auf diese sonderbare Bitte, der er zu seinem eigenen Erstaunen gerne nachgekommen wäre, antworten konnte, warf André Patrick und Yannick einen vernichtenden Blick zu und ergriff erneut das Wort.

»Du kannst mir gerne hier vor allen eine runterhauen, Julia.« Er setzte einen Blick auf wie ein winselnder Hund. »Ich weiß, ich habe echt Mist gebaut. Deshalb habe ich mich nicht bei dir gemeldet: Ich hatte Angst, dass ich für dich gestorben bin.«

»Zu Recht«, murmelte Yannick.

André räusperte sich. »Ich kann meinen Fehler nicht rückgängig machen, aber ich kann ihn erklaren. Ich war sauer, weil du die Jubiläumsfeier unseres Hotels verlassen hast, um Oma Rosel bei ihrem Schwächeanfall Händchen zu halten, obwohl das auch deine Brüder hätten tun können. Denn ich wollte die Feier nutzen, um dich offiziell was zu fragen.« Er zog ein Kästchen aus der Hosentasche.

»Scheiße, bitte nicht«, zischte Yannick.

André ließ den Deckel des Kästchens aufschnappen. Ein goldener Ring mit einem eingefassten Kristall lag auf einem dunklen Kissen.

Severians Magen zog sich zusammen. Die Bedeutung eines solchen Geschenks war eindeutig. Er blickte zu Julia, die immer noch starr neben ihm stand und kein weiteres Wort gesprochen hatte.

Auch André schien ihr Schweigen Sorge zu bereiten. »Julia, du bist das tollste Mädchen, das ich kenne. Ich wäre super glücklich, wenn du … wenn du dich trotz dieser blöden Geschichte mit mir verloben würdest. Genau das wollte ich dich beim Jubiläumsfest fragen.«

»Kann ich unter vier Augen mit dir reden, André?«, erwiderte Julia mit beherrschter Stimme.

Er hob die Schultern. »Okay.«

Julia stieg über die Bank und verschwand mit André aus Severians Blickfeld.

Severian stand auf und ging hinüber an den Koppelzaun. Wie zufällig legten sich seine Finger um den Griff seines Schwertes.

»Du hättest ihn wirklich einen Kopf kürzer machen sollen.« Patrick trat neben ihn, eine volle Bierflasche in der Hand. »Dieser Kerl ist die Pest. Hoffentlich lehnt Julia seinen Antrag ab.«

Es dauerte einen Moment, bis Severian begriff, dass Patrick das Wort Pest im übertragenen Sinne gebrauchte. Doch der Vergleich erschien ihm äußerst passend. Auch wenn es ihn nichts anging, wollte er mehr über den Mann erfahren, der um Julias Hand anzuhalten gedachte. »Was spricht gegen eine Heirat zwischen den beiden? Ist dieser André nicht standesgemäß?«

»Standesgemäß? Tja, genauso würde das André wahrscheinlich ausdrücken. Wenn, dann ist allerdings Julia nicht standesgemäß.« Patrick schnaubte. »Ich sag dir was: Inzwischen weiß André, dass Julia sein Nobelhotel aufwerten würde, weil die reichen Schnösel es gern haben, wenn jemand normal mit denen umgeht – natürlich und herzlich eben. So, wie es Julias Art ist. Vermutlich hat sein Vater ihm gesagt: ‚Mach' den Sack zu, bevor sie sich einen Besseren sucht'.«

Severian runzelte die Stirn. »Julia stand in Andrés Diensten?«

»Eine längere Geschichte.« Patrick seufzte. »Ich finde das übrigens gut, dass du diese mittelalterliche Sprache so konsequent benutzt, mit deinem Dialekt zusammen klingt das echt authentisch. Passt perfekt zu dir und wirkt gar nicht gekünstelt. Hat bestimmt gedauert, bis du das so drauf hattest.« Patrick nahm einen Schluck aus der Bierflasche. »Aber das nur am Rande.« Er setzte die Flasche ab und drehte sie in seiner Hand. »Im Gegensatz zu mir und Yannick mag Julia das Gast- und Hotelgewerbe. Nach ihrem Wirtschaftsabitur hat sie sich für einen dualen Studiengang im Bereich Tourismus- und Hotelgewerbe eingeschrieben.« An Patricks Tonfall war deutlich zu hören, wie stolz er auf den Fleiß seiner Schwester war. »Julia hatte viele Ideen, wie es mit dem Café unserer Eltern weitergehen könnte, und wollte sich das passende Wissen aneignen. Die Fachhochschule besuchte sie in Worms, den berufspraktischen Teil absolvierte sie in den Seiler'schen Höfen, dem besten Hotel in dieser Gegend. Dort traf sie dann André, dessen Vater das Hotel gehört.«

Jetzt nahm Patricks Stimme einen missmutigen Ton an. »André hat sofort erkannt, dass Julia ein Händchen für verwöhnte und schwierige Gäste hat. Außerdem ist sie kreativ, sie kocht super und ist dazu total hübsch. Was willst du mehr?« Er machte eine Pause und schien auf Severians Zustimmung auf seine letzte Bemerkung hin zu warten.

Als Severian genickt hatte, fuhr Patrick fort.

»All das lässt André über Julias Herkunft hinwegsehen – und ihre Hobbys.« Patrick vollführte eine Geste zu den Männern am Tisch. »André kann unserem Mittelaltergetue, wie er es nennt, nichts abgewinnen. Seinetwegen hat Julia bei uns immer weniger mitgemacht. Früher war sie Feuer und Flamme«, endete er traurig.

Verwirrt sah Severian Patrick an. »Du hast gesagt, Julia sei nicht standesgemäß für André. Aber es gibt doch keinen Adelsstand mehr.«

Patrick schüttelte den Kopf. »In Andrés Adern fließt kein blaues Blut, wenn du das meinst. Er gehört zum Geldadel. Stinkreiche Leute, die nur unter ihresgleichen heiraten. Und nicht jemanden wie Julia, deren Eltern bloß ein kleines Café besitzen, Tag und Nacht dafür schuften und kaum aus Braunfels rauskommen.«

Severian starrte auf seine Schuhe, die durch das Training auf der Koppel längst nicht mehr weiß waren. Durfte er André einen Vorwurf machen, dass er auf Julia herabsah? Sah er nicht selbst auch nur eine Dienstmagd in ihr und keinesfalls eine Frau seinesgleichen?

»Wenn Julia den Antrag annimmt, ist sie für immer fort.« Patrick leerte seine Flasche. »Bis jetzt hat sie darauf bestanden, eigenständig zu sein und mit Nico in der WG zu wohnen. Doch wenn sie Andrés Verlobte ist …« Er zuckte mit den Schultern. »Julia wollte bis Mitte Oktober unseren Eltern helfen und dann mit André zusammen ein Jahr in großen Hotels rund um die Welt arbeiten. Kann mir gut vorstellen, dass er sie jetzt mit einer tollen Verlobungsreise von uns weglockt, damit wir sie nicht mehr umstimmen können.« Seufzend sah Patrick ihn an. »Kannst du nicht was machen?«

»Ich verstehe nicht.« Oder doch? Aber das konnte unmöglich Patricks Ernst sein! Aber dem verschwörerischen Grinsen nach, das in Patricks Gesicht erschien, deutete er seine Worte richtig.

»Julia steht auf dich, das sieht ein Blinder. Und mal davon abgesehen, dass mir ein brillanter Schwertkampftrainer als Schwager lieber wäre als ein arroganter Hotelierssohn: Könntest du dir vorstellen, mit Julia zusammen zu sein?«

»Nein«, erwiderte Severian heftiger als beabsichtigt. »Das ist unmöglich.«

»Und wenn es möglich wäre?«, fragte Patrick mit der Stimme der Schlange im Paradies.

»Ich will keine Gemahlin, die sich …« Bereits einem anderen Mann hingegeben hat, wollte er sagen. Doch es stimmte nicht. In seinem Inneren wusste er, dass er Julia zur Braut nehmen würde. Hastig schüttelte er den Kopf. War er schon so lange hier, dass die neue Zeit ihn seine Ideale vergessen ließ? Er war ein Ritter und der Herr von Felsbrunn. Eine dahergelaufene, nicht mehr jungfräuliche Dienstmagd konnte niemals seine Ehefrau sein, nicht einmal in einem Gedankenspiel!

Severian starrte auf die Erde. Trotz seiner Gefühle an diesem Abend musste er so schnell wie möglich in sein Jahrhundert zurück. Zurück in eine Zeit, in der er wusste, was richtig und was falsch war. In der er wusste, wem er seine Liebe schenken durfte – und wem nicht.

»Da sind Julia und André wieder.« Patrick wies mit dem Flaschenhals ans Ende der Koppel und bestand glücklicherweise nicht auf eine Antwort auf seine vorangegangene Frage.

Yannick trat zu ihnen an den Holzzaun. »Wenn Julia sich mit ihm verlobt hat, krieg ich die Krise.«

»Sei unbesorgt«, erwiderte Severian, als die beiden sich näherten. »Ihre Hände sind weiterhin bar jeden Rings.«

»Gott sei Dank«, stieß Yannick hervor und Severian setzte im Geiste ein Amen hinzu.

Vor dem Cabrioauto blieben Julia und André stehen.

»Julia ist kalt«, rief André ihnen zu. »Ich fahre sie nach Hause.« Er öffnete Julia die Beifahrertür, umrundete den Wagen und sprang über die geschlossene Tür auf den Fahrersitz. »Ciao, ciao, edle Ritter.« Die eine Hand lässig am Steuer, fuhr er erst rückwärts und dann mit dröhnendem Motor davon.

Severian fasste das Schwert in seiner Hand fester, bis seine Knöchel weiß hervortraten. »Hat jemand Lust auf einen Kampf?«, knurrte er.

»So grimmig, wie du schaust, würde das bestimmt in einem Blutbad für deinen Gegner enden.« Yannick klopfte ihm auf die Schulter. »Ich hätte jetzt allerdings auch Lust, jemanden zu verprügeln.«

»Am besten André«, erwiderte Patrick. »Am liebsten würde ich hinterher fahren und ihn von Julia wegziehen. Aber wahrscheinlich wollen sie ungestört sein und ihre Versöhnung feiern.«

Severian fragte nicht, wie Patrick das meinte. Er wusste es. Und die Vorstellung brachte sein Blut in Wallung. »Hutenlauf«, befahl er heiser. »Jetzt. Alle.« Er brauchte Ablenkung, sonst würde er sich Yannicks Mountainbike nehmen und mit dem Schwert in der Hand in Julias Haus einfallen. Einer Sache war er sich inzwischen todsicher: Wenn er Julia nicht bekam, sollte André sie auch nicht bekommen!

Der Heimweg verlief schweigend und im Gegensatz zu sonst konnte Julia die Fahrt in Andrés Mercedes SLK nicht genießen.

»Und?«, hatte André gefragt, sobald sie aus dem Blickfeld der anderen verschwunden waren. »Sagst du ja?«

Dabei hatte er sie so hoffnungsvoll angesehen, dass es ihr schwergefallen war zu sprechen. »Bevor ich mich mit dir verloben kann, muss ich dir erst verziehen haben. Und das wird noch dauern.«

Seine Schultern waren herabgesackt. »Ich verstehe.«

Sofort überkam sie das Gefühl, sich für ihre Worte rechtfertigen zu müssen. »Fast noch schlimmer als dein Fremdgehen war es, nichts von dir zu hören. Keine Erklärung, keine Entschuldigung, nichts!«

Er fuhr sich mit der Hand übers Gesicht. »Ich habe mich noch nie in meinem Leben für etwas so geschämt wie für diesen Ausrutscher mit Tonya.«

»Ausrutscher? Du hattest vor, dich an diesem Tag mit mir zu verloben. Ein verdammt mieses Timing für einen Ausrutscher.«

»Aber genau deswegen ist es doch passiert! Alles war perfekt vorbereitet: der Ring in meiner Tasche, ein Meer von Kerzen in meinem Schlafzimmer und Rosenblätter auf der Bettdecke.«

»Die Rosenblätter und die Kerzen habe ich gesehen«, erwiderte sie trocken. Als es Oma Rosel nach ihrem Schwächeanfall wieder besser gegangen war, hatte sie darauf bestanden, dass Julia zurück zum Jubiläumsfest ging. Da sie André nicht mehr im Ballsaal entdeckt hatte, war sie hinauf zu seiner Wohnung gegangen. Die Tür hatte offen gestanden, ebenso wie die zum Schlafzimmer. Das Erste, was sie erblickt hatte, waren Tonyas perfekt modellierte C-Cup-Brüste in einer Flut von Rosenblättern gewesen, während André hinter ihr kniete und lustvoll stöhnte.

»Tonya hat mich abgefüllt«, verteidigte er sich, da er zu ahnen schien, woran sie dachte. »Sie war immer neidisch auf dich und hat die Gelegenheit genutzt, dir eins auszuwischen.«

Das war der steinreichen Hotelerbin absolut gelungen. Den eigenen Freund in einer solchen Pose zu entdecken, war demütigend.

»Wer ist eigentlich dieser Typ mit den langen dunklen Haaren, der neben dir auf der Bank saß? Den habe ich noch nie in der Ritter-Gang gesehen.«

»Lenk nicht vom Thema ab.«

André blieb stehen. »Was soll ich tun, damit du mir verzeihst, Julia?«, fragte er verzweifelt. »Eine gemeinsame Reise? Den Schlüssel zu meiner Wohnung? Ein paar Wanzen, damit du mich abhören kannst und merkst, dass du das einzige Mädchen bist, das ich liebe?«

»Du Spinner! Das Einzige, was ich brauche, ist ein bisschen Zeit.«

»Ich habe Angst, dich wegen meiner Blödheit zu verlieren.« Er legte seine Hände an ihre Wangen. »Und wenn ich etwas bin, dann eifersüchtig. Ich habe gesehen, dass dieser langhaarige Kerl seinen Arm um dich gelegt hatte.«

»Mir war kalt.«

»Björn hätte dir eine Pferdedecke holen können.«

Sie fuhr auf. »Hallo? Wenn jemand von uns beiden Grund hat, eifersüchtig zu sein, dann ja wohl ich!«

Er hatte besänftigend die Hände gehoben. »Du hast ja recht.« Prüfend hatte er sie betrachtet. »Ist dir immer noch kalt?«

Sie hatte genickt und er hatte seinen Arm um sie gelegt. »Dann fahre ich dich jetzt nach Hause, bevor du krank wirst.«

Julia schloss die Augen, während der Mercedes die Ortseinfahrt von Braunfels passierte. Severians Blick, als sie mit André in das Cabrio gestiegen war, ging ihr nicht aus dem Kopf. Die Brauen aufs Äußerste zusammengezogen, hatte nicht Ärger, dass sie ihn zurückließ, auf seinen Zügen gelegen, sondern Eifersucht und Verzweiflung.

Julia musste sich beherrschen, nicht aufzulachen. Severian eifersüchtig? Wegen einer Frau, die er abwechselnd als Hexe, Dirne und Schankmagd bezeichnete? Allerdings hatte er das in der letzten Zeit nicht mehr getan. Überhaupt hatten sie sich gut verstanden – so gut man sich eben mit einem mittelalterlichen Mann verstehen konnte. Trotzdem war die Vorstellung, dass er eifersüchtig auf André war, absurd. Severian gehörte ins Jahr 1515, und damit nicht genug, wartete dort seine Verlobte auf ihn.

Und sie selbst konnte bald die Verlobte von André sein. Sie sollte nicht länger über Severian nachgrübeln, sondern sich freuen, dass ihr Freund reumütig zu ihr zurückgekehrt war und öffentlich um ihre Hand angehalten hatte!

»Wir sind da.« André schaltete den Motor aus. »Darf ich mit hochkommen?« Hastig setzte er hinzu: »Nur auf einen Kaffee?«

Julia biss sich auf die Lippe. Einerseits mochte sie gerade nichts anderes als allein sein, andererseits wollte sie ihn nicht vor den Kopf stoßen. So leicht war es ihm vermutlich nicht gefallen, auf sie zuzugehen. »Das ist ungünstig«, erwiderte sie ausweichend. »Nico und Severian kommen bestimmt gleich.«

Eine Furche erschien auf Andrés Stirn. »Severian? Du meinst nicht etwa den Kerl, der seine Finger nicht von dir lassen konnte?«

Verdammt, jetzt musste sie André auch noch belügen. Aber um ihm die Wahrheit zu erklären, hatte sie im Moment nicht die Kraft. »Severian ist Schwertkampflehrer und der Sohn einer Freundin von Nicos Mutter. Er überlegt, Geschichte in Darmstadt zu studieren, schaut sich in der Gegend um und schläft so lange bei uns.«

»Hoffentlich nicht in deinem Bett.«

Strafend sah Julia ihn an und er winkte sogleich ab. »Ich weiß: Ich bin der Letzte, der etwas sagen darf.«

»So sieht es aus.« Sie griff nach dem Türöffner.

»Julia, warte!« André berührte sie an der Schulter. »Ich habe kapiert, dass du es langsam angehen lassen willst. Das ist okay, ich habe es nicht anders verdient. Doch ich würde dich gerne um was bitten: Morgen Abend findet eine Party im Seepavillon des Hotels statt. Würdest du kommen?«

»Was für eine Party?«

Er lächelte schief. »Das kommt drauf an. Falls du da bist, zeigen wir allen, dass wir wieder zusammen sind. Falls nicht, wird es ein Besäufnis.«

Sie zögerte mit einer Antwort. Aber wieso? Sie hatte sich eine Versöhnung mit ihm doch gewünscht. Warum sonst hatte sie die vergangene Woche minütlich ihre Nachrichten gecheckt? Sie sollte es André nicht so schwer machen – und sich selbst auch nicht. »Also gut, ich komme«, stimmte sie zu. »Allerdings muss ich Severian mitbringen, es ist niemand da, der sich um ihn kümmern kann. Nico hat Nachtdienst und Yannick ein Basketballturnier.«

André verdrehte die Augen. »Er ist ein erwachsener Mann, soll er sich den Fernseher einschalten.«

»Mit ihm oder gar nicht.« Einen kleinen Dämpfer musste André aushalten.

»Nimm ihn meinetwegen mit«, brummte er. »Aber wehe, der Kerl legt wieder seinen Arm um dich. Dann prügele ich den Möchtegern-Ritter windelweich.«

Oder er dich, war sie versucht zu sagen. »Gute Nacht, André«, erklärte sie stattdessen.

Enttäuscht sah er sie an. »Bekomme ich nicht mal einen Abschiedskuss?«

Nein, sagte ihr Herz.

Wage den Neuanfang, sagte ihre Vernunft.

Julia seufzte unhörbar. André hatte recht: Je schneller sie zur Normalität zurückkehrten, desto einfacher würde es sein. Sie beugte sich zu ihm hinüber und sein Mund berührte den ihren.

Ein Kuss, wie so viele andere zwischen ihnen zuvor. Doch etwas stimmte nicht. War es Einbildung, dass sie glaubte, Tonyas teuren Lippenstift an ihm zu schmecken? War es ihr Inneres, das sich noch nicht wieder auf André einlassen konnte? Oder die Stimme in ihr, die sie fragte, ob ein vor fünfhundert Jahren geborener Mann besser küssen würde?

Freitag, 4. September 2015

Julia saß auf dem Koppelzaun und beobachtete Severian, der heute Nachmittag erneut Schwertkampftraining erteilte. Seit gestern Abend hatte sie ihn nicht mehr gesehen, sie hatte bereits im Bett gelegen, als er und Nico heimgekommen waren. Den Tag über war sie arbeiten gewesen und Yannick hatte sich um den Ritter gekümmert. Jetzt war sie hierher gekommen, um ihn mit zu Andrés Party zu nehmen. Doch wenn sie Severians verschwitztes T-Shirt sah, war wohl ein Umweg über zu Hause nötig.

Julia warf einen Blick auf ihre Armbanduhr. Es wurde Zeit aufzubrechen, aber sie konnte sich nicht aufraffen. Zum einen wusste Severian noch nicht, was sie heute Abend vorhatten und sie war nicht sicher, ob er zustimmen würde. Zum anderen faszinierte es sie, ihm zuzusehen: die Geschmeidigkeit seiner Bewegungen, das Spiel seiner Muskeln unter dem Stoff und die kleine Geste, mit der er sich die Haare aus dem Gesicht strich.

Heute übte er mit den Jungs die Handhabung der kurzen Klinge: Die linke Hand fasste das Schwert in der Mitte der Schneide, die rechte verblieb am Griff, sodass es wie eine Stichwaffe geführt werden konnte. Auf Severians Anweisung hin trugen alle Lederhandschuhe beim Trainieren, um sich vor Schnittverletzungen zu schützen.

Severian stellte sich vor Tom. »Die halbe Klinge ist nützlich, um einen Scheitelhau abzufangen.« Tom führte einen Scheitelhau aus und Severian blockte den Hieb ab, indem er sein Schwert in der Mitte gefasst quer vor seinen Kopf hielt. »Übt das im Wechsel mit Partner.«

Nach einer Weile ließ Severian die Jungs innehalten. »Euer Fehler ist, dass ihr mit der halben Klinge den Scheitelhau in der Kron, also zu weit oben, abfangt. Das kann euch den Sieg, im schlimmsten Fall das Leben kosten.«

Tom musste sich erneut aufstellen, sein Schwert in halber Klinge fassen und es quer auf Höhe seiner Stirn halten. Dann holte Severian zum Scheitelhau aus und seine Klinge traf auf Toms. Julia wunderte sich: Was war an Toms Abwehr falsch? Er hatte Severians Hieb mit seiner kurzgefassten Klinge perfekt abgefangen.

Severians nächste Handlung beantwortete ihre Frage. Der Ritter zog sein Schwert blitzschnell zurück und stieß es unterhalb von Toms quer gehaltener Klinge in Richtung von dessen Kehle.

»Tot«, erklärte Severian lakonisch.

Tom keuchte erstaunt, ebenso wie Julia und die sechs anderen. »Nochmal, Severian«, forderte Tom. »Jetzt mache ich es besser.« Tom nahm die gleiche Haltung ein wie zuvor, nur dass er diesmal das Schwert nicht vor seiner Stirn, sondern in Höhe des Gesichtes quer hielt.

Das ist schlau, dachte Julia. So konnte er Severians Hieb noch gut blocken, hatte aber die richtige Höhe, um Severians Schwert wegzuschlagen, sollte dieser wieder zurückziehen und auf Toms Kehle zielen.

Severian holte über dem Kopf aus und erneut wurde sein Hieb von Toms quer gefasster Klinge gestoppt. Doch statt wie das vorherige Mal sein Schwert zurückzuziehen, fasste Severian mit der linken Hand in die Mitte seiner eigenen Schneide, nutzte Toms Schwert als Hebel und stieß Tom den Knauf seines – Severians – Schwertes mit der rechten Hand auf das Kinn.

Julias Augen weiteten sich. Hätte Severian die volle Kraft benutzt, hätte er Toms untere Gesichtshälfte zerschmettert.

»Auch der Schwertknauf kann eine Waffe sein«, erklärte Severian den verdutzten Jungs. »Es geht nichts über die Ausnutzung eines guten Hebels.«

Dieses Mal brauchte Severian sie nicht aufzufordern, miteinander zu üben. Mit Feuereifer machten sich die Jungs daran, die gezeigten Angriffe auszuprobieren.

Ein guter Zeitpunkt, um mit Severian über Andrés Party im Seepavillon zu sprechen. Julia sprang vom Zaun, lief auf ihn zu und informierte ihn über ihre Abendplanung. Wie befürchtet hielt sich Severians Begeisterung in Grenzen.

»Ich sage den anderen Bescheid, dass das Training zu Ende ist«, erklärte er knapp und wandte sich ab.

Seufzend sah Julia ihm nach. Natürlich konnte Severian sich einen Abend allein in der Wohnung beschäftigen. Doch irgendwie wollte sie nicht ohne Begleitung zu dieser Party gehen. Zwar rechnete sie nicht damit, dass jemand sie wegen der Sache mit Tonya auslachen würde, aber ein echter Ritter an ihrer Seite konnte nicht schaden. Und André ein bisschen eifersüchtig zu machen, auch nicht.

Die Empfangshalle des Hotels wirkte kalt. Graue Decken, schwarzer Marmor und überall Spiegel. Einige Frauen, die prunkvolle Halsketten und Ringe trugen, saßen in Sesseln aus dunklem Leder und unterhielten sich übertrieben laut. Severian runzelte die Stirn, was Julia offenbar nicht entging.

»Die Leute, die in den Seiler'schen Höfen absteigen, lieben es, gesehen zu werden – und sich selbst zu sehen.« Sie deutete auf die Spiegel. »Die Lobby ist bewusst zurückhaltend gestaltet, damit die Hotelgäste gut zur Geltung kommen. Wie Schauspieler auf einer Theaterbühne. Aus diesem Grund ist das Personal ausschließlich in Schwarz gekleidet.«

Severian nickte. Jetzt verstand er, was Patrick damit gemeint hatte, dass Julia bei den Gästen gut ankam. Ihr Lächeln und ihre Herzlichkeit waren eine wohltuende Abwechslung zur Tristesse dieses Raumes, der ihn an einen Kerker erinnerte.

Sie durchquerten die Halle auf eine gläserne Wand zu, die lautlos vor ihnen auseinanderglitt, und gingen hinaus in einen Garten. Auf dem gepflegten Weg schritten sie an Bäumen, Pflanzen und Sträuchern vorbei, von denen Severian die meisten unbekannt waren.

»Gewächse aus allen Ecken der Erde.« In Julias Stimme schwang Stolz mit. »Damit die internationalen Gäste ein Stück Heimat wiederfinden. Das war meine Idee.«

Er nickte schweigend. An diesem Ort mit all seinen Fremdartigkeiten wurde ihm seine Zeitreise bewusster als je zuvor.

Steinerne Stufen führten sie hinab zu dem Ufer eines Sees, der kaum größer war als der, in dem Schloss Felsbrunn stand. Ein breiter, hölzerner Steg führte aufs Wasser hinaus, an dessen Ende ein gläserner Bau mit spitzem Dach errichtet war. Rund um das Gebäude verlief ein Balkon. Stimmen, Gelächter und rhythmische Töne drangen über das Wasser zu ihnen.

»Das ist der Seepavillon. Er wird für kleinere Feiern genutzt«, erklärte Julia. Mit einem Zwinkern fügte sie an: »Das Dröhnen ist übrigens Musik.«

»Gut zu wissen.« An diese Art der Musik würde er sich erst gewöhnen müssen. Gemeinsam mit Julia ging er über den Steg und kaum hatten sie den Glaspavillon betreten, kam André auf sie zu.

»Julia«, rief André und küsste sie auf den Mund. Anschließend streckte er Severian die Hand entgegen. »Hallo, Severin. Willkommen in den Seiler'schen Höfen.«

Severian neigte den Kopf. »Der Name ist Severian und ich danke für die Einladung.«

»Keine Ursache. Ich wollte ja, dass Julia kommt.«

Julia sah André böse an, doch der winkte lachend ab. »Das war ein Scherz.« André legte seinen Arm um Julias Schultern und führte sie zu einer Gruppe Männer und Frauen, die vor einer beleuchteten Wand mit unzähligen Gläsern und Flaschen standen. Severian folgte ihnen, da man das vermutlich von ihm erwartete.

»Dreht mal die Musik leiser«, rief André, »und hört alle her. Zwischen mir und Julia ist alles wieder gut – und vielleicht bald noch besser.« Er warf einen vielsagenden Blick in die Runde.

»Ach, und ich dachte, du stellst uns jetzt Julias neuen Freund vor«, witzelte einer der Männer und deutete auf Severian.

Gelächter folgte und für einen Moment wirkte André verdrossen. »Nein, das ist Severin. Julia spielt heute Abend sein Kindermädchen.«

»So klein sieht er gar nicht aus«, scherzte ein anderer und wandte sich an Severian. »Du heißt Severin – wie der Skispringer?«

»Nein. Ich heiße Severian. Wie der einstige Bischof von Gabala.«

»Auch egal.« Der Mann nahm eine Bierflasche aus einem Kasten, öffnete sie und reichte sie ihm. »Prost, Severian!«

Severian führte die Flasche an die Lippen und trank, denn er wusste nicht, was er sonst tun sollte. Die Frauen hatten sich aus der Gruppe gelöst, waren auf Julia zugestürzt und hatten sie, einer Schar schnatternder Gänse gleich, in eine andere Ecke des Raumes gezogen. So blieb er bei den Männern und André stehen und hoffte, dass sie seine Anwesenheit nicht weiter zu Kenntnis nahmen.

Ein Trugschluss, wie sich zeigte. Entgegen seinen Worten schien André seine Anwesenheit zu missfallen. »Du bist also Schwertkampflehrer und auch so ein Mittelalter-Fanatiker wie Julias Brüder«, wandte André sich mit abfälliger Stimme an ihn. »Ich hoffe, du bist nicht hoch zu Ross mit Julia hierher gekommen, sondern hast ihr etwas mehr PS geboten.«

»Wir sind mit einem Tandem gekommen.«

Fassungslos starrte André ihn an. »Ihr seid Fahrrad gefahren?«

»Ich vertrage das Autofahren nicht«, erwiderte Severian, doch seine Antwort ging in dem brüllenden Gelächter eines Mannes im rosafarbenen Hemd unter.

»Man merke sich«, der Rosagekleidete schnappte nach Luft, »mehr als eine Pferdestärke haut den stärksten Hobbyritter um.«

Die Umstehenden – einschließlich André – grölten vor Lachen. Severian lachte nicht. Er hatte die Bemerkung des Mannes nicht verstanden.

André wischte sich eine Lachträne aus dem Auge, dann klopfte er mit der Hand auf Severians Oberarm. »Du willst uns weismachen, deine Muskeln kommen vom Schwertschwingen und Radfahren?« Er legte den Kopf schief. »Oder hast du da mit Anabolika ein bisschen nachgeholfen?«

»Vielleicht waren die letzten Frauen, die er mit seinem Tandem zu einer Party gebracht hat, fetter als Julia«, warf der Rosafarbene ein. »Da musste er nicht treten, sondern Rad samt Frau schieben – das gibt dann solche Bizepse.«

Wieherndes Gelächter folgte den Worten des Mannes. André schlug sich auf die Oberschenkel und ein anderer spuckte sein Bier vor Lachen aus. Nur der Mann, der Severian anfangs die Bierflasche gereicht hatte, lachte nicht mit, sondern sah Severian betreten an.

»Soll ich dir zeigen, wo das Essen steht, Severian?«, fragte er und wies in die gegenüberliegende Ecke des Pavillons.

Severian nickte. Er war keine empfindsame Natur und ertrug Scherze auf seine Kosten für gewöhnlich gelassen, doch in Andrés Augen hatte nicht Humor geblitzt, sondern pure Herablassung. Dabei hätte Severian von einem wohlhabenden Mann in höherer Stellung, der André ja war, ein höflicheres Verhalten gegenüber einem Fremden erwartet. Dass sich der Anstand in den letzten Jahrhunderten gewandelt hatte und es normal geworden war, einen Gast vor aller Augen zu verspotten, glaubte er nicht. Denn der junge Mann, der ihn zum Essen führte, war offensichtlich genauso wenig angetan vom Verhalten der anderen wie er selbst.

»Ich bin Erik«, stellte sich sein Retter vor. »Ich finde diese Mittelaltersachen toll, aber für André ist das ein Reizthema. Er ist total besitzergreifend und möchte nicht, dass Julia sich für was anderes interessiert als für ihn – und sein Hotel.« Erik sah ihn streng an. »Aber das weißt du nicht von mir, ja?«

Severian nickte, dann blickte er verwundert auf die Platten mit Essen, vor denen sie zum Stehen gekommen waren. »Was sind das für Speisen?«

»Die Highlights aus der Hotelküche«, erwiderte Erik und wies auf die einzelnen Schalen und Teller. »Sushi, Paella, Enchiladas und Meeresfrüchtesalat.«

Ratlos blickte Severian auf das Essen. Besonders das, was Erik als Meeresfrüchtesalat bezeichnet hatte, weckte in ihm keinen Appetit, sondern Ekel.

»Magst du lieber nur Baguette?« Erik hielt ihm einen Korb mit hellen Brotscheiben hin.

Erleichtert griff Severian zu. Er blieb besser beim Brot. Seit dem Mittag hatte er nichts gegessen, er wollte nicht herausfinden, ob sein Magen den fremdländisch aussehenden Speisen standhalten konnte.

Erik führte ihn nicht zu der Gruppe der anderen zurück, sondern dankenswerterweise nach draußen auf den Balkon, der um den Pavillon herumgebaut war.

»Du arbeitest tatsächlich als Schwertkampflehrer?«, fragte Erik, als sie beide am Geländer lehnten und auf den See blickten. »Hast du ein paar Bilder davon?«

»Gemälde?«

»Fotos. Auf deinem Handy. Oder ein Video, das würde mich interessieren.«

»Ich besitze kein Handy.«

Erik sah Severian an, als wären ihm Flossen und Schuppen gewachsen. »Kein Handy? Respekt, da nimmst du diese Mittelaltergeschichte aber ernst.« Er zuckte mit den Schultern. »Manchmal wünschte ich, ich hätte auch keins. Ständig will jemand was von mir – meistens meine Eltern.« Gedankenverloren blickte er einen Moment auf den See hinaus.

»Was sagst du zu dem Einstand der Lilien in der Ersten Bundesliga?«, fuhr Erik schließlich fort.

Das Wort ‚Bundesliga' hatte Severian schon einmal gehört. Aber wo? Und was bedeutete es? Er beschloss, den Teil der Frage zu beantworten, den er verstanden hatte.

»Lilien sind wunderschöne Blumen, an Reinheit der Gottesmutter gleich. Nicht umsonst erwähnt sie der Herr in einem Gleichnis der Bibel.«

Erik stutzte, dann seufzte er resigniert. »Ich ahne, du bist Bayern-Fan. Als Darmstädter muss ich natürlich zu den Blauweißen halten.«

»So sei es«, erwiderte Severian und hoffte, mit dieser Erwiderung nicht neues Unglück heraufzubeschwören. Erik war bestrebt, eine Unterhaltung mit ihm zu führen und es erfüllte ihn mit Bedauern, dem freundlichen jungen Mann ein solch schlechter Gesprächspartner zu sein.

»Woher kommst du?«, machte Erik den nächsten Versuch, ein passendes Thema zu finden.

»Aus Felsbrunn«, erwiderte Severian, um wenigstens eine vernünftige Antwort zu geben.

»Du meinst Felsenbrunn in Tirol?«, rief Erik begeistert, der seine Antwort missverstanden haben musste. »Da war ich oft im Urlaub. Ich habe den Dialekt dort zwar anders im Ohr, aber als Einheimischer wirst du es ja besser wissen.« Er lachte. »Ich kenne mich in dem Ort gut aus, in welcher Straße wohnst du?«

Der Teufel musste seine Hand im Spiel haben, dessen war Severian inzwischen sicher. »Schlossgasse«, nuschelte er. Laut erklärte er: »Gibt es noch ein Bier?«

»Da müssen wir nach drinnen an die Bar, da steht der Kasten.«

Severian nickte. Lieber zurück zu Hohn und Spott, als einen anständigen Mann weiter anlügen zu müssen.

Beim Eintreten in den Pavillon schlug Severian außer lauter Musik stickige Luft entgegen. Rauchschwaden hingen im Raum und machten das Atmen schwer. Julia hatte ihn über das Rauchen von Zigaretten aufgeklärt, aber das änderte nichts daran, dass er es als unangenehm empfand: Der Qualm biss in den Augen und ließ ihn husten. Doch mehr als der dichte Zigarettendunst schockierte ihn das Verhalten der Gäste. Ein Mann und eine Frau küssten einander eng umschlungen in aller Öffentlichkeit. War das ein Ehepaar oder war die Frau eine Dirne? Auf jeden Fall benahm sie sich ebenso schamlos.

Severians Brauen zogen sich zusammen. Es konnte nicht sein, dass die Sitten sich dermaßen geändert hatten, dass Ehefrauen oder gar Jungfrauen es Dirnen gleichtaten! Denn wie konnte Julia ihn dann dafür verachten, dass er Huren aufsuchte, wenn ehrbare Frauen sich ungestraft so benehmen durften?

Verärgert stapfte er hinter Erik her. Zu seiner Freude war Julia zurück an der Bar. Allerdings hatte André seinen Arm um sie geschlungen, was Severians Laune gleich wieder dämpfte.

»Oh, Erik und Lancelot kommen wieder«, rief André ihnen zu und ignorierte Julias strafenden Blick. »Severian, Julia hat gesagt, du willst Geschichte studieren. Ist das nicht eine brotlose Kunst? Wie willst du damit zu Geld kommen?«

»Als Historiker ist man beim Land angestellt«, erwiderte Erik und reichte Severian eine volle Bierflasche. »Oder in einem Museum. Auch als Gutachter bei Auktionen verdient man nicht schlecht.«

»Woher weißt du das denn?«, schnappte André.

»Hätte ich nicht Jura studieren müssen, um die Kanzlei meines Vaters zu übernehmen, hätte ich mich für Geschichte oder Archäologie eingeschrieben.«

André schnaubte. »Sei froh, dass du auf deinen Vater gehört hast, Erik. Sonst müsstest du dir jetzt dein Geld damit verdienen, ein paar Idioten Schwertkampfunterricht zu erteilen – oder in Strumpfhosen auf einem Mittelaltermarkt rumrennen und den Robin Hood spielen.«

»André!«, rief Julia. »Hör auf, Severian zu beleidigen und meine Brüder dazu.«

»Reg dich nicht auf, Juliakind.« André küsste sie auf die Wange. »Du weißt, dass ich es toll finde, was Patrick als Altenpfleger bei den dementen Omas und Opas leistet.«

»Er ist Krankenpfleger auf der Kinderkrebsstation!« Julias Augen funkelten.

Ein Ausdruck, den Severian zu gut kannte. Doch diesmal galt ihr Zorn nicht ihm, sondern dem Mann, der um ihre Hand angehalten hatte. Und es wäre eine Lüge gewesen, hätte er behauptet, dass er Mitleid mit André empfand.

»Lass uns bitte nicht streiten.« Es war André anzusehen, wie er sich um eine ruhige Stimme bemühte. »Was ich sagen wollte, war, dass bei diesem Historienquatsch kein Geld rumkommt. Severian hat nicht mal ein Auto.«

»Ist das so wichtig?«, fauchte Julia.

André setzte eine gönnerhafte Miene auf. »Entscheide selbst: Willst du nachher auf einem Tandem nach Hause strampeln oder in einem Mercedes SLK chauffiert werden?«

»Ich nehme das Fahrrad, und zwar nicht nachher, sondern jetzt!« Julia befreite sich aus Andrés Umarmung und griff nach Severians Handgelenk. »Komm, wir gehen!«

Drohend baute sich André vor ihnen auf. »Julia, du verlässt nicht schon wieder eine meiner Feiern vor dem Ende!«

»Und ob! Deine blöden Sprüche höre ich mir nicht länger an.« Severian hinter sich herziehend, schlüpfte sie an André vorbei und stürmte auf den Ausgang zu. Überrascht, aber keineswegs unglücklich, diesen Ort verlassen zu müssen, folgte Severian ihr.

»Julia, bleib sofort stehen!«, schrie André. »Sonst …«

»Sonst poppst du aus Versehen wieder Tonya, oder was?«, rief Julia, ohne anzuhalten.

Severian beeilte sich, seine Bierflasche auf einem Tisch abzustellen und mit Julia Schritt zu halten. Aus den Augenwinkeln sah er, wie Erik ihm grinsend mit der Flasche zuprostete und André ihm einen hasserfüllten Blick zuwarf.

Vor den Fahrradständern riss Julia sich ihre Tasche von der Schulter, kramte den Schlüssel heraus und kniete sich hinunter zu der Kette, mit der sie das Tandem gesichert hatte. Severian hörte, wie der Schlüssel mehrmals über Metall kratzte, doch das Schloss öffnete sich nicht.

»Ach, verdammt!« Julia schleuderte den Schlüssel auf die Erde. »Nichts klappt.«

Er beugte sich zu ihr hinunter. Nicht ein verklemmtes Schloss war schuld daran, dass der Schlüssel nicht hineinpasste, sondern die Tränen in Julias Augen. Sachte umfasste er ihre Arme und zog sie nach oben.

Mit gesenktem Kopf kam sie vor ihm zum Stehen. »Es tut mir leid, dass ich dich hierher mitgenommen habe«, schniefte sie. »André und die anderen haben dich beleidigt und ausgelacht.«

»Mach dir darüber keine Gedanken. Ich war schon öfter unter Feinden.«

Sie hob den Blick. »Aber es hätte nicht sein müssen. Es war nur, weil ich so egoistisch war und dich mitnehmen wollte.« Er zog die Brauen hoch und sie erklärte seufzend: »Ich hätte dir schon zugetraut, einen Abend allein in der Wohnung zu bleiben, ohne etwas anzustellen.«

»Du wolltest mir einen weiteren Teil eurer modernen Welt vorführen, oder?«

»Nein«, antwortete sie leise. »Ich wollte nicht allein hierher kommen.«

»Du hattest Angst?«

Sie nickte.

»Dann ist alles gut.« Severian lächelte. »Ein Ritter ist dazu da, edle Damen zu begleiten und notfalls zu beschützen.«

Ihre Antwort war bar jeden Spottes: »Auch, wenn die edle Dame nur eine Schankmagd ist?«

Sein Herzschlag beschleunigte sich. »Dann erst recht.« Wie von selbst glitten seine Hände Julias Arme hinauf, spielten mit ihrem Haar und streichelten ihren Rücken.

Du sollst nicht begehren deines Nächsten Weib.

Er schloss die Augen. In seinem Inneren tobte ein Sturm, dem er kaum Herr zu werden vermochte. Das Wissen, dass Julia immer noch keinen Verlobungsring trug, machte es nicht besser.

Eine sanfte Berührung an seiner Wange ließ ihn aufsehen.

»Ich danke dir, dass du heute Abend ruhig geblieben bist. Ich weiß, du hättest André auch ohne Schwert jederzeit töten oder schwer verletzen können.«

»Nachsicht gehört zu den Tugenden eines Ritters.«

»Nicht unbegrenzt, oder?«

»André ist der Mann, den du heiraten willst, und das respektiere ich.« Er löste seine Hände von ihr.

Ein Schatten legte sich über Julias Gesicht und der Zauber des Moments verschwand. Sie hob den Schlüssel von der Erde auf und öffnete das Schloss.

»Hast du von dem Buffet gegessen?«, erkundigte sie sich, als sie wieder neben ihm zum Stehen kam. »Das Essen sah für dich sicher merkwürdig aus.«

»Ich habe mich mit ein paar Scheiben Brot begnügt.«

Julia lächelte. »Jetzt sagst du bestimmt gleich, dass du es gewohnt bist, zu hungern.« Sie hob die Hand, ehe er genau das bestätigen konnte. »Da dieser Abend für dich in weiten Teilen vermutlich ein Schock war, kommt es auf einen mehr auch nicht mehr an«, fuhr sie fort. »Ich brauche einen Kaffee und du etwas zu essen – von daher zeige ich dir heute noch ein Schnellimbissrestaurant von innen.«

Sie stieg auf das Tandem und Severian schwang sich ebenfalls in den Sattel. Kraftvoll trat er in die Pedale. *Du sollst nicht begehren deines Nächsten Weib.* Noch war Julia nicht Andrés Verlobte und mit ihr zusammen zu sein keine Sünde. Ihr ritterlichen Schutz zu bieten, erst recht nicht. Und hatte er nicht gerade unter Beweis gestellt, dass seine Selbstbeherrschung groß genug war, um nicht mehr als Schutz daraus werden zu lassen?

Samstag, 5. September 2015

»Der Zwerchhau nimmt, was vom Tag her beginnt.« Severian schritt durch die Reihen seiner Schüler, mit denen er seit zwei Stunden trainierte. »Doch Meister Liechtenauers Merkvers stimmt nur, wenn ihr die Stärke eures Schwertes benutzt.«

»Die Stärke unseres Schwertes?« Patrick sah ihn stirnrunzelnd an. »Was meinst du damit? Und wer ist Meister Liechtenauer?«

»Heb dein Schwert«, forderte Severian ihn auf. Dann schlug er mit seiner Waffe auf die Spitze von Patricks Schwert. Die Waffe in Patricks Hand erzitterte und Patrick hatte sichtlich Mühe, sie zu halten.

Severian holte erneut aus, zielte nun aber auf die Klinge nahe dem Knauf. Diesmal schwankte die Waffe in Patricks Fingern nur leicht. »Die Stärke des Schwertes reicht vom Knauf bis zur Mitte der Klinge. Die andere Hälfte nennen wir Schwäche. Einen Hieb mit der Stärke zu parieren ist besser als mit der Schwäche.«

»Klingt logisch.«

»Dann sprechen wir nun über den kurzen und den langen Ort«, kündigte Severian an.

Patrick stöhnte. »Jedes Mal, wenn ich endlich was kapiert habe, erklärst du was Neues. Im Fernsehen sehen Schwertkämpfe immer einfach aus. Ich hätte nie gedacht, dass es in Wirklichkeit so kompliziert ist.«

Severian seufzte. »Gräme dich nicht, Patrick. Dir und den anderen fehlen die Ausbildungsjahre als Page und Knappe. Es ist wirklich bedauerlich, dass ihr in der falschen Zeit geboren seid, denn ihr besitzt alle miteinander Talent.«

Irritiert sah Patrick ihn an. »Was soll das heißen, wir wären in der falschen Zeit geboren? Das bist du doch auch.«

Severian biss sich auf die Lippe. Er musste vorsichtiger sein mit dem, was er sagte. »Miss meinen Worten keine Bedeutung bei, das Training war lang und auch meine Aufmerksamkeit lässt nach. Wir verschieben die Übung auf das nächste Mal.«

»Das ist gut«, rief Yannick und blickte auf seine Armbanduhr. »Meine Basketballmannschaft hat sich gestern überraschend für das Halbfinale qualifiziert, ich müsste jetzt sowieso gehen, weil unser Spiel bald beginnt.«

Sie einigten sich auf eine Zeit für das Training am nächsten Tag, dann verabschiedeten sich seine Schüler. Severian machte sich zu Fuß auf den Heimweg. Yannick war bereits auf seinem Mountainbike davongefahren, Julia musste heute länger im Café arbeiten und Nico war nicht beim Üben dabei gewesen, da er sich von seinem Dienst der vergangenen Nacht ausruhen musste.

Patricks Angebot, ihn im Auto mitzunehmen, lehnte Severian dankend ab. Abgesehen davon, dass ihm im Auto schlecht wurde, würde ihm ein Spaziergang nicht schaden. Zudem wollte er darüber nachdenken, wie er seine Schüler fortan trainieren wollte. Sie machten enorme Fortschritte, auch wenn Patrick das nicht wahrzunehmen schien. In der wenigen verbleibenden Zeit wollte er ihnen so viel beibringen wie möglich, was bedeutete, dass er sein Unterrichtsvorgehen umstellen musste – statt Jahren, wie sonst, hatte er bloß Tage. Ein Umstand, der ihn nicht nur aus Lehrersicht mit Bedauern erfüllte. So unwohl er sich am gestrigen Abend bei André und seinen Freunden gefühlt hatte, so gerne weilte er bei seinen Schwertkampfschülern. Auf seltsame Art fühlte er sich ihnen zugehörig. Sie hatten ihn offen in ihren Kreis aufgenommen, nur sein Geheimnis stand einer wahren Freundschaft mit ihnen im Weg.

Am Ortsrand von Braunfels angekommen, hielt Severian sich auf dem Bürgersteig. Nico war am Abend auf eine Feier eines anderen Arztes eingeladen, was bedeutete, dass Severian mit Julia allein sein würde. Ein Gedanke, der ihm gefiel. Sie hatte versprochen, zu erklären, was der schwarze Kasten namens Fernseher für einen Nutzen erfüllte, worauf er gespannt war.

Die Kirchenuhr schlug fünf Mal, als Severian in die Turmgasse einbog. Er besaß keinen Schlüssel für die Wohnung und sollte klingeln. Blieb zu hoffen, dass Nico nicht zu tief schlief und die Türglocke hörte.

Severian hatte das Fachwerkhaus noch nicht erreicht, da vernahm er das Dröhnen eines Motors und kurz darauf hielt ein Auto neben ihm. Er blieb stehen und wandte sich um. Auto und Fahrer waren ihm leider nur zu vertraut. »André.« Severian neigte knapp den Kopf. »Julia ist nicht zu Hause.«

»Ich will nicht zu Julia, ich wollte zu dir.« André schaltete den Motor ab. »Gestern Abend ist das echt blöd gelaufen. Ich wollte mich bei dir entschuldigen.« Er wies auf den Beifahrersitz. »Darf ich dich zu einer kleinen Spritztour einladen? Samstags kommt Julia erst um acht Uhr vom Café nach Hause, bis dahin sind wir zurück.« Er grinste schief. »Wenn ich ihr sage, dass wir zwei uns ausgesprochen haben, wird sie nicht mehr auf mich sauer sein.«

Nichts in Severian verlangte danach, Zeit mit diesem Mann zu verbringen. Doch André war Julias zukünftiger Gemahl und er durfte ihr Glück nicht gefährden, indem er einer Versöhnung der beiden im Weg stand. Schließlich versprach diese Ehe Julia Wohlstand, Ansehen und eine gesicherte Zukunft – das Beste, was einer Frau passieren konnte. Und wünschte er Julia nicht das Beste?

Zudem hatte Julia André freiwillig auserwählt und war nicht wie Severian zu einer Verlobung gezwungen worden. Ein bitterer

Geschmack machte sich in seinem Mund breit. Julia empfand Liebe für André und das hatte er zu respektieren. Die Eifersucht, die bei diesem Gedanken in ihm aufwallte, war töricht. Er würde bald in seine Zeit zurückkehren und Julia musste im Jahr 2015 weiterleben – mit André.

»Ich nehme deine Entschuldigung an, wir können einander gerne Gesellschaft leisten.« Severian zwang sich zu einem Lächeln. »Auf eine Fahrt in deinem Auto verzichte ich jedoch, da dies Übelkeit in mir hervorruft.«

»Dir wird nicht schlecht, in einem Cabrio hast du frische Luft um die Nase. Außerdem habe ich was zur Entspannung.« André zog hinter dem Sitz einen Rucksack hervor, nahm ein bauchiges Fläschchen heraus und reichte es Severian mit einem Zwinkern.

Skeptisch betrachtete Severian die hellbraune Flüssigkeit in der kleinen Flasche. »Ist das Medizin?«

»So kann man es nennen.« André grinste. »Nicht nachdenken, sondern schlucken.«

Severian schraubte den Verschluss auf und roch. Alkohol. Da Nico nicht erbaut sein würde, André in der Wohnung zu haben, schien eine Fahrt mit dem Auto das Vernünftigste zu sein. Severian setzte das Fläschchen an, trank es in einem Zug aus und stieg in den Wagen. Eine angenehme Wärme machte sich in ihm breit, als André den Motor startete und anfuhr.

Tatsächlich blieb die Übelkeit aus und Severian beobachtete fasziniert die Landschaft. Sie hatten Braunfels hinter sich gelassen und die Straße wand sich in sanften Kehren einen Hügel hinauf. Wiesen mit Kühen, Wälder und die Häuser einer entfernten Siedlung boten sich seinem Blick – vertrautes Land und trotzdem unbekannt.

Nach einer Weile Fahrt durch den Wald öffnete sich das Land zu einer Ebene. André fuhr auf eine Straße, die zwei

Fahrbahnen in jede Richtung besaß. Die Autos fuhren hier alle schneller als zuvor, auch André beschleunigte seinen Wagen. Severians Hand umklammerte den Türgriff. Die Landschaft raste an ihnen vorbei, langsamere Fahrzeuge vor ihnen überholte André gekonnt. Doch der Alkohol übte weiter seine beruhigende Wirkung aus: Weder rebellierte Severians Magen noch nahm seine Furcht vor der hohen Geschwindigkeit überhand. Beinahe war Severian enttäuscht, als Julias zukünftiger Verlobter das Tempo drosselte.

»Wir sind gleich in Darmstadt. Hast du dich schon in der Stadt umgesehen?«

»Äh … nein. Nico wollte mir die Stadt und die Universität erst in den nächsten Tagen zeigen«, log Severian. »Er hatte viel zu tun.«

»Mit der Studentenszene kenne ich mich nicht aus.« André lächelte. »Ich zeige dir meinen Lieblingsort.« Mit einer lässigen Bewegung lenkte er den Wagen auf die rechte Fahrspur und durch einen Graben unter einer Brücke hindurch.

Severian blieb keine Zeit, darüber nachzudenken, was für einen Ort André meinen könnte. Der Anblick und die Geräusche der Stadt nahmen ihn gefangen.

»Ist dir doch schlecht?«, erklang Andrés Stimme neben ihm. »Du bist auf einmal so bleich.«

Severian presste den Kiefer zusammen. Er durfte sich seine Verunsicherung nicht anmerken lassen, musste reagieren wie ein Mensch aus dieser Zeit. »Hast du noch mehr Alkohol?«

André lachte. »Nimm dir aus dem Rucksack, was du brauchst.«

Nachdem Severian ein weiteres Fläschchen geleert hatte, fühlte er sich wohler. Die Haltung seines Begleiters nachahmend legte er den Ellenbogen auf die Autotür. »Was ist das für ein

Gebäude?« Er wies auf einen grauen Bau, der aus verschiedenen Häusern zusammengesetzt erschien.

»Das Magdalenenhospital, es hat als Krankenhaus einen guten Ruf.«

Severian entdeckte die Statue der Maria Magdalena vor dem Eingangsportal, zu erkennen an ihrem offenen Haar und einem Salbentiegel in der Hand. Tröstlich zu wissen, dass in der Zukunft die Heiligen noch gegenwärtig waren.

André fuhr weiter durch die Stadt und Severian hielt die Lippen zusammengepresst, damit ihm kein Aufkeuchen entwich über all das Unbekannte, was er sah. Mehr, als seine Herkunft zu offenbaren, widerstrebte es ihm, sich vor Julias baldigem Verlobten eine Blöße zu geben.

Endlich verlangsamte sich die Geschwindigkeit des Autos, André hielt den Wagen an und stieg aus. »Du musst dein Shirt gegen Hemd und Jackett tauschen, sonst kommst du nicht rein.« Mit diesen Worten zog André zwei Kleidungsstücke aus einer Tasche. »Ich habe dir was mitgebracht.«

Severian nahm beides entgegen und sah sich um. Sie befanden sich auf einer freien Fläche, auf der viele Autos abgestellt waren. Um das Gelände verlief eine hohe Hecke, der Boden war von der gleichen Beschaffenheit wie eine Straße und aufwändig mit Blumen bepflanzte Kästen unterteilten den Platz. Der Ort, den André mit ihm aufsuchen wollte, lag vermutlich hinter der Hecke und schien gewisse Kleidungsvorschriften zu verlangen. Neugierig, was ihn erwarten würde, stieg Severian aus dem Wagen und zog sein Shirt über den Kopf.

Neben ihm stieß André ein Schnauben aus. »Diese Muskelberge kommen tatsächlich nur vom Schwertkampf?« In seiner Stimme schwang unüberhörbar Neid mit.

»Schwertkampf, Ringen, Reiten, Holz hacken«, erwiderte Severian wahrheitsgemäß und schlüpfte in Hemd und Jackett.

André runzelte die Stirn. »Den Frauen wird es gefallen.«

»Es hat sich noch keine beschwert.« Wenn er an Julias Blick dachte, als sie ihn vor ein paar Tagen heimlich im Badezimmer beobachtet hatte, konnte er sie mit einschließen. Doch das würde er nicht laut sagen.

André schien ebenfalls an Julia gedacht zu haben, denn seine Miene wurde noch griesgrämiger. »Glücklicherweise gibt es was, worauf Frauen noch mehr stehen als auf gutes Aussehen.«

Severian hob fragend die Augenbrauen, aber André erwiderte nichts, sondern bedeutete mit einem Wink, ihm zu folgen.

Hinter der Hecke befand sich ein Gebäude, das im starken Gegensatz zu den Häusern stand, die Severian bisher in dieser Stadt gesehen hatte. Es war eine Halle aus hellem Stein, deren Dach ringsum von mächtigen Säulen getragen wurde.

»Inspiriert von der Antike und erst im vergangenen Jahr fertiggestellt.« André lächelte stolz, als hätte er am Bau mitgearbeitet. »Das *Casino grande*, die neue, exklusive Spielbank von Darmstadt. Noch kann sie nicht mit Wiesbaden oder Bad Homburg mithalten, doch sie ist auf dem besten Weg, sich einen Namen zu machen. Was natürlich auch an der Exklusivität der Besucher liegt.« Er musterte Severian. »Dein Outfit ist nicht perfekt, aber mit mir zusammen wirst du problemlos reinkommen.«

André ging auf die breite Marmortreppe zu, die zum Eingang hinaufführte, und Severian überkam das Gefühl, von einem Fürsten an seinen Hof geführt zu werden.

Am Ende der Treppe stand ein Mann vor dem pompösen Eingangsportal, den Severian zu seiner Zeit einen Diener genannt hätte – oder einen Torwächter. Wahrscheinlich erfüllte er beide Funktionen, auch wenn Severian kein Schwert oder andere Waffen an ihm entdecken konnte.

»Guten Abend, Herr Seiler«, begrüßte der Diener André und neigte den Kopf. Als er den Blick wieder hob, ruhten seine Augen fragend auf Severian.

»Das ist Severian Müller«, erklärte André. »Mein Bekannter und angehender Historiker für mittelalterliche Geschichte.«

»Guten Abend, Herr Müller. Ich wünsche Ihnen einen angenehmen Aufenthalt in unserem Haus.« Erneut neigte der Diener den Kopf und sie passierten das Portal.

Severian verkniff sich ein Grinsen. Für den Einlass galten heutzutage offensichtlich die gleichen Kriterien wie vor fünfhundert Jahren: Name, Stand und gute Verbindungen. Kurz bedauerte er es, nicht seinen Titel nennen zu dürfen, doch Geltungssucht wäre in diesem Fall nicht nur eine Sünde, sondern auch gefährlich gewesen.

Durch einen Vorraum kamen sie in eine weite Halle. Goldene Kronleuchter hingen von der Decke, mit Lampen in Form von Kerzen. Der Fußboden war mit dunklem Teppich ausgelegt und an den hell gestrichenen Wänden hingen riesige Ölgemälde, die Jagd- und Tanzszenen zeigten. Die Mitte des Raumes füllten einzelne, große Tische, an denen Menschen standen oder saßen und gebannt auf die mit grünem Stoff bespannten Tischplatten blickten.

»Roulette, Black Jack, Baccara – alles, was du willst«, sagte André. »Warst du schon mal in einer Spielbank?«

»Nein.«

»Oh, ich dachte, ihr Historiker steht auf Glücksspiel, um euer spärliches Salär aufzubessern. Diesen Archäologen habe ich jedenfalls hier mehrmals getroffen.«

»Bergsträßer?«

»Ich glaube, so hieß er. Ich habe mir wegen Julia seinen langweiligen Vortrag über die Kapelle angehört.« Er schüttelte den Kopf. »Wie viel willst du setzen?«

»Was setzen?«

»Euros. Meinetwegen auch Pfund, Dollar oder Schweizer Franken. Als Anfänger hat man meist Glück, also sei nicht zurückhaltend mit deinem Geld.«

»Ich habe kein Geld bei mir.«

Ungläubig starrte André ihn an. »Was ist dann in deinem Geldbeutel? Historische Urkunden?«

»Ich besitze auch keinen Geldbeutel.«

»Du hast nichts bei dir? Nicht mal ein paar Münzen in der Tasche?«

Fieberhaft suchte Severian nach einer Erklärung. »Ich kam vom Training.«

André wirkte verstimmt. »Ich lege dir was aus. Du gibst mir das Geld zurück, wenn wir wieder bei Julia sind.«

»Nein. Ich mache keine Schulden, wenn ich weiß, dass ich sie nicht zurückzahlen kann.«

Irgendetwas schien Andrés Laune schlagartig zu verbessern. Kameradschaftlich klopfte er Severian auf die Schulter. »Lass uns erst mal was trinken.« Er steuerte auf Sessel und Tische zu, die auf einem Podest standen und durch Pflanzen in Kübeln vom übrigen Raum abgetrennt waren.

Sie nahmen auf den weichen Polstern Platz und sofort stand ein Diener vor ihnen. »Wie immer Champagner, Herr Seiler?«

Auf Andrés Nicken hin entfernte sich der Mann. Mit einem zufriedenen Lächeln sah André Severian an. »Du bist eingeladen.«

Erneut hatte Severian das Gefühl, einem Herrscher gegenüberzusitzen, der Hof hielt. Inzwischen war er sicher, dass André ihn nicht nur mitgenommen hatte, um sich zu entschuldigen. Seine Einladung verfolgte einen anderen Zweck – aber welchen?

Der Diener kehrte mit zwei hohen, schmalen Gläsern zurück, in denen eine helle Flüssigkeit perlte, und stellte sie vor ihnen auf dem Tischchen ab.

»Cheers.« André nahm sein Glas und sah Severian auffordernd an.

Rasch hob Severian das Gefäß. »Cheers«, wiederholte er.

»Ich war oft mit Julia hier.« André stellte das Glas ab. »Sie war vorher auch noch nie in einer Spielbank. Ohne mich wäre sie auch sonst noch nicht viel rumgekommen.« Er schnippte eine Fluse von seinem Ärmel. »Ich habe Julia das Tor zu einer anderen Welt geöffnet – wenn du verstehst, was ich meine.«

Severian nickte. Auch er hatte Julia das Tor zu einer anderen Welt geöffnet. Doch in seiner Welt hatten Julia nur Schrecken und der Tod erwartet. In Andrés Welt hingegen … »Sie weiß deine Aufmerksamkeiten sicher zu schätzen«, erwiderte Severian und leerte sein Glas.

»Genau wie ich Julia zu schätzen weiß.« André hob die Hände. »Du denkst jetzt bestimmt, dass ich Julia aushalte, dass sie für mich nichts anderes ist als ein Schmuckstück. Das stimmt nicht. Julia und ich sind ein Team.« Für einen Moment wich die Überheblichkeit in seinen Augen einem warmen Glanz. »Ich lebe für den Hotelbetrieb und Julia ebenfalls. Sie sprudelt über vor Herzlichkeit und Ideen. Die Gäste lieben sie – und ich auch.«

»Das klingt gut«, presste Severian hervor, denn eine Welle von Eifersucht erfasste ihn. Dabei hätte er sich für Julia freuen sollen. Freuen, dass André nicht der furchtbare Mann zu sein schien, für den Julias Brüder ihn hielten, sondern ihr aus ganzem Herzen ergeben war.

»Schön, dass du das so siehst.« André lächelte, doch in seiner Stimme lag ein scharfer Unterton.

Nun gab es keinen Zweifel mehr an der Absicht des Ausflugs: Er war ebenso Entschuldigung wie Warnung. André sah einen Konkurrenten in ihm! Zu Severians Beschämung frohlockte ein Teil in ihm darüber. »Julia ist eine ehrenwerte Frau. Sie in guten Händen zu wissen, erleichtert mich«, erklärte er mit Nachdruck – nicht nur André, sondern auch sich selbst.

»Leider denkt nicht jeder so.« Die Schärfe in Andrés Stimme war noch nicht verschwunden. »Wenn es nach ihrer Familie ginge, würde Julia den Rest ihres Lebens in Braunfels versauern und sich im Café ihrer Eltern totschuften. Die Pläne, die Julia für das Café hat, werden nicht funktionieren. Julia ist gemacht für die große Welt und die High Society, nicht für ein Kuhkaff und ein paar Touristen, die nur einen Kaffee und ein Stück Sahnetorte wollen.« Er schnaubte. »Oder um mitten im Wald eine Horde Jungs zu versorgen, die wie zu groß geratene Kinder Ritter spielen wollen.« André hob die Hand und winkte den Diener herbei. »Eine Cola light für mich und einen Long Island Ice Tea für meinen Freund.« Der Diener entfernte sich und André wandte sich wieder Severian zu. »Nichts für ungut, aber Julia gehört mir. Nach meinem blöden Fehltritt mit Tonya ist mir noch bewusster geworden, wie sehr ich Julia brauche. Niemand spannt sie mir aus.«

Severian öffnete den Mund, um erneut sein Desinteresse an Julia zu bekunden, doch André war schneller. »Der Trick mit dem Tandem ist nicht schlecht«, höhnte er. »Eine romantische Fahrt durch die Nacht, ein Stopp, um den Sternenhimmel zu betrachten oder um einen Hamburger zu essen.«

»Woher …?« Severian räusperte sich. »Hat Julia dir das gesagt?«

»Nein, seit gestern Abend herrscht wieder Funkstille.« André lachte bitter. »Eine Bekannte hat euch gesehen.« In falscher Vertraulichkeit beugte er sich über den Tisch. »Wenn ich eine Vorstellung mehr hasse als Julia in ihrer biederen Schürze, wie sie

Rentnern ein Stück Kuchen bringt, dann die, dass sie einen Kerl küsst, der finanziell noch schlechter dasteht als sie selbst.«

Fünfhundert Jahre früher und Severian hätte sein Schwert gezogen und André für diese unverhohlene Drohung zum Duell gefordert. Doch seine Ehre verbot es ihm, gegen einen schwächeren Mann zu kämpfen, ebenso wie das Wissen um seine eigene Situation. »Ich verstehe«, erwiderte er knapp.

»Dann ist es gut.« Andrés finsterer Gesichtsausdruck stand im Gegensatz zu seinen Worten. Dennoch griff er zu einem der beiden gefüllten Gläser, die der Diener vor ihnen abgestellt hatte, und prostete Severian erneut zu.

Severian nahm sein Glas, von dem er nicht wusste, was sich darin befand, erwiderte den Trinkgruß und probierte. Würfel aus Eis schwammen in dem Getränk, das erfrischend und säuerlich schmeckte. Doch sicher war er sich nicht, was den Geschmack betraf. In seinem Kopf hatte sich ein leichter Nebel gebildet, ein erstes Zeichen, dass er zu viel getrunken hatte. Doch Alkohol war das Einzige, was ihn Andrés Gegenwart weiter ertragen ließ.

André hatte inzwischen das Thema gewechselt. Er erzählte von einer Reise, die er mit Julia plante, in Länder, deren Namen Severian fremd waren – Kanada, Neuseeland, Australien. Danach überlegte André laut, welches Auto er Julia zur Verlobung und welches er ihr zur Hochzeit schenken sollte. Dass Severian nur einsilbige und meist überhaupt keine Antworten gab, schien er nicht zu bemerken.

Trotz seines angehenden Rausches war Severian der Sinn hinter diesem Monolog klar: André wollte ihm verdeutlichen, was er – Severian – Julia nicht bieten konnte. Hätte André geahnt, dass er Julia in Wahrheit noch viel weniger bieten konnte, hätte er vermutlich laut gelacht. Severian drehte das Glas in seiner Hand. In seiner Zeit war er ein Ritter, Sieger vieler Zweikämpfe und Herr von Schloss Felsbrunn. Im Jahr 2015 war er … nichts. Was in seiner Welt der Adel war, war in dieser das Geld. Durch eine Heirat mit André wechselte Julia in einen höheren Stand, das hatte auch Patrick erkannt. Im Gegensatz zu seiner Zeit aber konnte – oder musste – Julia selbst bestimmen, ob sie diese Hochzeit wollte. Wenn er Andrés Verhalten richtig deutete, war dieser sich nicht sicher, ob Julia sich für ihn entscheiden würde.

Severian trank den letzten Schluck, der durch die geschmolzenen Eisstücke wässrig schmeckte. Was hätte er Julia geraten, wenn sie seine Schwester wäre? Den gesellschaftlichen Aufstieg an der Seite eines Mannes, der behauptete sie zu lieben und sie dennoch bereits einmal betrogen hatte? Was blieb ihr auf der anderen Seite? André hatte – ebenso wie Patrick und Charlotte – Julias Pläne für das Café ihrer Eltern erwähnt, unter denen sich Severian allerdings nichts vorstellen konnte.

»Welche …« Seine Zunge gehorchte ihm nicht mehr richtig. »Welche Pläne hatte Julia mit dem Café?«

»Lächerliche Ideen.« André, dessen Aussprache noch höchst klar war, vollführte eine wegwerfende Handbewegung. »Sie wollte das Haus umbauen und ein kleines Hotel daraus machen: Mittelalterferien in Braunfels – Stadtführung und romantische Nachtwanderung inklusive.« Er lachte spöttisch. »Dafür gibt es kaum einen Markt. Sie hätte sich hoch verschuldet und wäre ihr Leben lang nicht mehr glücklich geworden. Am Ende hätte sie alles verkaufen und irgendwo als Kellnerin arbeiten müssen. Glücklicherweise habe ich es ihr ausreden können.« André nickte zufrieden. »Wenn Julias Eltern in Rente gehen, wird das Café geschlossen. Renate und Klaus können dort ein Spielzimmer für ihre Enkel einrichten, damit wir unsere Blagen bei ihnen abschieben können.«

Julia hatte ihre Pläne aufgegeben? Der Gedanke bedrückte Severian, er wusste, was es bedeutete, seinen Traum nicht mehr leben zu können. Manch einer hätte das sichere Leben eines Schlossherrn dem Ritt in die Schranken vorgezogen, er jedoch nicht. Leichtsinn war es nicht gewesen, der ihn in den Kampf getrieben hatte, denn leichtsinnige Männer ereilte ein früher Tod. Er kannte seine Stärken und liebte die Herausforderung, er hatte hart trainiert und konnte die Gefahr einschätzen. Freiwillig hätte er niemals den Sattel gegen die Enge des Schlosses getauscht.

Ob Julia Bedauern empfand, ihren Traum nicht leben zu können? Immerhin hatte sie deswegen eine Universität besucht und nach ihrer Dienstzeit in Andrés Hotel die Arbeit im Café ihrer Eltern wieder aufgenommen …

»Severian, wir gehen was essen.« André erhob sich. »Du hast bestimmt auch Hunger und Julia muss dann heute nichts mehr kochen.«

Severian wollte widersprechen, doch es war unmöglich. Der Raum drehte sich um ihn und nur mit Mühe konnte er das Gleichgewicht halten. André packte ihn am Arm und Severian ließ sich von ihm aus der Halle hinaus zurück zum Auto führen.

»Wenn du dich übergeben musst, sag vorher Bescheid«, erklärte André und öffnete ihm die Beifahrertür. »Das sind Kalbsledersitze.«

Severian ließ sich nieder. Er hatte keine Lust mehr auf André und wollte zurück nach Braunfels, doch tatsächlich verspürte er Hunger.

Das Auto setzte sich in Bewegung. Nach einer Weile fuhr André eine Rampe hinunter und Severian fand sich in einer unterirdischen Halle wieder, in der etliche Autos abgestellt standen. Mit Andrés Hilfe stieg er aus und ging eine Treppe am Ende der Halle zur Oberwelt empor. Nach einem kurzen Fußmarsch kamen sie vor einem Gebäude an, das Severian unschwer als Schloss erkannte.

»Das Restaurant *Schlosskeller* hat neu eröffnet. Gutes Essen, wie man hört, und eine Dekoration, die dir zusagen dürfte.« Ohne seine Zustimmung abzuwarten, ging André auf das Eingangsportal zu und zog Severian hinter sich her.

Hatte die frische Luft seinem Kopf gutgetan, bewirkten der Lärm und die Hitze im Keller das Gegenteil. Essensdunst schlug ihnen entgegen, Musik, die über dem Stimmengewirr lag und der Geruch nach schwitzenden und mit Duftwassern eingeriebenen Menschen.

Obwohl der Schankraum gut besetzt war, entdeckte eine Schankmagd sie sofort und kam auf sie zu. An diesem Ort schien André nicht den gleichen Status zu genießen wie in der Spielbank. Er musste länger diskutieren, bis die Magd sie endlich an einen der wenigen noch freien Tische führte.

»Gefällt es dir?«, fragte André, kaum, dass sie saßen, und wies auf die Wand hinter ihnen. Fünf Schwerter hingen nebeneinander an der Mauer und darüber zwei sich kreuzende Speere. Severian blickte sich um, wobei er darauf achtete, den Kopf nicht zu schnell zu bewegen. Alle Wände des Kellers waren mit Waffen geschmückt: Streitäxte, Armbrüste und Buckler, daneben Landsknechtmesser, Säbel und Dolche.

Die Magd kehrte mit zwei Ledermappen in der Hand zurück, doch André winkte ab. »Ein Bier und eine Cola light, Essen bestellen wir später.« Er sah zu Severian und zeigte auf die Waffen. »Kannst du damit umgehen?«

»Natürlich.« Nur zu gerne hätte er ihm gezeigt, wie gut. Er biss sich auf die Lippe: keine Gewalt gegen Schwächere. Ein bisschen Spaß hingegen … Nein, so tief würde er nicht sinken. Er griff nach dem Bier, das inzwischen auf dem Tisch stand, und leerte es in einem Zug. Die Braumeister in diesem Jahrhundert verstanden ihr Handwerk, mehr davon wäre nicht schlecht gewesen.

André erriet seine Gedanken und kurz darauf brachte die Magd ein weiteres Glas des köstlichen Hopfensaftes.

»Soll ich dir Fotos von unserem letzten Urlaub zeigen?« André holte sein Handy heraus, wischte darauf herum und hielt es Severian unter die Nase.

Da war Julia. Nackt, bis auf eine knapp sitzende Unterhose aus rotem Stoff und ein Oberteil, das kaum ihre Brüste bedeckte. Severian keuchte. Ein schändliches Foto, das gleichsam ein Ziehen in seinen Lenden zur Folge hatte.

Ein zweites Bild erschien auf dem Handy. Hinter Julia stand nun André, nur mit einer kurzen Hose bekleidet, die Arme besitzergreifend um Julia geschlungen. Rasch trank Severian einen Schluck Bier, um seinen aufsteigenden Zorn zu besänftigen.

Auf einem dritten Bild trug André Julia in seinen Armen. Wie ein Mann, der seine Braut ins Bett brachte, um seine Rechte als Ehemann einzufordern. Julia schien nichts dagegen zu haben. Sie schmiegte sich an Andrés Brust, die Hände hinter seinem Hals verschränkt, und lächelte. Erst ein genaueres Hinsehen offenbarte, dass sich beide nicht auf dem Weg zu einer Schlafstätte befanden, sondern André in türkisfarbenes Gewässer hineinwatete.

»Malediven«, erklärte André lapidar, der Severians Blick gefolgt war. »Ohne mich würde Julia die Inseln nur aus dem Fernsehen kennen.«

Severians Brauen zogen sich zusammen. Wusste Julia, was für ein Angeber ihr zukünftiger Gemahl war? Und wusste sie auch, dass er Bilder besaß, auf denen sie halbnackt zu sehen war und diese schamlos anderen Männern zeigte? So viel Bier konnte Severian gar nicht trinken, um all das zu ertragen – und um die Erinnerung an Julias wunderschönen Körper zu verdrängen.

»Hat dieses Schwert einen bestimmten Namen?« André steckte das Handy weg und zeigte auf eine Waffe an der Wand.

»Bastardschwert oder Anderthalbhänder«, erwiderte Severian. Wie wunderbar hätte sich der Knauf des Schwertes in seiner Hand angefühlt – und wie gut die Spitze der Klinge an Andrés Hals. Der Kerl hatte keinen Kampf verdient, sondern eine Lektion.

Um sich vom Aufstehen abzuhalten, griff Severian nach dem Bierglas … und fasste ins Leere. Erst im dritten Anlauf gelang es ihm, das Glas zu greifen und an die Lippen zu führen. Verdammt, war er schon so betrunken? »Meinen letzten Vollrausch hatte ich nach dem Turnier in Würzburg.« Severian lachte. »Ihr hättet …« Er bemerkte seinen Fehler und rief sich zur Ordnung. »Du hättest dabei sein müssen, André. Bier in rauen Mengen und Huren, noch nackter als Julia.«

André hob eine Braue. »Hattest du denn Geld, dich mit ihnen einzulassen?«

»Der Lohn für meinen Turniersieg. Er reichte … reichte für zwei gleichzeitig.« Die Erinnerung rauschte über Severian hinweg. Die Anspannung der Kämpfe, der Triumph des Sieges, die Entspannung in den Armen der erfahrenen Frauen. Ein erneutes, forderndes Ziehen durchzog seine Lenden, das sich auch mit einem weiteren Schluck Bier nicht mehr besänftigen ließ. »Gibt es hier Huren?«

»Nein.« Ein Lächeln umspielte Andrés Mund. »Aber einem gut aussehenden Ritter wie dir werfen sich bestimmt viele freiwillig an den Hals. Vor allem, wenn er sein Schwert geschickt zu führen weiß.«

Severian wischte sich mit dem Ärmel das Bier vom Mund. In diesem Keller saßen einige Frauen, die ihm gefielen – viele davon ohne männliche Begleitung. Doch auch ein Mann an ihrer Seite wäre ein überwindbares Hindernis gewesen. Er streifte sich das

Jackett von den Schultern. »Seid Ihr dabei?« Dass er die falsche Anrede benutzte, war ihm inzwischen egal.

André schüttelte den Kopf. »Ich spare meine Manneskraft für Julia auf. Sie braucht es mehrmals hintereinander – tief, fest und hart. Eine junge Stute, die eingeritten werden muss und einen strengen Herrn verlangt.«

Wut schob sich wie ein roter Schleier vor Severians Augen. »Ihr sprecht über Julia wie über eine Hure!«

»Und du gehst zu Huren«, erwiderte André zynisch. »Julia wird bald meine Frau werden. Ich kann es mit ihr treiben, wann, wie und so oft ich es will.«

»Ihr entehrt sie!«

»Das würdest du doch am liebsten auch, wenn sie dich ließe.« André lachte auf. »Meinst du, ich habe die Geilheit in deinen Augen nicht bemerkt, als ich dir die Strandfotos zeigte? Doch ein Ständer in der Hose reicht Julia nicht. Sie will einen Mann mit Ansehen und Geld.«

»Ihr meint, ich besitze beides nicht?« Severian sprang vom Stuhl auf und stützte sich am Tisch ab. »Ich bin ein Ritter und Herr von Felsbrunn!«

»Du bist ein armes Schwein, das vermutlich noch nie eine nackte Frau gesehen hat.« In falschem Bedauern blickte André ihn an. »Wahrscheinlich treibst du es nur mit den anderen traurigen Gestalten von diesen Mittelaltermärkten.«

Severians Augen verengten sich zu Schlitzen. »Ihr bezichtigt mich der Liebe mit Männern?«

»Ist das nicht deine Leidenschaft, anderen zu zeigen, wie man sein Schwert am besten in einen Mann hineinsteckt?«

Severian riss den Anderthalbhänder von der Wand, fuhr zu André herum und setzte die Spitze an dessen Kehle. »Ihr hättet es verdient, dass man Euch die Zunge abschneidet. Doch um Julias willen sehe ich davon ab. Kniet Euch hin und …«

»Legen Sie sofort die Waffe weg oder wir rufen die Polizei!« Zwei Knechte tauchten neben ihm auf.

Severian ließ die Klinge haarscharf an ihren Gesichtern niederfahren. »Ich regele meine Angelegenheiten selbst.«

»Aber nicht mit einer Waffe und schon gar nicht in diesem Restaurant.« Ein dritter Knecht war hinzugekommen und packte ihn an der Schulter.

Severian wirbelte herum und stieß dem Knecht den Ellenbogen in den Magen, die anderen hielt er mit dem Schwert auf Abstand. »Niemand von euch Bauern legt Hand an einen Edelmann wie mich, sonst knüpfe ich euch am nächsten Baum auf!«

Hysterische Rufe erklangen im Saal, Stühle fielen um.

»Nehmen Sie die Waffe runter und wir verzichten auf eine Anzeige«, erklärte einer der Knechte.

»Und wenn nicht?«, höhnte Severian. »Gegen einen echten Ritter besteht niemand von euch!«

Von draußen erklang ein merkwürdiges Heulen.

»Gott sei Dank, da ist die Polizei schon.«

»Macht Platz, geht zurück!«

»Der Rettungsdienst ist auch dabei.«

Drei in Blau gekleidete Männer stürmten in den Keller, gefolgt von einem weiteren Mann in weißer Kleidung.

»Waffe fallen lassen, umdrehen und Hände auf den Rücken«, befahl einer der Blauen.

»Seid Ihr die Herren dieses Schlosses?«

»Nein. Aber wir bringen Sie hinter Schloss und Riegel, wenn Sie Widerstand leisten.«

Severian hob das Schwert. Er würde sich nicht gefangen nehmen lassen. Drei Männer waren machbar, selbst in seinem Zustand.

»Waffe runter – jetzt!«, wiederholte der Blaue.

»Niemals.« Severian fasste das Schwert fester und trat einen Schritt vor.

Der Blaue zog etwas aus seinem Gürtel. Severians Augen weiteten sich. Eine Pistole wie die, mit der Bergsträßer auf ihn geschossen hatte.

Seine Unaufmerksamkeit war sein Fehler. Die zwei anderen Blauen griffen von beiden Seiten an und rissen ihn zu Boden. Severian wollte sich herumwerfen, doch seine Trunkenheit lähmte seine Reaktionen. Ein Blauer drehte ihm den Arm auf den Rücken, der andere nahm ihm das Schwert ab.

»Ich glaube, der ist total irre!«, rief einer der Blauen. »Rettungsdienst! Schnell die Trage, wir fixieren ihn in Bauchlage.«

Sie hoben ihn auf ein Gestell, Gurte schlangen sich um Severians Beine, seine Füße, seinen Oberkörper. Die Arme auf den Rücken gezwungen, schloss sich kaltes Metall um seine Handgelenke. Severians Sicht verschwamm, sein Kopf drohnte. Dennoch hob er suchend den Blick. »André?« Doch nur ein Keuchen entrang sich seiner Kehle.

Schwindel überkam ihn, es wurde dunkler um ihn herum. Sein Körper begann unkontrolliert zu zucken. Stimmen, wie aus weiter Ferne.

»Bringen Sie ihn in die Ausnuchterungszelle aufs Revier?«

»Nein. Der Kerl ist ein klarer Fall für die psychiatrische Notaufnahme im Magdalenenhospital. Einen echten Ritter hatten die bestimmt noch nie.«

Gelächter.

Die Trage wurde angehoben.

Alles versank in Schwärze.

Sonntag, 6. September 2015

Die Trockenheit in seiner Kehle ließ Severian erwachen. Mit dem Erwachen kamen die Kopfschmerzen – und die Erkenntnis, dass er gefangen war. Festgezurrt lag er auf einem Bett in einem kargen weißen Raum.

Wo …?

Warum …?

Mühsam drehte er den Kopf. Er war allein in dem Zimmer. Ein großes Fenster gewährte ihm den Blick auf Häuser, Dächer und den Morgenhimmel.

2015.

Die Fahrt nach Darmstadt mit André.

Er ließ den Kopf zurückfallen.

André hatte ihn herausgefordert.

Und er war darauf angesprungen wie ein ungestümer Jüngling. Hatte eine Waffe von der Wand genommen und André bedroht.

Severian presste den Kiefer zusammen.

André hatte diesen Abend nicht benutzt, um sich bei ihm zu entschuldigen. Auch nicht, um ihn zu warnen. Sondern einzig, um ihm eine Lehre zu erteilen.

Und er war zu dumm gewesen, diesen Plan nicht zu erkennen.

Oder zu betrunken.

Die Scham war größer als die Wut auf André.

Nicht dieser verdiente Strafe, sondern er.

Aber wie es aussah, hatte er sie bereits erhalten.

Severian bewegte seinen Körper, doch die Gurte ließen kaum Spielraum. Sich zu befreien war unmöglich. Was immer ihn erwartete, er war dem hilflos ausgeliefert.

Krampfhaft versuchte er sich zu erinnern, was geschehen war, nachdem man ihn auf die Trage gebunden hatte. Doch in seiner Erinnerung klaffte eine Lücke.

Ein Geräusch an der Tür.

Eine Frau trat ein, kaum älter als er selbst. Sie trug Jeanshosen, ein gelbes T-Shirt und hatte ihr langes Haar in unzählige dünne Zöpfe geflochten, die eng an ihrem Kopf anlagen. »Guten Morgen«, grüßte sie freundlich. »Wie geht es Ihnen?«

Severian wollte fragen, ob sie die Gefangenenaufseherin sei, doch aus seinem Mund kam nur ein Krächzen.

»Möchten Sie etwas trinken?« Die junge Frau hob einen Becher mit einem schnabelförmigen Aufsatz und schüttelte ihn.

Das Plätschern der Flüssigkeit machte ihm seinen Durst nur noch bewusster. Selbst auf die Gefahr hin, dass das Wasser vergiftet war, nickte er.

Die Hoffnung, dass die Frau zum Trinken seine Fesseln lösen wurde, erfüllte sich nicht. Sie trat zu ihm und setzte ihm die schnabelförmige Öffnung an die Lippen. Er musste saugen wie ein Kälbchen am Euter der Kuh.

»Ich bin Schwester Sarina«, stellte sie sich vor, nachdem er den Becher geleert hatte.

Er war also in einem Kloster gefangen! Aber wieso trug die Nonne keinen Habit und keinen Schleier? Die Klosterregularien schienen sich geändert zu haben.

»Wie lautet Ihr Name?«, erkundigte sie sich.

Severian schwieg. Trotz ihrer Freundlichkeit durfte er nicht zu viel von sich preisgeben.

Schwester Sarina lächelte ihm aufmunternd zu. »Je entgegenkommender Sie sich verhalten, desto eher können wir Sie losschnallen.«

Lüge oder Wahrheit? Es gab nur einen Weg, es herauszufinden.

»Severian Müller.«

Sie nickte zufrieden. »Sie befinden sich im Magdalenenhospital, Herr Müller. Wissen Sie, warum Sie hier sind?«

»Ich bin in einem Hospital?« Er sah an sich herab, konnte jedoch keine Verletzung feststellen. »Bin ich verwundet?«

»Nein.« Schwester Sarina legte den Kopf schief. »Sie sind nicht in der Chirurgie, sondern in der psychiatrischen Abteilung.«

»Was bedeutet das?«

»Sie erinnern sich nicht mehr an gestern Abend?«

Er schüttelte den Kopf, unterließ es aber sofort, da es den Kopfschmerz verstärkte.

»Man nahm Sie im Restaurant *Schlosskeller* fest, weil Sie Gäste – und anschließend auch Polizisten – mit einem Schwert bedroht haben. Zudem haben Sie behauptet, ein Ritter zu sein.«

Er erinnerte sich schwach. »Tragen Polizisten blaue Kleidung und sind bewaffnet?«

»Ja. Und sie mögen es gar nicht, angegriffen zu werden.«

»Was geschah dann?«

»Die Polizei hat Sie in unsere Notaufnahme gebracht. Der diensthabende Arzt hat Ihnen eine Beruhigungsspritze gegeben, weil Sie nicht zur Ruhe gekommen sind und alle in Atem gehalten haben.« Sie zeigte auf ein kleines Pflaster an seiner Ellenbeuge. »Danach haben Sie bis jetzt geschlafen.«

»Werden Sie mich freilassen?«

»Das kommt vor allem auf Sie an. Ich werde dem Stationsarzt sagen, dass Sie wach und kooperationsbereit sind.

Vermutlich wird er Ihnen vorschlagen, Medikamente zu nehmen und anschließend anordnen, die Fixierung zu lösen.« Sie deutete auf die Gurte an Severians Körper. »Sofern Sie versprechen, friedlich zu bleiben.«

»Darf ich dann gehen?«

»Es wäre besser, wenn Sie ein paar Tage bleiben würden. Damit wir sicher sein können, dass Sie keine Gefahr mehr für andere Menschen darstellen.«

Er senkte den Blick. Er war ein Ritter, seine Aufgabe war es, Wehrlose zu schützen. Stattdessen hatte er unschuldige und unbewaffnete Menschen bedroht. »Es tut mir leid.«

»Sie waren stark betrunken. Ihr Alkoholspiegel lag bei 1,9 Promille. Passiert Ihnen das öfter?«

»Ich kann mich nicht entsinnen, mich jemals so gehen gelassen zu haben.« Und niemals wieder würde es dazu kommen, schwor er sich. Das Bedürfnis, die Beichte abzulegen, war groß.

»Möchten Sie jemanden anrufen, Herr Müller? Ihre Eltern, Ihren Lebenspartner oder Freunde?«

Julia, wollte er sagen. Stattdessen schüttelte er stumm den Kopf. Julia musste nicht sehen, dass man ihn wie eine unberechenbare Bestie hier gefangen hielt.

Die Schwester nickte und wandte sich zum Gehen. »Ich sage dem Arzt Bescheid.«

»Schwester«, hielt er sie zurück. »Sie haben meine Frage nicht beantwortet. Was bedeutet psychiatrische Abteilung?«

Sie schaute verwundert und es dauerte einen Moment, bis sie erklärte: »Wir kümmern uns um Menschen, die die Wirklichkeit nicht mehr richtig einschätzen können.«

Eine dunkle Ahnung stieg in ihm auf. »Das ist ein Haus für Narren und Wahnsinnige?«

»Das könnte man so sagen«, erwiderte sie zögernd.

»Warum bin ich dann hier? Ich bin nicht wahnsinnig.«

Die Schwester seufzte. »Sie haben gestern Abend in der Notaufnahme geschworen, ein Ritter aus dem Jahr 1515 zu sein, der durch einen Zeittunnel in die Zukunft gereist ist. Sie müssten nun dringend zurück, um den Brand eines Klosters zu verhindern und einen falschen Mönch zu entlarven.« Sie hob die Hände. »Sogar ihren Stammbaum konnten Sie über fünf Generationen hinweg aufsagen.« Mit einem Lächeln entfernte sie sich und schloss die Zimmertür.

Severian starrte an die Decke. Was hatte er getan? Er musste fort, ehe sie entdeckten, dass er die Wahrheit sprach – oder ihm so viele Medikamente gaben, dass er selbst nicht mehr wusste, was die Wahrheit war.

»Ich bin Dr. Zöllner, der Stationsarzt.« Ein älterer Mann mit Halbglatze, der mit einem dünnen weißen Mantel bekleidet war, stand neben Severians Bett. Mit Blick auf Schwester Sarina fuhr er fort: »Ich habe gehört, dass es Ihnen besser geht und man sich mit Ihnen unterhalten kann. Das freut mich. Sie haben ein komplexes Wahnsystem entwickelt und es wird eine Weile dauern, bis wir Sie medikamentös richtig eingestellt haben.«

Dr. Zöllner hielt einen kleinen, durchsichtigen Becher hoch, in dem sich eine milchige Flüssigkeit befand. »Das sind Medikamente, die Ihnen helfen, ruhig zu bleiben und Ihre Gedanken zu ordnen. Wenn Sie die Tropfen einnehmen, können wir bald auf die Gurte verzichten.«

Hatte er eine andere Wahl, wenn er diese Fesseln loswerden wollte? »Ich verspreche, niemandem etwas anzutun und werde mich der Arznei nicht verweigern.«

»Schön. Schwester Sarina gibt Ihnen jetzt Haldol und Diazepam. Ich bin mir sicher, dass Sie diese Medikamente schon öfter bekommen haben. Vielleicht werden Sie ein wenig müde und steif in den Muskeln, aber es wird Ihnen guttun. Ich komme dann später zu Ihnen für das Aufnahmegespräch.«

Die Schwester verabreichte Severian den Becher mit der Arznei, deren Süße den bitteren Beigeschmack nicht zu überdecken vermochte. Entschlossen schluckte er den Trank.

»Ruhen Sie sich einen Moment aus, Herr Müller. In einer halben Stunde komme ich wieder«, erklärte Schwester Sarina und verließ hinter Dr. Zöllner den Raum.

Severian starrte zur Decke. Die Zeit schien endlos langsam zu verstreichen, immer noch hatte er den bitteren Geschmack der Arznei in seinem Mund. Seine Lider wurden schwer und immer wieder dämmerte er weg …

Die Rückkehr von Schwester Sarina riss ihn aus seinem benommenen Zustand.

»Haben Sie Hunger?«, erkundigte sie sich und begann, die Gurte an seinen Beinen zu lösen. »Oder wollen Sie eine Zigarette rauchen?«

»Etwas zu essen wäre nicht schlecht.« Er musste zusehen, dass er bei Kräften blieb.

»Wenn Sie möchten, können Sie später duschen und sich die Zähne putzen.« Sie zwinkerte ihm zu. »Allerdings müssen Sie versprechen, sich nicht mit der Zahnbürste mit jemandem zu duellieren.«

»Ich habe mein Wort gegeben. Und gegen eine Frau würde ich niemals die Waffe richten, egal, wie betrunken ich bin.«

Sie öffnete das Band an seinem Oberkörper. »Das dürfte ich aus therapeutischen Gründen nicht sagen, aber ich kann Sie mir gut in einer Rüstung und mit einem Schwert in der Hand vorstellen. Sie sind der Typ dafür.«

Er lächelte. »Leider endet man gefesselt im Narrenhaus, wenn man behauptet, ein Ritter zu sein.«

»Vielleicht glaubt es niemand, weil sich heutzutage keiner mehr ritterlich benimmt.« Sie errötete. »Ich meine mutig, beschützend, ehrlich und hilfsbereit.«

Ihre Worte waren wie ein Schlag in den Magen. »Ich wollte vergangenen Abend die Ehre einer Frau verteidigen«, erwiderte er. »Für seine abfälligen Bemerkungen hatte der Mann einen Hieb mit dem Schwert verdient.«

Schwester Sarina lächelte. »Ihre Frau ist zu beneiden.«

»Sie ist nicht meine Frau. Sie wird die Seine werden.«

Sie pfiff durch die Zähne. »Deshalb der viele Alkohol?«

»Vermutlich.«

Mit einer geübten Bewegung entfernte sie den letzten Gurt. »Sie sind frei. Wenn Sie sich aufrichten wollen, passe ich auf.«

Severian nickte und sie fasste seinen Arm, um ihm beim Aufsetzen zu helfen. Es war Schwerstarbeit. Mochte es an den Folgen seines Rausches liegen, dem Arzneitrank oder der Scham über sein eigenes Verhalten: Ohne die Unterstützung der Schwester hätte er es nicht geschafft.

»Tief durchatmen, ich bin bei Ihnen.«

Zeit verstrich und Severian hätte nicht sagen können, wie lange er an der Kante des Bettes gesessen hatte. Schwester Sarina wartete geduldig. Schließlich legte sich der Schwindel und er nickte erneut, zum Zeichen, dass er bereit war, aufzustehen.

Wieder war es nur der Hilfe der Schwester zu verdanken, dass er auf die Füße und dann zum Laufen kam. Nicht bloß sein Denken schien verlangsamt, sondern auch seine Bewegungen.

»Ich bringe Sie in den Speiseraum, Herr Müller. Einverstanden?«

Er nickte.

»Dann bitte nach der Tür links in den Flur abbiegen.«

Wenige Schritte später stand er in einem Raum mit einer breiten Fensterfront und weißen glänzenden Tischen, die zu Vierer- und Achterblöcken zusammengeschoben waren.

»Heute gibt es Wiener Schnitzel mit Pommes und Salat«, vernahm er die Stimme der Schwester neben sich. Dann ließ ihn die junge Frau im Speiseraum zurück.

Andere Eingesperrte saßen bereits an den Tischen. Einige allein, andere in Gruppen. Severian entschied sich für einen Platz an einem Achtertisch, an dem zwei Männer und zwei Frauen saßen. Die Männer waren mittleren Alters, von den Frauen war die eine sehr jung mit grünen Haaren, die andere uralt.

»Guten Tag«, grüßte Severian und ließ sich nieder. Von den Männern erwiderte keiner seinen Gruß. Einer, blass und mit strähnigem Haar, saß mit halb geschlossenen Augen vor seinem unberührten Teller. Spucke tropfte in langen Fäden aus seinem Mund in sein Essen.

Angewidert wandte Severian sich dem anderen Mann zu. Dieser aß auch nicht, hatte den Mund jedoch glücklicherweise geschlossen. Seine dunkelbraunen Augen fixierten einen Punkt in der Ferne. Keinerlei Regung lag auf seinen Zügen. Ein Umstand, der Severian nervös machte.

»Schmeckt das Essen nicht?«, fragte er den Mann, um ihn aus seinem Starren zu erwecken.

»Es ist sinnlos.«

Es dauerte einen Moment, bis Severian begriff, dass sein Tischnachbar nicht das Essen meinte. »Was ist sinnlos?«, fragte er.

Schwerfällig drehte der Mann den Kopf zu ihm. Mit Schrecken erkannte Severian, dass der Mann kaum älter als er selbst sein konnte.

»Alles ist sinnlos. Das Essen, die ganze Klinik. Die können mir eh nicht helfen, die hätten mich springen lassen sollen«, antwortete der Mann mit monotoner Stimme.

Neben dem Mann seufzte die junge Frau auf. »Das verstehe ich zu gut. Das Leben ist eine Qual. Ich hab auch schon öfter auf der Brücke am Ostbahnhof gestanden.« Mitfühlend tätschelte sie dem Braunäugigen den Arm, was dieser teilnahmslos über sich ergehen ließ.

»Ihr beide wolltet euch das Leben nehmen?« Severian keuchte. Nur Gott stand die Entscheidung zu, ein Leben zu beenden.

»Wenn die Russen kommen, seid ihr sowieso tot!«, kreischte plötzlich die alte Frau. »Die schießen auf jeden, egal, ob du für Hitler bist oder nicht.«

»Ach Oma, beruhig dich. Der Zweite Weltkrieg ist längst vorbei.« Die junge Frau lächelte der Greisin zu, dann wandte sie sich an Severian. »Die Alte ist total dement und lebt nur noch in ihren Erinnerungen.« Sie grinste. »Der neben mir hat Depressionen, aber das hast du dir bestimmt schon gedacht. Und der da«, sie wies auf den Sabbernden, »ist von diesem Stümper von Arzt total überdosiert worden. Ist echt das letzte Loch hier und von Borderline haben die so was von keine Ahnung.« Sie streckte ihm ihre blassen Arme wie eine Trophäe entgegen. Mit Schaudern erkannte Severian, dass die Unterarme des Mädchens mit vernarbten Schnitten übersät waren.

»Weswegen bist du hier?«, fragte sie neugierig.

»Ich hatte zu viel getrunken und mich in Fantasien hineingesteigert.«

»Ja, die Realität ist kacke.« Sie nickte verständnisvoll. »Wenn du dich hier drinnen geschickt anstellst, verordnen Sie dir auch mal die guten Sachen, die dich dein Scheißleben für eine Weile vergessen lassen.«

»Genau das will ich nicht!« Mit einem Mal ekelte Severian der Duft des Essens an. »Ich will raus hier – jetzt!«

»Vergiss es. Du kannst erst gehen, wenn die es erlauben. Das kann Tage und Wochen dauern. Ich bin schon zwei Monate auf Station.«

Schweiß trat auf seine Stirn, unangenehm und kalt. »Kann man fliehen?«

»Wenn du nicht gerade Superman bist und mit deinem Hitzeblick die Tür aufschneiden kannst, ist es unmöglich.« Sie beugte sie sich zu ihm hinüber. »Falls du einen Plan hast, rauszukommen, nimmst du mich mit, ja?«

Seine Brauen zogen sich zusammen. »Damit du deine Freiheit missbrauchst, um dich umzubringen? Sicher nicht.«

»Ach, leck mich doch!« Sie schoss von ihrem Stuhl auf und verließ mit beleidigtem Gesichtsausdruck den Speiseraum.

Severian atmete schwer ein und aus. Er durfte nicht länger in diesem Narrenhaus bleiben, sonst würde er ebenso verrückt enden wie seine Tischnachbarn. Er musste entkommen, koste es, was es wolle.

Wie ein rettender Engel erschien kurz darauf Schwester Sarina im Speiseraum und brachte ihn auf den Balkon zum Luft schnappen. Der Balkon war groß und über dem Geländer ragten zu allen Seiten einem Käfig gleich Gitter nach oben, deren Spitzen nach innen gebogen waren. Außer ihm waren noch andere Insassen da: drei Männer, der Älteste davon auf Krücken, und zwei Frauen, die sich in einer Ecke unterhielten.

»Sie setzen sich am besten und geben Ihrem Kreislauf Zeit, auf Touren zu kommen.« Schwester Sarina führte ihn zu einer Bank in der Nähe des Alten mit den Krücken. Gehorsam ließ Severian sich nieder.

»Ich sage Dr. Zöllner Bescheid, dass er ab sofort mit Ihnen sprechen kann. Wir brauchen dringend Ihre Personalien und die Versichertenkarte, damit wir mit der Krankenkasse abrechnen können.«

Sie ging in das Gebäude hinein und neben ihm erklang ein heißeres Lachen.

»Keine Papiere.« Der Alte kicherte. »Das ist gut, Junge, das ist gut. Die wahre Identität zu verschleiern ist das erste Gebot.« Umständlich ließ er sich neben Severian auf der Bank nieder. Er war mager, seine Kleidung schlackerte an seinem Körper und die wenigen verbliebenen Haare standen in alle Richtungen von seinem Kopf ab. »War lange Jahre Spion. Jetzt hat mich die andere Seite erwischt und hier festgesetzt. Dr. Zöllner ist einer von ihnen, auch wenn er es abstreitet.« Der Alte führte die Hand an den Mund, damit keiner der anderen auf dem Balkon ihn verstehen konnte. »Schwester Sarina ist eine Doppelagentin. Um ihre Mission nicht zu gefährden, sage ich ihr nicht, dass ich das weiß.«

Severian starrte den Mann an. Mochte er viele der Wörter nicht verstehen, eines war unverkennbar: Der Wahnsinn hatte von diesem Menschen Besitz ergriffen. »Wie lange bist du schon hier eingesperrt?«, fragte er mit einer Mischung aus Faszination und Schrecken.

»Zehn Jahre, vielleicht aber auch nur wenige Tage. Sie manipulieren die Zeit, drehen sie rückwärts und vorwärts, wie es ihnen passt.«

Beinahe hätte Severian aufgelacht. Mit der Veränderung von Zeit kannte sich kaum jemand besser aus als er.

Jemand rief seinen Namen und Severian wandte sich um. Schwester Sarina winkte ihm zu. »Dr. Zöllner holt Sie in zehn Minuten ab, Herr Müller.«

»Hat der Doktor dir bereits das Wahrheitselixier gespritzt?« Der Alte blickte auf das Pflaster auf Severians Armbeuge. »Dann ist alles zu spät. Du wirst nicht mehr lügen können.«

»Es … es gibt kein Wahrheitselixier«, erwiderte Severian zögernd.

»Das wollen sie uns weismachen: die Politik, das Fernsehen und die Zeitungen.« Der Alte hob warnend den dürren Zeigefinger. »Die Wirklichkeit ist eine andere.« Er hob die Hüfte an, zog seine Hose ein Stück nach unten und entblößte sein Gesäß. Mehrere Pflaster zierten sein faltiges Hinterteil. »Mehrmals am Tag geben sie mir Spritzen. Ich habe ihnen alles gesagt, was ich weiß, dennoch glauben sie mir nicht.«

Und ihm würden sie auch nicht glauben. Weder die abstruse Wahrheit der Zeitreise noch seine Lügen. Severian erbleichte. Er kannte sich in dieser Welt zu schlecht aus, um glaubhaft in die Rolle einer anderen Person zu schlüpfen. Im schlimmsten Fall würden sie seine Spur zu Julia und Nico zurückverfolgen, um mehr Auskünfte zu erhalten. In eine solche Lage wollte er die beiden keinesfalls bringen. Er war selbst schuld an seiner Gefangenschaft, also war es an ihm, sich daraus zu befreien – auch, wenn es angeblich unmöglich war.

»Wie kann ich fliehen, alter Mann?«

Entgegen seiner Erwartung schien das der Alte für eine angebrachte Frage zu halten. »Wäre ich so jung wie du, würde ich über das Gitter klettern. Dort, wo die beiden Frauen stehen. Da grenzt ein Haus an und du kannst an der Regenrinne runterklettern.« Er musterte Severian. »Ja, du kannst das schaffen, bist ein sportliches Kerlchen. Ziehe aber besser Schuhe und Strümpfe aus.« Er lächelte verschwörerisch. »Du warst bestimmt in einem Kampfbataillon eingesetzt, ehe sie dich schnappten?«

»Rittergarde.« Severian neigte den Kopf. »Schwertmeister und Ausbilder.«

»Nur zu, Junge, ich lenke sie ab, sobald sie kommen.« Er kicherte. »Grüße den Großmeister von mir, wenn du wieder bei ihm bist.«

»Ich werde ihm von deiner Unterstützung bei meiner Flucht berichten.«

Der Alte überkreuzte die Hände vor der Brust. »Möge das Gute siegen.«

Das hoffte Severian auch. Unauffällig streifte er Schuhe und Strümpfe ab, stopfte die Strümpfe in die Schuhe und verknotete die Schnürbänder. Dann hängte er sich die Schuhe um den Hals, erhob sich und begann auf dem Balkon herumzuschlendern. Am liebsten wäre er sofort ans Klettern gegangen, denn der Arzt konnte jeden Moment auftauchen. Doch erst musste er seine Muskeln lockern. Das Gitter zu erklimmen würde anspruchsvoll werden, auch wenn es nicht allzu hoch war. Zwar waren die Kopfschmerzen vergangen, doch ein leichter Nebel war zurückgeblieben, der das Denken anstrengend und seine Bewegungen mühsam machte.

»Herr Müller?« Dr. Zöllner betrat den Balkon und sah sich um.

Severian fluchte. Er musste es wagen, jetzt. Scheiterte er, würde man ihn wieder an ein Bett fesseln und mit Medikamenten betäuben. Er hastete zu den Frauen in der Ecke.

Hinter ihm erklang der gellende Schrei des Alten: »Der Großmeister kommt! Rette sich, wer kann, er brennt uns alle nieder im ewigen Feuer. Meister, Meister, hier bin ich, dein treuer Diener. Errette mich!«

Severian griff nach dem Gitter und zog sich hoch. Seine Füße rutschten von den glatten Stäben, doch schließlich fand er mit den Zehen Halt. Gepriesen sei der Alte, dessen Verstand in dieser Hinsicht nicht beeinträchtigt war.

Leider wurde sein Fluchtversuch trotz der Ablenkung durch den Alten bemerkt. »Ich brauche Verstärkung hier draußen«, rief Dr. Zöllner. »Patient droht zu fliehen!« Im Laufschritt näherte sich der Arzt dem Gitter. »Herr Müller, kommen Sie runter, Sie werden abstürzen!« Dr. Zöllner versuchte Severians Fuß zu packen. »Wo bleibt die Verstärkung?«

Zöllners Finger streiften Severians Fußgelenk. Mit letzter Kraft schwang Severian den Fuß über das gebogene Ende. Seine Arme zitterten, als er sich zum Überhang des Gitters hinaufzog, ehe der Arzt ihn am anderen Bein packen konnte.

Oben angekommen, blickte Severian sich hastig um. Keine Armspanne entfernt befand sich ein Metallrohr, das am Nachbarhaus hinunterführte. Sein Fluchtweg. Severian ließ sich am Gitter ein Stück hinab und griff mit beiden Händen nach der Röhre. Sie wackelte, doch er hatte keine Wahl.

»Herr Müller, um Himmels willen!«, schrie Dr. Zöllner vom Balkon aus. »Sie stürzen sich zu Tode. Wir können über alles reden!«

Nein, das konnten sie nicht. Mit den Beinen umschlang Severian die Röhre. Sie gab ein Knirschen von sich, riss jedoch nicht aus ihrer Verankerung. Noch nicht. Stück für Stuck ließ er sich an der Hauswand hinab, bemüht um ruhige, gleichmäßige Bewegungen. Seine Finger schrubbten an der Hauswand entlang und rissen auf, die Schuhe um seinen Hals behinderten ihm beim Abwärtsrutschen, doch es gab kein Zurück.

Endlich berührten seine Füße den Boden. Er befand sich in einem Innenhof und musste entkommen, ehe sie den Hof abriegelten. Severian warf einen letzten Blick nach oben zu dem Balkon. Zöllner stand dort und neben ihm Schwester Sarina. Dann hastete er los. Durch eine Tür aus Glas, eine Halle, eine

Doppeltür – und stand auf dem Vorplatz mit der Magdalenenstatue. Eilig bekreuzigte er sich und rannte weiter zur Straße. Auf der anderen Seite befand sich eine Gartenanlage, in der Männer, Frauen und Kinder flanierten. Dort würde er sich verbergen, ausruhen und einen Plan schmieden, wie er nach Braunfels zurückfinden konnte.

In einer Gruppe Menschen überquerte Severian die dicht befahrene Straße und bog ab auf einen kiesbestreuten Weg in den Garten. Er ignorierte die Steinchen, die in seine Fußsohlen stachen, und blickte im Laufen über die Schulter zurück. Bis jetzt war ihm niemand gefolgt. Sein geschwächter Körper forderte eine Pause, doch noch war er nicht in Sicherheit.

Severian stolperte den Weg entlang. Die Kopfschmerzen waren zurückgekehrt, das Hämmern hinter seiner Stirn wurde von Moment zu Moment unerträglicher. Er fuhr sich über das Gesicht. Wenn er hier zusammenbrach, würden sie ihn bald finden. Er musste weiter, weiter …

Ein Klingeln ließ ihn zusammenschrecken. Eine Gruppe Radfahrer fuhr auf ihn zu. Severian taumelte vom Weg herunter. Keuchend ließ er sich vor einem Baum auf die Erde fallen und lehnte sich an den Stamm. Kalter Schweiß lief ihm in Strömen über den Rücken. Wie sollte er jemals nach Braunfels kommen? Dorthin zu laufen war in diesem Zustand unmöglich, selbst wenn er den Weg gewusst hätte. Was hätte er dafür gegeben, wie Nico oder André ein Auto zu besitzen und es fahren zu können! Severian blinzelte. Yannick hatte ihm erzählt, dass viele Leute kein Auto besaßen. Sie benutzten für ihre Reisen einen – Severian versuchte sich an die Bezeichnungen zu erinnern – einen Zug oder einen Bus. Die Züge brauchten zur Fortbewegung besondere Wege, Schienen hatte Yannick sie genannt. Busse nicht. Severian sah zu der Straße zurück, die er überquert hatte. Wenn ihn nicht alles täuschte, war dort eben ein solches Gefährt vorbeigefahren – Yannick hatte ihm Fotos gezeigt.

Er nahm die zusammengebundenen Schuhe von seinem Hals, zog die Strümpfe heraus und schlüpfte in beides hinein. Am Baumstamm drückte er sich nach oben und schleppte sich in Richtung der Straße. Was hatte Yannick noch über die Busse gesagt? Es gab Stellen, an denen die Menschen in den Bus ein- und aussteigen konnten. Und die Fahrt kostete Geld – Geld, das er nicht besaß. Doch noch stellte sich dieses Problem nicht.

An der Straße angekommen, blickte Severian sich um. In einiger Entfernung zu seiner Rechten war ein Unterstand aus Glas und dunkelblauen Metallstangen, an dem mehrere Menschen standen. Mochte das eine Haltestelle sein? Schritt für Schritt ging Severian auf den Unterstand zu. Papiere hinter Glasscheiben hingen an dem Unterstand, doch sein Blick war durch die Medikamente zu trübe, um diese entziffern zu können.

»Warten … warten Sie auf den Bus nach Braunfels?«, sprach Severian einen älteren Mann an, der einen braunen Hut trug und in einer Zeitung las.

Der Mann hob den Blick und musterte Severian abfällig. »Der Bus nach Braunfels ist vor zehn Minuten abgefahren, der nächste fährt in zwei Stunden«, erwiderte er unfreundlich. »In vier Minuten kommt der Neununddreißiger nach Michelstadt, der hält sonntags auch in Braunfels – allerdings nur an zwei Haltestellen.« Er wandte den Kopf ab und blickte demonstrativ in seine Zeitung.

Erleichtert über diese Auskunft trat Severian von dem Mann fort – und erstarrte. In der Scheibe des Unterstandes sah er sein Spiegelbild: wirre Haare, fahles Gesicht, unrasiert, einem Bettler gleich. Kein Wunder, dass der Mann ihn so angewidert betrachtet hatte!

Doch sein Aussehen war nicht Severians drängendstes Problem. Wie kam er zu Geld für die Fahrt im Bus? Einen Moment war er versucht, sich auf dem Boden niederzulassen, die Hände zu einer Schale zu formen und um Geld zu flehen. Doch er hatte noch nie um etwas gebettelt und würde jetzt nicht damit anfangen. Er musste einen anderen Weg finden – wäre sein Kopf nur klarer gewesen!

Stimmengewirr und Lachen ließen Severian aufsehen. Zwanzig Kinder von höchstens zwölf Jahren kamen in Begleitung einer Frau an die Haltestelle. Alle trugen Rucksäcke und redeten laut miteinander.

»Gleich kommt der Bus, der uns nach Michelstadt bringt«, rief die Frau über den Lärm hinweg. »Ihr steigt zügig ein und sucht euch einen Sitzplatz, ich will keinen auf dem Gang stehen sehen.«

»Dürfen wir uns in die letzte Reihe setzen, Frau Schmitt-Wegeler?«, fragte ein Junge mit roten Augengläsern.

Die Frau nickte und der Junge stieß einige der anderen Kinder mit dem Ellenbogen an und redete auf sie ein.

Kurz darauf erklang ein Brummen. Ein Bus näherte sich der Haltestelle, hielt zischend davor an und die Türen öffneten sich. Eine Handvoll Leute stieg aus. Kaum hatten sie den Bus verlassen, drängelten sich die Kinder an die Türen. Der Mann mit der Zeitung, der ebenfalls einsteigen wollte, schnaubte verärgert, während die Frau versuchte, Ordnung in das Durcheinander der Kinder zu bringen.

Severians Hände ballten sich zu Fäusten. Das war der Bus, der ihn nach Braunfels bringen würde und noch immer hatte er kein Geld. Aber würde es bei all den Kindern überhaupt auffallen, wenn er einstieg? Wie so oft gab es nur einen Weg, es herauszufinden. Er trat an die hintere Tür des Busses, stieg mit den letzten Kindern zusammen in den Wagen und ließ sich auf einen Einzelsitz fallen.

Die Türen schlossen sich und der Bus fuhr an. Severian lehnte seinen Kopf gegen die Fensterscheibe. Er hatte Yannick nicht gefragt, was geschah, wenn man ohne zu bezahlen mitfuhr. Nun war es zu spät, und Kraft, sich darüber Sorgen zu machen, hatte er ohnehin keine mehr. Er konnte nur beten, dass niemand seinen Betrug herausfand und er lange genug bei Bewusstsein blieb, um in Braunfels auszusteigen und zu Julia zurückzukehren.

Julia. Severians Magen verkrampfte sich. Was würde sie sagen, wenn sie erfuhr, was er getan hatte? Durfte er ihr erzählen, wie hinterhältig André sich verhalten hatte? Er seufzte. André hatte gestern Abend um die Frau gekämpft, die er liebte. Die Mittel waren nicht die, die Severian gewählt hätte, dennoch respektierte er den Grund.

Severian rieb sich die Augen. Nein, er besaß kein Recht, Zwietracht zu säen zwischen den zukünftigen Eheleuten. Er war ein Fremder, der genauso plötzlich verschwinden würde, wie er gekommen war. Dass sich ein Teil von ihm wünschte, wahrhaftig Severian Müller zu sein, war unwichtig. Das Einzige, was zählte, war Julias Glück. Und das war auch das Einzige, worin er mit André übereinstimmte.

Severian starrte aus dem Fenster. Der Bus hatte Darmstadt verlassen, fuhr nun entlang an Feldern, Wäldern und durch Dörfer. Der Fahrer kündigte jede Haltestelle an, die Türen öffneten und schlossen sich, doch Severian nahm es kaum noch wahr. Das Schaukeln und das Brummen des Motors lullten ihn ein, die Augen offen zu halten wurde beinahe unmöglich. Hatte der Fahrer gerade Braunfels gesagt? Doch schon gingen die Türen wieder zu.

»Nächster Halt: Braunfels Marktstraße.«

Jetzt. Er musste raus. Schwerfällig zog Severian sich an einer Stange zum Stehen. Bunte Punkte tanzten vor seinen Augen. *Du hast schon Schlimmeres durchgestanden, halte durch!*

Die Tür öffnete sich und Severian stolperte aus dem Bus ins Freie. Die frische Luft nahm die Benommenheit ein Stück von ihm, doch nicht sein schlechtes Gewissen.

Yannick hatte gesagt, dass man die Vergangenheit nicht wissentlich verändern durfte, weil man sonst großes Unglück heraufbeschwören konnte. Galt das auch für die Zukunft? Wäre er nicht gewesen, hätte Julia sich bei der Party im Seepavillon nicht mit André gestritten, sondern einer Verlobung zugestimmt. Severian presste den Kiefer zusammen. Ohne es zu wollen, hatte er in die Ereignisse eingegriffen. Er hatte Gottes Plan durchkreuzt und eine tiefe Schuld auf sich geladen.

Julia stand am Wohnzimmerfenster und blickte abwechselnd auf die Straße und ihr Handy. Wo in aller Welt war Severian?

Bei ihrer Rückkehr von der Arbeit im Café gestern Abend hatte sie eine leere Wohnung vorgefunden. Sofort hatte sie versucht, Nico und Yannick anzurufen, doch bei beiden war nur die Mailbox drangegangen. In ihrer aufkommenden Panik hatte sie erst Patrick angerufen, dann alle anderen der *Braunfelser Rittergilde* und zum Schluss noch Heinrich von Felsbrunn, Charlotte und Oma Rosel.

Beruhige dich, Julia. Es ist normal, dass ein erwachsener Mann mal einen Abend allein ausgehen möchte, war die Antwort gewesen, die ihr jeder gegeben hatte. Jeder, der nicht wusste, dass Severian ein Zeitreisender war.

Als sie Yannick und Nico endlich erreichte, waren diese ebenfalls bestürzt. Bei Yannicks Rückkehr vom Basketballturnier fuhren sie mit dem Auto ihrer Eltern zur Kapelle und zur Klosterruine. Erfolglos.

Mit einem furchtbar schlechten Gefühl ging Julia zu Bett, nur um in einen unruhigen, traumlosen Schlaf zu fallen und um sechs Uhr früh wieder hellwach zu sein.

War Severian etwas zugestoßen?

Yannick hatte sich am Morgen aufs Mountainbike gesetzt und Braunfels und Umgebung abgefahren, während sie in der Wohnung geblieben war, falls Severian zurückkehrte. Aber weder war Severian aufgetaucht noch hatte Yannick eine Spur von ihm entdeckt.

Inzwischen war es Nachmittag und sie nur noch ein Nervenbündel, zerfressen von Angst um Severian. Julia lehnte die Stirn gegen die kühle Fensterscheibe. Sie hatte keine Ahnung, wo sie noch nach ihm suchen sollten …

Ein Mann unten auf der Straße ließ Julia aufblicken. Er lief die Turmstraße entlang auf ihr Haus zu. Ihr Herzschlag beschleunigte sich. Severian! Sie rannte aus der Wohnung hinaus und hastete die Treppe hinunter, immer zwei Stufen auf einmal nehmend. Sie kam auf der Straße an, da erreichte Severian das Haus.

Ohne zu überlegen, schlang Julia die Arme um ihn. »Ich habe mir solche Sorgen gemacht! Wo warst du?«

Er löste sich aus ihrer Umarmung und trat einen Schritt zurück. »Wir sprechen später. Ich bin sehr müde.«

»In Ordnung«, erwiderte sie, auch wenn es nicht stimmte. Severians Aussehen und sein apathisches Verhalten beunruhigten sie. »Komm mit.«

Schweigend folgte er ihr ins Haus. Sie wollten gerade die Treppe hinaufsteigen, da öffnete sich die Tür der unteren Wohnung.

»Fräulein Salzmann!« Frau Schneider blickte neugierig von Julia zu Severian. »Wie lange wohnt Ihr Besucher noch bei

Ihnen? Sie wissen, die WG ist nur für zwei Bewohner gedacht, sonst muss ich die Miete erhöhen.«

Julia unterdrückte ein Stöhnen. »Er bleibt auf jeden Fall bis nächsten Sonntag, vielleicht auch noch zwei Wochen länger. Stellen Sie mir für diesen Zeitraum eine Rechnung.« Sie wollte jetzt nicht mit ihrer Vermieterin diskutieren. »Tschüss, Frau Schneider.«

Julia wandte sich ab und zog Severian hinter sich her. In ihrer Wohnung angekommen, ging er ins Wohnzimmer, ließ sich auf dem Schlafsofa nieder und stützte sein Gesicht in die Hände.

Es schmerzte Julia, ihn so zu sehen. Sie holte ein Glas mit Leitungswasser und kniete sich vor ihm auf den Boden. »Möchtest du was trinken?«

Er hob den Kopf. Unter seinen Augen lagen graue Schatten. »Es tut mir leid, dir Sorge bereitet zu haben, Julia. Du wirst Gott danken, wenn der Zeittunnel sich endlich öffnet und du mich los bist.«

»Erst mal danke ich Gott, dass du wieder da bist.« Sie streichelte seine Wange. Seine Haut fühlte sich heiß an und Bartstoppeln kratzten unter ihren Fingern. »Ob ich froh bin, wenn du gehst …« Sie beendete den Satz nicht. Es war nicht nur ihr Verantwortungsgefühl, das unter Severians Abwesenheit gelitten hatte. Es war vor allem ihr Herz gewesen.

Drei Stunden später erwachte Severian. Schweigsam aß er ein paar belegte Brote und ging danach ins Badezimmer. Als er rasiert und in frischer Kleidung vor ihr stand, wirkte er nicht mehr so teilnahmslos wie bei seiner Ankunft. Er ließ sich ihr gegenüber am Esstisch nieder und legte die Hände auf die Holzplatte.

»Ich habe zu viel getrunken und in meinem Rausch Menschen bedroht«, begann er ohne Aufforderung zu erzählen.

»Die Polizei überwältigte mich und brachte mich in eine Abteilung für Wahnsinnige im Magdalenenhospital. Von dort bin ich heute Morgen geflohen.«

Er war in der Psychiatrie gewesen! Sie starrte ihn an, unfähig, ein Wort zu sagen.

»Ich habe dem Arzt im Krankenhaus die Wahrheit über mich erzählt«, fuhr Severian fort. »Sie glaubten mir nicht, sondern hielten mich für verrückt.« Er sah sie an. »Wo ist Nico? Er als Arzt wird wissen, ob man nach mir sucht.«

»Nico hat nach dem Geburtstag bei einem Freund übernachtet und ist heute mit ihm unterwegs. Ich rufe ihn an und frage, welche Folgen deine Flucht hat.« Sie stand auf und holte ihr Handy.

Das Gespräch mit Nico war kurz. »Sie werden dich wohl nicht suchen«, erklärte sie und klappte das Handy zu. »Eine Krankenkassenkarte, auf der deine Personalien stehen, hast du ja nicht abgeben können.« Gute Neuigkeiten, die dennoch nichts an ihrer Niedergeschlagenheit änderten. »Warum ist das passiert, Severian?«

»Ich weiß, dass ich dir eine Antwort schuldig bin. Doch es wäre mir lieber, über meine Gründe zu schweigen.« Er zögerte. »Julia, können wir eine heilige Messe besuchen?«

»Du willst in die Kirche?«

»Ich habe zu beichten, zu beten und zu danken.«

Wenigstens wusste sie nun, mit wem er reden wollte, wenn schon nicht mit ihr. Sie klappte die Handyhülle wieder auf. »Ich schaue nach, wann der nächste Gottesdienst stattfindet.« Kurz darauf legte sie das Handy beiseite. »Die Abendmesse beginnt in einer Stunde. Der nächste Beichttermin ist Ende des Monats, kann aber bei Bedarf jederzeit vereinbart werden.«

Er erhob sich. »Lass uns gehen.«

Mit einem Seufzen stand Julia ebenfalls auf. Trotz ihres Glaubens war es lange her, dass sie einen Gottesdienst besucht hatte – von Taufen und Hochzeiten abgesehen. Sie würde Severian zur Kirche bringen, ihn über die Veränderungen der Messfeier seit dem Mittelalter aufklären und draußen auf das Ende des Gottesdienstes warten. Vermutlich war es ihm sowieso lieber, ohne sie bei seinem Herrgott zu sein.

Montag, 7. September 2015

Mit einem Rucksack voller Lebensmittel stieg Julia die Treppe zur Wohnung hinauf. Es war fünf Uhr und damit später als gedacht. Eine Aushilfe war krank geworden und sie hatte ihrer Mutter noch geholfen, die Küche des Cafés zu putzen. Anschließend war sie einkaufen gegangen. Sie wollte heute für Severian eine Hühnerbrühe kochen und in ihrem Rucksack befanden sich neben einem tiefgefrorenen Suppenhuhn Sellerie, Lauchstangen und ein Bund Karotten. Zwar hatte er heute Morgen viel besser ausgesehen als gestern, doch eine kräftigende Suppe konnte nicht schaden.

Sie steckte den Schlüssel ins Schloss und öffnete leise die Tür, falls Severian einen späten Mittagsschlaf hielt. Er hatte heute sowohl den Unterricht bei Yannick als auch das Schwertkampftraining abgelehnt.

Seufzend betrat sie die Wohnung. Die Erlebnisse in der Psychiatrie schienen Severian durcheinandergebracht zu haben, ganz abgesehen von den Nebenwirkungen der Medikamente, die sie ihm dort vermutlich verpasst hatten. Schade, dass er so eisern schwieg. Darüber zu reden hätte ihm geholfen, es zu verarbeiten – und ihr die Albträume genommen, wie er fixiert und ruhig gespritzt auf einem Bett lag.

Julia stellte den Rucksack im Flur ab und ging ins Wohnzimmer. Doch außer ihr war niemand im Raum. Sie verließ das Wohnzimmer, warf einen Blick in die Küche, die ebenfalls leer war, und lief zum Badezimmer. »Severian?«

Keine Antwort.

Hastig öffnete Julia die Tür zu ihrem Zimmer, und als sie ihn dort nicht fand, auch die von Nico.

Von Severian war nichts zu sehen. Panik stieg in ihr auf, mit schnellen Schritten kehrte sie ins Wohnzimmer zurück. Die Bettdecke auf dem Schlafsofa war gefaltet und glattgezogen, aber das war es nicht, was ihren Blick auf sich zog. Es war der Korb, in dem seine mittelalterliche Kleidung gelegen hatte. Er war leer.

Hektisch lief sie um das Schlafsofa herum, als ob Severian sich einem schlechten Scherz gleich dahinter versteckt hatte. Doch das Einzige, was sie entdeckte, war eine geschnitzte Holzfigur auf dem Wohnzimmerschrank, unter der ein Zettel steckte.

Julias Kehle schnürte sich zu, als sie den Zettel hervorzog. Wenige Worte standen in einer geschwungenen Schrift darauf:

Sucht mich nicht. Es ist besser so.

Tränen brannten in ihren Augen und sie musste sie erst fortblinzeln, um zu erkennen, was die Schnitzerei darstellte: einen Mann und eine Frau auf einem Tandem.

»Julia, ist alles in Ordnung?« Licht ging über dem Esstisch an und mit wenigen Schritten war Nico bei ihr.

Julia schrak zusammen, sie hatte ihn nicht in die Wohnung kommen hören. Wortlos reichte sie ihm Severians Nachricht.

Nico studierte sie kurz und ließ sich auf den Stuhl neben ihr sinken. »Unser Ritter ist erneut fahnenflüchtig«, erklärte er trocken.

»Er will nicht, dass wir ihn zurückholen.« Sie nahm Nico den Zettel aus der Hand und zerknüllte ihn. »Was ist nur in ihn gefahren?«

»Ich habe mich heute unauffällig bei den Kollegen in der Psychiatrie umgehört. Severian kam mit 1,9 Promille, aber das Drogenscreening war negativ. Sie haben ihm Beruhigungsmittel und ein Antipsychotikum gegeben. Da er nach dem Aufwachen einen gefassten Eindruck gemacht hat, haben sie die Fixierung gelöst. Das Team vermutet, dass einer der anderen Patienten Severian auf die Idee mit der Flucht gebracht hat.« Nico grinste. »Wegen Severian wird jetzt ein Gitterdach auf dem Balkon der Psychiatrie angebracht.«

»Das hilft uns nicht weiter.«

»Na ja, immerhin war sein TPHA-Test ebenfalls negativ.« Nico lächelte. »Jetzt wissen wir, dass unser Ritter sich in den dunklen Mittelalterzeiten nicht die Syphilis eingefangen hat. Diese Krankheit kann nämlich Psychosen verursachen.«

»Nico, bitte! Ich mache mir echt Sorgen.«

»Das sehe ich.« Er legte seine Hand auf ihren Arm. »Wie lange sitzt du schon hier und weinst?«

»Lange genug«, schniefte sie, »dass mein Suppenhuhn wahrscheinlich aufgetaut ist.«

Nico erhob sich. »Ich fahre alles ab. Bis deine Suppe fertig ist, sitzt Severian hier am Tisch. Mir gefällt sein erneutes Weglaufen auch nicht. Es ist ein unnötiges Risiko.«

Er klopfte ihr auf die Schulter und verließ die Wohnung.

Längst war die Suppe in Julias Teller kalt, doch sie hatte sie ohnehin kaum angerührt. Nico war ohne Severian zurückgekehrt und starrte ebenso appetitlos auf das Abendessen wie sie.

»Die anderen fangen an zu fragen, was mit Severian los ist«, erklärte er. »Wahrscheinlich kursieren schon die wildesten Gerüchte über unseren Schwertkampftrainer im Ort.«

»Hast du im Krankenhaus angerufen?«

»Sowohl in allen Darmstädter Klinken als auch in Erbach. Dort ist niemand eingeliefert worden, auf den Severians Beschreibung passt.«

Julia rührte mit dem Löffel im Suppenteller. »Unter normalen Umständen würde ich jetzt die Polizei verständigen und eine Vermisstenanzeige aufgeben.«

Nico schüttelte den Kopf. »Bei aller Sorge dürfen wir nicht vergessen, dass Severian anders tickt als wir.« Er schien ihren fragenden Gesichtsausdruck zu bemerken, denn er erklärte: »Auch wenn er jetzt Jeans trägt, Fahrradfahren gelernt hat und Hamburger mag, bleibt er ein Mensch des 16. Jahrhunderts. Seine Beweggründe mögen sich von unseren unterscheiden.«

»Aber sang- und klanglos zu verschwinden kann auch im Mittelalter nicht zum guten Ton gehört haben. Schon gar nicht für einen adligen Ritter!«

»Gestern Abend war er in der Messe. Vielleicht hat er sich die Buße auferlegt, bis zur Öffnung des Zeittunnels wie ein Eremit im Wald zu leben – fastend und betend.«

»Das ist doch Unsinn!«

»In seinen Augen nicht, das meinte ich mit ‚anders ticken'.«

»Trotzdem macht mich sein Verschwinden wahnsinnig – und es enttäuscht mich.« Sie knallte den Löffel auf den Tellerrand.

Sachte nahm Nico ihr den Löffel aus der Hand. »Bitte nimm es nicht persönlich, so hat Severian es bestimmt nicht gemeint.«

Natürlich. Severian hatte es genauso wenig persönlich gemeint wie André mit seinem Seitensprung. Julias Gesicht verfinsterte sich. Zwei Männer, die sich keinen Deut um ihre Gefühle scherten, sondern nur ihren eigenen Bedürfnissen folgten. Einer wie der andere!

»Sollte der Ritter es wagen, mir noch mal unter die Augen zu treten«, knurrte sie, »dann erzähle ich ihm, was ich von seinen mittelalterlichen Manieren halte.«

Dienstag, 8. September 2015

Charlottes Raumausstattungskataloge, ein Grundriss des Cafés, Ausdrucke der Kreditkonditionen verschiedener Banken, vollgekritzelte Zettel und ein Taschenrechner … Stöhnend blickte Julia auf den Stapel auf ihrem Schreibtisch. Es war erst acht Uhr und sie trug noch ihren Schlafanzug, dennoch brummte ihr Kopf, als hätte sie bereits Stunden gearbeitet. Doch es nützte nichts. Heute Morgen hatte sie frei und musste die Zeit nutzen, ihre Pläne für das Café anzugehen. Julia verzog das Gesicht. Außer, sie würde sich mit André verloben. Dann läge ihre Zukunft in den Seiler'schen Höfen.

Entschlossen schob sie die Papierstapel beiseite. Vielleicht sollte sie zuerst ihre Gefühle für André klären, bevor sie anfing, Kredite zu beantragen. Am Sonntagabend, als sie vor der Kirche gesessen und auf Severian gewartet hatte, war eine Nachricht von André gekommen. Er hatte sich für sein Benehmen auf der Party entschuldigt und sie um ein Gespräch gebeten. Sie hatte die Nachricht ebenso weggedrückt wie die beiden anderen, die er ihr gestern geschickt hatte. Warum sie André nicht geantwortet hatte, wusste sie selbst nicht. War es Wut wegen seines Verhaltens auf der Party, verletzter Stolz wegen des Seitensprungs oder die Sorge um Severian?

Vermutlich eine Mischung aus allem, dennoch war es wichtig, die Sache zu klären. Inzwischen war es kurz nach acht, André saß bestimmt schon in seinem Büro im Hotel. Eine gute Gelegenheit, mit ihm zu sprechen und herauszufinden, wie es mit ihrem Leben weitergehen sollte. Auf jeden Fall besser, als sich über die wirren Beweggründe eines mittelalterlichen Ritters den Kopf zu zerbrechen, so wie sie es die ganze Nacht getan hatte. Und die Nacht zuvor.

Julia schnaubte. Am besten ging sie weit fort von allen Männern hier. Auf eine einsame Insel. Oder besser, auf ein Kreuzfahrtschiff. Monatelang auf See, gute Bezahlung und die größte Tragödie, die ihr passieren konnte, wäre, dass das Schiff sank. Oder eine Norovirus-Epidemie an Bord.

Mit einem letzten Blick auf Charlottes Kataloge erhob sie sich vom Schreibtisch. Bevor sie zu André ging, musste sie unter die Dusche.

Bei der Rückkehr ins Zimmer klingelte ihr Handy. Das um ihren Körper geschlungene Duschhandtuch mit einer Hand festhaltend, klappte Julia die Hülle auf und nahm den Anruf entgegen.

»Oh, guten Morgen, Herr von Felsbrunn.«

»Hallo Julia, ich hoffe, ich habe Sie nicht geweckt. Sie hatten mich doch gebeten, Ihnen Bescheid zu geben, wenn ich Herrn Müller sehe. Er ist bei mir im Schloss.«

»Wie bitte?«

»Herr Müller hat gefragt, ob er gegen freie Kost und Logis ein paar Tage hier arbeiten kann.«

Das durfte nicht wahr sein! Ärger und Erleichterung fluteten gleichermaßen über sie hinweg.

»Sind Sie noch am Apparat, Julia?«

»Ja, ja, natürlich.«

»Soll ich Herrn Müller etwas ausrichten?«

»Nein. Und sagen Sie ihm auch nicht, dass wir telefoniert haben. In zwanzig Minuten bin ich bei Ihnen.«

Julia legte auf und knallte die Handyhülle zu. André musste warten. Erst hatte sie ein Hühnchen mit Severian zu rupfen!

Julia stellte ihr Fahrrad vor dem Eingangsportal ab und betrat den Innenhof von Schloss Felsbrunn. Von Heinrich war nichts zu sehen, dafür entdeckte sie Severian sofort. Mit dem Rücken zu ihr stand er vor einem Hackklotz und spaltete Holzstücke mit einer Axt. Er hatte sein T-Shirt ausgezogen und sie musste sich zwingen, über den Anblick seines durchtrainierten Oberkörpers nicht zu vergessen, warum sie hier war. Mit einem vernehmlichen Räuspern schritt sie auf ihn zu.

Severian ließ die Axt sinken und drehte sich um. Seine Miene verriet nichts von seinen Gedanken.

Julia beschloss, sofort zum Punkt zu kommen. »Herr von Felsbrunn hat mir gesagt, du hättest ihn um Quartier gebeten im Gegenzug für deine Arbeitskraft.«

Er wies auf die Holzscheite am Boden. »Wie du siehst, war er mit diesem Handel einverstanden.«

»Aber du wohnst doch bei uns!«

»Nicht mehr.« Er lehnte die Axt gegen den Hackklotz und trat zu ihr. »Meine Anwesenheit beeinflusst dein Leben, und das darf nicht sein. Zudem weiß ich, dass du arm bist und es dir nicht leisten kannst, mich zu beherbergen.«

Sie starrte ihn an. »Beides ist absoluter Blödsinn.«

Seine Brauen zogen sich zusammen. »Meinetwegen hast du am Freitag die Feier im Streit mit André verlassen, anstatt dich mit ihm zu verloben. Und ich merke sehr wohl, dass du nicht genug Geld hast, um dir ein Auto zu leisten, dein Fahrrad alt ist und dass du erschrocken bist, als die alte Frau in deinem Haus mehr Geld von dir wollte.«

»Meine finanzielle Situation geht dich nichts an!«

»Wohl aber deine Zukunft, die durch mein Erscheinen durcheinander geraten ist. Du brauchst einen wohlhabenden Mann wie André, damit dein Leben angenehm verläuft.«

Nun war es an ihr, finster zu blicken. »Du glaubst, ich interessiere mich nur wegen seines Reichtums für André?«

»Das habe ich nicht behauptet.«

»Also hat mein lieber Bruder Patrick sich mit seiner Meinung mal wieder nicht zurückhalten können«, schimpfte sie. »Er ist nur nicht gut auf André zu sprechen, weil ich nicht mehr so viel Zeit habe, die Köchin für die *Braunfelser Rittergilde* zu spielen wie früher.«

»Du hast überhaupt keine Zeit mehr dafür.«

»Hat Patrick dich beauftragt, mir das zu sagen?« Sie verschränkte die Arme vor der Brust. »Er hat sich nie die Mühe gemacht, André richtig kennenzulernen.«

»Was kein Verlust ist«, murmelte er.

»Wie bitte? Du kennst André doch kaum.«

Severians Wangenmuskel zuckte. »Ich kenne ihn gut genug, um zu wissen, dass er zwei Seiten besitzt«, presste er hervor. »Du kennst anscheinend nur die gute.«

»Das ist unglaublich! Angeblich läufst du davon, um mein Leben nicht durcheinander zu bringen, und dann erzählst du Lügen über André.«

»Es sind kein Lügen«, stieß er hervor. »Tief in deinem Inneren weißt du das.«

Sie stemmte die Hände in die Hüften. »Ach ja?«

»Ja. Warum sonst lebst du noch bei Nico?«

»Ich habe dir erklärt, dass das heutzutage kein Problem ist.«

»Dann wäre es auch kein Problem für dich, schon vor der Ehe bei André zu leben«, entgegnete er kühl. »Du weißt nicht, was du willst, Julia. Deshalb zögerst du die Verlobung mit André hinaus.«

Sie spürte, wie ihre Unterlippe zu zittern begann. »Von einem Typen, der vor fünfhundert Jahren gelebt hat, muss ich mir keine Beziehungstipps geben lassen! Wenn die Ehen damals nicht politisch geschlossen worden wären, hättest du bei deiner Arroganz niemals ein weibliches Wesen gefunden, das freiwillig bei dir bleibt.«

Die Ader an seinem Hals trat pochend hervor. »Es steht dir nicht zu, über mich zu urteilen, Frau«, erwiderte er mit gefährlich leiser Stimme.

»Aber Ihr dürft das, Euer Hochwohlgeboren?« Tränen brannten in Julias Augen. »Ich bin gekommen, um dich zurückzuholen. Doch weißt du was: Bleib hier und hack Holz, denn du bist selbst nichts anderes als ein Holzklotz! Dann brauche ich nicht mehr nächtelang wach zu liegen, weil ich mir Sorgen um dich mache und dich vermisse.«

Sie drehte sich um und rannte zu ihrem Fahrrad zurück. »Kümmern Sie sich in Zukunft um Severian, Herr von Felsbrunn«, rief sie dem alten Schlossbesitzer zu, der aus einem Gebäude in den Hof trat. »Mit diesem Idioten von einem Ritter will ich nie wieder zu tun haben!«

Treten, treten, treten. Nur nicht anhalten, nur nicht nachdenken. Einfach fahren, immer weiter. Wenn sie nicht anhielt, musste sie sich nicht ihren Gefühlen stellen. Gefühlen, denen sie seit Monaten auswich. Der Fahrtwind vertrieb die Gedanken, vertrieb die Stimmen in ihrem Kopf. Nur die Bäume waren da. Ruhig und unveränderlich.

Weiter, weiter, weiter. Schneller, nicht langsamer werden. Schweiß lief über ihre Stirn, erste Krämpfe durchzuckten ihre Waden. Ihr Magen knurrte, ihre Arme zitterten. Sie wollte nicht denken, wollte keine Entscheidung fällen. Warum musste das Leben immer so kompliziert sein?

Pling!

Der Benachrichtigungston ihres Handys riss Julia aus ihrem tranceartigen Zustand. In einiger Entfernung stand eine

Schutzhütte. Sie ließ das Rad ausrollen, sprang ab und warf sich auf eine Bank im Inneren des Unterstandes. Mit zitternden Händen zog sie das Mobiltelefon aus der Gesäßtasche.

Kannst du zu mir kommen?
Muss dringend mit dir reden. Gruß Yannick

Julia fuhr sich mit dem Arm übers Gesicht. War die Bestätigung für Yannicks Studienplatz gekommen? Das wäre wenigstens etwas Erfreuliches in diesen Tagen gewesen. Sie sah sich um. Von dieser Schutzhütte des Odenwaldklubs aus war es nicht weit bis nach Braunfels.

Gib mir fünfzehn Minuten, dann bin ich da.

Im Café ihrer Eltern herrschte Hochbetrieb, bei angenehmen Spätsommertemperaturen waren alle Plätze im Außenbereich besetzt. Mit einem Blick auf die Armbanduhr stellte Julia fest, dass es bereits elf Uhr war. Sie war fast zwei Stunden mit dem Fahrrad gefahren und ihre Arbeitszeit begann bald.

Sie stieg ab, schob ihr Rad an den Gästen vorbei zu den Fahrradständern im Innenhof – und blieb wie angewurzelt stehen. In einem der Ständer war ein schwarzes, antiquiert wirkendes Herrenfahrrad angeschlossen. Seufzend stellte sie ihr Rad daneben ab. Den Besitzer des altmodischen Modells kannte sie, und nun war klar, dass Yannick ihr nicht verkünden wollte, welche Uni ihn aufgenommen hatte.

Julia schloss die Tür auf, die zur Wohnung ihrer Eltern führte, und stieg die Treppe hinauf in den zweiten Stock, wo Yannicks Zimmer lag. Die Tür ihres Bruders stand offen und nach einem kurzen Anklopfen trat sie ein.

Yannick, der an seinem PC saß und im Internet las, schwang mit seinem Drehstuhl zu ihr herum. »Hi, Schwesterchen«, begrüßte er sie und wies auf sein zerwühltes Bett. »Setz dich.«

»Danke, ich bleibe lieber stehen.« Sie verschränkte die Arme vor der Brust. »Herr von Felsbrunn war da und hat dir von meinem Streit mit Severian erzählt! Stimmt's?« Vermutlich saß Heinrich nun unten im Café, trank einen Kaffee und aß Torte.

»Jetzt reg dich erst mal ab.« Yannick legte die Hände aneinander. »Du musst dich mit Severian versöhnen.«

»Ich soll den ersten Schritt machen? Er läuft doch ständig weg und macht mir Vorhaltungen.«

Yannick verdrehte die Augen. »Darum geht's doch gar nicht.«

»Worum dann?«

»Dass du dich in ihn verliebt hast.«

Sie spürte, wie ihr das Blut in die Wangen schoss. »Wer behauptet das? Severian?«

»Nein, das merkt jeder, der euch beide zusammen sieht. Einschließlich André.«

Jetzt musste sie sich doch setzen. Mit zitternden Knien ließ sie sich auf das Bett fallen. War so offensichtlich, was sie sich selbst nicht eingestehen wollte? »Ob ich mich in Severian verliebt habe oder nicht, ist völlig egal«, erwiderte sie abwehrend, »eine Beziehung zwischen uns hätte sowieso keine Zukunft.«

Yannick bedachte sie mit einem Blick, als wäre sie ein kleines Kind. »Ich hab recherchiert, liebe Julia.« Er zeigte mit dem Daumen auf den Bildschirm seines PCs. »Die Lösung für eure Liebe ist ganz einfach.« Er legte eine theatralische Pause ein. »Du gehst mit Severian in die Vergangenheit zurück.«

»Was?!« Sie starrte ihn an. »Wie kommst du auf diese verrückte Idee?«

»Wie gesagt«, erwiderte er unbeeindruckt von ihrem Einwurf. »Ich hab recherchiert.«

»Wo kann man diese Frage recherchieren? Zeitreise-Wiki oder was?«

»So ungefähr. Es gibt sehr informative Seiten zu dieser Highlander-Zeitreise-Saga, die vor kurzem im Fernsehen lief.«

Sie traute ihren Ohren nicht. »Deine Quelle ist ein Roman?«

»Natürlich nicht nur diese eine Serie.« Yannick zog seinen Collegeblock hervor, dessen oberstes Blatt mit Notizen angefüllt war. »In allen Geschichten, die ich zu diesem Thema gefunden habe, entscheidet sich die Heldin am Ende für ein Leben in der Vergangenheit.«

»Ich nicht.«

»Wieso? Diese Claire ist auch ins Mittelalter zu ihrem Schotten zurückgekehrt.«

»Erstens war es das 18. Jahrhundert und nicht das Mittelalter, zweitens waren es die Highlands und nicht der Odenwald und drittens war Claire Ärztin und fand in der Vergangenheit Anerkennung, weil sie andere heilen konnte.« Sie beugte sich vor. »Ich bin Hotelfachfrau, kippe fast um, wenn ich Blut sehe, und bin dort dank meines Tattoos als Hexe in Verruf geraten.«

»Das ist Claire auch passiert. Ihr Highlander hat sie gerettet.«

Julia schnaubte, als sie an ihre ‚Rettung' vor dem Scheiterhaufen dachte. »Man kann Severian kaum mit Jamie Fraser vergleichen.«

»Aber auch Severian empfindet etwas für dich.«

»Davon habe ich nicht viel gemerkt«, schnappte sie. »Das Einzige, was er will, ist zurück ins Jahr 1515 und seine Verlobte heiraten.«

Yannick überging ihren Einwand. »Wenn du nicht ins Mittelalter willst, muss Severian eben hier bleiben.«

»Vorausgesetzt, er wollte das: Es gibt Severian hier nicht. Er besitzt keinen Personalausweis, keine Krankenversicherung und keine Steuernummer. Davon abgesehen hätte er keine Familie mehr, keine Arbeit und demnach kein Geld. Er wäre unzufrieden und bald todunglücklich in einer für ihn völlig fremden Welt.«

»Severian ist kein Dummkopf. Er wird lernen, sich anzupassen und zurechtzufinden.«

Sie rollte mit den Augen. »Und wer soll sich um ihn kümmern? Du wirst bald ein Studium beginnen und keine Zeit mehr haben.«

Yannick grinste. »Ich dachte, er könnte bei dir bleiben.«

»Nein.«

»Warum nicht, Julia? Ziehst du zu André?«

Es war nicht Yannick, der diese Frage ausgesprochen hatte. Julias Kopf fuhr herum. Severian lehnte am Türrahmen und sah sie mit dem gleichen undurchdringlichen Blick an wie heute Morgen.

Julia biss sich auf die Lippe. Sie hatte die Holztreppe nicht knarzen gehört und konnte nicht sagen, wie lange er schon dort stand und zuhörte.

»Ja, vielleicht ziehe ich zu André.« Mit einem Mal empfand sie es furchtbar stickig im Zimmer. »Vielleicht aber auch in die Karibik, denn von euch Männern habe ich langsam die Nase voll.« Sie sprang vom Bett auf, stürmte an Severian vorbei und die Treppe hinunter ins Café.

Severian ließ sich auf dem Bett nieder, wo kurz zuvor noch Julia gesessen hatte. Nach ihrem Streit im Schlosshof hatte er weiter Holz gehackt, doch schnell gemerkt, dass sein aufgewühltes Inneres sich damit nicht besänftigen ließ. Mit Heinrichs Fahrrad war er zu dem Mann aufgebrochen, der ihm in den vergangenen Tagen mit Antworten zur Seite gestanden hatte – und der ihm erneut drängende Fragen beantworten musste.

Severian verschränkte die Arme vor der Brust und fixierte Yannick scharf. »Was ist ein Personalausweis? Wo liegt die Karibik? Und wer zur Hölle ist Jamie Fraser?«

Mittwoch, 9. September 2015

Julia schloss die Wohnungstür, streifte ihre Ballerinas ab und ließ sich im Wohnzimmer aufs Sofa fallen. Sie hatte heute von acht bis achtzehn Uhr im Café gearbeitet und spürte ihre Beine kaum mehr. Doch so sehr ihre Füße schmerzten, für ihren Kopf war der Tag perfekt gewesen: Bestellungen aufnehmen, servieren, abkassieren. Keine Zeit, sich Gedanken zu machen, weder über André, mit dem sie immer noch nicht gesprochen hatte, noch über Severian, der weiterhin bei Heinrich von Felsbrunn zu wohnen schien. Damit diese angenehme geistige Leere blieb, würde sie gleich den Fernseher einschalten und sich berieseln lassen – wie bereits am vergangenen Abend.

Nach ihrer Schicht im Café hatte sie sich gestern nicht mehr aufraffen können, zu André zu fahren. Erst der Streit mit Severian, dann das abstruse Gespräch mit ihrem Bruder über ein Leben im Mittelalter und schließlich die Erkenntnis, dass der Ritter sie belauscht hatte! Julia zog sich das Haarband aus den Locken und warf es quer durchs Wohnzimmer.

Yannick hatte zu viel Zeit, wenn er auf solche dummen Ideen kam! Ja, Severian sah gut aus und in einigen Momenten hatte er ihr Herz wirklich schneller schlagen lassen. Doch deshalb den Rest ihres Lebens im 16. Jahrhundert verbringen? Oder Severian für immer ins 21. Jahrhundert holen? Das war ja lächerlich.

Julia legte den Kopf zurück und sank tiefer in die Sofakissen. Was wäre gewesen, wenn Severian tatsächlich Müller hieße, der Sohn einer Freundin von Nicos Mutter wäre und zum Studieren nach Darmstadt zöge – und eine Liebe zwischen ihnen problemlos möglich wäre?

Aber was hieß da problemlos! Da war immer noch André. Seit knapp zwei Jahren war sie mit ihm zusammen, zwei aufregende, spannende und harmonische Jahre, wenn man von den Differenzen zwischen André und ihren Freunden absah. Doch welche Beziehung war schon perfekt? Sie teilten die Begeisterung für das Hotelgewerbe und neue, vielversprechende Konzepte. Wie oft hatte André bei seinem Vater durchgesetzt, dass ihre Ideen in den Seiler'schen Höfen verwirklicht wurden! Meistens waren diese von Erfolg gekrönt gewesen und sie und André hatten abends auf seiner Dachterrasse über dem Hotel gesessen, mit Champagner angestoßen und von der Zukunft geträumt.

Es gab keinen Grund, sich nicht mit André zu verloben. Zwar hatte er sie mit Tonya betrogen, aber hatte nicht auch sie Severian mehr Aufmerksamkeit geschenkt als nötig? Damit waren sie quitt, konnten einen Schlussstrich unter die letzten Tage ziehen und endlich wieder eine glückliche Beziehung führen.

Ruckartig setzte Julia sich auf. Schluss mit dem Zögern! Sie würde sich das Auto ihrer Mutter ausleihen und zu André fahren – genau jetzt. Ungeduscht und mit zerzausten Haaren. André liebte sie und er sollte endlich erfahren, dass sie sich auf diese Liebe einlassen wollte.

Es klingelte stürmisch und Julia lief zur Tür. Hoffentlich war das nicht Frau Schneider, die ihr die Mieterhöhung bringen wollte! Sie musste ihrer Vermieterin unbedingt sagen, dass ihr Gast ausgezogen war – und dass sie es auch bald tun würde.

Lächelnd legte Julia die Hand auf die Klinke. Julia Seiler – das hörte sich richtig gut an. Schwungvoll öffnete sie die Tür und sah sich einem riesigen Strauß roter Rosen gegenüber.

»Mehr hatten sie im Blumenladen nicht.« Hinter den Rosenköpfen tauchte Andrés gegelter Haarschopf auf. »Darf ich trotzdem reinkommen?«

Ein warmes Gefühl breitete sich in Julia aus, als er mit den Blumen in der einen und einer Flasche Champagner in der anderen Hand in die Wohnung trat. Konnte es ein besseres Zeichen geben, dass sie die richtige Entscheidung getroffen hatte?

»Weil du nicht auf meine Nachrichten geantwortet hast, dachte ich, ich komme vorbei. Ich muss dringend mit dir reden.« André überreichte ihr den Strauß, schloss die Tür und sah sich um. »Bist du allein?«

Julia nickte. »Nico hat Nachtdienst und Severian ist für die letzten Tage bei jemand anderem untergekommen.«

Mit einem Mal wirkte André angespannt. »Warum das?«

»Er hatte Sorge, uns mit seinem Besuch zu sehr zu belasten.«

»Wann ist er ausgezogen?«

»Am Montagmorgen.«

»Weiter hat er nichts gesagt?«

»Severian hat am Samstagabend in Darmstadt über die Stränge geschlagen und kam Sonntagnachmittag verkatert zurück.« Mehr musste André nicht wissen. »Vermutlich war ihm sein Verhalten peinlich«, erklärte sie, um das Gespräch über Severian abzuschließen.

»Was genau hat er in Darmstadt getrieben?«

»Wird das ein Verhör?« Julia zog die Augenbrauen hoch. »Dafür, dass du Severian nicht magst, interessiert du dich sehr für ihn.«

André sah sie irritiert an, dann machte er eine wegwerfende Handbewegung. »Wahrscheinlich will ich mich nur an seinen Schandtaten erfreuen.«

»So erfreulich war es für ihn nicht.« Sie dachte an Severians Zustand, als er bei ihr angekommen war. »Lass uns das Thema wechseln.«

»Gerne.« André lächelte. »Im Grunde bin ich froh, keinen rachsüchtigen Ritter bei dir vorzufinden.«

»Rachsüchtiger Ritter?« Jetzt war es an ihr, irritiert zu schauen. »Du meinst wegen der Party am vergangenen Freitag im Seepavillon?«

»Ja«, erwiderte er nach einem kurzen Zögern und sah sie an, als erwartete er eine bestimmte Reaktion von ihr.

»Ich stelle erst mal die Blumen in eine Vase«, beendete Julia sein seltsames Starren, denn sie hatte keine Ahnung, worauf André hinaus wollte. Oder warum sie ihm nicht um den Hals fiel und ihn küsste. Genau das wollte sie doch, oder etwa nicht?

André nickte, folgte ihr in die Küche und ließ sich am Esstisch nieder. Kurz darauf stellte Julia die Rosen in einer Glasvase auf den Tisch, holte zwei Sektflöten aus dem Schrank und nahm ihm gegenüber Platz. Sag es ihm endlich, befahl sie sich. Du hast dich doch entschieden! »Wenn du nicht gekommen wärst, wäre ich in diesen Minuten auf dem Weg zu dir ins Hotel.« Sie berührte seine Hand. »Ich muss dir nämlich was Wichtiges sagen.«

»Das muss ich auch.« André nahm ihre Hand in die seine und drückte sie. »Julia, ich war so ein Egoist. Ich habe behauptet, dich zu lieben und habe dabei ignoriert, was dir wichtig ist.«

Sie zuckte zusammen. Wollte er die Verlobung zurücknehmen? »Und was ist das?«, fragte sie vorsichtig.

»Das Café.« Aufgeregt wie ein kleiner Junge sah André sie an. »Dein Traum war es, das Café deiner Eltern weiterzuführen und ich habe es dir ausgeredet. Dabei ist das eine tolle Idee, genau wie alle Ideen von dir.« Sanft strich er über ihre Finger. »Das Café wird eine Dependance der Seiler'schen Höfe. Ideal für stimmungsvolle Veranstaltungen: Autorenlesungen, Kammermusik, Kleinkunstbühne. Sozusagen dein Herzensprojekt. Ich habe sogar schon ein Logo entworfen.« Er zog ein gefaltetes Papier aus seiner Jeans, öffnete es und hielt es ihr hin.

Seilers Romantic Café stand in verschnörkelten pinkfarbenen Lettern auf dem Zettel, umrankt von Efeu, roten Rosen und mit einem großen Herz in der Ecke.

»Was sagst du? Mit den Farben kann man noch spielen, aber vom Prinzip finde ich Namen und Design ideal.«

Sie sagte nichts. Sie starrte auf das Papier. *Seilers Romantic Café*. War in einem der Wörter ein Rechtschreibfehler? Störten sie die kitschigen Rosen? Oder das Efeu, das sie an die Tapete in Oma Rosels Kellerabgang erinnerte?

»Wir sollten die Idee so schnell wie möglich deinen Eltern vorstellen.« André lächelte. »Vielleicht anlässlich unserer Verlobung?«

Erneut griff er in seine Hosentasche und zog die Schachtel hervor, die sie schon kannte. »Julia, ich liebe dich. Wenn du nicht bei mir bist, baue ich bloß Mist. Das habe ich in den letzten Tagen nur zu deutlich gemerkt.« Er ließ die Schachtel aufschnappen und schob sie ihr zu. »Bitte sag Ja.«

Der goldene Ring mit dem kleinen Kristall funkelte sie an. Eine Verheißung auf das, was sie an Andrés Seite erwartete: ein glitzerndes Leben in Wohlstand, eine sorglose Zukunft und … *Seilers Romantic Café*.

»Warum hast du es nicht *Julias Romantic Café* genannt oder bei *Café Salzmann* belassen, wenn es mein Herzensprojekt werden soll?«

André runzelte die Stirn. »Wenn du unbedingt willst, kann man das natürlich ändern. Durch den Namen Seiler würde das Café allerdings die notwendige Aufwertung erfahren.«

»Ich auch?«

»Wie bitte?« Dann schien er zu begreifen. »Julia, das ist Quatsch. Ich schätze dich total.« Er zog den Ring von dem Samtkissen. »Lass uns nicht über Albernheiten streiten, du darfst das Café nennen, wie du willst.«

Julia biss sich auf die Lippe. Was war schon perfekt? André kam ihr so weit entgegen, nun sollte sie ihm entgegenkommen und ihren Finger durch den Ring stecken. Das hatte sie doch vorgehabt, was sollten also diese erneuten blöden Zweifel?

»Fräulein Salzmann? Fräulein Salzmann!« Dem Rufen folgte ein energisches Klopfen an der Wohnungstür.

»Frau Schneider«, murmelte Julia entschuldigend und erhob sich. Ihre Vermieterin hatte wirklich ein tolles Timing, dachte sie ironisch. Sie riss die Tür auf – und erstarrte. Nicht wegen Frau Schneider, die ein mit Zahlen beschriftetes Papier schwenkte, sondern wegen der Gestalt hinter der Vermieterin, die mit finsterem Gesichtsausdruck an Frau Schneider vorbei in die Wohnung stürmte.

»Ihr neuer Mitbewohner stand vorm Haus und wollte gerade klingeln«, erklärte Frau Schneider. »Ich habe ihn hereingelassen und nutze die Gelegenheit, Ihnen die angekündigte Mieterhöhung auszuhändigen. Sie können in bar bezahlen oder …«

»Danke, Frau Schneider, das erledige ich gleich morgen.« Julia entriss ihrer Vermieterin das Blatt, schlug ihr die Tür vor der Nase zu und eilte hinter Severian her in die Küche. Wenn er dort auf André traf, konnte das nur in einer Katastrophe enden und dafür brauchte sie keine Zeugin.

Tatsächlich standen sich Severian und André gegenüber und fixierten einander wie zwei Boxer im Ring. »Severian, was willst du hier?«, fragte Julia mit um Deeskalation bemühter Stimme und stellte sich vorsorglich zwischen die beiden Männer.

Severian warf einen Blick auf den Rosenstrauß und das leere Schmuckkästchen auf dem Tisch. »Hast du den Verlobungsantrag angenommen und damit den Aufstieg in einen höheren Stand vollzogen?«

»Es geht mir nicht ums Geld«, zischte sie. »Das habe ich dir gestern bereits gesagt.«

Severians Augen verengten sich. »Dann war es wohl wahre Liebe, die dich tagelang zögern ließ«, erwiderte er spöttisch. »Ich weiß wenigstens, dass meine Ehe mit der Komtess Elisabetha rein politischer Natur ist.«

»Oh Mann, du bist ja total irre!«, fuhr André Severian an. »Ich wundere mich echt, dass sie dich so schnell aus der Psychiatrie entlassen haben!«

»André, bitte lass mich das allein mit Severian …« Julia verstummte und starrte André an. »Woher weißt du, dass Severian in der Psychiatrie war? Das habe ich vorhin nicht erzählt.«

Andrés Blick flackerte. »Ich habe meine Quellen.«

Severians Miene verzog sich angewidert. »Du hast es Julia verschwiegen? Dabei ist der Ausflug doch genauso verlaufen, wie du ihn vermutlich geplant hattest.«

»Sogar noch besser«, knurrte André. »Klapse statt Arrestzelle und anschließend dein Auszug aus der Wohnung.«

Julias Blick flog von Severian zu André. »Was meinst du damit?«

»Jemand musste diesem Typen die Grenzen aufzeigen. Er ist ein Schmarotzer und ein Bekloppter obendrein. Aber Frauen fahren nun mal auf Muskelprotze ab, was er geschickt ausgenutzt hat.« Andrés Gesicht war hochrot. »Die Blicke, die du ihm zugeworfen hast, waren widerlich – und alles nur wegen der Steroide, die er schluckt. Dabei weiß jeder, dass Anabolika die Intelligenz und die Potenz schmälern.«

»Warte!« Julia hob die Hände. »Willst du damit sagen, du bist verantwortlich dafür, dass Severian in der Psychiatrie gelandet ist?«

»Er war betrunken, hat mich, die Restaurantbesucher und die Polizisten mit einem Schwert bedroht und wirres Zeug geredet.«

Es fiel Julia schwer, nicht zu schreien. »Du wusstest, wohin sie Severian gebracht haben und hast mir nicht Bescheid gegeben? Verdammt, André, ich bin fast umgekommen in der Nacht vor Sorge!«

»Vor Sorge um einen mittellosen Irren? Selbst schuld.« André schnaubte. »Hättest du meinen Verlobungsantrag gleich angenommen, hätte ich mir nicht überlegen müssen, wie ich meinen Konkurrenten aus dem Weg bekomme.«

»Severian ist keine Konkurrenz!«

»Was ist er dann?«

»Er … er ist verlobt.«

»Wie konnte ich das vergessen?« André schlug sich theatralisch an die Stirn. »Er ist verlobt mit der Märchenprinzessin Elisabetha, die bald auf ihrem geflügelten Einhorn in Braunfels einreiten wird, zusammen mit ihrem Vater, dem König vom Regenbogenland.« Er packte ihre Hand. »Das Einzige, was mich von deinem Desinteresse an diesem Kerl überzeugt, ist, dass du dir endlich diesen Verlobungsring an den Finger steckst.« Seine Finger schlossen sich fester um ihr Handgelenk. »Jetzt.«

Julia zuckte zusammen. »Du tust mir weh.«

»Das ist keine Antwort.«

Eine Hand legte sich um Andrés Kehle. »Das ist sehr wohl eine Antwort«, erklärte Severian kalt. »Schon zu meiner Zeit galt es als Schande, eine Dame zu bedrohen.«

»Nimm deine Finger von mir, du Irrer«, presste André hervor.

»Gib zuerst Julia frei.«

André löste seine Finger von Julias Handgelenk. »Zufrieden?«

»Nein.« Severian verstärkte seinen Griff. »Verschwinde von hier und nimm deine Blumen und deinen Ring mit.«

»Von dir lasse ich mir nicht vorschreiben, was ich zu tun habe«, keuchte André.

»Das solltest du aber.« Severians Augen verengten sich zu Schlitzen. »Ich habe weit bessere Männer als dich getötet, verstümmelt oder kastriert. Julia will dich nicht zum Gemahl. Und nicht etwa meinetwegen, sondern weil sie ein besseres Leben verdient hat, als jeden Morgen neben dir zu erwachen.«

Andrés Blick richtete sich auf sie. »Julia?«

»Fehler, wie den Seitensprung mit Tonya, kann ich dir verzeihen«, flüsterte sie, »Heimtücke nicht.« Sie nahm den Zettel mit dem Designvorschlag vom Tisch. »Es wird kein *Romantic Café* geben, André. Und es gibt kein ‚wir' mehr. Bitte geh!«

Severian ließ Andrés Kehle los.

»Du gibst uns auf wegen dieses Spinners, Julia?«, fragte André.

Sie hielt seinem vorwurfsvollen Blick stand. »Severian hat mir deutlich gemacht, was ich seit längerem fühlte, aber nicht wahrhaben wollte. Du und ich passen nicht zusammen.«

»Das sehe ich anders. Aber wie du willst. Doch komm nicht in ein paar Wochen zu mir und bettle mich um meine Liebe an oder bitte um einen Job im Hotel, weil du Frau Schneider die Miete nicht mehr zahlen kannst.«

»Das wird nicht passieren«, erwiderte sie fest. Dann sah sie stumm zu, wie André Ring, Kästchen und den Ausdruck in seinen Hosentaschen verschwinden ließ und die Rosen aus der

Vase nahm. Wasser tropfte von den Stängeln und hinterließ eine nasse Spur auf der Tischplatte und dem Fußboden. Nach einem letzten Nicken in ihre Richtung verließ er die Wohnung und schlug die Tür hinter sich zu. Schritte auf der Treppe, das Klacken der Haustür, ein aufheulender Motor. Dann herrschte Stille.

Julia starrte auf die Glasvase. Ein einzelnes grünes Blatt trieb auf dem Wasser. Sie würde die Vase ausleeren müssen. Später. Irgendwann. Wenn der Schmerz verklungen war und das Wissen sich durchgesetzt hatte, das Richtige getan zu haben.

Müde wandte sie sich zu Severian um. Er stand regungslos da und beobachtete sie. Sein Gesichtsausdruck wirkte nicht mehr so finster wie zuvor, allerdings war da immer noch ein Funkeln in seinen Augen.

»Was willst du hier?«, fragte sie erneut.

Es dauerte einen Moment, bis er antwortete. »Ich bin gekommen, um dir meine Entschuldigung vorzubringen – für meine unbedachten Worte im Streit, mein Lauschen und nun wohl auch für die Einmischung in deine Unterhaltung mit André.« Das Funkeln in seinen Augen verstärkte sich. »Aber jetzt, da ich dir gegenüberstehe, weiß ich, dass ich etwas ganz anderes will.« Sein Blick taxierte sie, während er einen Schritt auf sie zumachte.

Julias Körper spannte sich an. Es hatte nicht viel gefehlt und Severian hätte André verprügelt. War er zu dem Schluss gekommen, dass, statt sie um Verzeihung zu bitten, eine Tracht Prügel die angemessenere Verhaltensweise war? »Willst du mich schlagen wie eine deiner Dienstmägde?«

»Nein«, erwiderte er rau. Seine Hände umschlossen ihre Oberarme und hinderten sie daran, vor ihm zurückzuweichen. »Ich werde das tun, was ich längst hätte tun sollen.« Er ließ ihre Arme los und nahm ihr Gesicht in seine Hände.

Bevor sie fragen konnte, was er meinte, senkten sich Severians Lippen auf die ihren. Seine Hände hielten weiterhin ihr Gesicht fest, doch das war unnötig. Wie lange hatte sie sich gewünscht, dass Severian sie küsste! Aller Stress, alle Sorgen und Ängste wandelten und bündelten sich in einem einzigen Wunsch. Sie wollte ihn. Jetzt und hier, ohne einen Gedanken an das Danach. Ihre Hände fuhren unter sein T-Shirt, strichen hinauf zu seiner Brust, während sie seinen Kuss erwiderte.

Unter ihrer Berührung stöhnte Severian auf. Seine Atmung beschleunigte sich und sein Kuss wurde drängender.

Neckend glitten ihre Hände an seinem Körper herab, erspürten das Sixpack an seinem Bauch, von dem er nicht mal wusste, dass es diesen Namen trug, und fanden den Bund der Jeans. Julia öffnete die Knöpfe, fühlte den Stoff der Boxershorts – und noch mehr. Sie schob ihre Finger unter die Shorts, umschloss seine Härte und begann, ihre Hand rhythmisch auf und ab zu bewegen.

Unvermittelt entzog Severian sich ihr. »Hör auf!«

»Was ist los?« Irritiert sah sie erst auf ihre leere Hand und dann auf ihn. »Du wolltest es doch – hast du selbst gesagt.«

»Ja«, keuchte er. »Aber noch einen Moment länger und ich ergieße mich in deiner Hand wie ein unerfahrener Jüngling.«

Sie lächelte. »Solange es heute Abend nicht bei einem Erguss bleibt, habe ich nichts dagegen.«

Ein Schatten huschte über sein Gesicht. »Du willst dich mir tatsächlich hingeben?«

»Nun, du bist nicht der Einzige, der über einen Kuss nachgedacht hat. Wenn ich ehrlich bin, fand ich dich bereits bei unserer ersten Begegnung im Wald sehr anziehend.«

Seine Augen weiteten sich. »Bei unserer allerersten Begegnung, sagst du?«

»Ja.« Sie betrachtete ihn besorgt. »Ist alles in Ordnung?«

»Nein … Ja … Ich weiß nicht.«

»Severian.« Sie legte ihre Hand auf seinen Arm. »Wir müssen hiermit nicht weitermachen. Wir können zusammen Schach spielen oder ich bringe dich zu Heinrich zurück.«

Sein Blick richtete sich in die Ferne und Julias Schultern sackten herab. Das war es wohl gewesen.

Doch als er wieder zu ihr sah, umspielte ein Lächeln seinen Mund. »Vermutlich werde ich deswegen jahrelang im Fegefeuer schmoren, doch ich begehre dich, Julia Salzmann. Nicht, wie ich eine Hure begehre, sondern wie die Frau, an die ich mein Herz zu verlieren bereit bin. Mein Körper entflammt unter deiner Berührung wie meine Seele seit dem ersten Tag unserer Bekanntschaft unter deinem Wort und deinem Blick.« Er ergriff ihre Hand. »Es ist mir unmöglich, länger dagegen anzukämpfen.«

Eine nie gekannte Wärme stieg in ihrem Inneren auf. Ein Gefühl, stärker als jedes andere zuvor. Ein Gefühl, das sie kaum glauben konnte.

Sanft hob Severian sie hoch, trug sie in ihr Zimmer und schloss die Tür. In der Mitte des Raumes stellte er sie auf die Füße und betrachtete sie. Sein Blick liebkoste ihren Körper, entfachte die Hitze in ihr neu, bis sie es kaum mehr aushielt und jede Faser in ihr nach seiner Berührung drängte.

Er schien ihre Ungeduld zu spüren. Geschickt öffnete er die Knöpfe ihrer Bluse, dennoch kam jede seiner Berührungen einem elektrischen Stromschlag gleich. Julia stöhnte, als sie die Nässe zwischen ihren Beinen spürte. Himmel, er hatte sie noch nicht mal richtig angefasst!

Das schien Severian auch zu bemerken. Kurz verharrte er, als sein Blick auf ihren weißen Spitzen-BH fiel, dann schob er die Bluse von ihren Armen und warf sie auf den Schreibtischstuhl. Nachdem er sie vom Rock befreit hatte, hob und senkte sich seine Brust schwer. »Du bist wunderschön«, murmelte er und öffnete in einer fließenden Bewegung ihren BH.

Julia sog scharf die Luft ein. »Woher weißt du, wie du ihn aufmachen musst?«

»Mehrere dieser Leibchen hingen letzte Woche im Badezimmer zum Trocknen. Ich war so frei, sie mir näher zu betrachten.« Er lächelte, streifte ihr den BH vom Busen und schluckte schwer, als er ihre aufgerichteten Brustwarzen sah. »Bei allen Heiligen, du bist die reine Versuchung.«

Sie vollführte eine halbe Drehung, sodass sie mit dem Rücken zu ihm stand. »Manche behaupten, ich sei eine Hexe.«

Einen Moment ließ sie ihm Zeit, ihre Tattoos mit dem Daumen nachzufahren. Dann zog sie ihren Slip aus.

Ein heiserer Laut kam aus Severians Kehle. Bruchteile später hörte sie seine Jeans und den Rest seiner Kleidung zu Boden fallen. »Ich brauche dich jetzt, Julia. Sonst kann ich für nichts mehr garantieren.«

Sie wandte sich um. Severian stand nackt vor ihr, seine Erektion unübersehbar. Behutsam strich sie an der Unterseite seines Gliedes entlang. Eine kleine Berührung, die ausreichte, seinen mächtigen Körper zum Zittern zu bringen. Sie nahm seine Hand und führte ihn zu ihrem Bett.

»Schläfst du?«, fragte Julia.

Severian lag an ihrer Seite, den Kopf an ihrer Schulter vergraben. »Nein.« Er lachte leise. »Ich überlege, wie ich dich verwöhnen kann.«

»Das hast du bereits.« Er hatte sich schnell und hart in ihr bewegt, doch seine Bestimmtheit und Erfahrung hatten ausgereicht, sie unerwartet rasch zum Höhepunkt zu bringen.

»Wer sagt, dass einmal ausreichend ist?« Er stützte seinen Kopf auf eine Hand ab und sah sie lächelnd an. »Du bist die erste und einzige Frau, die freiwillig mit mir das Bett teilt; die nicht Geld oder ihre ehelichen Pflichten dazu zwingen. Ich will, dass du diese Nacht in guter Erinnerung behältst.«

Sie schlug die Augen nieder. Seine Worte schmerzten sie – und nicht nur seine. »Es tut mir leid, dass ich gesagt habe, du seist ein Holzklotz. Und dass dich keine Frau um deiner selbst willen lieben würde.«

»Aber es entspricht der Wahrheit, auch wenn ich es nie so wollte.« Er seufzte. »Es heißt, Kaiser Maximilian und seine Frau Maria seien in Liebe zueinander entbrannt, als sie sich zum ersten Mal sahen. Als Ritter habe ich nach den höchsten Idealen zu streben. Ich wollte ebenso von Liebe zu meiner Gemahlin erfüllt sein wie der Kaiser.«

Julia strich über eine der vielen verblassten Narben auf seiner Brust. »Ich habe über die Liebe der beiden gelesen. Wenn Maximilian stirbt, wird er in Wiener Neustadt begraben werden. Sein Herz wird jedoch in Brügge, im Sarkophag Marias, beigesetzt.«

Severians Augen verdunkelten sich. »Maximilian und Maria hatten vier gemeinsame Jahre, uns bleiben kaum vier Tage. Nicht einmal unsere Herzen werden im Tod beieinander sein können.«

»Sprich nicht davon.« Sie wollte nicht darüber nachdenken, wie schnell sie Severian wieder verlieren würde.

»Du hast recht.« Er hauchte einen Kuss auf ihre Wange. »Wir sollten den Augenblick genießen, den wir bekommen. Wie den Anblick dieser letzten Sonnenstrahlen, die auf deine Brüste fallen und deine Haut wie pures Gold glänzen lassen.« Seine Finger begannen, mit ihren Brustwarzen zu spielen. Als diese sich aufrichteten, erschien ein zufriedenes Lächeln auf seinem Gesicht.

Wohlig räkelte sich Julia unter seinen sanften, neckenden Berührungen, genoss das erneute verheißungsvolle Ziehen zwischen ihren Schenkeln. Woher wusste dieser Mann, wie er sie berühren musste, um ihren Körper sofort zum Schmelzen zu bringen? Zu seiner Zeit hatte es keine Männerzeitschriften gegeben, die seitenweise auflisteten, wo sich bei einer Frau die Lustzentren befanden und wie man sie korrekt zu stimulieren hatte.

Sie sah zu ihm und stellte erfreut fest, dass Severians Lendengegend erneut zum Leben erwacht war. André war nach dem ersten Mal meist eingeschlafen. Es würde spannend sein, herauszufinden, wann Severian Schlaf brauchte. Lächelnd streckte sie ihre Hand aus, um ihn zu sich heranzuziehen, doch er wich ihr spielerisch aus.

»Ihr seid an der Reihe, edle Dame. Legt Euch zurück und genießt«, war das Letzte, was sie hörte, ehe er ihre Beine spreizte und mit dem Kopf zwischen ihren Schenkeln verschwand.

Er würde den stets gut gefüllten Kühlschrank vermissen, ebenso den Toaster und den Backofen. An den Esstisch gelehnt stand Severian in der Küche und biss herzhaft in den mit Käse überbackenen Salamitoast, den Julia für sie zubereitet hatte. Sie beide trugen nichts am Leibe, und etwas Sündigeres konnte er sich nicht vorstellen, als sich tief befriedigt mit einer nackten Frau mitten in der Nacht kulinarischen Genüssen hinzugeben.

Julias Gedanken schienen in eine ähnliche Richtung zu laufen. »Du bist gut im Bett«, erklärte sie und ihr Tonfall verriet größte Zufriedenheit.

»Wenn meine Gemahlin nicht aus Liebe zu mir kommen wird, dann vielleicht aus Lust.« Er zuckte mit den Schultern. »Ich habe mich bei Huren erkundigt, was Frauen gefällt.«

Julias Blick verdunkelte sich. Severian war sich nicht sicher, ob es an der Erwähnung der Huren oder seiner zukünftigen Ehefrau lag.

Schweigend wandte Julia sich der Salami zu, die auf dem Esstisch lag. »Hast du wirklich einen Mann kastriert?«, erkundigte sie sich, während sie Scheiben von der Wurst herunterschnitt.

»Es war ein Versehen«, gestand er und blickte pikiert auf die Salami, die offensichtlich schuld an dieser Frage war. »Ich habe ein Jahr lang Buße getan.«

Mit dem Messer in der Hand wandte Julia sich zu ihm um. »Selbstgeißelung?«

Er hob eine Augenbraue. »Nein. Jeden Tag zwei Rosenkranzgebete. Wie kommst du auf Selbstgeißelung?«

»Wegen der Narben auf deinem Körper.«

»Das meiste stammt von Kämpfen. Den Rest willst du nicht wissen.«

»Vermutlich nicht. Dafür hätte ich gerne was anderes gewusst.« Lächelnd zeigte sie mit der Messerspitze auf seine Männlichkeit. »Welchen Namen verwendet ihr für das beste Stück des Mannes? Unser heutiges Wort Penis kam erst im 19. Jahrhundert in der Medizinsprache in Gebrauch.«

»Da gibt es Etliches.« Er hob eine Hand und zählte an den Fingern auf. »Meißel, Flegel, Gemächt, der elfte Finger, Minnedorn …« Er ignorierte Julias Kichern und fuhr fort: »Gesell, Wetzkegel, Gottes Bösewicht oder Peccator.«

»Peccator? Was soll das sein?«

»Das lateinische Wort für Sünder.«

Sie schnitt eine Grimasse. »Besonders lustvoll klingt das nicht.«

»Ich bevorzuge wie die meisten anderen jüngeren Ritter das Wort Faustrohr.«

Das Lachen platzte schallend aus ihr heraus. »Eingebildet bist du kein bisschen, oder?«, brachte sie luftschnappend hervor und wischte sich die Tränen aus den Augenwinkeln.

So würdevoll es ihm in seiner Blöße möglich war, blickte er sie an. »Habe ich dir nicht vorhin bewiesen, wie treffend diese Bezeichnung ist?«

»Schon«, erwiderte sie immer noch lachend und legte das Messer beiseite. »Und ich werde mich dafür erkenntlich zeigen. Denn jetzt seid Ihr an der Reihe, Euer Hochwohlgeboren«, wiederholte sie seine Worte. »Schluckt Euren Toast hinunter, haltet Euch am Tisch fest und entspannt Euch.«

Erwartungsvoll hob er die Brauen. »Du willst mich die Geschicklichkeit deiner Hände spüren lassen?«

Ein vieldeutiges Lächeln umspielte ihre Lippen. »Ich dachte eher an die Geschicklichkeit meines Mundes und meiner Zunge.«

Ruckartig stellte er sich gerade. »Nein. Es ist unsittlich, dass eine Frau mit dem Mund …« Sein Satz ging in seinem eigenen Stöhnen unter. Julia hatte sich vor ihn auf den Boden gekniet und sein Gemächt mit ihren Lippen umschlossen. Schweißperlen traten auf seine Stirn. Er hatte sich geirrt: Sündiger war immer möglich.

Julias Finger strichen an seinen Schenkeln empor und die Lust in ihm drohte ihn zu zerreißen. »Fegefeuer bis zum Jüngsten Gericht für mich«, keuchte er und seine Hände umkrallten die Tischplatte. »Aber bei den Dämonen der Hölle, hör bloß nicht auf!«

Donnerstag, 10. September 2015

Severian griff vier Holzscheite, stapelte sie entlang der Wand und nahm die nächsten von dem Haufen hinter sich. Das Holz, das er in den letzten Tagen im Schlosshof gespalten hatte, musste gelagert werden. Eine eintönige, langwierige Arbeit – und damit genau das Richtige nach vergangener Nacht.

Was hatte er angerichtet, mit Julia das Bett zu teilen? Nicht im Traum hätte er gedacht, sie könnte seinen Kuss erwidern. Er hatte mit Tritten, Schlägen und einem Wutausbruch ihrerseits gerechnet – all das hätte er verdient gehabt, hatte er sich ihr doch ohne Erlaubnis aufgedrängt, weil er sein Inneres nicht mehr zu bändigen vermocht hatte. Stattdessen hatte sie sich ihm hingegeben: willig, lustvoll und fordernd.

Doch die Sünde ihrer Vereinigung war nicht das, was ihn am meisten quälte. Severian schleuderte die Holzscheite von sich. Heute Morgen war er neben Julia erwacht. Sein Gesicht in ihrem Haar vergraben, seinen Arm um sie geschlungen, hatte sich ihr nackter Körper dicht an seinen geschmiegt. Aber es war nicht Lust gewesen, die in ihm emporgestiegen war, sondern ein solch starkes Gefühl von Zuneigung, dass ihm das Atmen schwer geworden war. Wie sollte er diese Frau jemals vergessen können?

Bereits jetzt verblasste Elisabethas Antlitz neben dem Julias – ihrem Lachen, ihrer Offenheit und dem Leuchten in ihren Augen, wenn sie ihn ansah. Wie konnte der Vater im Himmel es zulassen, dass er eine Frau fand, die so tiefe Gefühle in ihm weckte und von ihm verlangen, dass er sie in wenigen Tagen verließ? Severians Gesicht verzog sich im Schmerz. Vielleicht war das Wissen um das Ende seiner Zeit mit Julia bereits ein Teil der göttlichen Strafe.

Schwerfällig sammelte er die weggeworfenen Holzscheite ein und setzte sie auf den begonnenen Stapel. Im Gespräch mit Yannick hatte Julia deutlich gemacht, dass sie nicht im Jahr 1515 leben wollte. Mochte Yannick auch anderes behaupten: Es war ebenso undenkbar, dass er im Jahr 2015 blieb. In drei Tagen würde er Mönche und Laienbrüder aus einer Feuersbrunst retten. Verweigerte er die Rückkehr, würden die Männer in den Flammen den Tod finden.

So aber findest du den Tod, klang eine Stimme in seinem Kopf. *Du könntest diesem Schicksal entgehen.*

Dann wird meine Familie niemals erfahren, wo ich bin. Für immer wären sie der peinigenden Ungewissheit ausgesetzt, was mit mir geschehen ist. Severian schüttelte den Kopf. Er hatte den Tod noch nie gefürchtet. Und nun erhoffte er ihn sogar. Sein Ende durch die Flammen erlöste ihn von einem Leben ohne Julia.

Am Nachmittag stand Severian auf einer Koppel des Reit- und Fahrvereins Braunfels und blickte in die Runde seiner Schwertkampfschüler, die ihn nach der Vorführung eines Hutenlaufs erwartungsvoll ansahen. »Ihr habt ohne mich weiter geübt«, stellte er fest. »Eure Technik hat sich verbessert und eure Ausdauer ebenfalls. Ich bin äußerst zufrieden.«

Auf den Gesichtern der Männer erschien ein stolzes Lächeln.

»Nachdem du am Sonntag nicht zum Training erschienen bist«, erklärte Oliver, »haben wir beschlossen, die Zeit zu nutzen und allein zu trainieren. Am Montag und am Dienstag haben wir uns ebenfalls getroffen. Seit ich weiß, was sich hinter diesen merkwürdigen Fachbegriffen verbirgt, komme ich auch mit meinem Schwertkampflehrwerk zurecht.« Der hagere Mann lief zu seinem Rucksack am Koppelzaun und kehrte mit einem bunten Buch in der Hand zurück. »Wir haben mit den Entscheidungsdiagrammen gearbeitet.«

Severian blickte auf die Seite, die Oliver ihm unter die Nase hielt. Mehrere rechteckige Kästchen waren dort aufgezeichnet, von denen Pfeile abführten, die mit Ja und Nein beschriftet waren.

»Dein Gegner steht im Alber und du greifst mit einem Scheitelhau an«, las Oliver das oberste Kästchen vor. »Pariert dein Gegner den Schlag?« Er wies mit dem Zeigefinger auf das Kästchen links darunter. »Nein: Dann erreichst du einen Kopftreffer.« Sein Finger rutschte zu dem rechten Kästchen. »Ja: Dein Gegner pariert in der Kron. Wie hält er das Schwert? Zu hoch, zu tief oder richtig?« Das Diagramm setzte sich noch fort, doch Oliver hielt inne und sah Severian begeistert an. »Wir haben alle Varianten durchgespielt, das war extrem effektiv und eine klasse Wiederholung.«

Severian strich über die Seite des Buches. »In der Tat eine gute Fibel. Ich kann euch erneut nur mein Lob aussprechen – und meine Entschuldigung. Ein Lehrer, der seine Schüler versetzt, ist kein guter.«

»Ach, mach dich deswegen nicht verrückt.« Björn winkte ab. »Nico hat uns verraten, dass du am Sonntag einen Kater hattest. Und dass du jetzt dem alten Heinrich auf dem Schloss aushilfst, ist eine super Sache.«

Die anderen nickten zustimmend, einzig Toms Miene wirkte zurückhaltend. Patrick schlug Severian auf die Schulter. »Hat sich meine Schwester über deinen Auszug wieder eingekriegt?«

»Wir haben uns ausgesprochen und versöhnt.« Beim Gedanken daran, wie diese Versöhnung abgelaufen war, konnte Severian nicht verhindern, dass ihm das Blut in die Wangen schoss.

Patrick starrte ihn an, dann schien er die Zusammenhänge zu begreifen. Zu seiner Zeit hätte Severian nun ein Duell mit Julias Brüdern um die verlorene Ehre ihrer Schwester bevorgestanden. Stattdessen grinste Patrick. »Und André?«

»Zu einer Verlobung wird es vermutlich nicht mehr kommen«, erwiderte Severian ausweichend.

Ein Ausdruck tiefer Zufriedenheit erschien auf Patricks Gesicht. »Endlich Schluss mit diesem Schnösel!« Er hob die Hand und Severian – nun wissend, was diese Geste bedeutete –, schlug ein. »Aber du hast diesen Angeber nicht zum Kampf gefordert, oder?«

Severian war froh, diese Frage – auch vor sich selbst – verneinen zu können. Als er André mit dem Ring in der Hand vor Julia gesehen hatte, waren tatsächlich Mordgelüste in ihm aufgewallt. Er schüttelte den Kopf. Es war Zeit, dieses Thema zu beenden.

»Stellt euch zu zweit auf«, wies er seine Schüler an. »Durch euren Fleiß habt ihr große Fortschritte gemacht und wir beginnen heute mit dem sogenannten Zucken: sich nicht auf ein Kräftemessen mit dem Gegner einzulassen, wenn dieser eure Klinge beiseite drückt, sondern sich geschickt zurückzuziehen.« Severian lächelte. »Lernt einen Angriff eures Widersachers in euren Vorteil zu verwandeln.«

Die Begeisterung seiner Schüler war ansteckend. Alle Sorgen traten in den Hintergrund, das Einzige, was zählte, waren seine Männer und ihr Umgang mit dem Schwert. Konzentriert schritt Severian zwischen den Kämpfern auf und ab, verbesserte, lobte, ermahnte. Inzwischen wusste er, wo die Talente jedes Einzelnen lagen, wusste um ihren Charakter und ihre Vorlieben. Dieses Wissen galt es auszunutzen, um jeden seiner Schüler zu fördern und an die Grenzen seiner Leistungsfähigkeit zu bringen.

Gleichsam musste er ihnen ihre Schwächen bewusst machen, damit sie im Kampf keine bösen Überraschungen erlebten.

Zwar gab es im Jahr 2015 keine echten Kämpfe mehr, doch Patrick hatte von Wettbewerben erzählt, in denen Kampfrichter Punkte für Treffer vergaben und so den Sieger des Duells bestimmten. Eine seltsame Vorstellung, dennoch reizte Severian der Gedanke zunehmend mehr, seine Schüler an einer solchen Veranstaltung teilnehmen zu lassen, um zu sehen, wo sie – aber auch er als Lehrer – standen.

Nachdenklich glitt sein Blick zu Tom. Sonst der Beste der Gruppe, wirkte der Mann mit dem dunkelblonden Haar heute unkonzentriert und fahrig. Björn, seinem Gegner, gelangen Treffer, die der talentierte Kämpfer ohne größere Anstrengung hätte abwehren können. Sollte diese Zerstreutheit anhalten, musste er mit Tom reden. Auch wenn es nur Übungskämpfe waren, die sie austrugen, war stets Verletzungsgefahr vorhanden – vor allem, wenn man mit den Gedanken nicht bei der Sache war.

Vielleicht war es aber auch nur Zeit für eine Pause, schließlich trainierten sie schon eine geraume Weile. »Legt eure Schwerter beiseite und trinkt einen Schluck«, wies er seine Schüler an.

Das Klirren der Waffen verebbte und die Männer liefen zu ihren Rucksäcken am Koppelzaun und holten ihre Getränke heraus.

»Wo warst du am Samstagabend, Severian?« Oliver, mit einer Wasserflasche in der Hand, trat zu ihm. »In Darmstadt?«

»Ja«, antwortete er knapp, denn die anderen hatten sich zu ihnen gesellt und sahen ihn interessiert an.

Oliver lächelte. »Bestimmt in einer Studentenkneipe im Martinsviertel. Dabei hätte man dich im Restaurant *Schlosskeller* gebraucht.«

»Wieso das?«, erkundigte sich Mehmet.

»Am Dienstag stand im *Darmstädter Echo*, dass am Samstagabend dort jemand festgenommen wurde. Ein Besoffener hat ein Deko-Schwert von der Wand gerissen und damit Gäste und Polizei bedroht.« Oliver klopfte Severian auf die Schulter. »Wärst du da gewesen, hättest du diesen Typen in zwei Sekunden entwaffnet und ihm gezeigt, wie Schwertkampf richtig funktioniert.«

Gelächter folgte auf Olivers Worte. Gelächter, in das Severian nicht mit einstimmen konnte.

»Severian, kann ich dich kurz sprechen?« Tom war zu ihm getreten und wies auf die gegenüberliegende Ecke der Koppel.

Severian nickte. »Hast du eine Frage zu der neuen Technik?«

»Nein.« Mehr erklärte Tom nicht, bis sie außer Hörweite der anderen gekommen waren. »Severian, du weißt, ich bin Polizist«, sprach Tom schließlich weiter. »Was du vermutlich nicht weißt, ist, dass ich in Darmstadt auf dem ersten Revier arbeite, das vor allem für die Innenstadt zuständig ist und nahe am Schloss liegt. Auf der Wache ist bekannt, dass ich ein Mittelalter-Fan bin und mich in meiner Freizeit in der Szene bewege.«

Alles in Severian verlangte nach Flucht. Stattdessen verharrte er an seinem Platz. »Fahre fort.«

»Am Montagmorgen kamen die Kollegen zu mir, die am Samstagabend den betrunkenen Hobbyritter im *Schlosskeller* festgenommen haben. Sie gaben mir eine Personenbeschreibung: eins achtzig groß, längeres, dunkles Haar, blaue Augen, muskulöser, durchtrainierter Körperbau. Sehr sportlich, denn er konnte das Gitter auf dem Balkon der geschlossenen Abteilung der Psychiatrie erklimmen und anschließend an der Regenrinne des Nachbarhauses herabklettern – trotz Sedativa im Blut.«

Severian presste die Lippen zusammen. Leugnen war zwecklos – und es war zu spät dafür. Tom hielt sein Handy in den Fingern. »Du hast die anderen Polizisten herbeigerufen, damit sie mich gefangen nehmen.«

»Das habe ich nicht.« Tom seufzte. »Ich habe meinen Kollegen erklärt, dass ich niemanden kenne, auf den eine solche Beschreibung zutrifft.«

Severian zog die Brauen zusammen. »Und das Handy?«

Tom drehte das Gerät und Severian konnte erkennen, was das Display zeigte: ein Foto von ihm, wie er neben Oliver stand.

»Severian, du musst deine Medikamente nehmen«, beschwor ihn Tom. »Du wirst sonst zur Gefahr für andere.«

»Ich bin nicht krank.«

Tom schüttelte den Kopf, als hätte er diese Antwort erwartet. »Wir leben in einer Zeit, in der Depressionen und Burn-out Volkskrankheiten sind, auch Psychosen sind weit verbreitet. Für deine psychische Beeinträchtigung musst du dich nicht schämen, sondern nur regelmäßig deine Tabletten schlucken.« Er lächelte. »Versprich mir, dass du wieder Medikamente nimmst und mit deinem Therapeuten zu Hause telefonierst.«

Severians Lippen wurden schmal. »Was, wenn ich dir das nicht versprechen kann?«

Statt einer Antwort hob Tom das Handy. »Ich will nicht, dass du Heinrich oder Julia etwas antust.«

»Das würde nie passieren.«

»Am Samstag hast du Unschuldige attackiert.«

»Ich war nicht ich selbst an diesem Abend.«

»Deine Aussetzer betreffen aber nicht nur diesen Abend.«

»Wie meinst du das?«, fragte Severian scharf.

»Wenn du uns trainierst, sprichst du noch seltsamer als sonst, benutzt merkwürdige Wörter und Redewendungen jenseits der kämpferischen Fachbegriffe. Dir fällt es vor lauter Konzentration nicht auf, aber ich merke es. Dazu kommt deine

Reaktion auf viele Dinge – als hättest du sie niemals zuvor gesehen oder davon gehört.«

Severian schwieg. Tom würde ihm die Wahrheit ebenso wenig glauben wie der Arzt im Krankenhaus.

»Sollte ich feststellen«, fuhr Tom fort, »dass deine Aussetzer zunehmen oder du erneut gewalttätig wirst, melde ich dich.«

Severian konnte nicht verhindern, dass sich Bitterkeit in seinen Tonfall mischte. »Warum hast du das nicht längst getan, wenn du mir nicht traust?«

»Weil du ein netter Kerl und ein fantastischer Trainer bist.« Tom seufzte. »In deinem Unterricht fühlt man sich wie ein echter Ritter und vergisst den Alltag. Das tut besonders Oliver gut.« Er zeigte auf den hageren Mann, der sich scherzend mit den anderen unterhielt. »Seine Frau hat ihn mit den Kindern vor drei Monaten verlassen. Daraufhin hat er sich verkrochen, das Schwertkampftraining lockt ihn wieder in Gesellschaft. Oder nimm Mehmet und Björn – das Kämpfen ist ein idealer Ausgleich für ihre vielen Prüfungen, ebenso wie für Nico mit seinem stressigen Job oder Yannick nach dem Abi.« Toms Blick fiel auf Julias älteren Bruder. »Patrick hält seit Jahren unsere Gruppe zusammen. Er hat es verdient, einen tollen Lehrer wie dich bekommen zu haben.« Tom klopfte Severian auf die Schulter. »Du bist ein Kämpfer, Severian. Lass deine Krankheit nicht die Oberhand gewinnen, sondern gehe dagegen an. Ein zweites Mal werde ich nicht zögern, meiner Pflicht nachzukommen.«

Das Wasser aus dem Duschkopf prasselte angenehm warm auf Severians Schultern, doch die Anspannung löste sich nur langsam. Von Tom für einen Wahnsinnigen gehalten zu werden, setzte ihm mehr zu als das Wissen, dass man doch nach ihm suchte. Nicht nur, weil Tom sein bester Schüler war, sondern weil er sich eine Freundschaft mit ihm gut hätte vorstellen können.

Severian wischte sich das Wasser aus dem Gesicht. Welch sinnlose Gedanken! Wenn alles gut ging, würde er in drei Tagen nach Hause zurückkehren. Was Tom über ihn dachte, war belanglos – ebenso belanglos wie seine Gefühle für Julia.

Der Stich in seiner Brust war scharf wie ein Messer. Severian drehte den Duschknopf bis zum Anschlag auf Rot, bekämpfte Schmerz mit Schmerz. Vergeblich. Der dampfende Wasserstrahl brannte auf seiner Haut, doch er löschte nicht die Sehnsucht in seinem Herzen. Das Wissen, Julia zu verlieren, war unerträglich. Jeder Moment, in dem er ihr nah war, würde den Abschied nur schlimmer machen.

Dennoch war er nach dem Training statt zu Heinrich zu Julia gegangen. Er hatte ihr von Toms Drohung erzählen wollen. Fragen wollen, ob Gefahr für ihn bestand, nichts weiter. Doch kaum hatte Julia ihm die Tür geöffnet, hatte sie in seinen Armen gelegen. Und er war unfähig gewesen, sie von sich zu weisen.

Als sie sich voneinander gelöst hatten, hatte er gebeten, die Dusche benutzen zu dürfen, um Abstand zwischen sie beide zu bringen und die Zeit zu überbrücken, bis Nico von der Arbeit heimkehrte. Aber weder das prasselnde Wasser noch seine Bekümmertheit wegen Tom halfen, seine Liebe und Leidenschaft zu bezähmen. Ein Blick auf seine Lenden zeigte, dass die Hitze des Wasserstrahls beides sogar zu befeuern schien. Rasch drehte er den Duschhebel in die entgegengesetzte Richtung.

»Severian?«

Julia. Severian presste die Lippen aufeinander. Ihre Gegenwart vor der Duschabtrennung war dem Abklingen seiner Lust nicht zuträglich. Eilig schob er den Hebel ein Stück weiter. Das Wasser konnte gar nicht kalt genug sein.

»Willst du auch duschen?«, fragte er. »Dann beeile ich mich.«

»Ja, ich möchte unter die Dusche. Aber Eile ist nicht notwendig.«

Zu seinem Schrecken öffnete sie die Duschwand. Seine gehärtete Männlichkeit konnte ihr kaum entgehen. Doch ihm blieb keine Zeit, darüber nachzudenken. Julia trug nichts am Leibe, als sie zu ihm in die Dusche stieg und die Abtrennung schloss.

»Puh, du duschst aber kalt.« Sie lächelte. »Soll ich das Wasser wärmer stellen oder anderweitig dafür sorgen, dass es hier drinnen heißer wird?«

Er brachte keine Antwort hervor. In seinem Inneren kämpfte seine Vernunft um die Oberhand, während sein Gemächt sich Julia verräterisch entgegenstreckte.

Julia ergriff die Flasche mit der flüssigen Seife und drückte eine kleine Menge des perlmuttfarbenen Inhalts heraus. Betont langsam verteilte sie die duftende Essenz auf ihrem Bauch, den Schultern und dem Tal zwischen ihren Brüsten.

Sein Körper erbebte. »Wir sollten es nicht tun«, stieß er keuchend hervor.

»Ein Teil von dir scheint das anders zu sehen.« Mit dem Zeigefinger zog Julia eine Linie von seinem Bauchnabel abwärts.

»Nico kommt bald nach Hause«, entgegnete er mit dem letzten Rest an Selbstbeherrschung.

»Erst in einer Viertelstunde, Herr Ritter.« Ihr Lächeln war das eines gefallenen Engels, als sie den Duschknopf auf warm stellte. »Das sollte uns reichen.«

Warmes Wasser prasselte auf seine Schultern nieder. Doch es war allein Julias Kuss, der all seine Sorgen und Bedenken für den Moment davonschwemmte.

Freitag, 11. September 2015

Mit verschränkten Armen stand Severian im Schlosshof und starrte auf das Durcheinander. Der Westflügel Felsbrunns wurde über die Länge von Säulen getragen und ergab damit eine von drei Seiten geschlossene Halle. Das war bereits zu seiner Zeit so gewesen, aber niemals hatte dort ein solcher Wirrwarr an Gegenständen geherrscht. Von der einen kurzen Seite abgesehen, an der sich nun das Brennholz ordentlich gestapelt befand, lag in der Säulenhalle alles wild durcheinander. Die meisten der Gegenstände konnte Severian nicht einmal mit Namen benennen, doch eines war sicher: Sie waren alt, unbrauchbar und wertlos.

Er hatte Heinrich gebeten, hier Ordnung schaffen zu dürfen. Mehr konnte er in der ihm verbleibenden Zeit für das Schloss seiner Väter nicht tun. Heinrich hatte zugestimmt und für den frühen Nachmittag einen Schrotthändler bestellt. Einen Mann, so hatte Heinrich erklärt, der das Metallene unter dem Gerümpel abholen und dafür sogar bezahlen würde. Den Rest wollte der Schlossherr mit dem Auto zu einem Ort namens Wertstoffhof bringen.

Severian streifte die Arbeitshandschuhe über, die Heinrich ihm gegeben hatte. Wenn er mit dem Ausräumen und Sortieren vor der Ankunft des Händlers fertig werden wollte, sollte er endlich beginnen.

Einige Stunden später nahm Severian verschwitzt, aber zufrieden mit sich und seiner Arbeit, Heinrich gegenüber am Esstisch in der Küche Platz. Das Mittagessen bestand aus Bratkartoffeln mit Speck und der Duft des Mahls ließ Severians Magen erwartungsvoll knurren. Inzwischen hatte er sich mit dem Geschmack der ihm unbekannten Kartoffel angefreundet und die Vielfältigkeit der Wurzelknolle erstaunte ihn immer wieder.

»Es liegt alles für den Händler bereit«, ließ er Heinrich wissen und spießte mit der Gabel einen der goldgelben Würfel auf. »Ich hoffe, der Mann zahlt anständig.«

Heinrich nickte, ohne von seinem Teller aufzusehen.

»Nach dem Essen kann ich die Halle ausfegen und Ihnen beim Verladen der übrigen Sachen in das Auto behilflich sein.« Severian wartete auf eine Antwort, doch er erhielt keine. »Heinrich?«

Seufzend hob Heinrich den Blick. »Tom Wagner hat mich vorhin angerufen. Er hat gesagt, du hättest eine Psychose, würdest deine Medikamente nicht nehmen und deshalb zu Gewalt neigen. Ich sollte nicht zögern, die Polizei zu verständigen.«

Jedes Wort war überflüssig. Severian legte die Gabel beiseite und stand vom Tisch auf. »Ich werde sofort gehen.«

»Den Teufel wirst du tun, Severian.« In Heinrichs Stimme lag eine ungewohnte Schärfe. »Ich habe Tom gesagt, dass ich mich nicht vor dir fürchte. Du bist kein Verrückter, sondern jemand sehr Besonderes. Also setz dich wieder.«

Severian starrte ihn an. Es konnte unmöglich sein, dennoch … »Sie wissen, wer ich bin?«

Heinrich von Felsbrunn lächelte. »Würde ich meine Vermutung laut aussprechen, kämen die Männer mit der Zwangsjacke auch mich holen.« Er wies auf den Teller. »Wenn du fertig gegessen hast, kümmern wir uns um das Gerümpel im Hof. Danach habe ich eine spezielle Aufgabe für dich.« Heinrichs Augen funkelten vergnügt. »Dir ist bestimmt aufgefallen, dass die Ritterrüstung meines Urahns sich in einem erbärmlichen Zustand befindet. Ich könnte mir vorstellen, es gefällt dir, sie zu säubern.«

Er zwinkerte ihm zu. »Wie man ein Kettenhemd reinigt, brauche ich dir nicht zu erklären, oder?«

Verblüfft ließ Severian sich wieder auf seinem Stuhl nieder. Dann erschien ein Lächeln auf seinem Gesicht.

Angaben des Antragsstellers zur Bereitstellung eines Kredites

Name: Salzmann, Julia

geboren: 2. November 1991 in Darmstadt

Familienstand: …

Julias Finger verharrten auf der Tastatur. Würde Severian heute Abend wiederkommen? Die Kirchturmuhr hatte sieben geschlagen, das Schwertkampftraining sollte nun beendet sein. Ihre rechte Hand griff nach der Maus und speicherte das angefangene Dokument. Gestern war er erschienen, um ihr von Toms Drohung zu berichten. Allerdings hatte sie davon erst beim gemeinsamen Abendessen mit Nico erfahren. Denn kaum hatte sie Severian die Tür geöffnet, war sie ihm in die Arme gefallen und hatte ihn kurz darauf in der Dusche verführt.

Julia schloss die Datei. Ihren Annäherungsversuchen hatte Severian sich nur halbherzig widersetzt, dennoch hatte sie sein Zögern gespürt. Nach dem Abendessen war er gegangen. Vermutlich fürchtete er einen dauerhaften Aufenthalt in der Hölle, wenn er sich weiter ihrer Nähe hingab. Daher bezweifelte sie, ihn vor Sonntagmittag nochmals zu Gesicht zu bekommen.

Entschieden klappte sie den Laptop zu. Im Grunde genommen war es besser so. Ungünstig nur, dass sie sich rettungslos in Severian verliebt hatte.

An der Wohnungstür erklang das Drehen eines Schlüssels – Nico kehrte vom Schwertkampftraining zurück. Julia sprang vom Schreibtischstuhl auf. Möglicherweise hatte er eine Nachricht von Severian an sie dabei. Im Flur angekommen, blieb sie abrupt stehen. Nico hatte keinen Gruß von Severian dabei, sondern ihn persönlich.

»Hallo, Julia«, rief Nico und schlängelte sich an ihr vorbei in Richtung seines Zimmers. »Ich muss ein paar dringende Telefonate führen.«

Damit blieb sie allein mit Severian im Flur zurück.

»Ich bin zu der Erkenntnis gelangt«, hob Severian an, nachdem Nicos Zimmertür ins Schloss gefallen war, »dass sowohl mein Schmerz als auch meine Schuld kaum größer werden können, wenn ich deine Nähe suche.«

»Und das bedeutet?«, fragte sie unsicher.

Er trat auf sie zu und seine Hände umschlossen ihr Gesicht. »Es bedeutet, dass ich dich liebe und es mir gleichgültig ist, ob deswegen die ewige Verdammnis auf mich wartet.« Er ließ sie los und ging vor ihr auf die Knie. »Uns bleiben nur wenige gemeinsame Stunden. Diese würde ich gerne so verbringen, als ob du meine Gemahlin wärst. Damit ich den Rest meines Lebens – wie lange es währen möge – von dieser Erinnerung zehren kann.« Sein Blick flackerte. »Deine Ablehnung meines ungehörigen Ansinnens würde ich verstehen und hinnehmen.«

Ihr Herz vollführte einen Sprung. »Ich habe nie zuvor ein wundervolleres unmoralisches Angebot bekommen, Herr Ritter.« Sie beugte sich zu ihm herab und küsste ihn. »Ich nehme es nur zu gerne an.«

Severians Züge entspannten sich. Er erhob sich und nahm ihre Hände. »Dann werde ich dich jetzt ausführen.«

»Ausführen?«

»Heinrich hat mir erklärt, was unter Ehepaaren in eurer Zeit Sitte ist. Er gab mir das hier, um mir das Ausführen zu ermöglichen.« Severian zog aus seiner Jeans einen zerknitterten Fünfzigeuroschein.

»So viel? Herr von Felsbrunn besitzt doch selbst kaum was.«

»Er bestand darauf. Der Schrotthändler hat alles Metall mitgenommen und gut bezahlt. Heinrich meinte, da es vor allem mein Verdienst gewesen wäre, dass die Säulenhalle endlich aufgeräumt sei, stände mir ein Teil des Geldes zu.«

»Das ist sehr anständig von ihm.«

»Heinrich entstammt eben aus einem edlen Geschlecht.« Severian lächelte, dann besah er den Geldschein. »Wohin soll ich dich ausführen? Ich kann den Wert des Geldes ebenso wenig einschätzen wie das, was für uns schicklich wäre.«

Julia schnippte mit den Fingern. »Keine Sorge, ich habe eine Idee. Zuerst gehen wir was essen. Nicht ins Schnellrestaurant, sondern gepflegt, wie man so schön sagt. Danach gehen wir in den *Weißen Hirsch*. Dort ist freitags Tanzabend.«

Severian runzelte die Stirn. »Tanzt man noch Allemanden, Gaillarden und Pavanen?«

Sie schüttelte den Kopf. »Heute sind Discofox, Cha-Cha-Cha und Walzer als Gesellschaftstänze angesagt. Aber bei deiner tänzerischen Vorbildung lernst du das schnell.«

»Benötigen wir eine besondere Kleidung?«

»Ein Hemd und saubere Jeans wären nicht schlecht, ich ziehe mir ein Kleid über. Vorher duschen wäre ebenfalls nicht verkehrt.«

Ein verräterisches Glitzern trat in seine Augen. »Gemeinsam?«

So streng wie möglich sah sie ihn an. »Nico ist da.«

»Er telefoniert.«

Julia lachte. »Du hast deine Bedenken aber gründlich über Bord geworfen.«

Seine Arme schlangen sich um ihren Körper. »Ich will keinen Augenblick meiner Zeit mit dir verschwenden.«

»Das will ich auch nicht. Geh allein duschen, ich verspreche dir, du wirst es nicht bereuen.«

Die Enttäuschung in seinen Augen ließ sie beinahe schwach werden. Schnell holte sie ihm frische Kleidung aus Nicos Zimmer und verschwand in ihrem eigenen. Das Silvesterball-Kleid mochte für den Anlass overdressed sein, doch für ihr erstes Date mit Severian war es perfekt. Schließlich wollte sie im Vergleich zu den prunkvoll gekleideten Adelsdamen nicht verlieren.

Kurz darauf schmiegte sich das bodenlange, schwarze Neckholder-Kleid an ihren Körper. High Heels und Push-up optimierten ihre Silhouette und ihr Haar war zu einem eleganten Knoten aufgesteckt, damit nichts von dem Rückenausschnitt des Kleides ablenkte, der sich bis zu ihrer Taille hinab erstreckte. Perlenohrringe, dezentes Make-up, Armkettchen – fertig.

Als Severian nach dem Duschen zu ihr ins Zimmer trat, wusste sie, dass sie die richtige Entscheidung getroffen hatte. »Du hast mir nicht zu viel versprochen«, keuchte er. »Keine Königin könnte schöner sein.« Fasziniert betrachtete er sie. »Wie soll ich bei diesem Anblick den heutigen Abend durchstehen?«

»Mit Selbstbeherrschung, höflicher Konversation und Vorfreude.« Sie lachte. »Ich dachte, als Ritter wärst du auf Herausforderungen trainiert.«

Er strich mit dem Finger über ihre bloßen Schultern. »Als Ritter ja, aber nicht als Mann in Gegenwart seiner geliebten Frau.«

Tiefe Zuneigung leuchtete in seinen Augen und Julia schluckte, um das Brennen in ihrer Kehle zu vertreiben. Sie hatte gewusst, auf was sie sich einließ. »Seid Ihr bereit, Euer Hochwohlgeboren, den Abend mit einer Hexe und Schankmagd zu verbringen?«, scherzte sie, um ihre Beklemmung loszuwerden.

»Nie schätzte ich eine Begleitung höher.« Severian bot ihr seinen Arm. »An Eurer Seite, edle Julia, bin ich zu allem bereit.«

Samstag, 12. September 2015

»Du pfeifst *An der schönen blauen Donau*, Severian?« Heinrich sah ihn amüsiert an. »Dann war das Ausgehen mit Julia ein Erfolg?«

Das Essen. Der Tanz. Die Nacht. Severian nickte. Ein unvergleichlicher Abend, der ihn immer noch beschwingte.

Heinrich ließ sich auf einer Holztruhe nieder, die Severian zur Entrümpelung in die Mitte des Dachbodens gerückt hatte. »Hätte ich geheiratet«, erklärte er mit einem Seufzen, »wäre dieser Walzer von Strauß mein Hochzeitstanz geworden.«

Damit war seine länger gehegte Frage, ob Heinrich Nachkommen hatte, beantwortet. Nachdenklich sah Severian ihn an. »Was wird nach Eurem Tod mit Felsbrunn geschehen?« Hier im Schloss fiel ihm das ungewohnte Siezen am schwersten, zudem verlor Heinrich über seine nicht zeitgemäße Anrede keine Bemerkung.

Heinrich hob die Hände und ließ sie wieder fallen. »Mit mir stirbt die Linie derer von Felsbrunn aus. Da es keine anderweitigen Erben gibt, fällt das Schloss an das Land Hessen.« Ein trauriges Lächeln erschien auf seinem Gesicht. »Ich hätte gerne ein Kind gehabt. Einen Sohn wie dich.«

Severians Kehle schnürte sich zu. »Die Wege des Herrn sind für uns nicht immer zu verstehen.«

»Das stimmt.« Heinrich hob den Kopf. »Für dich am allerwenigsten, oder?«

»Ich … ich habe den Sinn meines Hierseins noch nicht erkannt. Eine Prüfung meines Glaubens oder die Strafe für meine Undankbarkeit dem Schicksal gegenüber.«

»Ich bin dem Herrgott für deine Gegenwart jedenfalls dankbar. Auch wenn ich mich vor dir für den Zustand von

Felsbrunn schäme, empfinde ich dein Kommen wie ein Geschenk des Himmels.«

Severian öffnete den Mund, doch die Worte kamen ihm nur schwer über die Lippen. »Morgen werde ich zurückgehen, sofern es mir möglich ist«, erwiderte er. »Ich hatte es Euch beim Mittagessen sagen wollen.«

Heinrich nickte stumm und mit einem Mal wusste Severian, dass er nicht nur Julia vermissen würde. »Kann ich noch etwas für Euch oder Felsbrunn tun?«

»Du könntest ein Stoßgebet zum Himmel schicken, dass sich in dieser Truhe, auf der ich sitze, Jahrhunderte alte Handschriften befinden.«

Severian runzelte die Stirn. »Was würde das nutzen?«

»Oh, für echte mittelalterliche Schriften bezahlen Museen viel Geld.« Heinrich lachte. »Und der Schwarzmarkt noch viel mehr. Mit dem Verkaufserlös einiger solcher Bücher könnte ich Felsbrunn von Grund auf sanieren lassen.«

Was ein Museum war, hatte Severian durch Julia gelernt, aber … »Was ist ein Schwarzmarkt?«

»Geheimer Handel. Je nach Land und politischer Lage können das historische Gegenstände, seltene Tiere, Waffen, Drogen, Zigaretten, Alkohol oder Nahrungsmittel sein.«

»Alte Bücher sind wertvoll?« Severian konnte es nicht glauben.

Heinrich nickte. »Sammler geben dafür ein Vermögen aus. Für eine seltene mittelalterliche Handschrift würden manche sogar über Leichen gehen.«

Manche würden über Leichen gehen. Severian starrte Heinrich an und die Gedanken in seinem Kopf begannen zu rasen. War es möglich …? »Wenn ich Gelegenheit hätte«, keuchte er, »Handschriften aus dem Skriptorium eines Klosters im Jahr 1515 zu stehlen und in das Jahr 2015 zu bringen …«

»… wärst du bald alle deine Geldsorgen los.« Heinrich lachte. »Willst du zum Dieb und Schwarzmarkthändler werden?«

Er nicht.

Gibt kein Trinkgeld … Brötchen heimlich eingepackt …

Ich dachte, ihr Historiker steht auf Glücksspiel, um euer spärliches Salär aufzubessern. Diesen Archäologen habe ich jedenfalls hier mehrmals getroffen.

Severian schlug sich gegen die Stirn. In den letzten Tagen hatte er kaum einen Gedanken an Bruder Ignatius verschwendet, nun fügte sich alles zusammen. Nicht wissenschaftlicher Ruhm, nicht Forscherdrang hatten Roland Bergsträßer ein Leben in der Vergangenheit aufnehmen lassen. Spielschulden waren die Gründe des Archäologen – Gründe, derentwegen er Julia und ihn getötet hätte. Ignatius musste einen Weg gefunden haben, wie die Bücher trotz Transport durch den Zeittunnel alterten.

Severians Hände ballten sich zu Fäusten. Bei der Rückkehr in seine Zeit musste er Ignatius nicht nur überwältigen, sondern ihm auch sein Diebesgut abnehmen. Noch wusste er nicht, wie ihm beides gelingen sollte. Nur eines war sicher: Julia durfte nichts davon erfahren. Es hätte ihre Sorge um ihn vergrößert und ihre letzten gemeinsamen Stunden getrübt.

»Björn, nimm deinen Körper aus der Zentrallinie!« Severians Stimme donnerte über die Koppel. »Hätte Mehmet ein echtes Schwert, hättest du gerade deinen Arm verloren!« Wie konnte Björn jedes Mal seine Deckung derart vernachlässigen? Er hatte es ihm hundert Mal gesagt, so wie allen anderen auch. Doch wohin er sah, überall nur Fehler und falsche Techniken!

»Dein Schwert ist dein Schild, Oliver! Benutze es auch so! Warum hörst du mir nie zu, wenn ich etwas erkläre?« Severians Kopf fuhr zu Julias älterem Bruder herum. »Patrick! Verlass dich nicht auf deine Kraft, sondern suche die Blöße deines Gegners!

Du hättest Nico bereits dreimal töten und viermal entwaffnen können! Verdammt, habt ihr alle gar nichts gelernt?«

Patrick ließ sein Schwert sinken. »Wir haben echt viel gelernt, Severian. Aber wir sind immer noch Anfänger und keine deiner Profigruppen.«

»Auf einem Schlachtfeld wird niemand darauf Rücksicht nehmen, wie dein Ausbildungsstand ist!« Allerdings würde Patrick niemals in seinem Leben in einem echten Kampf stehen, ebenso wenig wie die anderen. Severian atmete tief durch. »Es tut mir leid«, fügte er in versöhnlichem Tonfall hinzu. »Ich bin heute ein wenig angespannt.«

Was eine völlige Untertreibung war. Die Verabschiedung von Heinrich vorhin war ihm noch schwerer gefallen als erwartet. So viel war in Felsbrunn zu erledigen, ehe der Winter kam – und auch Heinrichs Freude über seine Gesellschaft war ihm nicht entgangen und beruhte auf Gegenseitigkeit.

Das Wissen um Ignatius' Absichten besserte seine Laune ebenfalls nicht, genauso wenig wie die Aussicht, dass morgen ein Feuer den Tod über das Kloster bringen würde. Severian fuhr sich übers Gesicht. Es hatte keinen Sinn, das Unvermeidliche hinauszuzögern. Vor allem nicht, da Tom ihm einen drohenden Blick zuwarf. Das Letzte, was er brauchte, war vor seinen Schülern als vermeintlich Wahnsinniger gefangen genommen zu werden.

»Meine Anspannung liegt darin begründet, dass ich euch heute zum letzten Mal trainiere.« Severian räusperte sich. »Nico, Julia und Yannick fahren mich morgen an den Frankfurter Flughafen. Ich hoffe, einen Flug Stand-by nach New York zu bekommen, wo meine Tante lebt«, gab er die Erklärung wieder, die Nico ihn hatte auswendig lernen lassen.

Vorsichtig sah Severian sich um. Er musste glaubwürdig geklungen haben, auf den Gesichtern der Männer zeichnete sich

Enttäuschung ab, nicht Skepsis. Mit Ausnahme von Tom, auf dessen Zügen deutliche Erleichterung lag. Severian seufzte innerlich. Ein Hohn, ausgerechnet im Ansehen seines Lieblingsschülers so gesunken zu sein und sich nicht rechtfertigen zu können.

»Wenn du zum Wintersemester das Studium in Darmstadt aufnehmen solltest, trainierst du uns dann weiter?« Hoffnungsvoll sah Björn Severian an.

Severian neigte den Kopf. »Sollte ich zurückkehren, wäre es mir eine Freude.«

»Mit anderen Worten, du kommst nicht mehr. Das erkenne ich an deinem Blick.« Mehmet schleuderte sein Holzschwert zu Boden. »Wäre ja auch zu schön gewesen.«

Severian sah auf die Waffe, deren Spitze sich in den Sand eingegraben hatte. Ein weiterer Abschied, der ihm näher ging als erwartet. »Ihr ahnt nicht, wie groß mein Bedauern ist, gehen zu müssen. Wie sehr ich es genossen habe, euer Lehrer zu sein – aufgenommen in einen Kreis ehrenwerter Männer, mit denen mich die Liebe zum Schwert für immer verbinden wird.« Er hob das Schwert auf und reichte Mehmet die Waffe. »Lasst uns die verbleibende Zeit für ein Turnier nutzen: jeder gegen jeden, freundschaftlich und lehrreich, damit ihr wisst, woran ihr weiterarbeiten müsst.«

»Wir sind froh, dass du überhaupt da warst.« Patrick klopfte ihm auf die Schulter. »Mensch, was haben die anderen Gruppen für ein Glück, die du dauerhaft trainierst.«

Es fiel Severian schwer, einen gelassenen Gesichtsausdruck beizubehalten. Dorthin, wo er ging, wartete keine Gruppe auf ihn. Niemand, der seine Kenntnisse als Schwertkampflehrer schätzte oder benötigte. Selbst wenn er die Folgen des Feuers überlebte, würde dieser Unterricht heute der letzte sein, den er je gab.

»Yannick und Oliver beginnen«, ordnete er an, ehe ihm die Bitterkeit die Stimme nahm. Er hatte seine Vergangenheit verloren, noch bevor er in die Zukunft gekommen war.

»Gestern hast du mich ausgeführt, heute bin ich dran.«

Überrascht sah Severian Julia an, die ihm gegenüber am Esstisch saß. Auch Nico, der im Aufbruch zu seinem Nachtdienst war, blickte interessiert zu ihnen herüber.

»Wir gehen ins Freilicht-Theater«, verkündete Julia. »Heute Abend spielt die Braunfelser Theatergruppe vor der Klosterruine *Ein Sommernachtstraum*.«

»Shakespeare, nicht schlecht.« Nico schnalzte mit der Zunge. »Der englische Dichter wird aus Severians Sicht zwar erst in rund fünfzig Jahren geboren werden, aber das Stück wird ihm trotzdem gefallen.« Er schnappte sich seinen Autoschlüssel vom Haken. »Obwohl *Romeo und Julia* noch besser gepasst hätte.«

»Eine Tragödie brauche ich nicht, die erlebe ich morgen Mittag«, murmelte Julia.

»Sorry, war ein blöder Scherz.« Mitfühlend sah Nico sie an. »Ich komme morgen um 13 Uhr aus dem Dienst zurück. Dann holen wir Yannick und fahren gemeinsam zur Kapelle. Du musst das nicht allein durchstehen, Julia.«

Dankbar nickte Severian ihm zu. Julia im Beistand ihres Bruders und Nicos zu wissen, war ihm ein Trost. Auch wenn es ihm die Schuldgefühle ihr gegenüber nicht würde nehmen können.

Nico zog die Wohnungstür hinter sich zu und Severian legte seine Hand auf Julias. »Ein Schauspiel ist eine schöne Idee. Benötigen wir besondere Kleidung?«

»Das Ganze findet unter freiem Himmel statt und wir sitzen auf Decken im Gras. Von daher, nein.«

»Bedauerlich. Mir gefiel das schwarze Kleid.«

»Ich hatte das Gefühl, du mochtest es mehr, als es später auf dem Boden lag.«

Er hob ihre Hand, führte sie zu seinem Mund und hauchte einen Kuss darauf. »Du kennst mich besser, als mir lieb sein kann.«

Ein wehmütiger Ausdruck trat in ihre Augen. »Ich würde dich gerne noch viel besser kennen lernen.«

Ich dich auch. Doch er schwieg. Er durfte die Sache nicht schlimmer machen, als sie ohnehin schon war. »Laufen wir zum Kloster?«, wechselte er das Thema. »Dann sollten wir bald aufbrechen.«

Julia nickte und Severian drückte ihre Hand. Ihre letzten gemeinsamen Stunden schwanden unaufhaltsam.

Fackeln erhellten den Platz rund um die Klosterruine. Außer ihm und Julia waren etliche andere Menschen unterwegs zur Aufführung im Wald, zu Fuß, per Fahrrad und einige Ältere mit dem Auto. Sie reihten sich in die Schlange vor einem Tisch ein, um für den Eintritt zu bezahlen, und betraten danach die Lichtung. Die Sonne war längst untergegangen und die Fackeln loderten in der Dunkelheit, untermalt von Musik, die Severian fremd und dennoch seltsam vertraut erschien.

»Loreena McKennitt. Eine Sängerin, die keltische, irische und orientalische Weisen verarbeitet und dabei alte Instrumente benutzt«, erklärte Julia, die seine Frage zu erahnen schien. »Ich mag ihre Musik, ich habe das Gefühl, ihre Lieder sind so alt wie die Welt selbst.«

Er nickte. »Du hast recht. Die Melodien berühren etwas tief im Inneren.«

»Ich besitze alle ihre Lieder. Wir können sie uns in den nächsten Tagen in Ruhe …« Julia brach ab. »Wir sollten uns einen Platz suchen, ehe alles besetzt ist.«

Severian erwiderte nichts. Stumm folgte er Julia zwischen dem Durcheinander an ausgebreiteten Decken, Taschen und Besuchern hindurch.

»Die Musik hat aufgehört, das Stück beginnt gleich.« Julia blickte sich auf der Lichtung um. »Dort drüben ist noch ein freies Fleckchen.«

Kaum hatten sie ihre Decke ausgebreitet und darauf Platz genommen, erleuchteten starke Lampen das Bretterpodest, das als Bühne diente. Das Stück begann und fasziniert verfolgte Severian die Auftritte der Schauspieler. Bald zogen ihn die Irrungen und Wirrungen um Oberon, Titania und Puck, den Hofnarren des Elfenkönigs, in ihren Bann und ließen ihn vergessen, nur einem Stück der Fantasie eines Dichters beizuwohnen. Viel zu schnell endeten die ersten Akte und Puck lud die Zuschauer zu einer Pause mit Speise und Trank ein.

»Hat es dir bis jetzt gefallen?«

»Sehr. Ich kann kaum erwarten zu erfahren, wie es ausgeht.« Seine Hand strich an Julias Arm entlang. »Dieser Shakespeare ist ein talentierter Dichter. Bedauerlich, dass ich nicht lange genug leben werde, um eines seiner anderen Stücke sehen zu können.« Im nächsten Moment verwünschte er seine unbedachten Worte. »Soll ich uns ein Getränk holen, wie Puck es vorgeschlagen hat?«

»Eine gute Idee.« Julia nahm ihren Geldbeutel aus dem Rucksack und reichte ihm einen blauen Schein.

Severian wollte sich erheben, doch Julia hielt ihn zurück. »Ich war mir nicht sicher, ob du vor dieser Kulisse die Aufführung genießen kannst.«

»Das Kloster ist ein Ort des Friedens, ein Ort der Gemeinschaft und ein Ort der Freude über das, was Gott uns schenkt.« Er lächelte. »Ich sehe hier nichts, was diesen Grundsätzen zuwiderläuft.«

Sie schlug die Augen nieder. »Das meinte ich nicht.«

Sachte hob er mit dem Finger ihren Kopf an, sodass sie ihn ansehen musste. »Morgen werde ich alles tun, um die Folgen der Feuersbrunst zu lindern. Für heute bleibt mir nichts, als Kraft zu sammeln. Wie könnte ich das besser als an deiner Seite bei fröhlicher Zerstreuung?«

Ein Lächeln erschien auf ihrem Gesicht. Doch die Traurigkeit, die in ihren Augen schimmerte, schnitt wie eine scharfe Klinge in sein Herz. Rasch stand er auf und reihte sich in die Warteschlange vor dem Getränkehäuschen ein, bevor ihn der Schmerz innerlich zerriss. Mit seinem eigenen Gram über ihre Trennung würde er umgehen können, nicht aber mit dem Wissen um Julias Leid. Und es gab nichts, womit er ihren Kummer würde lindern können. Keine Worte, die er wählte, würden ihr Trost spenden, kein Kuss aufwiegen, dass er sie auf ewig verließ. Ihr Abschied voneinander war eine Stunde der Dunkelheit, auf die kein Morgenlicht folgte.

Der Geldschein in seinen Fingern raschelte, als seine Hände sich zu Fäusten ballten. Hätte es einen Weg gegeben, Julia Tränen zu ersparen, er wäre ihn ohne zu zögern gegangen!

»Was darf ich Ihnen zu trinken geben?«

Die Stimme der Frau hinter der Theke holte Severian ins Hier und Jetzt zurück. Er hatte nicht gemerkt, dass er schon bis zur Ausgabe aufgerückt war.

»Den berühmt-berüchtigten Shakespeare-Cocktail?«, fragte die Frau und wies auf zwei Reihen Gläser, die mit einer orangefarbenen Flüssigkeit gefüllt waren, verziert mit einer Scheibe Zitrone, einem bunten Trinkhalm und kleinen Schirmen aus Papier.

Seine Erfahrung mit André hatte Severian Vorsicht gelehrt. »Enthält dieses Getränk viel Alkohol?«

»Das Rezept von *William's Pleasure* ist streng geheim. Wenn Sie noch Auto oder Rad fahren müssen, rate ich Ihnen zu der alkoholfreien Variante.« Die Frau tippte auf die Schirmchen an den Gläsern. »Grün ist harmlos, Rot sorgt dafür, dass Sie Ihren Rausch bis morgen Nachmittag ausschlafen müssen.«

Severian sah auf die hübsch geschmückten Gläser, die nach den Farben der Papierschirme geordnet standen. Dann hielt er der Frau den Geldschein hin. »Ich nehme von jeder Sorte zwei.«

»Du meinst es aber gut mit uns.« Julia nahm die beiden Cocktailgläser entgegen, die Severian ihr reichte.

»So müssen wir uns nach der Vorstellung nicht noch mal anstellen, wenn wir Durst haben.«

»Stimmt.« Sie schob das rote Papierschirmchen beiseite, um an den Strohhalm zu gelangen, nahm den ersten Schluck und leckte sich die Lippen. »Mm, schmeckt lecker. Da ist ordentlich Rum drin.« Was nicht schaden würde. Während Severian fort gewesen war, hatte sie versucht, sich zu beruhigen. Sieh es wie eine Affäre, hatte sie sich gesagt. Genuss ohne Folgen. Es hatte nichts genützt. Verärgert zog Julia am Strohhalm. Verdammt, andere Frauen hatten ständig One-Night-Stands und kamen damit emotional gut zurecht. Andere Frauen hofften allerdings auch, dem Typen nie mehr zu begegnen, mit dem sie eine heiße Nacht verbracht hatten.

Das Theaterstück begann und Julia kuschelte sich an Severians Seite. Die Szene der Handwerker, die ein Stück anlässlich der Hochzeit ihres Königs einübten, war hervorragend witzig gespielt. Wie alle anderen lachte Severian laut, seine Augen blitzten und vor Gelächter schwappte der Cocktail in seiner Hand über und das grüne Schirmchen fiel herunter.

Julias Kehle wurde eng. Unvorstellbar, dass er bald sterben musste. Im Jahr 1515 gab es keine Schmerzmittel, kein Desinfektionsspray, ja, nicht mal die Vorstellung davon, was hygienische Versorgung von Verletzungen bedeutete! Außer zu beten und ihm wirkungslose Kräutertränke zu verabreichen, würde man nichts für ihn tun können, wenn er sich durch Wundbrand unter Schmerzen wand.

Sie biss sich auf die Lippen. Warum hatten sie nicht daran gedacht, Severian gegen Tetanus impfen zu lassen? Nico musste ihm einen Medikamentenbeutel packen und ihm die Verwendung der Arzneien einbläuen. Doch was, wenn Severian in den Flammen das Bewusstsein verlor und nicht mehr erwachte?

Der Rest des Stückes zog an Julia vorbei, ohne dass sie davon etwas mitbekam. Zu ihrem Schmerz kam die Angst um Severian, auch der zweite Cocktail konnte nichts dagegen ausrichten.

Nach dem Schlussapplaus setzte wieder die keltische Musik ein und sie schlang ihre Hände um seinen Hals. »Bitte, geh erst in zwei Wochen«, platzte es aus ihr heraus. »Ich will nicht, dass du stirbst.«

»Gleichsam, ob ich morgen oder erst bei Vollmond gehe, werde ich für dich tot sein, sobald ich den Tunnel betrete. Denn ab diesem Moment sind fünfhundert Jahre vergangen.«

»Ich weiß.« Flehend sah sie ihn an. »Aber ich könnte den Abschied von dir besser ertragen, wenn ich wüsste, dass du in deiner Zeit ein erfülltes Leben hast und nicht tagelang Schmerzen leidest.«

Zärtlich strich er ihr eine Strähne aus dem Gesicht. »Meine Aufgabe ist es, Menschen aus dem brennenden Kloster zu retten.«

Sie musste sich zwingen, nicht zu schreien. »Die Mönche und Brüder sind alte Männer, Severian. Sie haben ihr Leben gelebt, im Gegensatz zu dir. Ich bin mir sicher, sie würden nicht wollen, dass du dich für sie opferst.« Ihre Hände krallten sich in seine Oberarme. »Bitte, versprich mir, bis Vollmond zu warten!«

Sein Blick richtete sich in die Ferne, über den Schein der Fackeln hinweg zu den Mauern der Klosterruine, die wie Mahnmale der bevorstehenden Katastrophe in die Dunkelheit ragten.

Julia hielt den Atem an. Ihr Wunsch war egoistisch, doch der Schmerz war kaum mehr zu ertragen. »Du könntest Heinrich länger zur Hand gehen und dein Kampftraining fortführen. Ich weiß, wie viel dir beides mittlerweile bedeutet.« Sie strich mit der Hand über Severians Wange. »Wir gehen morgen nicht in die Nähe der Kapelle. Sollte Roland Bergsträßer ins Jahr 2015 zurückkehren, merken wir es nicht und er wird sich nicht weiter um uns kümmern.« Tränen brannten in ihren Augen. »Du hast gesagt, wir verbringen die letzten Tage wie Mann und Frau. Lass mich nicht morgen als Witwe zurück. Vier Tage waren viel zu wenig, wir haben mehr verdient.«

Er wandte den Kopf zu ihr und sie erkannte, dass auch seine Augen in Tränen schwammen. »Du sollst keine Angst um mich haben müssen, Julia«, erklärte er mit rauer Stimme. »Ich verspreche dir, bis Vollmond zu bleiben.«

Sie presste ihr Gesicht an seine Schulter. Severian hielt ihren zitternden Körper, wiegte sie in seinen Armen zu den Klängen der uralten Musik, bis ihr Schluchzen verebbte.

»Danke«, flüsterte sie in die Vertrautheit seiner Nähe. »Ich liebe dich.«

Sonntag, 13. September 2015

Julias Schädel brummte und sie blieb regungslos im Bett liegen. Zwei dieser Rum-Cocktails waren eindeutig zu viel gewesen. Sie ignorierte den pelzigen Geschmack in ihrem Mund, tastete an sich herab und fühlte ihren Schlafanzug. Dunkel konnte sie sich erinnern, wie Severian sie das letzte Stück ihres Heimwegs in seinen Armen getragen hatte. Bestimmt hatte er sie auch ausgezogen, ins Bett gebracht und zugedeckt. Sie seufzte. Es wäre unverzeihlich gewesen, wenn das ihre letzte gemeinsame Nacht gewesen wäre und sie diese in ihrem Rausch ungenutzt hätte verstreichen lassen. Doch Severian würde bleiben. Julia lächelte. Zwei Wochen, in denen sie das Unvermeidliche verdrängen und seine Nähe genießen konnte. Sie hatte gestern Abend nicht darum betteln wollen, sie hatte stark sein wollen – doch ihre Sehnsucht war stärker gewesen.

Langsam drehte sie sich auf die Seite. Ob Severian noch schlief? Im Sonnenlicht, das durch die Ritzen der Fensterläden fiel, lugte sie über die zusammengeschobene Decke neben sich.

Die andere Seite des Bettes war leer.

Wahrscheinlich war er in der Küche und trank etwas. Ihre Kehle brannte ebenfalls, Wasser war eine hervorragende Idee. Und eine Aspirin eine noch viel bessere. Julia schlug die Decke zurück, stand auf und trat hinaus in den Flur. Dort suchte sie aus dem Medikamentenschrank die Kopfschmerztabletten heraus und ging in die Küche. Der Raum lag im Dunkeln und von Severian war nichts zu sehen.

»Er ist unter der Dusche«, murmelte sie und holte zwei Gläser aus dem Schrank. »Auch nicht verkehrt.« Sie schenkte Wasser ein, schluckte eine Tablette und leerte ihr Glas zweimal, bis ihr Durst gelöscht war. Dann lauschte sie Richtung Bad. Wieso hörte sie nichts von Severian? Kein prasselndes Duschwasser, kein Klappern, nicht mal das Rauschen der Toilettenspülung. Gut, vielleicht brauchte er ein bisschen länger auf dem Klo, doch sie wollte Bescheid wissen.

Sie durchquerte den Flur und klopfte an die Badezimmertür. Keine Antwort. Sie öffnete die Tür – das Bad war leer. Verdammt. Ein mulmiges Gefühl machte sich in ihrem Magen breit, das nicht auf den übermäßigen Genuss der Cocktails zurückzuführen war. Bestimmt will er dich mit Brötchen zum Frühstück überraschen, beruhigte sie sich.

Sie ging in ihr Zimmer zurück und schaltete das Deckenlicht an. Severians Jeans, das gestrige T-Shirt und die weißen Chucks lagen ordentlich neben dem Bett. Geräuschvoll stieß Julia die Luft aus, die sie unbewusst angehalten hatte. Er war noch in der Wohnung; im Wohnzimmer, um ihren Schlaf nicht zu stören.

Sie ging hinüber und kaum hatte sie das Licht dort angeschaltet, erkannte sie, was nicht stimmte. Der Korb mit Severians mittelalterlicher Kleidung war erneut leer. Julias Hand umklammerte die Klinke der Wohnzimmertür. Wie von unsichtbaren Fäden gezogen wandte sich ihr Blick auf die Uhr an der Wand.

Viertel vor zwölf.

Sie schloss die Augen. Er hatte sein Versprechen gebrochen. Hatte ihre Benommenheit ausgenutzt, um ohne Abschied zu gehen. In seiner Arroganz glaubte er bestimmt, dass er ihr dadurch einen Gefallen getan hatte! Julia ballte die Fäuste. Wenn Severian von Felsbrunn dachte, damit durchzukommen, irrte er sich gewaltig.

Zehn Minuten später saß Julia in Jeans, T-Shirt und Turnschuhen auf ihrem Fahrrad und strampelte in Richtung der Kapelle im

Wald. Wenn sie querfeldein fuhr, kam sie vielleicht noch rechtzeitig, bevor sich mit dem Zenit der Sonne das Portal öffnete. Hektisch trat sie in die Pedale und die ersten Schweißperlen erschienen auf ihrer Stirn. Wie konnte Severian annehmen, ihre Trennung wäre leichter für sie, wenn er sich heimlich davonschlich? Oder hoffte er, über diese Tat würde sich ihre Liebe für ihn in Verachtung wandeln? Dann kannte er sie aber schlecht.

Verärgert strich sie sich einige Strähnen zurück, die in ihrem Gesicht klebten. Inzwischen war ihr völlig klar, dass die grünen und roten Schirmchen auf den Cocktails keine zufällige Dekoration gewesen waren. Severian hatte ihr absichtlich die Cocktails mit Rum gegeben, während er die alkoholfreien getrunken hatte. Julia schnaubte. Wenn sie ihn erwischte, konnte er echt was erleben!

Endlich stieß sie am Waldrand auf den breiten Weg, der zur Kapelle führte. Hoffentlich hatte Severian den Zeittunnel noch nicht betreten. So sehr sie sich wünschte, ihn ein letztes Mal zu sehen, so sehr schreckte sie die Vorstellung, den finsteren Felsengang zu betreten und wieder im Mittelalter zu landen.

Vor der Kapelle warf Julia ihr Rad scheppernd zu Boden, nahm ihre Handtasche vom Gepäckträger und rannte auf die offenstehende Tür des kleinen Gotteshauses zu. Im Inneren empfingen sie Kühle sowie der vertraute Geruch von Weihrauch und alten Steinen. Von Severian jedoch keine Spur. War sie zu spät gekommen?

Mit raschen Schritten ging sie am Altartisch vorbei zum Bildnis der Marienerscheinung. Zwischen der großen Holzkassette und der Felswand klaffte eine Lücke, jemand hatte das Bild von seinem Platz genommen, um zu dem Durchgang zur Höhle zu gelangen. Ohne zu zögern, betrat Julia den

Durchlass. Noch war nicht sicher, dass der Zeittunnel wirklich offen und Severian wieder im Jahr 1515 war.

Nach einigen Schritten erreichte sie die Höhle. Julia ignorierte den Schauer, der über ihren Rücken lief, und zog ihr Handy aus der Tasche, um die Felsengrotte zu beleuchten. Der kleine Lichtstrahl wanderte über die Steinwände und verlor sich in einem tiefschwarzen Schlund. Ihre Hand begann zu zittern. Sie hatten sich nicht geirrt. Das Portal öffnete sich auch bei Neumond.

»Severian?« Ihre Stimme hallte von den Felsen wider. »Severian, bist du hier?«

Sie horchte angestrengt. Für einen Moment war es ihr, als hätte sie ein Keuchen gehört, dann herrschte wieder Stille.

Julia ließ die Schultern sinken. Alles umsonst. Sie hatte ihn verpasst. Was nun? Wenn sie Severian noch mal sehen wollte, würde sie die Reise durch die Zeit antreten müssen. Ihm in die Vergangenheit zu folgen war jedoch gefährlich. Man würde sie wiedererkennen und es war fraglich, ob Severians Macht als Herr von Felsbrunn ausreichte, sie vom Verdacht der Hexerei zu befreien. Langsam schritt sie auf das schwarze Loch in der Wand zu. Ob sein Vorsprung groß war?

»Julia!«

Sie fuhr herum. Vor dem hellen Hintergrund des Durchgangs erhob sich die vertraute Silhouette eines Mannes. Ihr Herz begann, aufgeregt zu klopfen. »Severian! Ich dachte, du wärst bereits durch den Tunnel gegangen.«

»Zu Fuß ist der Weg hierher lang«, erwiderte er. Leise setzte er hinzu: »Vor allem, wenn ein Teil von mir nicht ankommen will.«

Tränen traten in ihre Augen. Sie wollte zu ihm laufen, da packte sie jemand aus dem Zeittunnel heraus am Arm. Der kalte Lauf einer Pistole bohrte sich in ihren Nacken.

»Guten Tag, Frau Salzmann. Guten Tag, Euer Hochwohlgeboren«, erklang Roland Bergsträßers Stimme hinter ihr. »Ich habe schon auf Sie gewartet.«

Julia gefror das Blut in den Adern. Vor lauter Abschiedsschmerz hatte sie den Archäologen völlig vergessen. Severian schien es ähnlich zu ergehen. Sie hörte, wie er scharf die Luft einsog.

»Lass die Frau gehen, Bruder Ignatius!«

»Sicher nicht. Sie ist mein Unterpfand, dass Ihr im Jahr 2015 bleibt, bis ich heute Abend zurückkehre. Solltet Ihr mir durch den Tunnel folgen, töte ich sie – und Euch ebenfalls.«

»Du kannst deine Augen nicht überall haben«, zischte Severian. »Inzwischen kenne ich die Funktionsweise deiner Waffe.«

Der Archäologe lachte auf. »Schön, dass Ihr die Tage in der Zukunft genutzt habt, Euch vorzubereiten, Herr Ritter. Doch seid versichert, das habe ich ebenfalls.« Er senkte seine Stimme. »Es ist erstaunlich, wie viele Männer man für ein paar gefälschte Münzen anwerben kann – und was sie zu tun bereit sind.«

Julia wurde es eiskalt. Gegen eine solche Übermacht besaß Severian keine Chance, egal, wie gut er mit dem Schwert umgehen konnte. Durch das Halbdunkel sah sie zu Severian, der weiterhin am Höhleneingang stand. Besaß er einen Plan, wie er den Archäologen überwältigen konnte?

»Was Sie tun, ist unmoralisch, Herr Bergsträßer«, rief sie, um ihn von Severian abzulenken. »Sie dürfen den Lauf der Geschichte nicht verändern.«

»Keine Sorge, ich werde mich strikt an den Ablauf der Historie halten.« Bergsträßer drehte ihr den Arm auf den Rücken. »Sie kommen mit mir, Frau Salzmann. Sollten Sie Widerstand leisten oder zu entkommen versuchen, werden sich die Mönche über eine tote Hexe freuen.«

Er zwang sie rückwärts zu gehen, die Waffe nun auf Severian gerichtet. Mit jedem Schritt sank Julias Hoffnung. Severian verharrte regungslos am Höhleneingang, aus Angst um ihr Leben würde er nichts unternehmen. Ihr Schicksal lag in Bergsträßers Händen.

Severian sah, wie Bruder Ignatius Julia in den Schlund des Zeittunnels zerrte, und eine ohnmächtige Wut stieg in ihm auf. Er hatte sich fortgeschlichen, um Julia alles Leid und jede Gefahr zu ersparen, und hatte jämmerlich versagt. Wie dumm war er gewesen, den falschen Bruder zu unterschätzen! Keinen Moment bezweifelte er, dass Ignatius die Wahrheit gesagt und Männer angeheuert hatte. Gewiss würde er den Brand nutzen, um weitere Bücher aus dem Skriptorium zu stehlen, und dafür brauchte er mehr als nur zwei Hände.

Severian presste die Zähne zusammen, bis seine Kiefer schmerzten. Um Julias Sicherheit willen durfte er nichts unternehmen, doch der Ritter in ihm begehrte auf. Ignatius würde Julia seinen Spießgesellen zur Bewachung geben, und was solche Halunken mit Frauen anstellten, war bekannt.

Mit der Faust schlug er gegen die Felswand. Hätte er nur sein Schwert und ein Heer gehabt, um Julia zu befreien und Ignatius zur Strecke zu bringen! Zum Warten verdammt konnte er nicht einmal den Klosterbewohnern helfen! Erneut holte er aus, um seinen Zorn an den Steinen auszulassen, doch seine Faust verharrte in der Luft. Bei allen Heiligen, er hatte ein Schwert – und ein Heer. Er musste es nur zusammensuchen.

Auf dem Absatz fuhr er herum, zwängte sich durch den Durchlass und rannte aus der Kapelle hinaus. Neben dem Eingang lag Julias klappriges Fahrrad. Nicht so schnell wie ein Pferd, doch besser als zu Fuß. Severian schwang sich in den Sattel und fuhr in Richtung Schloss Felsbrunn davon.

Vor der Kapelle erklangen Stimmen, Schritte näherten sich und die Tür des kleinen Gotteshauses wurde aufgerissen.

»Severian, bist du hier?«

Severian erhob sich vom Boden. Er hatte vor dem Altar gekniet und Gottes Beistand erfleht. Wie es aussah, war ein Teil seiner Gebete erhört worden. Björn, Mehmet, Oliver, Tom und Patrick betraten die Kapelle.

»Heinrich von Felsbrunn hat bei uns angerufen und meinte, du bräuchtest Hilfe, weil Julia in Gefahr sei«, sagte Björn. »Wolltest du nicht nach New York fliegen?«

»Meine Pläne haben sich geändert. Gut, dass ihr alle so schnell kommen konntet.«

»Wir haben trainiert.« Tom sah ihn scharf an. »Was ist los?« Toms Blick fiel auf die Handvoll Schwerter sowie Teile von Severians Rüstung, die ausgebreitet neben dem Altartisch lagen, und sein Gesichtsausdruck verdüsterte sich.

Severian hatte die Sachen aus Schloss Felsbrunn geholt und Heinrich gebeten, seine Schüler zu verständigen. Nun erwarteten die fünf Männer vor ihm eine Antwort, auch wenn es ihm lieber gewesen wäre, sie ihnen in Gegenwart von Nico und Yannick zu geben.

»Mein Name ist Severian von Felsbrunn, Ritter und Herr des Schlosses«, hob er an. »Ich komme aus dem Jahr 1515 und bin vor zwei Wochen durch einen Zeittunnel zu euch in die Zukunft geraten.« Die Augen seiner Schüler weiteten sich und hastig fuhr er fort. »Ein Mann aus eurer Zeit hat sich in die Vergangenheit geschlichen. Ich habe ihn ertappt und nun hat er Julia entführt und droht, sie als Hexe verbrennen zu lassen. Wir müssen …«

Ein Schlag auf eine der Holzbänke unterbrach seine Rede. »Verdammt, Severian, ich habe dich gewarnt, deine Medikamente zu nehmen.« Mit geröteten Wangen trat Tom vor. »Ich wollte dich nicht bloßstellen, aber jetzt bleibt mir keine Wahl. Severian hat eine Psychose und weigert sich, seine Tabletten zu nehmen«, erklärte er laut. »Vergangenen Samstag ist er in die Psychiatrie zwangseingewiesen worden, weil er harmlose Restaurantbesucher bedroht hat. Von dort ist er ausgebrochen und steht auf der Fahndungsliste.«

Severian sah, wie die anderen ihn anstarrten und einen Schritt zurückwichen. »Was Tom sagt, ist richtig, aber es ist nicht die Wahrheit. Ich war betrunken und bin in Andrés Falle getappt.«

»Es ist völlig egal, wie es dazu kam.« Tom zog sein Handy aus der Tasche. »Du bist eine Gefahr für alle. Ich wollte dir eine zweite Chance geben, aber es war idiotisch, dir zu vertrauen.« Tom wies auf die Waffen und die Rüstungsteile. »Du hast die Sachen aus dem Schloss gestohlen.«

»Heinrich war einverstanden. Er weiß, dass ich ein Zeitreisender bin.«

»Du bist kein Zeitreisender, du bist total verrückt«, rief Tom. »Ich rufe jetzt Polizei und Rettungsdienst. Bis sie kommen, setzt du dich auf die Bank und rührst dich nicht.« Er wandte sich an die anderen. »Jungs, tragt die Schwerter raus.«

»Nein.« Severian versperrte ihnen den Weg zum Altar. »Ich schwöre bei allen Heiligen: Julia ist in Gefahr. Ich brauche Hilfe.«

»Aber nicht unsere.« Tom trat auf ihn zu. »Geh zur Seite, Severian.«

»Ihr müsst mir vertrauen und zuhören.«

Toms Hände legten sich wie Schraubstöcke um seine Arme. »Mach es nicht noch schlimmer.«

Severian wand sich aus Toms Griff, doch Tom packte erneut zu. »Patrick, Björn, helft mir!«

Die beiden Männer kamen angelaufen, hielten ihn fest und zerrten ihn zur Bank.

»Und ich hab geglaubt, André wäre schlecht für Julia«, knurrte Patrick. »Aber der ist wenigstens kein Psychopath.« Er zog den Ledergürtel aus den Schlaufen seiner Jeans. »Damit können wir ihn fesseln.«

Severians Muskeln spannten sich. Es wäre ein Leichtes gewesen, Björn und Patrick abzuschütteln und Tom im Faustkampf zu überwältigen. Doch wenn er sie angriff, verspielte er das letzte Vertrauen in ihn. »Ich kann meine Worte beweisen!«, stieß er hervor.

»Das kann Severian wirklich«, erklang es von der Tür. Nico stürmte in die Kapelle, dicht gefolgt von Yannick. »Wo ist Julia, Severian?«, fragte er und sah sich suchend um.

»Bergsträßer hat sie als Geisel in meine Zeit geholt. Ich befürchte, er wird sie entgegen seinen Worten nicht lebendig zurückbringen, geschweige denn, mich heimkehren lassen.«

»Verdammt«, rief Yannick.

»Jetzt lasst ihn endlich los!« Ungeduldig blickte Nico zu Tom, Björn und Patrick. »Es geht um Julias Leben, wir brauchen einen funktionierenden Plan und keine Polizei.«

»Ihr glaubt diesem Irren?« Tom und die anderen sahen sie fassungslos an.

»Schaut doch selbst.« Yannick schritt an Nico vorbei und schob die Holzkassette beiseite, sodass man den Durchlass sehen konnte. »Der Archäologe Roland Bergsträßer hat bei seiner Untersuchung der Kapelle diesen Durchschlupf entdeckt und aus gutem Grund verheimlicht.« Yannick bedeutete ihnen mit einer Geste, ihm zu folgen, und verschwand in dem schmalen Gang.

»Mehmet und Oliver«, befahl Tom und fasste Severians Arme fester, »geht hinterher.«

Die beiden Männer folgten seiner Aufforderung und kurz darauf erklang ihr Rufen. »Kommt her, das müsst ihr sehen!«

Der Widerstreit seiner Gefühle war Tom am Gesicht abzulesen.

»Ich bin nicht vom Wahnsinn besessen«, sagte Severian ruhig. »Ich wurde fünfhundert Jahre vor eurer Zeit geboren.«

Toms Griff lockerte sich. »Geh.«

Kurz darauf standen sie alle in der Höhle. Im Licht der Handys hob sich die Öffnung des Zeittunnels dunkel von den grauen Felsen ab.

»Schreitet man hindurch«, erklärte Severian, »wird es eiskalt und ein Summen, wie von Hunderten von Bienen, erklingt. Man hat das Gefühl, nur geradeaus zu gehen, und verlässt den Tunnel doch wieder am Eingang.«

»Reist man durch die Zeit, verliert der Raum an Bedeutung«, murmelte Oliver. Er räusperte sich. »Das hab ich irgendwo mal gelesen.«

Björn schüttelte den Kopf. »Kaum zu fassen.«

»Noch ist nichts bewiesen.« Tom schritt auf den Zeittunnel zu. »Ich muss es sehen, bevor ich es glaube.«

Severian hielt ihn zurück. »Das wirst du, aber nicht unvorbereitet. In der Vergangenheit hat Bergsträßer Männer angeheuert, mir aufzulauern. Deshalb brauche ich eure Hilfe: Allein schaffe ich es nicht.«

»Im Ernst, Jungs«, Yannick hob die Hände. »Es ist wahr. Julia wäre im Jahr 1515 als Hexe verbrannt worden, hätte Severian ihr nicht geholfen.«

»Roland Bergsträßer lebt seit einigen Wochen als Bruder Ignatius getarnt im Kloster«, ergänzte Nico. »Weil Severian und Julia ihm auf die Schliche gekommen sind, will er sie umbringen.«

»Und Bücher aus dem Skriptorium in dieses Jahr schmuggeln und auf dem Schwarzmarkt verkaufen«, sagte Severian, »um seiner Spielsucht weiter frönen zu können.«

Nicos Kopf flog zu ihm herum. »Woher weißt du das?«

»André, Heinrich und Frau Salzmann haben mich durch ihre Äußerungen darauf gebracht. Die Zusammenhänge haben sich mir jedoch erst gestern erschlossen.«

Oliver hob die Hand. »Aber das Kloster brennt heute vor fünfhundert Jahren ab, ich habe einen Bericht in der Zeitung darüber gelesen.«

Severian nickte. »Der perfekte Zeitpunkt für Ignatius, in den Wirren die kostbarsten Handschriften aus dem Skriptorium zu stehlen und zu verschwinden. Wenn man ihn später nicht mehr findet, wird man annehmen, er sei in den Flammen umgekommen.«

»Aber warum hat er dann so lange in der Vergangenheit gelebt?«, wunderte sich Mehmet.

»Um alles auszukundschaften, vermute ich«, erwiderte Severian. »Im Feuer bleibt ihm nicht viel Zeit.«

Tom stöhnte auf. »Ihr wollt mir ernsthaft weismachen, dass es hier neben einer Zeitreise auch um Entführung, Brand, Diebstahl und Hehlerei geht?«

»Und Körperverletzung«, fügte Nico an. »Bergsträßer hat Severian angeschossen.«

Patrick blinzelte. »Stimmt, der Ärmel von Severians Gambeson war blutig, als er bei uns im Ritterlager aufgetaucht ist. Ich dachte, es wäre künstlich und ein Bestandteil seines Kostüms.« Er schlug sich gegen die Stirn, doch schon im nächsten Moment sah er Nico und Yannick streng an. »Ihr und Julia habt uns also die ganze Zeit belogen?«

»Wir wollten Severian schützen«, erwiderte Yannick entschuldigend. »Wer glaubt schon an Zeitreisen?«

»Niemand.« Tom ging in der Höhle auf und ab. »Ich würde es auch nicht glauben, wenn nicht alles andere so nahtlos zusammenpassen würde.« Er blieb vor Severian stehen. »Du kletterst wie ein Profi, kannst aber nicht Fahrradfahren, sprichst seltsam – ganz abgesehen von deinem Dialekt – und kannst perfekt mit dem Schwert umgehen.« Tom rieb sich über das Gesicht. »Ich kann nicht fassen, dass ich offensichtlich Training bei einem echten Ritter hatte.«

»Abgefahren.« Mehmet grinste. »Das ist echt abgefahren.«

Severian atmete erleichtert aus. »Wenn ihr mir nun glaubt, müssen wir über Julias Rettung nachdenken, denn es besteht Eile. Der Tunnel schließt sich bei Sonnenuntergang, was sich dann noch in ihm befindet, wird zermalmt. Die nächste Öffnung wird erst in zwei Wochen, bei Vollmond, stattfinden.«

»Wie viele Männer hat Bergsträßer angeworben?«, erkundigte sich Björn.

»Ich weiß es nicht. Es reichen zwei, positioniert am Ausgang des Tunnels oder des Durchlasses, die uns nacheinander beim Herauskommen abschlachten.«

»Also müssen wir sie ablenken.« Ein Lächeln umspielte Patricks Mund. »Da hab ich eine gute Idee.«

Nico runzelte die Stirn. »Hast du nicht Burgmannen oder Knechte, die du zur Unterstützung holen könntest, Severian?«

»Mein Bruder Conradin kann uns mit Knechten unterstützen. Aber der Weg zum Schloss nimmt zu Fuß viel Zeit in Anspruch.«

Yannick kaute auf seiner Unterlippe. »Ein Pferd bekommen wir nicht durch die Gänge. Was ist mit meinem Mountainbike? Ich radle zum Schloss und hole Conradin.«

»Conradin muss Eimer mitbringen«, überlegte Mehmet, »damit wir den Brand in den Griff bekommen.«

Oliver schüttelte den Kopf. »Ich sehe wenig Hoffnung, den Klosterbrand mittels Wassereimern löschen zu können.« Er rieb sich über die Nase. »Aber mein Brandschutzanzug aus der Feuerwache könnte nützlich sein. Und Nico sollte seinen Arztkoffer mitnehmen.«

Severians Brauen zogen sich zusammen. »Damit fallen drei von uns für den Kampf aus. Ignatius wird einen Teil seiner Halunken an der Kapelle postieren, den anderen am Kloster. Mit nur einer Handvoll Männer gegen eine unbekannte Zahl an Feinden anzutreten, ist gefährlich. Denn trotz eures Fleißes seid ihr im Kampf nicht geübt.«

Patrick nickte. »Es wäre gut, wenn wir wüssten, ob Conradin Yannick glaubt und mit Verstärkung kommt. Leider werden Handys im Jahr 1515 nichts nützen.«

»Das stimmt, aber wir haben keine Wahl.« Severian verschränkte die Arme vor der Brust. »Holt alle Gegenstände, die ihr benötigt. Denkt auch an Seile, Messer und diese Taschenlampen – und bringt mir einen Stift und ein Papier mit, damit ich Conradin eine Nachricht schreiben kann.« Er sah zu Tom hinüber. »Wirst du dabei sein?«

»Ich werde zwar das Gefühl nicht los, dass die *Versteckte Kamera* gleich um die Ecke biegt – aber ja. Schließlich ist es mein Job, Kriminelle zur Strecke zu bringen. Das ist mir auch lieber, als Freunde in die Psychiatrie einzuliefern.« Tom streckte ihm die Hand entgegen. »Ihr könnt Euch auf mich verlassen, Severian von Felsbrunn. Mein Schwert steht in Eurem Dienst.«

Ein letztes Mal begutachtete Severian seine zurückgekehrten Schüler. Alle trugen festes Schuhwerk, Jacken und Lederhandschuhe, um sich vor Hieben zu schützen. In jedem ihrer Gürtel steckte eines der Schwerter, die er aus Schloss Felsbrunn geholt hatte. Er selbst hatte sein Kettenhemd und den Brustharnisch seiner Rüstung angelegt, Yannick führte sein Mountainbike mit sich.

»Blöd, dass meine Dienstpistole auf dem Revier in Darmstadt eingeschlossen ist«, ärgerte sich Tom.

Oliver hatte sich am Ende ihres kleinen Trupps aufgestellt. Der Feuerwehranzug schränkte ihn in seinen Bewegungen ein, sodass er nicht würde kämpfen können. Ihm zur Seite stand Nico, seine medizinische Ausrüstung in einem Rucksack verstaut.

»Vermutlich erwarten uns die Männer erst hinter dem schmalen Durchlass im Altarraum«, sagte Severian. »Dennoch müssen wir vorsichtig sein, wenn wir den Zeittunnel verlassen.« Er nickte allen zu. »Möge Gottes Segen euch begleiten.«

Yannick grinste, zog sein Schwert aus dem Gürtel und streckte es vor sich. »Einer für alle …«

Es musste ein in dieser Zeit bekannter Kampfspruch sein, denn sofort zogen alle anderen ebenfalls ihre Waffen und legten die Spitzen aneinander. Rasch tat Severian es ihnen gleich.

»… und alle für einen!«, erschallte es aus allen Kehlen.

Severian lächelte. Das Vertrauen der Männer und die Verantwortung für sie stärkten ihn mehr als jede Waffe. »Kommt jetzt!«, rief er und betrat den Zeittunnel. Er war nicht länger Severian Müller, er war der Herr von Felsbrunn, der seine Männer in die Schlacht führte.

Der Weg durch den Fels verlief wie die Male zuvor: tiefste Schwärze, die alles Licht schluckte, Kälte und ein eigenartiges Summen, kaum waren sie zwanzig Schritte in den Gang vorgedrungen. Obwohl er seine Schüler darauf vorbereitet hatte, hörte Severian ihr aufgeregtes Keuchen hinter sich.

»Schaltet eure Lampen aus und haltet euch dicht an den Wänden«, befahl er ihnen, als sie sich seinem Gefühl nach dem Ausgang des Tunnels näherten. Falls man sie bereits in der Höhle erwartete, wollte er ihnen das Überraschungsmoment nicht nehmen.

Kurz darauf erschien das flackernde Licht von Fackeln am Ende des Ganges. Severian drückte sich entlang der Steine vorwärts. Das Kettenhemd unter seinem Brustharnisch klirrte, das Geräusch seines Atems kam ihm unsäglich laut vor. »Bist du bereit, Patrick?«, flüsterte er.

Ein kaum hörbares ‚Ja' erklang. Ein letzter Schritt, dann sprang Severian mit gezogenem Schwert aus dem Zeittunnel in die Höhle.

Er war allein in der Felsengrotte, doch die schattenhaften Bewegungen und das Schnaufen hinter dem Durchlass zur Kapelle entgingen ihm nicht. Er streckte seine Hand nach hinten und winkte.

Gedämpfte Schritte verrieten Severian, dass Patrick ihm folgte, und das Klacken eines Feuerzeuges, dass Julias älterer Bruder bereit war.

Severian lief in den Durchlass hinein, nur um in dessen Mitte abzustoppen und sich an die Wand zu pressen. Dicht an ihm flogen die Gegenstände vorbei, die Patrick Feuerwerkskörper genannt hatte. Heulend, knallend, fauchend und donnernd entlud sich das Feuerwerk in der Kapelle. Schreie ertönten, bunte Lichtblitze stoben durch das Gotteshaus.

Hexerei hätte Severian es einst genannt. Zu diesem Schluss kamen auch die Männer, die im Hinterhalt auf sie gewartet hatten, und wollten sich hinter den Bänken in Sicherheit bringen.

»Angriff!«, schrie Severian über den Lärm hinweg und lief in die Kapelle, dicht gefolgt von Patrick, Tom, Mehmet und Björn.

Sein erster Schwerthieb traf den hintersten der Flüchtenden in den Rücken. Das Hemd des Mannes färbte sich rot, röchelnd brach er zusammen. Die drei Kumpane des Mannes begriffen, dass die wahre Gefahr nicht in dem Feuerwerk lag. Sie fuhren herum und stürmten auf Severian und seine Schüler zu, die langen, scharfen Messer in ihren Händen kampfbereit erhoben.

Severian biss sich auf die Lippe. Ihre Waffen wiesen die Männer als Landsknechte aus – kriegserfahrene Söldner ohne

Gewissen. Er fasste sein Schwert fester, schickte ein Stoßgebet zum Himmel und stellte sich dem Ersten entgegen. Aus den Augenwinkeln sah er, wie Tom und Patrick ebenfalls das Duell mit einem Landsknecht begannen. Mehmet und Björn nahmen zusammen den Kampf mit dem dritten Mann auf.

Ein Hieb, den er knapp vor seinem Gesicht parierte, brachte Severians Aufmerksamkeit zu seinem Gegner zurück. Je schneller er diesen Kampf gewann, desto eher konnte er seinen Schülern beistehen. Er zuckte mit seinem Schwert zurück, holte aus und ließ es auf den Landsknecht niederfahren. Dieser hatte die Attacke vorausgesehen, tauchte unter dem Schlag weg und hieb mit dem Langmesser in Richtung von Severians Schienbeinen.

Severian fluchte. Er sprang zur Seite, wirbelte herum und schlug von unten her zu. Seine Schwertspitze schlitzte den Ärmel seines Gegners auf, Blut färbte den gelben Hemdstoff dunkel. Der Mann kniff die Augen zusammen und griff erneut an, sein Messer vor sich schwingend.

Severian ließ ihn nahe herankommen. Dann hob er ruckartig sein Schwert wie zum Scheitelhau. Der Landsknecht holte zum Stoß in Severians ungeschützten Oberschenkel aus – und tat damit genau das, was Severian erwartet hatte. Severian beugte seinen Oberkörper seitlich, sodass das Messer nicht sein Bein, sondern seine durch den Brustharnisch geschützte Flanke traf. Die Schneide des Messers rutschte an dem Metall entlang und brachte den Landsknecht, der mit Widerstand gerechnet hatte, ins Stolpern. Severians Schwert fuhr auf den Mann hernieder und spaltete ihm den Schädel.

Die Zeit, seinen Gegner zusammenbrechen zu sehen, nahm er sich nicht. Er fuhr zu seinen Schülern herum und erbleichte. Patrick lag stöhnend am Boden. Tom, Björn und Mehmet kämpften noch, doch sie konnten ihren Widersachern kaum etwas entgegensetzen. Panik schimmerte in ihren Augen.

Im nächsten Atemzug war Severian an Toms Seite. Tom lief der Schweiß von der Stirn, seine Finger umkrallten den Griff seines Schwertes. Als er Severian sah, zeichnete sich Erleichterung auf seinem Gesicht ab. Die Miene des Landsknechts hingegen verriet Ärger – er hatte sich bereits als Sieger in diesem Kampf gesehen. Zornig holte der Mann mit dem Messer aus und ließ es auf Severian niederfahren. Severian fing den Hieb ab, drehte das Schwert in seiner Hand und hakte die Parierstange in der Klinge des Langmessers ein. Mit einem Ruck hebelte er dem Landsknecht die Waffe aus der Hand und klirrend landete das Messer auf dem Boden. Verdutzt blickte der Mann in seine leeren Finger. Als er wieder aufsah, traf ihn Severians Faust mitten ins Gesicht.

»Halte ihn in Schach, falls er zu sich kommt, Tom«, rief Severian und lief zu Björn und Mehmet. »Nico und Yannick sollen sich um Patrick kümmern.«

Der letzte verbliebene Landsknecht hatte Mehmet und Björn in eine Ecke gedrängt. Björn hatte sein Schwert verloren, sein rechter Handschuh hing in Fetzen und Blut tropfte von seinen Fingern. Mehmets Wange blutete ebenfalls, dennoch verteidigte er sich und seinen Freund mit letzter Kraft.

Der Landsknecht hörte Severians Kommen und wendete sich seitlich – ein Überraschungsangriff von hinten war nun nicht mehr möglich. Der Mann ließ sein Messer zischend durch die Luft sausen, bereit in jede Richtung anzugreifen.

Severian näherte sich langsam. Zwar waren sie in der Überzahl, aber ebenso wie er wusste der Landsknecht, dass keiner der anderen mehr in der Lage war zu kämpfen.

Abrupt vollführte der Landsknecht einen Ausfallschritt auf Severian zu. Severian sprang zurück, nur knapp verfehlte die

Spitze des Langmessers seinen Hals. Björn und Mehmet keuchten erschrocken auf, auf dem Gesicht des Landsknechts hingegen erschien ein triumphierendes Lächeln.

»Du bist nicht besser als deine Knappen, Ritter«, höhnte der Mann messerschwingend. »Dein Schwert ist nichts als unnützer Zierrat.«

Severians Brauen zogen sich zusammen. Er riss sein Schwert hoch, ließ es auf den Landsknecht herunterfahren, nur um den Hieb im letzten Moment abzufangen und sich um die eigene Achse zu drehen. Die Parade des Landsknechts ging ins Leere. Geistesgegenwärtig zog der Mann sein Messer zurück, doch auf halbem Weg traf Severians Hieb seine Hände. Der Landsknecht schrie auf. Sein Schrei erstarb, als Severians Schwert sich in seine Brust bohrte.

Mit geweiteten Augen sah der Mann ihn an. Severian zog sein Schwert heraus und der Körper des Mannes schlug dumpf auf dem Kapellenboden auf.

In der aufkommenden Stille war nur das Schnaufen seiner Schüler zu hören. Severian steckte sein Schwert in die Scheide und sah zu Nico hinüber. »Was ist mit Patrick?«

»Er kommt gerade wieder zu sich. Mehr als eine Beule wird es nicht.«

Jetzt war es an Severian, aufzuatmen. »Björn, Mehmet, wie schwer sind eure Verletzungen?«, erkundigte er sich.

»Sieht schlimmer aus, als es ist«, erwiderte Mehmet und Björn nickte zustimmend. Dennoch entging Severian nicht, dass Mehmets Stimme zitterte und Björns Miene aschfahl war.

Tom schüttelte den Kopf. »Diese Männer hätten uns eiskalt abgeschlachtet.« Trotz seiner gefassten Haltung war auch ihm die Erschütterung anzumerken.

»Wir bringen die Landsknechte hinter die Kapelle«, ordnete Severian an. Er musste seinen Schülern Aufgaben geben, damit sich die Anspannung des Kampfes löste. »Der Überlebende wird gefesselt und geknebelt. Nico, beseitige die Feuerwerksreste, damit Ignatius keinen Verdacht schöpft, falls er oder einer seiner Spießgesellen zurückkehrt.« Durch die offenen Fenster und die Tür würde der verräterische Geruch bald entweichen.

Eine Weile später hatten sie alles erledigt und standen im Wald hinter der Kapelle. In die Gesichter seiner Schüler war die normale Farbe zurückgekehrt. »Ihr habt euch tapfer geschlagen«, lobte Severian. »Diese Männer waren keine Strauchdiebe, sondern kampferprobte Söldner. Der Kampf hätte weitaus schlimmer ausgehen können.«

»Ich fand's furchtbar genug«, murmelte Patrick und rieb sich die Stirn, wo ihn die Breitseite des Landsknechtmessers getroffen hatte.

»Mir hat es auch gereicht.« Björn blickte auf seine Hand, die Nico verbunden hatte.

Tom betrachtete die toten und verletzten Landsknechte. »Ich kann es kaum fassen. Wir sind tatsächlich in der Vergangenheit gelandet.«

Die anderen nickten. Severian war sich jedoch nicht sicher, ob ihr Erstaunen der Zeitreise oder eher ihrem ersten richtigen Kampf geschuldet war.

»Soll ich nun zu deinem Bruder aufbrechen?«, fragte Yannick, der sein Mountainbike aus der Höhle geholt hatte.

»Ja. Wir werden ihn und die Knechte brauchen, sowohl zum Kampf als auch zur Rettung der Mönche und Brüder.« Severian zog das Papier aus der Tasche. »Gib Conradin mein Schreiben. Und verstecke dein Fahrrad im Wald, ehe du ins Schloss gehst.«

Yannick griff das Blatt und schwang sich mit einem schiefen Grinsen auf sein Rad. »Wünscht mir Glück.«

Patrick tätschelte seinem jüngeren Bruder die Schulter. »Pass auf dich auf, Kleiner.«

Severian lächelte Yannick aufmunternd zu. Innerlich schickte er jedoch ein weiteres Stoßgebet zum Himmel, dass Conradin Yannick glaubte und ihn nicht in den Kerker des Schlosses oder den See werfen ließ.

»Wir schleichen uns zum Kloster«, bestimmte er und bahnte sich einen Pfad durchs Unterholz. Noch hatte er keinen Rauch oder Brandgeruch bemerkt. Es konnte jedoch nur eine Frage der Zeit sein, bis die Flammen über dem Kloster emporzüngeln würden.

Sie waren kaum vorangekommen, da wies Nico aufgeregt zwischen den Baumstämmen hindurch. Am Fuße einer Eiche lagen zwei Landsknechte.

Severian zog sein Schwert und ging vorsichtig auf sie zu. Die beiden Männer waren bewusstlos, mit verquollenen Gesichtern und stümperhaft an Händen und Füßen aneinander gebunden. Sein Blick schweifte über die nähere Umgebung und sein Magen verkrampfte sich. »Verflucht!«

»Was ist los?«, fragten die anderen und umringten Severian.

»Sind das auch welche von Bergsträßers Halunken?«, erkundigte sich Oliver.

Severian nickte. Doch das war es nicht, was ihm den Schweiß auf die Stirn treten ließ. »Betrachtet den Waldboden.«

Toms Miene verfinsterte sich. »Da sind Abdrücke von Turnschuhprofilen in der Erde.«

»Julia!« Patrick keuchte. »Aber wo ist sie?«

»Das ist eine verdammt gute Frage.« Severians Brauen zogen sich zusammen. »Wenn ich nur wüsste, was in den vergangenen Stunden mit ihr geschehen ist.«

Sonntag, 13. September 1515, zwei Stunden zuvor

Mit einem Stoß in den Rücken beförderte Bergsträßer Julia aus dem Zeittunnel in die durch Fackeln erleuchtete Höhle. Julia stolperte ein paar Schritte vorwärts, dann blieb sie wie angewurzelt stehen. Auf dem Boden standen neben Metallkisten und Spaten auch Benzinkanister und eine Kiste mit Dynamitstangen.

Ihre Atmung beschleunigte sich. »Sie wollen den Brand selbst legen, Herr Bergsträßer?«

»In den Quellen steht nichts darüber verzeichnet, was das Feuer im Kloster ausgelöst hat«, erwiderte der Archäologe. »Von daher stört es die Geschichte nicht, wenn ich ein wenig nachhelfe.«

Yannicks Theorien über Zeitreisen kamen Julia in den Sinn und ihr wurde schwindlig. Vielleicht hatte es nie eine natürliche Ursache für den Brand gegeben, sondern es war schon immer Bergsträßer gewesen, der ihn verursachte! »Und was wollen Sie mit dem Dynamit?«, keuchte sie. »Von Explosionen ist ebenfalls nichts in den Quellen überliefert.«

In falschem Bedauern sah Bergsträßer sie an. »Ja, da muss ich leider von der Historie abweichen. Das Dynamit ist für den Zeittunnel, ich möchte nicht, dass er zur Touristenattraktion verkommt. Sonst wird mein spektakulärer Fund mittelalterlicher Handschriften, den ich in den kommenden Wochen im Jahr 2015 zu entdecken gedenke, nicht mehr ganz so bedeutsam sein.«

Julia unterdrückte das Zittern in ihrer Stimme. »Ich kenne die Wahrheit!«

»Sie werden sie aber niemandem mehr sagen können.« Wie zufällig richtete sich sein Blick auf die Pistole in seiner Hand. »Ich brauche Sie nur so lange, bis ich hier fertig bin – quasi als Lebensversicherung, falls unser Ritter doch erscheint. Wenn ich das Jahr 1515 verlasse, bleiben Sie hier. Vielleicht gelingt es Ihnen, die Menschen zu überzeugen, dass Sie weder eine Hexe noch verantwortlich für den Brand sind. Dann bleibt Ihnen ein erfülltes Leben als Dienstmagd.«

Es war weniger die Bedeutung seiner Worte als die Emotionslosigkeit seiner Stimme, die ihr einen Schauer über den Rücken jagte. »Was geschieht mit Severian?«

»Ich lasse ihn wie versprochen in seine Zeit zurückgehen, ich brauche im Jahr 2015 keine Zeugen. Vielleicht schafft der Ritter es noch vor der Explosion aus dem Tunnel hinaus.«

Julia schloss die Augen, um die Übelkeit in ihrem Inneren in den Griff zu bekommen. »Warum, Herr Bergsträßer? Menschenleben opfern für Ruhm und Wissenschaft?«

Ein seltsamer Ausdruck trat in sein Gesicht, eine Mischung aus Zorn und Angst. »Hatten Sie schon mal mit der russischen Mafia zu tun? Mit Männern, die nicht länger auf ihr Geld warten wollen?« Schweißperlen traten auf Bergsträßers Stirn. »Ja, ich bin ein Spieler, und ich bin bereit, meine Schulden zu bezahlen. Doch diese Männer haben in meinem Leben herumgeschnüffelt. Haben mir Fotos meiner beiden Nichten gezeigt und gefragt, ob es mich stören würde, wenn die Mädchen tragische Unfälle erleiden würden.«

Julia starrte ihn an. »Sie müssen sich an die Polizei wenden.«

»Dann sterben die Kinder.« Er schüttelte den Kopf. »Ich brauche Geld, so schnell wie möglich. Ich will kein Mörder sein, aber ich habe keine Wahl. Lieber opfere ich das Leben zweier Fremder als das meiner Nichten.«

»Zumindest mich wird man suchen.«

Er zuckte mit den Schultern. »Junge Frauen verschwinden ständig. Gewaltverbrechen, Drogenszene. Niemand wird mich mit Ihnen in Verbindung bringen. Sobald ich meine Schulden bezahlt habe, verlasse ich Deutschland.« Bergsträßer lächelte. »Ich gebe zu, ich hatte Sorge, Sie könnten das Fernsehen oder die Polizei informieren. Doch dieses Risiko musste ich eingehen.« Er richtete den Lauf der Pistole auf sie. »Los jetzt. Man erwartet uns schon.«

Im Innenraum der Kapelle saßen sechzehn Gestalten, deren Äußeres Julia einen Schritt rückwärts machen ließ. Aber Bergsträßers Waffe verhinderte ein weiteres Zurückweichen.

Schamlos maßen die Männer sie von oben bis unten. »Wen bringst du uns da, Bruder? Eine Hure in Hosen?« Sie lachten und entblößten gelbe löchrige Zahnreihen.

»Das ist meine Geisel«, erwiderte Bergsträßer. »Ich brauche sie gut verwahrt und unversehrt, sonst kürze ich euch den Lohn.«

Einer der Männer, vermutlich der Anführer, stand auf. »Hans und Jakob, ihr kümmert euch um das Weibsstück. Die beiden Schwarzbächer Brüder sowie Franz und Johann bewachen den Durchlass. Der Rest kommt mit mir und Bruder Ignatius.«

Schmutzige Finger griffen Julias Arme und zogen sie feixend aus dem Altarraum fort. Die lüsternen Blicke der zwei Männer entgingen ihr ebenso wenig wie ihr nach Knoblauch und Zwiebeln riechender Atem. Hoffentlich sorgte die Aussicht auf eine Lohnkürzung dafür, dass sie sich beherrschten! Etwas anderes wagte sie nicht zu denken.

Bergsträßer drückte einem ihrer beiden Aufpasser Seile in die Hand und winkte ihr nach. »Nun schauen Sie doch nicht so traurig, Frau Salzmann. Andere würden gerne im Mittelalter leben.«

Julia erwiderte nichts. Die Gedanken in ihrem Kopf rotierten. Als Erstes musste sie diese notgeilen Schlägertypen loswerden, dann die in der Kapelle verbliebenen Kerle austricksen, um Severian zu holen. Das alles schnell und ohne dass Bergsträßer es bemerkte. Die Frage war: Wie?

Die Männer führten Julia nicht weit von der Kapelle entfernt ins Unterholz.

»Du bist also die Buhle des Herrn von Felsbrunn.« Strähniges Haar, das die Kerben in seinen Ohren nicht verdeckte, hing dem Mann ins Gesicht. Im Gegensatz zu Severian sprach er verwaschen und in einem breiten Dialekt.

»Ja, ich bin die Buhle des Ritters«, erwiderte sie forscher, als ihr zumute war.

»Was trägst du in dem feinen Täschchen mit dir rum? Geschmeide, das dir der Herr Ritter zugesteckt hat?« Mit lauerndem Blick schielte er auf ihre Handtasche.

Eine Idee durchzuckte Julia. Ihr Einfall war gewagt, doch vermutlich die einzige Chance, die ihr blieb. Sie setzte einen – soweit unter diesen Umständen möglich – charmanten Blick auf und säuselte: »Der Ritter hat bestimmte Vorlieben im Bett, wenn ihr versteht, was ich meine.«

Die Männer schienen es zu verstehen, denn sie kamen mit erwartungsvoller Miene näher.

»Um ihn zufriedenzustellen«, fuhr sie mit gesenkter Stimme fort, »braucht es eine besondere Ausrüstung. Wollt ihr sie sehen?« Julia fuhr mit den Händen in die Handtasche, darauf bedacht, ihren Busen weit nach vorne zu strecken, um ihre Aufpasser vom Nachdenken abzuhalten.

Staunend blickten ihre beiden Wächter auf den Gegenstand, den sie aus der Tasche herauszog. »Der Duft darin macht jeden

Mann wild«, prophezeite sie ihnen. Dann drückte Julia den Knopf des Pfeffersprays.

Ihre Bewacher schrien auf, schlugen hustend die Hände vor die Augen und taumelten rückwärts. Lange würde sie das Reizgas jedoch nicht außer Gefecht setzen. Julias Herz raste. Hastig zog sie den Reißverschluss ihrer Tasche zu und schleuderte sie einem der Männer an den Kopf. Der Mann geriet ins Wanken, fing sich aber gleich wieder. Verdammt! In ihrer Panik griff Julia einen großen Stein vom Boden und schlug ihn dem Mann gegen die Schläfe. Ihr Bewacher stöhnte auf, dann brach er röchelnd zusammen.

Julia blieb keine Zeit durchzuatmen. Der andere Mann schien den ersten Schreck überwunden zu haben und tastete mit tränenden Augen nach ihr. Ohne zu zögern trat Julia ihm zwischen die Beine. Er heulte auf, krümmte sich und der Stein traf ihn am Hinterkopf. Ebenso bewusstlos wie der Erste fiel er auf den Waldboden.

Keuchend und mit zitternden Beinen sah Julia auf die ohnmächtigen Männer hinab, deren Gesichter vom Spray gerötet waren. Sie ließ den Stein fallen, schlang sich ihre Tasche über die Schultern und griff nach den Seilen. Sie hatte noch nie im Leben jemanden gefesselt, doch sie musste verhindern, dass die beiden Bergsträßer warnten. Eilig band sie die Stricke um die Hand- und Fußgelenke der Männer, nahm ihnen ihre Messer ab und warf die Waffen in ein Gebüsch. Hoffentlich blieben sie eine Weile bewusstlos und schrien nicht nach Hilfe!

Julia wischte sich den Schweiß von der Stirn und sah sich um. Teil eins ihres Planes war geschafft, doch die Männer in der Kapelle zu überwältigen, würde ihr allein nicht gelingen. Sie blickte in den Himmel. Noch waren keine Rauchschwaden zu sehen, doch auf Unterstützung aus dem Kloster konnte sie nicht zählen. Selbst wenn Bergsträßer und seine Kumpane nicht dort zugange gewesen wären, hätten die Mönche und Brüder wohl kaum einer entflohenen Hexe geglaubt.

Damit blieb nur ein Mann, an den sie sich wenden und auf dessen Hilfe sie hoffen konnte. Allerdings blieb abzuwarten, ob Conradin von Felsbrunn der Frau vertrauen würde, die vermutlich von allen für das Verschwinden seines Bruders verantwortlich gemacht wurde. Doch blieb ihr eine andere Wahl? Julia presste die Tasche an ihren Körper und rannte los.

Das T-Shirt klebte ihr am Rücken, als sie über die steinerne Brücke auf das Schlossportal zustürmte. Die mächtigen Holztüren standen offen, dennoch verlangsamte Julia ihre Schritte. Ihr Auftritt musste überzeugend wirken, sonst würde sie sich schneller im Kerker wiederfinden, als ihr lieb war.

Im Schlosshof angekommen, blieb Julia stehen und sah sich um. Es waren nicht die baulichen Unterschiede, die ihr ins Auge stachen – es war der Trubel, der hier herrschte. Knechte, Mägde und Kinder, die rufend und lachend ihrem Tagewerk oder Spiel nachgingen, dazwischen Hühner und Gänse, Hämmern, Holz hacken und das Plätschern von Wasser; alles unterlegt mit einer Vielzahl an Gerüchen aus Stall und Küche. Mochte dieser Ort in der Vergangenheit liegen, war er lebendiger, als sie ihn von ihrer eigenen Zeit her kannte.

»Wer bist du?«

Eine barsche Stimme ließ sie herumfahren. Ein Knecht mit einem Speer in der Hand stand vor ihr und blickte sie grimmig an.

»Mein Name ist Julia Salzmann. Ich bringe Kunde von Ritter Severian, dem Herrn dieses Schlosses, für seinen Bruder Conradin.«

»Dann sprich, Frau.« Bei dem letzten Wort sah der Knecht verächtlich auf ihre Jeans.

Julia straffte die Schultern. »Meine Worte sind nur für Conradin bestimmt, so hat es der Ritter mir befohlen und mich auf die Bibel schwören lassen.«

Ein Bluff … doch er funktionierte. »Folge mir«, brummte der Knecht und wandte sich der Tür zu, hinter der sich im Jahr 2015 der Rittersaal des Schlosses verbarg. Der Mann führte sie jedoch nicht hinein, sondern stieg die Sandsteinstufen daneben hinauf in das Obergeschoss, wo er an eine geschlossene Tür klopfte.

Auf ein Rufen aus dem Inneren öffnete der Knecht die Tür und betrat mit ihr zusammen das Zimmer. Kaum sah Julia die beiden Personen an dem Tisch in der Mitte des Raumes sitzen, entfuhr ihr ein Keuchen. Zu grotesk war es, Menschen gegenüberzustehen, die man nur von einem fünfhundert Jahre alten Gemälde kannte.

»Julia Salzmann wünscht Euch mit einer Nachricht Eures Bruders zu sprechen, Herr.« Der Knecht verbeugte sich. »Ich warte draußen auf Eure Anweisungen.«

Conradin von Felsbrunn erhob sich von seinem Stuhl und nickte dem Mann zu, der sich daraufhin zurückzog und die Tür hinter sich schloss.

An die Etikette denkend versuchte sich Julia an einem Knicks, dann sah sie Conradin mutig an. Im Gegensatz zu dem Gemälde war die Ähnlichkeit zu Severian in echt unübersehbar, auch wenn Conradins Züge weicher und seine Augen braun waren. »Du hast Kunde von meinem Bruder? Rede, Frau!«

Gut, dass sie nicht sofort losgeplappert und ihn dadurch verstimmt hatte! Trotzdem war Eile geboten und Julia beschloss, gleich zum Punkt zu kommen. »Severian ersucht um Eure Hilfe, Herr. Diebe treiben im Kloster ihr Unwesen, er braucht Euch und kampferprobte Männer zur Unterstützung.«

»Wo ist mein Bruder?«

»An einem Ort, den er allein nicht verlassen kann, da ihm aufgelauert wird.«

»Woher ist dir das bekannt?«

»Ich war bei ihm, wurde aber als Geisel verschleppt und konnte mich durch eine List befreien.«

Conradin verschränkte die Arme vor der Brust. Seine Schultern waren nicht so breit wie die Severians, dennoch stellte er eine imposante Erscheinung dar. »Mein Bruder ist seit Vollmond ohne ein Lebenszeichen verschwunden. Warum sollte ich einem dahergelaufenen Frauenzimmer wie dir Glauben schenken?«

»Weil ich der Grund war, dass er verschwand.« Sie zögerte, doch Conradin ahnte bestimmt längst, wer sie war. »Ich wurde zu Unrecht der Hexerei beschuldigt, Euer Bruder wollte mich schützen. Dabei wurde er von meinem Feind verletzt und musste mit mir fliehen, um sein Leben zu retten.«

Sein Blick flackerte. »So bist du die Frau mit dem Hexenmal, von der im Kloster alle sprechen?«

»In meiner Heimat ist es nichts als ein Körperschmuck, den viele ehrbare Frauen und Männer zur Zierde tragen.« Sie wandte ihm die Schulter zu und zog das T-Shirt ein wenig herunter.

Ein Keuchen war zu hören, doch es stammte nicht von Conradin. Elisabetha, die sich von ihrem Stuhl erhoben hatte, bekreuzigte sich. Trotz ihres kostbaren, aufwändigen Gewandes war ihre mädchenhafte, zierliche Figur unübersehbar. Kaum bemerkte Severians Verlobte Julias Blick, schlug sie die Augen nieder.

Misstrauisch sah Conradin Julia an. »Wer soll dieser Feind sein, den du erwähnt hast?«

»Es ist der Mann, den Ihr unter dem Namen Bruder Ignatius kennt. Ein Dieb aus meinem Land, der Bücher aus dem Skriptorium des Klosters stehlen will. Ich habe ihn erkannt, deshalb bezichtigte er mich der Hexerei und wollte Severian töten, weil er annahm, ich hätte Eurem Bruder die Wahrheit über ihn erzählt.«

Conradin runzelte die Stirn. »Severian war von Anfang an misstrauisch gegen Ignatius, aber Abt Aurelian hält große Stücke auf den neuen Bruder.«

»Ein Fehler. Ignatius muss gefangen und in mein Land gebracht werden, wo ihn ein Prozess erwartet.«

»Wie nennt man dein Heimatland?«

Mist, warum hatte sie nicht früher daran gedacht, sich etwas Unverfängliches zu überlegen? Braunfels konnte sie kaum sagen. »Meine Heimat ist … das Auenland. Sehr weit weg.«

»In der Tat habe ich davon nie gehört. Doch du führst eine ähnliche Sprache wie Bruder Ignatius.« Conradin rieb sich das Kinn. »Wer herrscht über das Gebiet des Auenlandes?«

»Gandalf. Gandalf der Graue. Fürst von Hobbingen.« Tolkien sei Dank für diese Geistesblitze! Leider schien Conradin noch nicht von ihrem Bericht überzeugt. »Ich habe etwas dabei, um meine Worte zu beweisen.« Sie holte das Handy aus ihrer Tasche. Es war gewagt, das elektronische Gerät zu zeigen, doch die Zeit lief ihr davon.

»Unser Herr, Fürst Gandalf, ist ein großzügiger Unterstützer der Maler, Bildhauer und Musiker«, erklärte sie. »Er fördert Universitäten und setzt Preisgelder aus für Erfindungen. Ebenso wie er großzügig der Kirche spendet«, setzte sie hastig hinzu. Verdeckt von ihrer Hand rief sie das Foto auf, das Severian und sie auf dem Rathausplatz von Michelstadt während ihres Tandemausflugs zeigte. Dann hielt sie das Bild Conradin entgegen.

Conradin stutzte und ging mit der Nase näher an das Display heran.

»Das Gestell, auf dem Severian und ich sitzen, nennt man Drahtesel«, erklärte sie mit beiläufiger Stimme, als würde sie täglich mittelalterlichen Menschen das Foto eines Fahrrades zeigen. »Es dient zur Fortbewegung.«

Conradin blinzelte, sagte aber nichts, sondern starrte immer noch auf das Bild.

»Die Kleidung mag Euch ungewohnt erscheinen, ist jedoch Mode im Auenland«, sprach sie rasch weiter.

»Das ist es nicht. Mein Bruder lächelt auf diesem Gemälde.« Conradin löste den Blick vom Display. »Severian lachen zu sehen, ist nur den wenigsten Sterblichen vergönnt«, erklärte er bitter. »Seine Familie kommt selten in den Genuss seiner guten Laune.«

Bilder stiegen vor Julias innerem Auge auf. Severians stets finstere Miene in den ersten Tagen – und seine Gelöstheit, sein Humor in den letzten. »Er … er ist unglücklich mit seinem Schicksal.«

Conradins Gesicht verdüsterte sich. »Wer ist das nicht?«

In diesem Moment begriff Julia. »Ihr habt gehofft, er kommt nicht wieder.« Ihr Blick schweifte zu Elisabetha. Sie hatte sich geirrt. Die Liebe zwischen der jungen Frau und Conradin hatte nicht erst nach Severians Tod begonnen.

Conradin schoss das Blut ins Gesicht und sein Mund verzog sich zu einem Strich. »Mein Bruder darf es niemals erfahren. Nenne mir deinen Preis.«

»Er weiß es bereits.«

Conradin lachte traurig auf. »Lass mich raten: Es kümmert Severian nicht. Es befriedigt ihn, dass auch ich nicht bekomme, was ich mir wünsche.«

Julia senkte den Kopf. »Die wenigsten bekommen, was sie sich wünschen.« Als sie wieder aufsah, fiel ihr der überraschte

Ausdruck auf Elisabethas Antlitz auf. Doch die Adlige schwieg weiterhin und die Zeit drängte.

»Werdet Ihr und Eure Männer mit mir kommen, Conradin?«, fragte Julia und griff einem Einfall folgend nochmals in die Tasche. »Das ist das Letzte, womit ich die Wahrheit meiner Worte beweisen kann.« Sie streckte Conradin die geöffnete Hand hin, auf der das geschnitzte Tandem lag.

»Bei allen Heiligen!« Conradin nahm die Schnitzerei und hielt sie Elisabetha entgegen.

Die Augen der jungen Frau weiteten sich. »Der Herr von Felsbrunn fertigt gerne Figuren aus Holz an.« Elisabethas Stimme war leise und sanft, Typ scheues Reh, und passte perfekt zu ihrem zarten Äußeren. Kein Wunder, dass Severian nichts mit Elisabetha anfangen konnte. Der Mann brauchte kein schüchternes Mädchen, sondern eine Frau, die ihm bei Bedarf Kontra geben konnte. Leider interessierte dies das Schicksal nicht.

»Ich gebe zu, gehofft zu haben, dass mein Bruder nicht wiederkehrt«, erklärte Conradin. »Doch ich werde mich nicht versündigen, indem ich Severian Hilfe versage.« Er gab Julia das Holztandem zurück. »Ich werde mit dir kommen. Wird der Weg weit sein?«

Erleichtert atmete sie aus. »Nein. Zuerst müssen wir zur Marienkapelle, danach zum Kloster. Allerdings dürfen wir nicht den Hauptweg nehmen, damit Ignatius oder seine Handlanger uns nicht entdecken.« Sie trat zu einem der Fenster und spähte in den Himmel. Kein Rauch war zu sehen – noch hatte Bergsträßer den Brand nicht gelegt. »Sagt Euren Männern, sie sollen neben ihren Waffen auch Tücher mitnehmen, die sie befeuchten und sich als Atemschutz vors Gesicht binden können«, fuhr sie fort. »Und besitzt Ihr etwas, womit man Feuer löschen und Brandwunden versorgen kann?«

»Ja, aber warum?«

»Ich befürchte, dass Bruder Ignatius das Kloster in Brand stecken wird, um seinen Raub zu vertuschen.«

Hinter ihnen erklang ein Laut des Entsetzens. Julia wandte sich um. Aus Elisabethas Gesicht war jegliche Farbe gewichen.

»Ihr müsst Euch beeilen, Conradin!«, keuchte die junge Adlige. »Eure Mutter Adelgundis ist vorhin zum Gebet in die Klosterkirche aufgebrochen – wie jeden Tag, seit Euer Bruder verschwand.«

Schlagartig fielen alle Ruhe und Beherrschtheit von Conradin ab. »Kannst du reiten, Frau?« Auf Julias Kopfschütteln hin erklärte er: »Dann kommst du zu mir aufs Pferd. Passende Reitgewänder trägst du ja. Mit Gottes Hilfe werden wir Ignatius' schändliches Vorhaben zu vereiteln wissen.« Er sah zu Elisabetha. »Sollte Adelgundis ins Schloss zurückkehren, während wir fort sind, schicke sogleich einen Boten zu mir.«

Elisabetha nickte und Julia sah Tränen und Angst in ihren Augen schimmern. Gerne hätte sie ihr gesagt, dass im Jahr 2015 ein Gemälde existierte, das Elisabetha als stolze Ehefrau neben Conradin zeigte. Doch inzwischen war sie sich nicht mehr sicher, ob das immer noch die Zukunft war. Denn wenn das flaue Gefühl in ihrem Magen sie nicht täuschte, waren sie drauf und dran, den Lauf der Geschichte zu verändern.

Sonntag, 13. September 1515

Das Gebüsch gab ihnen Deckung und erlaubte dennoch, den Platz vor dem Kloster samt Gästehaus einzusehen. Aber weder von Bergsträßer und seinen Männern noch von Julia war etwas zu entdecken.

Tom, Björn, Mehmet, Oliver, Patrick und Nico betrachteten staunend das Kloster, das sie nur als Ruine kannten; Severian hingegen kämpfte gegen seine Unruhe. Wenn er bloß gewusst hätte, wo Julia steckte! Im besten Fall hatte sie sich befreien können und verbarg sich im Wald, im schlechtesten hatte jemand ihre Bewacher überwältigt und sie entführt. Aber wohin? Hatte man sie als vermeintliche Hexe ins Kloster gebracht? Er schluckte den bitteren Geschmack in seinem Mund hinunter. Julia eingesperrt im Kloster zu wissen, wenn das Feuer begann, war ein Gedanke, den er kaum ertragen konnte. Wo blieben nur Yannick und Conradin? Yannick musste Schloss Felsbrunn längst erreicht und mit seinem Bruder gesprochen haben! Der Kampf in der Kapelle hatte seine Schüler an ihre Grenzen gebracht, sie brauchten dringend Unterstützung.

»Severian, da kommt jemand.« Tom stieß ihn mit dem Ellenbogen an.

Ignatius, gefolgt von zehn finsteren Gestalten. Severian biss sich auf die Lippe. Verdammt, es waren mehr Männer, als er erwartet hatte. »Was sind das für Behälter, die die Landsknechte in der Hand tragen, Tom?«

Tom fluchte. »Brandbeschleuniger. In den Kanistern ist eine Flüssigkeit namens Benzin, die lichterloh brennt, sobald sie mit Feuer in Berührung kommt.« Er schnaubte. »Entweder will Bergsträßer das ausbrechende Feuer damit unterstützen oder …«

»Er legt es selbst.« Severians Hände ballten sich zu Fäusten.

Die Hälfte der Landsknechte lief mit den Behältern dicht an der Klostermauer entlang, die anderen folgten Ignatius ins Innere.

»Sie schütten das Benzin rund um das Kloster«, erklärte Oliver. »Das Gebäude wird von den Flammen eingeschlossen werden.«

»Können wir das verhindern?«, fragte Severian.

Oliver schüttelte den Kopf. »Sobald das Benzin in Brand gesetzt ist, nicht mehr.«

Severians Kiefer mahlte. Damit blieb nur noch eine Möglichkeit: Sie mussten angreifen, und zwar rasch. Wo bei allen Heiligen steckten Conradin und Yannick?

»Schaut, da kommen Reiter.« Björn wies auf den Weg, der nach Felsbrunn führte, auf dem sich zwei Pferde im Schritt näherten. »Ist das dein Bruder, Severian?«, fragte er hoffnungsvoll.

Severians Mund wurde trocken, als er die Apfelschimmelstute und das Maultier erkannte. »Nein, das ist meine Mutter mir ihrer Zofe.«

»Was will sie denn ...?« Nicos Frage ging im Klingen der Kirchenglocke des Klosters unter.

Das Angelusläuten. »Meine Mutter will die Messe besuchen«, erwiderte Severian tonlos, »so wie alle Mönche und Brüder auch.«

Tom sog scharf die Luft ein. »Der perfekte Zeitpunkt für eine Brandstiftung.«

Severian zog sein Schwert aus der Scheide. Wie es aussah, musste er ohne den Beistand seines Bruders auskommen – und ohne den seiner Schüler. Es war zu risikoreich, die unerfahrenen Männer in eine Schlacht zu führen »Ich gehe und stelle Ignatius, ehe es zu spät ist.«

Verwirrt sahen Tom und die anderen ihn an. »Was ist mit uns?«

»Die Gefahr ist zu groß, ich werde euer Leben nicht aufs Spiel setzen.«

»Das ist eine Entscheidung, die jeder von uns selbst treffen kann.« Patrick stemmte die Hände in die Hüften. »Vielleicht ist Julia im Kloster«, sprach er Severians Befürchtung aus. »Außerdem kannst du allein nicht elf Männer besiegen.«

Severian wollte widersprechen, doch dann lächelte er. »Wer mich begleiten will, kommt mit. Der Herr sei mit euch.«

»Das würde nicht schaden.« Tom grinste, nahm seine Waffe in die Hand und stellte sich neben Björn, Mehmet und Patrick, die ebenfalls ihre Schwerter gezogen hatten.

Gefolgt von seinen Schülern lief Severian auf den Vorplatz des Klosters, auf dem in diesem Moment seine Mutter und ihre Begleiterin einritten. »Mutter!«, rief er, wohl wissend, damit Ignatius und seinen Männern seine Anwesenheit zu verraten. »Kehrt sofort um!«

Adelgundis' Kopf flog herum. »Severian!« Sie hielt ihre Stute an und machte Anstalten, aus dem Sattel zu steigen. »Mein Sohn, endlich hat Gott meine Gebete erhört!«

»Bleibt auf dem Pferd«, schrie Severian, ohne im Laufen anzuhalten. »Ihr müsst Euch in Sicherheit bringen, Mutter.«

Ein Zischen erklang und mit einem Mal stiegen aus dem Innenhof des Klosters Flammen auf. Im nächsten Moment loderte Feuer an den Außenwänden empor. Bergsträßer hatte seine Warnrufe offenbar gehört und sofort reagiert.

»Severian, was bedeutet das?« Angstvoll sah seine Mutter ihn an, während ihre Stute nervös zu tänzeln begann.

»Reitet zum Schloss und holt Conradin«, befahl er. »Das Böse treibt hier sein Unwesen.«

»Und du, mein Sohn?« Furcht und Sorge spiegelten sich in den Augen seiner Mutter.

»Ich habe gute Männer auf meiner Seite.« Severian wies auf Tom und die anderen. »Jetzt reitet los und betet für uns.« Er wartete ihre Antwort nicht ab, sondern schlug mit der flachen Hand auf das Hinterteil der Schimmelstute. Das verängstigte Tier preschte los, gefolgt von der Zofe auf dem Maultier.

Severian atmete auf. Wenigstens eine Frau, die er hatte retten können. Doch seine Erleichterung währte nicht lange. Vor den flammenden Mauern rotteten sich die Landsknechte zusammen, die den äußeren Brand gelegt hatten. In ihren Händen glänzten lange Messer. Durch die Pforte des Klosters traten die übrigen Schergen hinzu, bepackt mit schweren Metallkisten.

Hastig sah Severian sich um. Wo waren die Mönche und Brüder? Warum trieb das Feuer sie nicht ins Freie hinaus? Zum Überlegen blieb indes keine Zeit. Aus dem Klosterportal trat Ignatius, seine Pistole in den Händen.

»Stellt euch in einer Reihe hinter mir auf«, zischte Severian seinen Schülern zu und hob sein Schwert. »Mischt euch keinesfalls in meinen Kampf mit Ignatius. Das habe ich mit ihm auszutragen – vertraut mir.«

An der Spitze seiner Mannen kam Ignatius auf ihn zu. »Ihr habt Euch Verstärkung aus der Zukunft mitgebracht, Herr Ritter?« Ignatius schüttelte den Kopf. »Das war dumm, denn nun werde ich nicht nur Euch töten müssen.«

Fest umschloss Severian den Griff seines Schwertes. »Lass ab von deinem Vorhaben, Ignatius, und ich gewähre dir freies Geleit in deine Zeit.«

»Und ich gewähre Euch ewigen Frieden.« Ignatius richtete den Lauf seiner Pistole auf ihn und drückte ab.

Vor der prasselnden Feuersbrunst schlug Severians Körper hart auf dem Boden auf.

»Nein!« Tränenverschleierten Blickes rannte Julia auf die Lichtung zu. Doch ihre schlechte Sicht kümmerte sie ebenso wenig wie die Rufe Conradins, sofort in Deckung zu gehen.

Severian lag regungslos auf dem Vorplatz, das Schwert noch in der Hand. Über seiner Brust waren Harnisch und Kettenhemd zerfetzt, die alte Panzerung hatte der modernen Schusswaffe nicht standzuhalten vermocht. Bergsträßer, der mit dem Rücken zu ihr stand, zielte bereits auf Patrick, der ebenso wie die anderen vor Angst erstarrt schien.

»Mörder!«, rief sie im Laufen. »Sie haben es verdient, wenn die Mafia Sie tötet!«

Bergsträßer fuhr herum und richtete die Waffe auf sie. Julias Augen weiteten sich. Doch statt den Abzug zu betätigen, schrie Bergsträßer auf, ließ die Pistole fallen und sank zu Boden.

Severian kniete hinter ihm und zog sein Schwert aus Bergsträßers Bein.

Julia lief zu ihm und warf sich in seine Arme. »Du lebst.« Schluchzend vergrub sie ihren Kopf an Severians Schulter, während sich hinter ihnen Conradin und seine Männer auf die Landsknechte stürzten.

»Kugelsichere Weste, eine Leihgabe von Tom.« Severian drückte sie an sich, dann fasste er ihre Hände und zog sie auf die Füße. »Die Gefahr ist noch nicht vorbei.«

Julia wischte sich über die verweinten Augen. Björn und Mehmet unterstützten Conradin und seine Knechte. Tom hatte Bergsträßer Handschellen angelegt, dessen Pistole an sich genommen und führte den blutenden, humpelnden Archäologen zum Rande der Lichtung, wo Nico goldglänzende Rettungsdecken ausgebreitet hatte. Patrick, mit einem Tuch um Mund und Nase geschlungen, folgte Oliver, der Schutzanzug, Atemmaske und Sauerstoffgerät trug, in das brennende Kloster hinein.

»Du hast sie alle mitgebracht«, keuchte sie.

Severian nickte und löste seine Hand von ihr. »Ich muss deinem Bruder und Oliver helfen, die Mönche und Brüder zu finden, ehe sie bei lebendigem Leib verbrennen.«

»Nein!« Panisch hielt sie ihn fest. »Du wirst an den Folgen sterben.«

»Soll ich Patrick und Oliver dort drinnen allein lassen?« Severian steckte sein Schwert in die Scheide und strich ihr eine Haarsträhne hinters Ohr. »Ich liebe dich, Julia«, flüsterte er, und die Sorge drohte ihr Herz zu zerreißen.

Das Geräusch quietschender Bremsen und das Schlittern von Reifen auf dem sandigen Untergrund erklangen. Yannick kam mit seinem Mountainbike neben ihnen zum Stehen. »Conradin war schon weg, als ich im Schloss ankam«, erklärte er atemlos. »Nur noch Elisabetha war da. Komme ich zu spät?«

»Nein«, erwiderte Severian. »Bring Julia zu Nico, Yannick.«

Kaum hatte Yannick genickt, wandte Severian sich um und rannte in das Kloster hinein, das inzwischen wie eine riesige Fackel loderte. Trotz der Hitze der Flammen, die auf ihrer Haut brannte, rann Julia ein Schauer über den Rücken. Jemanden aus diesem Inferno retten zu wollen, war Wahnsinn.

»Komm, Julia.« Yannick strich über ihren Arm. »Wenn Severian, Patrick und Oliver die Verletzten rausbringen, braucht Nico unsere Hilfe.«

Ihr Bruder hatte recht. Hier stehen zu bleiben, die Flammen anzustarren und sich vorzustellen, welche schrecklichen Szenen sich hinter den Mauern abspielen mussten, war nicht gut.

Herannahendes Hufgetrappel ließ Julia aufsehen: Drei Reiter ritten auf die Lichtung. Mit Erstaunen erkannte sie Elisabetha in Begleitung von zwei Knechten. Blass, aber um Haltung bemüht, zügelte Severians Verlobte ihr Reittier und sah sich um. Als sie Conradin erblickte, entspannten sich ihre Gesichtszüge.

Julia lief auf sie zu. »Warum seid Ihr hier, Elisabetha?« Fragend sah sie zu Yannick hinüber. »Hast du sie aufgefordert, mitzukommen?«

Es war Elisabetha, die mit leiser, aber fester Stimme antwortete: »Nein. Junker Yannick kam mit einem Schreiben Severians, dessen Inhalt mich noch mehr ängstigte als deine Worte zuvor. Niemand war mehr im Schloss, der mich zurückhalten konnte. Als ich Adelgundis auf dem Weg hierher begegnete, tat ich, als hörte ich ihre mahnenden Rufe nicht.« Dunkles Rot überzog die Wangen der Komtess. »Ich … ich wollte an seiner Seite sein, wenn er sterben sollte.«

Yannick, der zu ihnen gekommen war, sah Elisabetha mitfühlend an. »Severian wird es bestimmt überstehen.«

Die Wangen der Adligen färbten sich noch röter.

»Habe ich was Falsches gesagt?«, fragte Yannick.

»Lass uns einfach das Thema wechseln, okay?«, erwiderte Julia gereizt. »Tut mir leid«, fügte sie sofort hinzu. »Danke nochmal für das Pfefferspray – war ein guter Tipp gegen böse Buben.«

Yannick lächelte. »Keine Ursache, Schwesterchen.«

»Patrick und Oliver kommen mit Verletzten!«, schallte Nicos Ruf über die Lichtung.

Julia wandte sich um. Aus dem Klosterportal traten Patrick und Oliver ins Freie, die zwei Mönche stützten. Einige andere Mönche und Brüder stolperten hustend hinter ihnen her. Julia wurde es eiskalt. Wo war Severian? Endlich kam auch er aus der Flammenhölle heraus, in seinen Armen den Abt tragend. Erleichtert lief sie zu ihm und begleitete ihn zu Nicos improvisiertem Lazarett.

Björn, Mehmet, Conradin und die Knechte, die den Kampf gegen Ignatius' Männer gewonnen hatten, liefen herbei und halfen den Mönchen und Brüdern, sich auf die Rettungsdecken zu legen. Oliver, Severian und Patrick ließen sich ebenfalls nieder, ebenso einige im Gefecht verletzte Knechte.

Mit routinierten Griffen prüfte Nico Puls, Atmung und Schwere der Verletzungen eines jeden. In ruhigem Ton gab er Anweisungen zum Anlegen von Verbänden und der Gabe von Sauerstoff aus kleinen Flaschen. Conradin und Elisabetha standen in einigem Abstand und sahen Nico verwundert zu. Die Knechte und Geistlichen hingegen starrten sie alle fassungslos an, als gäbe es gerade eine zweite Marienerscheinung – was der Wahrheit ja ziemlich nahe kam.

Severian schien davon keine Notiz zu nehmen. »Ignatius und seine Spießgesellen haben die Brüder und Mönche in die Refektorien und Dormitorien gezwungen und dort eingeschlossen«, erklärte er keuchend. »Wer Widerstand leistete, wurde niedergeschlagen.« Ein gepeinigter Ausdruck erschien auf seinem Gesicht. »Die Säle standen bereits in Flammen, wir konnten nicht mehr alle herausholen.«

Oliver legte ihm die Hand auf die Schulter. »Wir haben getan, was möglich war. Jetzt nochmal ins Kloster reinzugehen, wäre Selbstmord.«

Severian nickte, doch der Schmerz in seinen Augen verschwand nicht. Wie gerne hätte Julia ihn getröstet. Ihm gesagt, wie unendlich dankbar sie war, dass er lebendig herausgekommen war. Und wie dringend hätte sie seinen Halt und seine Nähe gebraucht. Doch ihre gemeinsame Zeit lief endgültig ab. »Es ist spät«, sagte sie leise. »Wir müssen durch den Tunnel gegangen sein, ehe die Sonne untergeht.«

»Die Knechte kümmern sich um die Brüder, Mönche und Landsknechte.« Severian erhob sich, ohne sie anzusehen. Stattdessen blickte er zum Kloster, das unbarmherzig niederbrannte. »Ich, Conradin und Elisabetha begleiten euch zur Kapelle.«

Ihr Marsch durch den Wald glich einem Trauerzug. Julia sah in Conradins Blick, dass ihm tausend Fragen auf der Zunge lagen, doch er blieb stumm, wie alle anderen auch.

Nacheinander betraten sie die Kapelle und zwängten sich durch den schmalen Durchlass in die Höhle.

»Wir nehmen alles mit, was Bergsträßer mitgebracht hat«, bestimmte Nico und wies auf die Metallboxen, die Spaten und das Dynamit.

Der Archäologe reagierte nicht auf die Nennung seines Namens. Nico hatte ihm ein Schmerz- und Beruhigungsmittel verabreicht. Was mit ihm geschehen sollte, würden sie nach ihrer Rückkehr entscheiden.

»Was befindet sich eigentlich in diesen Kisten?« Neugierig hob Björn einen Deckel hoch und schnappte gleich darauf nach Luft. »Da waren Sie aber fleißig, Herr Bergsträßer.« Er trat beiseite und gab den Blick auf den Inhalt frei: ordentlich gestapelte Folianten aus dem Skriptorium.

Der Anblick der Handschriften schien Bergsträßer wieder Leben einzuflößen, doch seine Stimme klang niedergeschlagen. »Über Wochen beiseite geschafft. Den Rest wollte ich während des Brandes holen.«

»Aber die Bücher nutzen ihnen nichts«, wandte Yannick ein. »Wenn man sie durch den Tunnel trägt, altern sie nicht.«

»Setzen, sechs.« Bergsträßer sah ihn mitleidig an, als wäre Yannick ein Student, der gerade die mündliche Prüfung durch eine besonders doofe Antwort versiebt hatte. »Man muss die Bücher selbstverständlich auf der anderen Seite abholen.«

»Häh?«

Nico klatschte in die Hände. »Diskutiert das, wenn wir im Jahr 2015 angekommen sind. Ich habe keine Lust, gleich im Tunnel zerquetscht zu werden. Die Bücher bleiben hier, nur die Kisten nehmen wir mit.« Er trat auf Severian zu und reichte ihm die Hand. »Ich hasse es, mich zu verabschieden, wenn ich weiß, dass es kein Wiedersehen gibt. Dich kennenzulernen war eine Ehre, dein Unterricht ein Geschenk, an deiner Seite zu kämpfen eine unvergessliche Erfahrung.«

Severian neigte den Kopf. »Ich bin stolz, euer aller Bekanntschaft gemacht zu haben. Ihr habt euch heute tapfer geschlagen, meine Schüler.« Er lächelte wehmütig, zog sein Schwert und streckte es in die Mitte. »Einer für alle …«

Schwerter wurden gezogen und die Stimmen hallten feierlich von den Wänden wider: »… und alle für einen.«

Einer nach dem anderen umarmte Severian und klopfte ihm auf die Schulter. Tom verabschiedete sich als Letzter, nahm anschließend Severians von Heinrich geliehenes Schwert, den zerschossenen Brustharnisch und das Kettenhemd an sich und trat beiseite.

Nun blieb nur noch sie übrig, um Lebewohl zu sagen. Julias Kehle brannte. Wie verabschiedete man sich von der Liebe seines Lebens?

»Eine gute Heimreise, Julia.« Severian verneigte sich steif vor ihr, sein Gesichtsausdruck hart wie der Fels um sie herum. »Ich hoffe, du findest bald einen wohlhabenden Gemahl, damit du nicht länger als Schankmagd arbeiten musst.« Er drehte sich zu Elisabetha, ergriff deren Hand und zog die Adlige an seine Seite. »Meine Verlobte und ich danken dir für alles und werden dich in unsere Gebete einschließen.«

Falten bildeten sich auf Julias Stirn. Natürlich hatte sie in Anwesenheit seiner Familie keinen Kuss von Severian erwartet, aber diese Kälte und die zur Schau gestellte Nähe zu Elisabetha waren demütigend. »Du kannst vor lauter Dankbarkeit gerne deine erstgeborene Tochter nach mir benennen«, zischte sie. »Falls das nicht zu viel der Ehre für eine Dienstmagd ist, Euer Hochwohlgeboren.«

Seine Brauen zogen sich zusammen. »So mag es geschehen.«

Julia setzte zu einer scharfen Erwiderung an, doch dann verstand sie. Es war Severians Art, mit dem Trennungsschmerz fertigzuwerden. Finster starrte er sie an, während sich in Elisabethas Augen Julias eigenes Leid widerspiegelte.

Mit einem Seufzen trat Julia auf Severian zu. »Ich will nicht im Streit mit dir auseinandergehen, auch wenn es helfen würde, schneller mit allem abzuschließen.« Sie berührte seinen Arm. »Ich wünsche dir, dass du glücklich wirst.«

Dann drehte sie sich auf dem Absatz um und betrat den Zeittunnel. Zum ersten Mal war sie froh über die Nachtschwärze dort. Niemand sollte ihre Tränen sehen, denn eigentlich gab es keinen Grund dafür. Severian hatte die Rettungsaktion unbeschadet überstanden, vor ihm lag nun ein langes Leben. Ebenso wie vor ihr. Nur, dass sie es nicht gemeinsam führen würden.

Sich an den Wänden entlang tastend ging Julia im Tunnel voran. Das einsetzende Summen übertönte die Schritte der anderen, die ihr folgten, fast vollständig. Sie würde über Severian hinwegkommen, genauso, wie sie über André hinwegkommen würde. Und sollte sie irgendwann wieder mal ein Mann interessieren, würde sie sich als Erstes erkundigen, wann er geboren war: nicht an welchem Tag, sondern in welchem Jahrhundert.

Den Fehler, sich in einen Ritter aus dem Mittelalter zu verlieben, würde sie nie mehr begehen.

Mittwoch, 14. Oktober 2015

Den Kopf in eine Hand gestützt, saß Julia an einem Tisch im Café ihrer Eltern hinter einem Berg von Papieren. Sie war allein, draußen war es bereits dunkel und sie sah ihr Spiegelbild in einer der Fensterscheiben. Heute war ein Paket mit Mustern für neue Speisekarten gekommen und ihre Eltern hatten sie gebeten, eine Vorauswahl zu treffen. Anschließend wollte sie die Tische umstellen, um die Wirkung einer anderen Raumaufteilung auszuprobieren. Sie rieb sich über das Gesicht. Viel Arbeit lag vor ihr, doch es würde sich lohnen. Kein *Seilers Romantic Café*, sondern das Café Salzmann in neuem Glanz.

Julia seufzte. Am vergangenen Wochenende hatte sie André wiedergesehen. Der Hochseilgarten der Seiler'schen Höfe war am Samstag bei einer Matinée eingeweiht worden. Da der Hochseilgarten ihre Idee gewesen war und sie das Projekt während ihrer Zeit im Hotel betreut hatte, hatte man sie zu der Eröffnungsfeier eingeladen. Erst hatte sie gezögert, hinzugehen. Doch irgendwann wäre sie André so oder so begegnet. Es war besser gewesen, darauf vorbereitet zu sein. Tatsächlich verlief das Zusammentreffen nicht so schrecklich, wie sie erwartet hatte. Sie unterhielten sich höflich-distanziert miteinander und mieden brisante Themen: André hatte sich nicht nach Severian erkundigt und sie hatte nicht nach Tonya gefragt.

Julia griff nach der Cola auf dem Tisch, trank einen Schluck und holte ihr Handy aus der Handtasche. Charlotte hatte versprochen, ihr heute noch die Namen kompetenter und zuverlässiger Handwerksbetriebe zu schicken, die für den Umbau des Cafés infrage kämen. Kostenvoranschläge einzuholen war der nächste Schritt auf Julias To-do-Liste. Sie klappte die knallrote Hülle auf und starrte einen Moment auf das Handy. Es war neu und sie hatte sich noch nicht an den Anblick gewöhnt.

Nach ihrer Rückkehr aus dem Jahr 1515 hatte sie festgestellt, dass ihr altes Smartphone fort war. Es musste ihr aus der Tasche gefallen sein, als sie hinter Conradin auf dem Pferd gesessen hatte oder als sie mit verheulten Augen durch den Zeittunnel in die Gegenwart gestolpert war. Irgendwo hatte sie es verloren und mit ihm alle Bilder, die sie von Severian besaß.

Julia biss sich auf die Lippe, bis sie Blut schmeckte und ihr der Schmerz die Tränen in die Augen trieb. Noch vier Wochen danach tat der Gedanke an ihn genauso weh wie am ersten Tag. Daran hatten auch etliche Gespräche mit Charlotte nichts geändert, die sich furchtbar ärgerte, nicht sofort erkannt zu haben, dass Severian nicht viel besser war als André.

»Männer sind echt Schweine«, hatte ihre Freundin geschimpft. »Der eine betrügt dich mit einer High-Society-Schlampe und der andere jettet nach New York und lässt nichts mehr von sich hören. Von daher ist es sogar gut, dass dein Handy samt Fotos weg ist, sonst kommst du nie über den Kerl hinweg.«

Mit Feuereifer unterstützte Charlotte Julia mit ihren Kenntnissen als Raumausstatterin in Sachen Café-Umgestaltung. Über all das Planen, Organisieren und die tägliche Arbeit gelang es Julia manchmal, die Gedanken an Severian zu verdrängen. Doch sobald sie abends in ihrem Bett lag, kam die Traurigkeit mit aller Wucht zurück.

Julia schaltete das Handy an, kämpfte mit der ungewohnten Menüführung und aktualisierte ihre Nachrichten. Von Charlotte war keine darunter. Vermutlich musste ihre Freundin erst noch Ida ins Bett bringen, ehe sie ihr schreiben konnte.

Die Tür zum Café öffnete sich und zu Julias Überraschung trat Yannick ein.

»Stör ich?«

»Nein, nein. Eine zweite Meinung zu den Speisekarten ist gar nicht schlecht.«

Die Hände in den Hosentaschen vergraben, kam Yannick zu ihr an den Tisch, nahm aber nicht Platz. »Über Speisekarten wollte ich nicht mit dir sprechen«, sagte er zögernd, »sondern über Severian.«

Sie verdrehte die Augen. »Diese Diskussion hatten wir schon. Er wird nicht zurückkommen.«

»Und wenn doch?«

Julia holte tief Luft. »Er kam weder vor zwei Wochen bei Vollmond noch gestern an Neumond.« Auch wenn sie sich nichts sehnlicher gewünscht hatte. »Severian will nicht im Jahr 2015 leben und ich nicht im Mittelalter. Ende der Geschichte.«

»Aber das Gemälde im Rittersaal hat sich nicht verändert«, wandte Yannick ein. »Es zeigt Elisabetha weiterhin mit Conradin, nicht mit Severian.«

»Wir sind nicht in Hollywood, Yannick. Es gibt weder Zauberei noch Happy Ends.«

»Du liebst ihn aber immer noch total«, stellte er fest.

»Deshalb will ich ja auch nicht darüber reden!«

»Wie du meinst.« Yannick seufzte. »Ich hab übrigens vorhin einen Anruf bekommen, dass jemand mit dir sprechen möchte. Wenn du einen Moment Zeit hast, schicke ich ihn dir rein. Er wartet draußen vorm Café.«

»Du sprichst doch nicht etwa von Bergsträßer?«

Tom hatte den Archäologen vom Zeittunnel aus direkt in ein Zeugenschutzprogramm geschleust, inklusive Schulden- und Suchtberatung. Denn so ärgerlich es war: Sie konnten Bergsträßer kein Verbrechen nachweisen, ohne den Zeittunnel zu verraten. Selbst illegaler Waffenbesitz war nicht möglich, da der Archäologe einen Waffenschein besaß. Tom hatte verraten, dass gegen die Personen, die Bergsträßer gedroht hatten, aus anderen Gründen bereits polizeiliche Ermittlungen liefen. Sobald die Männer geschnappt waren, waren Bergsträßer und seine Verwandten in Sicherheit.

Yannick erwiderte nichts auf Julias Frage, sondern verließ das Café. Neugierig sah Julia ihm hinterher, konnte aber wegen der Dunkelheit draußen nichts erkennen.

Kurz darauf öffnete sich die Tür des Cafés erneut und ein Mann trat ein – breitschultrig, die dunklen Haare zum Zopf gebunden.

Julias Herz begann zu rasen. Das war unmöglich! »Was … machst du hier?«

Severian trat vor ihren Tisch und neigte den Kopf. »Yannick sagt, du bist nicht gut auf mich zu sprechen, aber ich wollte dir etwas zurückbringen.«

Benommen erhob sich Julia vom Tisch und ging auf ihn zu, unfähig zu entscheiden, ob alles echt oder sie beim Betrachten der Speisekarten eingeschlafen war. Doch die Berührung seiner Finger, als er ihr Handy in ihre Hand legte, fühlte sich erschreckend real an und weckte Erinnerungen, die sie seit vier Wochen zu vergessen versuchte.

»Du hast dein Handy im Jahr 1515 verloren«, erklärte er schlicht.

Verzweifelt kämpfte Julia gegen die Hoffnung an, die in ihr aufstieg. Sie wollte nicht noch eine Enttäuschung erleben. »Nur wegen meines Telefons bist du durch die Zeit gereist?«, fragte sie kühl.

Er schüttelte den Kopf. »Nachdem ihr gegangen wart, habe ich geschwiegen – über die Zeitreise, über das, was ich in der Zukunft erlebt habe und über die Liebe, die ich zu dir empfinde. Ich habe geglaubt, dich vergessen zu können, wenn ich mit keinem darüber spreche, wenn ich meine Gefühle verdränge, als hätte es sie nie gegeben.« Severian seufzte. »Am nächsten Morgen ging ich zum Tagwerk über, tat, als sei ich nie fort gewesen. Ordnete meine Vermählung mit Elisabetha an, ohne den Schmerz in ihren Augen oder in denen meines Bruders zu beachten. Arbeitete härter als je zuvor, gönnte mir keinen ruhigen Moment, um mich am Nachdenken zu hindern.«

Seine Schultern sackten herab. »Als die Vollmondnacht kam, hielt ich es nicht mehr aus. Ich ritt zur Kapelle und warf mich vor dem Altar zu Boden. Ich verfluchte Gott, weil er mich nicht in den Flammen hatte sterben lassen und zu einem Leben ohne dich zwang. Ich verfluchte ihn, weil ich kaum mehr widerstehen konnte, meine Pflichten zu vergessen und durch den Zeittunnel zu gehen, um dich in meine Arme zu schließen.« Sein Brustkorb hob und senkte sich schwer. »Wie ich es geschafft habe, die Kapelle zu verlassen, weiß ich nicht. Zurück im Schloss, ging ich in den Weinkeller.«

Er senkte den Blick. »Zwei Tage später schleiften Conradin und ein Knecht mich gegen meinen Willen und stockbetrunken heraus. Als ich wieder nüchtern war, kamen meine Mutter, mein Bruder und Elisabetha zu mir. In Elisabethas Hand lag dein Handy – und der Widerstand in mir brach. Alles floss aus mir heraus: jeder Tag, jede Stunde, die ich im Jahr 2015 verbracht hatte. Ich erzählte meiner Familie alles. Von den neuen Erfindungen und Sitten, meinen Schwertkampfschülern, von Heinrich und dem maroden Zustand Felsbrunns, dem Wissen über Zeitreisen und dem Gemälde im Rittersaal.« Ein schmerzhaftes Lächeln erschien auf Severians Gesicht. »Und ich erzählte von dir. Von der Sehnsucht, die mich nachts nicht mehr schlafen und tagsüber nicht zur Ruhe kommen ließ.

Danach redeten wir miteinander. So offen und ehrlich, wie wir es nie zuvor getan hatten. ‚Warum bist du nicht bei Julia geblieben?‘, war das Erste, was mein Bruder mich fragte. Ich riss vor Verzweiflung die Hände in die Luft, weil ich fest der Meinung war, man dürfe die Geschichte nicht verändern und in Gottes Werk pfuschen! Doch Conradin lächelte und sagte, ich würde aber gerade genau dies tun. Ich sollte Gott nicht länger zürnen, denn in seiner Weisheit und Gnade hätte der Herr alles sehr gut geregelt.« Severian schüttelte den Kopf. »Ich wollte abermals auffahren, doch mein Bruder sah mich verschwörerisch an und meinte, dass jemand sterbe, bedeute nicht zwingend, dass er tot im Sarkophag liegen müsse. Und was er nach meinem Ableben in unsere Familienchronik eintragen würde, ginge niemanden außer uns vier etwas an. Ich keuchte, als sich mir die Bedeutung seiner Worte erschloss. Aber Conradin sprach unbeirrt weiter und bot an, Abt Aurelian wegen meiner Bestattung anzuschreiben. Der Abt würde meine Bedrängnis bestimmt ebenso beurteilen wie wir, zumal ich dafür sorgen könnte, dass die Linie derer zu Felsbrunn nicht aussterben würde, was sicherlich im Sinne Gottes wäre.«

Severian sah Julia eindringlich an. »Ich zögerte, wusste ich doch, wie sehr mein Verhalten dich enttäuscht hat. Wie hätte ich mir sicher sein können, dass deine Gefühle für mich noch bestehen?« Er lächelte unsicher. »Zu meinem Erstaunen war es Elisabetha, die meine Zweifel vertrieb. ‚Julia wird noch immer auf Euch warten', sagte sie. ‚Ich spürte ihre tiefe Verbundenheit zu Euch vom ersten Moment an.'«

Dankbarkeit gegenüber der jungen Adligen überkam Julia, doch sie wagte nicht Severians Erzählung zu unterbrechen.

»Dann war es meine Mutter, die meine Hände ergriff«, fuhr Severian fort. »Es schmerze sie, mich ziehen zu lassen, erklärte sie, doch ich hätte ihren Segen. Lächelnd fügte sie an, dass Gott anscheinend ein anderes Schicksal für mich vorgesehen hätte, als mein Vater und sie dachten. Und dass mein Wunsch nach wahrer Liebe sich doch noch erfüllen würde. Mein Bruder nickte zustimmend und sagte, wenn er es richtig verstanden hätte, könnte ich erst an Neumond wieder durch den Zeittunnel reisen. Bis dahin wäre ausreichend Gelegenheit, alles vorzubereiten. Denn weder ich noch sein Nachkomme Heinrich sollten in der fernen Zeit Not leiden müssen.«

Severian lächelte Julia an. »Conradin hat sich an Ignatius' Worte an Yannick erinnert und sie gleich zu deuten gewusst. Mit der Zustimmung des Abtes, der euch allen Dank ausrichten lässt für euer Eingreifen während des Brandes, haben wir einige der Klosterhandschriften in Eisentruhen unter einer Steinplatte im Rittersaal vergraben. Wenn man die Bücher durch den Tunnel trägt, altern sie nicht. Wenn man sie im Jahr 1515 versteckt und im Jahr 2015 wieder hervorholt, schon.«

Julia starrte Severian an. »Dafür hatte Bergsträßer also die Metallkisten und Spaten gebraucht! Er hat die Bücher in der Kapelle vergraben wollen.«

»Ich bin nach der Reise durch den Zeittunnel gestern Mittag sofort zu Heinrich gegangen, um zu überprüfen, ob unser Handeln im Jahr 1515 erfolgreich war.« Das Strahlen in Severians Augen verriet die Antwort. »Heinrich hat gleich mit dem Landesarchäologen telefoniert. Mit der Summe, die das Land für die Handschriften zahlen wird, könnten wir zwei neue Schlösser bauen.« Er rausperte sich. »Dann hat Heinrich weitere Anrufe getätigt. Auf die Schnelle habe ich nicht alles begriffen, nur so viel: Er will versuchen, dass ich eine Krankenversicherung und einen Personalausweis bekomme. Es wird kompliziert, so wie ich es verstanden habe. Aber sobald all diese Papiere vorhanden sind, will er mich als seinen Sohn annehmen.«

»Heinrich würde dich adoptieren? Wie genial ist das denn!« Nun strahlte auch sie. »Dann bist du ja wieder der Herr von Felsbrunn.«

»Ja, es fügt sich alles wunderbar zusammen. Ich darf bei Heinrich wohnen, das Schwertkampftraining fortan im Schloss abhalten und bei den Sanierungsarbeiten mitbestimmen.«

Das neue Handy auf dem Tisch gab ein *Pling!* von sich. Vermutlich Charlottes Nachricht mit der Auflistung der Handwerkerbetriebe.

Das Leuchten in Severians Gesicht erlosch. »Ich will dich nicht vom Arbeiten abhalten – oder mich nochmals in dein Leben einmischen. Du sollst nur über alles Bescheid wissen.«

Julia sah ihn an. Severian von Felsbrunn. Ritter, Zeitreisender – und der Mann, in den sie sich vom ersten Moment an verliebt hatte. Sie schlang ihre Arme um seinen Hals und küsste ihn leidenschaftlich. »Oh doch, du sollst mich abhalten und dich einmischen«, flüsterte sie. »Denn du bist mein Leben!«

Aus dem Braunfelser Boten

Neuer Glanz im alten Gemäuer

Ritterakademie, Trauungen und Feiern im frisch renovierten Schloss Felsbrunn

Mit einem Fest öffnete nach der umfassenden, monatelangen Sanierung (unsere Zeitung berichtete) Schloss Felsbrunn am vergangenen Wochenende seine Pforten und heißt Spaziergänger, Radfahrer und Reiter von nun an herzlich willkommen. Stolz präsentierte Heinrich von Felsbrunn den Besuchern bei Kaffee, Kuchen und einem köstlichen Buffet seinen frisch erstrahlenden Familienbesitz, dessen Leitung er fortan in die Hände seines Sohnes Severian und dessen Ehefrau Julia von Felsbrunn gibt. Das junge Paar lebt ebenso wie der Seniorchef im Schloss.

Die historische Familienkapelle steht ab sofort für Trauungen bereit, der prunkvolle Rittersaal für Feierlichkeiten und zehn liebevoll gestaltete, romantische Gästezimmer zur Übernachtung. Auch Freunde mittelalterlicher Waffentechnik kommen auf Schloss Felsbrunn auf ihre Kosten: Der neue Schlossherr ist ein erfahrener Schwertkämpfer und bietet Lehrgänge zum Erlernen alter Kampftechniken an (Termine der Trainingszeiten sowie Wochenendseminare auf der Homepage des Schlosses). Für Kinder bietet Felsbrunn einen Streichelzoo, Bootsfahrten auf dem Schlossteich, Schnitzkurse und Geburtstagsfeiern für kleine Ritter und Prinzessinnen.

»Felsbrunn ist ein Schmuckstück geworden und Braunfels um eine Attraktion reicher, sowohl für die Bürger als auch für die Touristen«, freut sich Bürgermeisterin Mareike Peters.

Der Heimat- und Geschichtsverein zeigt sich ebenfalls zufrieden. »Severian von Felsbrunn wird sich – in enger Absprache mit der Denkmalschutzbehörde – um die Instandhaltung der Klosterruinen und der Marienkapelle kümmern«, sagt Rosemarie Salzmann, Pressesprecherin des Vereins. »Eine Glaswand, die die Jahrhunderte alten Holzkassetten vor Berührungen und weiteren Verfallsprozessen schützt, wurde in dem kleinen Gotteshaus bereits aufgestellt. Informationstafeln zum klösterlichen Leben in der ehemaligen Zisterzienserabtei werden folgen.«

»Die Vergangenheit ist ein Schatz, den wir bewahren und lebendig halten müssen«, so der junge, sympathische Schlossherr.

Auf Schloss Felsbrunn ist diese Kombination perfekt gelungen!

Danksagung

Die Entstehung eines Romans ist mit einem Puzzle zu vergleichen: Viele ineinandergreifende Teile, die am Ende ein stimmiges Gesamtbild ergeben. Ich bedanke mich daher bei allen, die durch ihre Unterstützung einen Teil zu diesem Buch beigetragen haben:

meiner Lektorin Ivonne Keller, die sich (trotz Heiserkeit) bereits in der Planungsphase für dieses Projekt begeistert hat und das Manuskript nicht nur inhaltlich, sondern auch sprachlich auf den Punkt brachte (und dafür sorgte, dass die Autorin mit Chucks um den Hals auf dem Sofa stand und ein Hinabklettern an der Regenrinne simulierte);

meinem treuen Testleser-Team: Holger (besonders für die Ausgestaltung der Psychiatrie-Szene), Diana (für die Hinweise, dass man die GTI-Felgen inzwischen nicht mehr mit der Zahnbürste putzen muss und dass jeder – mit Ausnahme der Autorin – mittlerweile bei WhatsApp ist) und meiner Mutter (die diesmal beim Kürzen kaum zum Zuge kam, dafür aber den Blick fürs Detail nicht verlor – Tassen sind keine Becher!);

meinen Designern Anja (Karte) und Alex (Cover) für ihre wunderbaren Arbeiten und die guten Nerven bei all meinen Änderungswünschen;

Herrn Volker Kunkel und seinem Team des West-Coast Instituts für das tolle Schwertkampf-Seminar auf der Ronneburg. Sollten die Kampfbeschreibungen im Roman falsch dargestellt sein, liegt das ausschließlich in meiner Verantwortung!;

meinen Korrektorinnen Sarah und Nadine, die sich nicht nur akribisch durchs Manuskript gearbeitet haben, sondern auch noch letzte inhaltliche Tipps gegeben haben;

meinen Kolleginnen Katrin, Ivonne, Nikola, Kira, Marah, Emily, Eileen und Hannah für ihre Hilfe und kritischen Anmerkungen – ob auf Facebook oder beim Inder in Leipzig (haben wir dort eigentlich auch etwas gegessen oder nur Romanideen diskutiert?);

Angela, die wie immer die letzten Rechtschreibfehler entdeckt hat (an allen Fehlern, die jetzt noch im Buch stecken, bin ich durch meine Änderungen in letzter Minute selbst schuld) und die Hinweise, was Männer tun bzw. nicht tun;

meiner Familie: Ganz allgemein für ihr fortwährendes Verständnis und ganz konkret für den weißen Laptop, wodurch ich „den Ritter“ fast ausschließlich auf der Terrasse im Garten schreiben konnte!

Über die Autorin

Dana Graham, Jahrgang 1975, studierte Pädagogik und unterrichtet an Grund- und Förderschulen. Seit ihrer Kindheit denkt sie sich gerne spannende Geschichten aus, zum Schreiben ist sie jedoch erst gekommen, seit sie selbst Kinder hat. Die Autorin veröffentlichte bereits mehrere Romane und lebt mit Mann und zwei Töchtern in der Nähe von Frankfurt am Main.

Sie möchten keine Neuerscheinung von Dana Graham verpassen? Dann tragen Sie sich auf der Homepage *www.danagraham.de* für den Newsletter der Autorin ein, um per E-Mail über neue Romane informiert zu werden.

Besuchen Sie Dana Graham auch auf ihrer Facebook-Seite:
www.facebook.com/danagraham.de

Bücher von Dana Graham

Greystone Saga (1)
Mit Schwert und Feder

Der Anfang der Greystone Saga, der Beginn einer großen Liebe.

Historischer Liebesroman
Taschenbuch, 396 Seiten
Auch als E-Book erhältlich

Ian, zu Unrecht verstoßener Sohn eines Barons, rettet den Earl of Greystone und dessen Schwester Joanna aus ihrer verunglückten Kutsche. Zum Dank lädt der Earl ihn auf seine Burg ein, in der er eine Akademie für junge Adlige führt. Dort wird für Ian nicht nur der Unterricht in Schwertkampf und Philosophie zur Herausforderung, sondern vor allem Joanna, in die er sich vom ersten Augenblick an verliebt hat.
Auch Joanna spürt bald, dass sie mehr als nur Freundschaft für Ian empfindet - doch der Earl of Greystone drängt auf eine Hochzeit mit einem standesgemäßen Mann. Joanna muss sich entscheiden: Beugt sie sich den Wünschen ihres Bruders oder folgt sie dem Ruf ihres Herzens?

Greystone Saga (2)
Das rote Band

Die Greystone Saga um Joanna, Ian, Jake & Galad geht weiter!

Historischer Liebesroman
Als Taschenbuch und E-Book erhältlich

Greystone Saga (3)
Der Schatten im Spiegel

Liebe, Freundschaft und Verrat – der packende Abschluss der Greystone Saga.

Historischer Liebesroman
Als Taschenbuch und E-Book erhältlich

Sophias Krieger

Er kämpft um ihr Leben
und ihre Liebe.

Historischer Liebesroman
Als Taschenbuch und E-Book erhältlich

Der Kuss des Zentauren

Fantasy – spannend, romantisch und magisch!

Romantic Fantasy
Taschenbuch, 484 Seiten
Auch als E-Book erhältlich

Zentauren haben kein Herz. Sirja, die Tochter des Herrn der Südfeste, weiß das mehr als jeder andere Mensch in Tarnem, denn das Volk der Pferdemenschen hat ihren geliebten Bruder heimtückisch getötet. Als der gefangene Zentaurenkrieger Rheos sie als Geisel nimmt und mit ihr flieht, entscheidet sich Sirja für ein gewagtes Spiel: Zum Schein ergibt sie sich in ihre Entführung, um unter den Pferdemenschen den Mörder ihres Bruders zu finden.

Doch je länger ihr Zusammensein mit Rheos währt, desto stärker fasziniert Sirja der mächtige Zentaur. Rheos ergeht es nicht anders – und das nicht nur wegen der mysteriösen Gedankenverbindung, die bei jeder Berührung zwischen ihnen aufflammt. Als die beiden in den Wirren eines heraufziehenden Krieges zwischen ihren Völkern einer unfassbaren Intrige auf die Spur kommen, weiß Sirja bald nicht mehr, auf welcher Seite sie stehen soll – und ob ihr Herz für einen Zentauren schlagen darf …

17379794R00224

Printed in Poland
by Amazon Fulfillment
Poland Sp. z o.o., Wrocław